Rückkehr nach Crow Lake

Mary Lawson

Rückkehr nach Crow Lake

Roman

Aus dem Amerikanischen von Sabine Lohmann
und Andreas Gressmann

WILHELM HEYNE VERLAG
MÜNCHEN

Die Originalausgabe erschien unter dem Titel
Crow Lake
bei Chatto & Windus / Random House, London

Umwelthinweis:
Dieses Buch ist auf chlor- und säurefreiem Papier gedruckt.

2. Auflage 2002

Copyright © 2002 by Mary Lawson
Copyright © 2002 der deutschen Ausgabe
by Wilhelm Heyne Verlag GmbH & Co. KG, München
Gesetzt aus der Caslon bei
Franzis print & media GmbH, München
Druck und Bindung: GGP Media, Pößneck
Printed in Germany

ISBN 3-453-86493-x

www.heyne.de

*Für Eleanor,
für Nick und Nathaniel,
vor allem aber
für Richard*

ERSTER TEIL

Prolog

Meine Urgrossmutter Morrison hatte ein kleines Lesepult an ihrem Spinnrad befestigt, damit sie beim Spinnen lesen konnte, so wurde uns erzählt. Und eines Samstagabends war sie so sehr in ihr Buch vertieft, dass sie erst nach Mitternacht wieder aufblickte und feststellen musste, dass sie eine halbe Stunde lang am Tag des Herrn gesponnen hatte. Damals galt das als schwere Sünde.

Diese kleine Familienanekdote erwähne ich nicht bloß um ihrer selbst willen; in letzter Zeit ist mir aufgegangen, dass meine Urgroßmutter und ihr Lesepult eine ganze Menge zu verantworten haben. Sie war schon seit Jahrzehnten unter der Erde, als die Ereignisse über uns hereinbrachen, die unsere Familie zerrissen und unseren Träumen ein Ende setzten, aber das heißt nicht, dass sie keinen Einfluss auf den Ausgang des Geschehens hatte. Was sich zwischen Matt und mir abspielte, lässt sich ohne den Hinweis auf unsere Urgroßmutter kaum erklären. So ist es nur recht und billig, ihr auch einen Teil der Schuld zuzuweisen.

Im Zimmer meiner Eltern hing ein Bild von ihr. Als Kind stand ich oft davor. Ich musste meinen ganzen Mut zusammennehmen, um ihr in die Augen zu sehen. Sie war klein, schmallippig, ganz in Schwarz gekleidet, mit einem weißen Spitzenkragen (der zweifellos jeden Abend kräftig geschrubbt und dann in aller Herrgottsfrühe gebügelt wurde), und hielt sich stocksteif. Streng sah sie aus, argwöhnisch und vollkommen humorlos. Nun, kein Wunder – sie hatte vierzehn Kinder in dreizehn Jahren bekommen und fünfhundert Hektar dürren Ackerbodens auf der Halbinsel Gaspé zu bewirtschaften. Wie sie da noch die Zeit zum Spinnen fand, geschweige denn zum Lesen, wird mir ewig ein Rätsel bleiben.

Von uns vieren, Luke, Matt, Bo und mir, war Matt der Einzige, der ihr in irgendeiner Weise ähnlich sah. Wenn auch von seinem Wesen her alles andere als griesgrämig, hatte er doch die gleichen schmalen Lippen und hellgrauen Augen. Wenn ich in der Kirche nicht still saß und einen zurechtweisenden Blick von meiner Mutter erntete, blinzelte ich aus dem Augenwinkel zu Matt hoch, um zu sehen, ob er es mitbekommen hatte. Und jedes Mal machte er dann ein strenges Gesicht, aber im letzten Moment, wenn ich schon anfing zu verzweifeln, zwinkerte er mir doch noch schnell zu.

Matt war zehn Jahre älter als ich, sehr groß und ernst und klug. Seine Leidenschaft waren die Teiche, die sich ein, zwei Meilen hinter den Bahngleisen befanden. Es waren ehemalige Kiesgruben, längst verlassen, seit die Straße fertig ausgebaut war, und von der Natur mit allen möglichen glitschigen Wunderwesen bevölkert. Als Matt begann, mich zu den Teichen mitzunehmen, war ich noch so klein, dass er mich auf den Schultern tragen musste – durch den Wald mit seinem wuchernden Efeu, die Gleise entlang, vorbei an den staubigen Güterwagen, die in langer Reihe auf ihre Ladung Zuckerrüben warteten, und schließlich den steilen Pfad hinab zum Ufer. Dort lagen wir dann auf dem Bauch, während die Sonne uns auf den Rücken brannte, und blickten gespannt in das dunkle Wasser.

Kein Bild aus meiner Kindheit ist mir deutlicher in Erinnerung geblieben; ein Junge um die fünfzehn, neben ihm ein kleines Mädchen mit langen Zöpfen und braun gebrannten Beinen. Sie liegen beide ganz still, das Kinn auf den Handrücken gestützt. Er zeigt ihr seltsame Dinge. Oder vielmehr, seltsame Dinge zeigen sich ihnen, tauchen aus dem Schatten, unter Steinen auf, und er erzählt ihr mit leiser Stimme von dieser kleinen Wunderwelt.

»*Beweg nur ein bisschen den Finger im Wasser, Kate. Dann kommt sie schon her. Sie kann gar nicht anders.*«

Vorsichtig wackelt das kleine Mädchen mit dem Finger; vorsichtig gleitet eine kleine Schnappschildkröte herbei, um zu schauen, ob es da was zu holen gibt.

»*Siehst du? Sie sind schrecklich neugierig, wenn sie jung sind. Erst die älteren werden misstrauisch und angriffslustig.*«

»*Warum?*« *Die alte Wasserschildkröte, die sie einmal an Land festgehalten hatten, wirkte eher schläfrig als misstrauisch. Das faltige, ledrige Köpfchen lud zum Streicheln ein. Matt hielt ihr einen Zweig hin, so dick wie sein Daumen, und sie biss ihn glatt entzwei.*

»*Diese Sorte Schildkröten hat einen ziemlich kleinen Panzer, der viel von ihrer Haut ungeschützt lässt, und das macht sie nervös.*«

Das kleine Mädchen nickt, ihre Zöpfe berühren das Wasser, und winzige Wellen zittern über den Teich. Sie ist völlig vertieft.

Über die Jahre haben wir wohl hunderte von Stunden so verbracht. Ich lernte die Kaulquappen der Leopardenfrösche von den fetten grauen der Ochsenfrösche und den kleinen schwarzen der Kröten zu unterscheiden. Ich kannte die Schildkröten und die Welse, die Wasserläufer und die Molche und die Taumelkäfer, die wie verrückt über der Wasseroberfläche wirbelten. Hunderte von Stunden, während im Wechsel der Jahreszeiten das Leben im Teich viele Male erstarb und sich erneuerte und ich langsam zu groß wurde, um auf Matts Schultern zu reiten, und stattdessen hinter ihm her durch den Wald stapfte. Natürlich nahm ich den Wechsel gar nicht bewusst wahr – er vollzog sich ganz allmählich, und Kinder haben ja keine Vorstellung von Zeit. Bis morgen ist es ewig lang hin, und Jahre vergehen wie im Flug.

1

Als das Ende kam, kam es scheinbar völlig unvorbereitet, und erst sehr viel später erkannte ich, dass ihm eine ganze Reihe von Ereignissen vorausgegangen waren. Einige der Ereignisse hatten gar nichts mit uns, den Morrisons, zu tun, sondern einzig und allein mit den Pyes, die gut eine Meile entfernt von uns wohnten und unsere nächsten Nachbarn waren. Die Pyes hatten schon immer so ihre Probleme, vorsichtig gesagt; aber in jenem Jahr eskalierten die Probleme in dem großen alten, grau gestrichenen Holzhaus derart, dass sie zu einem Albtraum wurden. Nur schwante uns damals noch nichts davon, wie schicksalhaft sich der Traum der Morrisons mit dem Albtraum der Pyes verflechten würde. Nein, das hätte wahrhaftig niemand vorhersehen können.

Natürlich kann die Suche nach dem Anfang einer Geschichte unendlich weit in die Vergangenheit zurückführen, bis zu Adam und Eva, und noch weiter. Aber in unserer Familie ereignete sich in jenem Sommer eine Katastrophe, die als Beginn von allem Folgenden anzusehen ist. Es passierte an einem heißen, ruhigen Sommertag im Juli, als ich sieben Jahre alt war, und setzte dem normalen Familienleben ein jähes Ende; auch heute noch, neunzehn Jahre später, will es mir nicht gelingen, irgendeinen tieferen Sinn dahinter zu erkennen.

Als einzig Positives ließe sich vielleicht sagen, dass alles wenigstens in gehobener Stimmung zu Ende ging, denn am Tag zuvor – dem letzten, den wir gemeinsam verbrachten – hatten meine Eltern erfahren, dass Luke, mein ältester Bruder, sein Examen bestanden und einen Ausbildungsplatz am Lehrerseminar erhalten hatte. Lukes Erfolg kam einigermaßen überraschend, da er so gar nichts von einem Musterschüler hatte. Irgendwo habe ich einmal gelesen, dass jedes Familienmitglied eine ganz bestimmte Rolle zugewiesen bekommt – »der Kluge«, »die Niedliche«, »der Eigenbrötler« –, und wenn man die Rolle eine Zeit lang gespielt hat, wird man sie nicht wieder los, ganz egal, wie man sich entwickelt; nur im Anfangsstadium habe man die Möglichkeit, Einfluss auf die Wahl der Rolle zu nehmen. Wenn die Theorie zutrifft, dann muss Luke sich schon frühzeitig dafür entschieden haben, »das Problemkind« sein zu wollen. Ich weiß nicht, was ihn zu dieser Wahl bewogen hat, aber vielleicht hat er sich die Geschichte von der Urgroßmutter und ihrem berühmten Lesepult zu sehr zu Herzen genommen. Diese Geschichte muss der Fluch seines Lebens gewesen sein – oder einer der Flüche –, der andere war dann wohl, jemanden wie Matt als Bruder zu haben. Matt war so offensichtlich der geistige Erbe unserer Urgroßmutter, dass es für Luke gar keinen Sinn mehr hatte, sich überhaupt noch groß anzustrengen. Dann also lieber herausfinden, worin seine eigene Stärke lag – unsere Eltern zur Weißglut zu bringen, beispielsweise – und immer schön in dieser Richtung weiterüben.

Trotzdem hatte er nun aber mit neunzehn sein Examen bestanden. Nach drei Generationen eifrigen Bemühens war ein Mitglied der Familie Morrison drauf und dran, den höheren Bildungsweg einzuschlagen.

Was nicht nur für die Familie etwas Neues war, sondern wohl auch für ganz Crow Lake, das kleine Bauerndorf im nördlichen Ontario, wo wir vier geboren und aufgewachsen sind. Damals war Crow Lake bloß durch eine ungeteerte Straße und ein Bahngleis mit der Außenwelt verbunden. Die Züge hielten auf Winkzeichen, und die Straße führte nur nach Süden, da es keinen Grund gab, noch weiter nach Norden zu fahren. Abgesehen von etwa einem Dutzend Farmen, einem Gemischtwarenladen und ein paar bescheidenen Häusern am See, gab es dort nichts außer der Kirche und der Schule. Im Lauf seiner Geschichte hatte der Ort, wie gesagt, nicht eben viele Gelehrte hervorgebracht, und Lukes Leistung hätte in der Kirchenpostille am nächsten Sonntag bestimmt Schlagzeilen gemacht, wäre nicht vorher die Katastrophe passiert, die unsere Familie zerstörte.

Luke muss die Nachricht von seiner Zulassung zum Lehrerstudium am Freitagmorgen erhalten haben, worauf er es unserer Mutter erzählte, die dann sofort unseren Vater in der Bank anrief, wo er arbeitete, in Struan, zwanzig Meilen weit entfernt. Das allein war schon unerhört; unter keinen Umständen hatte eine Hausfrau ihren Mann bei der Arbeit zu stören, wenn es sich um Schreibtischarbeit handelte. Aber sie rief ihn an, und die beiden beschlossen dann wohl, uns anderen die große Neuigkeit beim Abendessen zu verkünden.

Oft habe ich seitdem an jene Mahlzeit zurückgedacht, nicht so sehr wegen Lukes überraschender Erfolgsmeldung, sondern weil es unser letztes gemeinsames Familienmahl sein sollte. Ich weiß, Erinnerungen sind trügerisch, und eingebildete Ereignisse können einem so echt vorkommen wie wirkliche, aber ich könnte schwören, dass ich jedes Detail dieses Essens im Gedächtnis behalten habe. Im Rückblick bestürzt mich am meisten, wie gewöhnlich alles war. Nur nichts hochspielen, war das Motto bei uns. Gefühlsregungen, auch positive, wurden strikt im Zaum gehalten. Es war das elfte Gebot, auf eine eigene

Gesetzestafel gemeißelt, speziell für Presbyterianer: Du sollst nicht deine Gefühle zeigen.

So verlief dieses Abendessen genau wie jedes andere auch, ziemlich förmlich und langweilig, nur ab und zu aufgelockert durch Bo. Es gibt ein paar Fotos von Bo aus dieser Zeit. Sie war klein und rund und hatte hellblondes Flaumhaar, das ihr senkrecht vom Kopf abstand, als hätte sie der Blitz getroffen. Auf den Fotos sieht sie lieb und friedlich aus, was nur beweist, wie sehr Kameras lügen können.

Wir saßen alle auf unseren angestammten Plätzen, Luke und Matt, neunzehn und siebzehn Jahre alt, an der einen Tischseite, ich, sieben Jahre, und Bo, eineinhalb, an der anderen. Ich weiß noch, wie mein Vater mit dem Tischgebet begann und prompt von Bo unterbrochen wurde, die ihren Saft verlangte, und wie meine Mutter sagte: »Gleich, Bo. Jetzt mach die Augen zu.« Mein Vater setzte erneut an, und Bo krähte wieder dazwischen, und meine Mutter sagte: »Noch ein Mucks, und du kommst sofort ins Bett« – worauf Bo den Daumen in den Mund steckte und trotzig vor sich hin schmatzte wie eine tickende Zeitbombe.

»Wir wollen es noch mal versuchen, Herr«, sagte mein Vater. »Wir danken dir für dieses Mahl, das du uns heute Abend beschert hast, und wir danken dir besonders für die gute Neuigkeit, die wir heute erhalten haben. Hilf uns, dass wir unser großes Glück immer zu schätzen wissen. Hilf uns, das Beste aus unseren Gaben zu machen und die kleinen Talente, die wir haben mögen, stets zu deinem Dienst zu verwenden. Amen.«

Luke und Matt und ich reckten uns. Meine Mutter reichte Bo den Saft.

»Was für eine gute Neuigkeit?«, fragte Matt. Er saß mir direkt gegenüber. Wenn ich auf die Stuhlkante rutschte und das Bein ausstreckte, konnte ich mit meinem Zeh an sein Knie tippen.

»Dein Bruder« – mein Vater nickte zu Luke hin – »ist am Lehrerseminar angenommen worden. Heute kam die Zusage.«

»Echt, kein Witz?« Matt sah Luke an.

Ich tat es ihm nach. Ich weiß nicht, ob ich Luke vorher je richtig angesehen hatte, ihn überhaupt je richtig beachtet hatte, meine ich. Irgendwie hatten wir nicht viel miteinander zu tun. Unser Altersunterschied war größer als der zwischen mir und Matt, aber ich glaube nicht, dass es nur daran lag. Wir hatten einfach wenig Gemeinsamkeiten.

Aber jetzt beachtete ich ihn, wie er da neben Matt saß, wie vermutlich jeden Tag in den letzten siebzehn Jahren. In gewisser Weise waren sie sich sehr ähnlich – es war nicht zu übersehen, dass sie Brüder waren: beide hoch aufgeschossen und blond, mit der typischen langen Morrison-Nase und den grauen Augen. Aber in der Statur unterschieden sie sich deutlich. Luke war breitschultrig und stämmig und wog gut dreißig Pfund mehr als Matt. Er war eher bedächtig und kraftvoll, Matt agil und flink.

»Kein Witz?«, wiederholte Matt mit absichtlich übertriebener Verwunderung. Luke warf ihm einen schrägen Blick zu. Matt grinste. »Ist ja fabelhaft! Gratuliere!«

Luke zuckte die Schultern. Ich fragte: »Wirst du jetzt Lehrer?« Ich konnte es mir nicht vorstellen. Lehrer waren Respektspersonen. Luke war einfach nur Luke.

»Sieht ganz so aus«, sagte Luke.

Er lümmelte mit dem Ellbogen auf dem Tisch, aber heute wies mein Vater ihn nicht zurecht. Matt saß auch krumm, hatte sich aber doch nicht ganz so breit hingefleezt, weshalb er im Vergleich zu Luke immer noch relativ aufrecht wirkte.

»Er kann wirklich von Glück sagen«, bemerkte meine Mutter. Sie gab sich solche Mühe, allen unschicklichen Stolz auf ihren Sohn zu verbergen, dass sie fast mürrisch klang. Sie teilte das Essen aus – Koteletts von den Tadworth-Schweinen, Kartoffeln, Karotten und Buschbohnen von der Pye-Farm, Apfelmus von Mr. Jamies knorrigen alten Spalierbäumen. »Nicht jeder bekommt so eine Chance geboten, wirklich nicht. Hier, Bo, das ist für dich. Und iss ordentlich, hörst du? Nicht mit dem Essen spielen.«

»Wann soll's denn losgehen?«, fragte Matt. »Und wohin? Toronto?«

»Mhm. Ende September.«

Bo angelte sich eine Hand voll Bohnen von ihrem Teller und presste sie sich quietschvergnügt an die Brust.

»Wir werden dir wohl einen Anzug kaufen müssen«, sagte meine Mutter zu Luke. Sie sah meinen Vater an. »Er braucht doch einen Anzug, oder?«

»Ich weiß nicht«, sagte mein Vater.

»Aber natürlich braucht er einen«, mischte sich Matt ein. »Er wird ganz allerliebst aussehen im Anzug.«

Luke schnaubte bloß. Trotz ihrer Verschiedenheit, trotz der Tatsache, dass Luke ständig in Schwierigkeiten geriet und Matt nie, gab es selten Streit zwischen ihnen. Sie neigten beide nicht zu Wutausbrüchen, und jeder von ihnen lebte mehr oder minder in seiner eigenen Welt, sodass es wenig Reibungspunkte gab. Wenn es dennoch mal zu einer Auseinandersetzung kam, gingen die sorgsam gezügelten Gefühle schlagartig mit ihnen durch und überrannten das elfte Gebot. Aus irgendeinem Grund aber schien das Raufen gar nicht gegen die Regeln zu verstoßen – vielleicht hielten meine Eltern es für normales Benehmen unter Halbstarken, vielleicht sagten sie sich, wenn der Herrgott nicht gewollt hätte, dass sie sich prügeln, hätte er ihnen keine Fäuste gegeben. Doch einmal, als er in der Hitze des Gefechts gegen den Türrahmen geknallt war, sagte Luke: »Verdammter Scheißkerl!«, und musste dann zur Strafe eine Woche lang in der Küche im Stehen essen.

Ich war die Einzige, die es bei ihren Rangeleien mit der Angst zu tun bekam. Matt war der Schnellere, aber Luke war viel stärker, und ich befürchtete immer, dass einer seiner gewaltigen Faustschläge eines Tages zu gut treffen und Matt umbringen könnte. Ich fing dann stets an zu kreischen, sie sollten aufhören, und mein Geschrei ging meinen Eltern so auf die Nerven, dass zumeist ich es war, die auf ihr Zimmer geschickt wurde.

»Was er auf jeden Fall brauchen wird«, überlegte mein Vater, »ist ein Koffer.«

»Oh«, sagte meine Mutter und hielt im Kartoffelaufgeben inne. »Ein Koffer. Jaja, natürlich.«

Ich sah, wie ihr Gesicht auf einmal traurig wurde. Ich hörte auf, an meinem Kotelett herumzusäbeln, und beäugte sie ängstlich. Wahrscheinlich hatte sie bis zu diesem Moment gar nicht recht begriffen, dass Luke fortgehen würde.

Bo summte vor sich hin und wiegte ihre Brechbohnen zärtlich im Arm. »Baby, Baby«, sang sie leise. »Baby Baby Baby Bohnen.«

»Tu sie auf den Teller zurück«, sagte meine Mutter mit abwesender Miene, und der Löffel schwebte immer noch über der Schüssel. »Die Bohnen sind zum Essen da. Leg sie hin, dann schneid ich sie dir klein.«

Bo machte ein missbilligendes Gesicht, schrie auf und drückte die Bohnen leidenschaftlich an ihre Brust.

»Herrje!«, sagte meine Mutter. »Jetzt aber Schluss. Ich hab genug von deinem Theater.«

Was immer sich in ihrer Miene gespiegelt hatte, jetzt war es verflogen, und alles war wieder wie sonst. »Wir müssen in die Stadt fahren«, sagte sie zu meinem Vater. »Einen Koffer kaufen. Am besten gleich morgen.«

Also machten sie sich am Samstag auf den Weg nach Struan. Eigentlich hätten sie nicht unbedingt zusammen hinfahren müssen. Jeder von ihnen hätte genauso gut allein einen Koffer aussuchen können. Und sie hätten auch nicht gleich an jenem Wochenende fahren müssen – Lukes Seminar begann erst in sechs Wochen.

Aber ich nehme an, sie wollten einfach gerne in die Stadt fahren. So seltsam das bei derart vernunftbetonten Leuten scheinen mag, sie waren wohl doch ganz schön aufgeregt. Immerhin war es *ihr* Sohn, ein Morrison, der sich nun anschickte, Lehrer zu werden.

Sie wollten Bo und mich nicht mitnehmen, und natürlich waren wir noch zu klein, um allein zu Hause zu bleiben, also warteten sie, bis Luke und Matt von Calvin Pyes Farm zurückkehrten. Die beiden halfen dort immer am Wochenende und in den Ferien aus. Mr. und Mrs. Pye hatten selbst drei Kinder, aber zwei davon waren Mädchen, und Laurie, der Sohn, war erst vierzehn und zu jung für schwere Arbeit, sodass Mr. Pye gezwungen war, zusätzliche Hilfskräfte aus der Nachbarschaft anzuheuern.

Matt und Luke kamen gegen vier nach Hause. Meine Eltern fragten Luke, ob er mitkommen wollte, um sich seinen Koffer selbst auszusuchen, aber er sagte nein, ihm sei heiß und er wolle lieber schwimmen gehen.

Ich glaube, ich war die Einzige, die ihnen nachwinkte. Vielleicht habe ich mir das auch nur eingebildet, später, weil ich den Gedanken nicht ertragen konnte, mich nicht mal von ihnen verabschiedet zu haben – aber es kommt mir doch wie eine echte Erinnerung vor. Die anderen drei winkten nicht, denn Bo war außer sich vor Wut, nicht mitzudürfen, und Matt und Luke starrten Bo finster an und überlegten, wer von ihnen sie für den Rest des Tages auf dem Hals haben würde.

Der Wagen rollte auf die Straße und verschwand aus unserem Blickfeld. Bo ließ sich auf den Kies der Auffahrt fallen und plärrte nach Leibeskräften.

»Also, ich geh jedenfalls schwimmen«, sagte Luke laut, um Bo zu übertönen. »Mir ist heiß, und ich hab den ganzen verdammten Tag lang geschuftet.«

»Ich auch«, sagte Matt.

»Ich auch«, sekundierte ich.

Matt stupste Bos Windelpo mit dem Zeh an. »Und du, Bo? Hast du auch den ganzen verdammten Tag lang geschuftet?«

Bo brüllte.

Luke sagte: »Warum muss sie bloß dauernd so einen Terror machen?«

»Sie weiß halt, wie man dich glücklich macht«, grinste Matt. Er bückte sich, zog ihr den Daumen aus der geballten Faust und stopfte ihr damit den Mund. »Na, wie wär's, Bo? Möchtest du mit zum Baden kommen?«

Sie nickte und wimmerte hinter ihrem Fäustchen.

Es muss das erste Mal gewesen sein, dass wir zusammen baden gingen, alle vier. Der See lag keine zwanzig Meter vom Haus entfernt, also sprang man einfach rein, wenn einem gerade danach war, und das war bisher anscheinend nie bei uns allen zur gleichen Zeit vorgekommen. Auf jeden Fall war es sonst immer meine Mutter, die Bo auf dem Arm trug. Jetzt wechselten wir uns ab, warfen sie uns gegenseitig zu wie einen Wasserball, und es machte uns allen Spaß, daran erinnere ich mich noch gut.

Ich erinnere mich auch, dass Sally McLean sich zu uns gesellte, als wir aus dem Wasser kamen. Mr. und Mrs. McLean besaßen den einzigen Laden in Crow Lake, und Sally war ihre Tochter. In den letzten Wochen hatte sie sich häufig bei uns blicken lassen, aber immer so, als wäre sie auf dem Weg irgendwohin und nur zufällig in der Nähe. Das war seltsam, da es nichts gab, wohin sie hätte unterwegs sein können.

Unser Haus war das letzte am Ort und schon ein ganzes

Stück abgelegen; dahinter kam nichts mehr als dreitausend Meilen Einöde bis zum Nordpol.

Luke und Matt hatten Kiesel übers Wasser springen lassen, doch als Sally erschien, hörte Matt auf, setzte sich neben mich und sah mir zu, wie ich Bo eingrub. Bo war noch nie eingegraben worden und ganz entzückt. Ich hatte ihr eine Kuhle im warmen Sand gebuddelt, und da saß sie nun drin, rund und braun und nackt wie ein Ei, und beobachtete glückstrahlend, wie ich den Sand um sie herum aufhäufte.

Sally McLean war immer langsamer gegangen, je mehr sie sich Luke näherte, um schließlich ein paar Meter vor ihm stehen zu bleiben; die eine Hüfte herausgestemmt, stand sie da und zog mit dem Zeh Striche in den Sand. Sie und Luke unterhielten sich leise und stockend, ohne sich anzusehen. Ich achtete nicht weiter auf sie. Ich hatte Bo bis an die Achseln vergraben und dekorierte nun den glatt geklopften Sandhaufen ringsum mit Kieselsteinen, die Bo immer wieder herausklaubte und an die falschen Stellen zurücksteckte.

»Lass das, Bo«, sagte ich. »Ich mach doch ein Muster.«

»Erbsen«, sagte Bo.

»Nein, das sind keine Erbsen. Das sind Kiesel. Die kann man nicht essen.«

Sie steckte einen in den Mund.

»Pfui bäh!«, sagte ich. »Spuck ihn aus!«

»Dummes Ding«, sagte Matt. Er beugte sich herüber, drückte Bos Pausbacken zusammen, bis ihr der Schnabel aufklappte, und fischte das Steinchen heraus. Sie grinste, schob den Daumen in den Mund, zog ihn wieder vor und schaute ihn an. Er war ganz glibberig vor Spucke und Sand. »Bohnen«, sagte sie zufrieden und schob ihn wieder hinein.

»So, jetzt hat sie Sand im Mund«, sagte ich.

»Daran stirbt sie nicht.«

Er beobachtete Luke und Sally. Luke ließ immer noch

Steine übers Wasser springen, gab sich jetzt aber mehr Mühe damit, wählte sorgfältig die flachsten aus. Sally strich sich ständig die Haare zurück. Lang und dick und kupferrot war ihre Mähne, und die Seebrise lupfte immer wieder kleine Strähnen daraus und blies sie ihr übers Gesicht.

Ich fand die beiden reichlich langweilig, aber Matt musterte sie mit der gleichen Aufmerksamkeit, mit der er sonst die Lebewesen in den Teichen beobachtete.

Sein Interesse weckte meine Neugier. »Was macht die hier überhaupt? Wo will die denn hin?«

Er antwortete nicht gleich. »Ich vermute mal, es hat was mit Luke zu tun«, sagte er schließlich.

»Was? Wieso denn mit Luke?«

Er kniff die Augen zusammen. »Weiß nicht genau. Soll ich mal raten?«

»Ja!«

»Es ist nur so eine Idee, aber überall, wo Luke hingeht, taucht Sally auf. Also nehme ich an, sie ist in ihn verliebt.«

»In *Luke* verliebt?«

»Kaum zu glauben, was? Aber Frauen sind da halt komisch, Katie.«

»Aber ist Luke denn in *sie* verliebt?«

»Keine Ahnung. Kann sein.«

Nach einer Weile zog Sally dann wieder ab, und Luke kam vom Ufer herauf, stirnrunzelnd, mit gesenktem Blick. Matt sah mich an und hob warnend die Brauen, was wohl heißen sollte, dass ich gut daran täte, das Thema Sally McLean nicht anzusprechen.

Wir buddelten Bo aus ihrem Grabhügel aus, klopften ihr den Sand ab und trugen sie zum Anziehen zurück ins Haus. Dann ging ich noch mal nach draußen, um meinen Badeanzug auf die Leine zu hängen, sodass ich es war, die das Polizeiauto in die Einfahrt einbiegen sah.

Ich lief ihm neugierig entgegen, denn Polizeiautos bekam man in Crow Lake höchst selten zu sehen. Der Polizist stieg aus, und zu meiner Überraschung dann auch noch Reverend Mitchell und Dr. Christopherson. Reverend Mitchell war unser Pfarrer, und seine Tochter Janie war meine beste Freundin. Dr. Christopherson wohnte in Struan, aber er war unser Hausarzt – ohnehin der einzige Arzt im Umkreis von hundert Meilen. Ich mochte sie beide gern. Der Doktor hatte einen irischen Setter namens Molly, der Blaubeeren mit den Zähnen pflücken konnte und Dr. Christopherson stets auf seinen Runden begleitete. Ich hopste auf sie zu und sagte: »Mum und Dad sind nicht da. Sie sind einkaufen gefahren, einen Koffer für Luke, der wird jetzt nämlich Lehrer.«

Der Polizist stand neben seinem Auto und starrte auf einen kleinen Kratzer am Kotflügel. Reverend Mitchell blickte Dr. Christopherson an, dann wieder mich und fragte: »Ist Luke da, Katherine? Oder Matt?«

»Sie sind beide da«, nickte ich eifrig. »Sie ziehen sich gerade um. Wir sind baden gewesen.«

»Wir müssten mal mit ihnen reden. Kannst du ihnen sagen, dass wir hier sind?«

»Na klar!« Dann besann ich mich auf meine Manieren. »Möchten Sie nicht hereinkommen? Mum und Dad sind gegen halb sieben wieder zurück.« Mir fiel noch etwas ein. »Ich könnte Ihnen eine Tasse Tee machen.«

»Dank dir«, sagte Reverend Mitchell. »Wir kommen gern rein, aber ich glaube, Tee ... nein, danke, im Moment lieber nicht.«

Ich führte sie ins Haus und entschuldigte mich für den Krach, den Bo mal wieder veranstaltete – sie hatte alle Töpfe und Pfannen aus dem unteren Schrankfach gezogen und schepperte damit auf dem Küchenboden herum. Aber das mache doch nichts, sagten sie, also ließ ich sie im Esszimmer stehen und holte Luke und Matt. Die beiden blickten die zwei Männer verwundert an – der Polizist war draußen beim Wagen geblieben – und sagten hallo. Und plötzlich veränderte sich Matts Gesichtsausdruck. Auf einmal schaute er nicht mehr nur höflich fragend, sondern furchtbar erschrocken.

»Was ist los?«, sagte er.

Dr. Christopherson wandte sich zu mir. »Kate, könntest du vielleicht mal nach Bo sehen? Vielleicht mal ein bisschen, ähm ...?«

Ich ging in die Küche. Bo tat nichts Unrechtes, doch ich nahm sie auf den Arm und schleppte sie nach draußen. Allmählich wurde sie ziemlich schwer, und ich konnte sie nur noch mit Mühe tragen. Ich nahm sie wieder mit zum Strand. Die Stechmücken wurden langsam lästig, aber ich blieb trotzdem dort hocken, selbst als Bo zu knatschen anfing, weil Matts Miene mir Angst gemacht hatte und ich nicht wissen wollte, was der Grund dafür war.

Nach langer Zeit, mindestens eine halbe Stunde später, kamen Matt und Luke zu uns an den Strand. Ich sah sie nicht an. Luke hob Bo auf die Schultern und ging langsam mit ihr die weite Bucht entlang. Matt setzte sich neben mich, und als Luke und Bo ein gutes Stück entfernt waren, sagte er mir, dass unsere Eltern tödlich verunglückt seien, beim Zusammenstoß mit einem voll beladenen Holzlaster, dessen Bremsen am Honister Hill versagt hatten.

Ich erinnere mich, dass ich entsetzliche Angst hatte, er könnte jeden Moment in Tränen ausbrechen. Seine Stimme zitterte, und er rang heftig um Fassung, und ich war ganz starr vor Angst, wagte nicht, zu ihm aufzublicken, wagte kaum zu atmen. Als ob *das* schlimmer als alles andere wäre, weit schlimmer als das Unfassbare, was er mir da erzählte. Als ob ein weinender Matt das einzig wirklich Unvorstellbare wäre.

2

Erinnerungen. Eigentlich brauche ich sie nicht. Nicht, dass es nicht auch ein paar nette gäbe, aber insgesamt würde ich sie lieber in eine Kiste stopfen, und Deckel zu. Und tatsächlich ist mir das bis vor zwei Monaten auch recht gut gelungen. Ich musste schließlich mit meinem eigenen Leben klarkommen. Ich hatte meine Arbeit, und ich hatte Daniel, und beides nahm viel Zeit und Energie in Anspruch. Zugegeben, in beiden Bereichen lief es seit einiger Zeit nicht mehr so gut, aber es kam mir nie in den Sinn, dies in Zusammenhang mit der »Vergangenheit« zu bringen. Bis vor zwei Monaten hatte ich wirklich das Gefühl, all das längst hinter mir gelassen zu haben. Ich fand mein Leben in Ordnung, so wie es war.

Aber dann, im letzten Februar, fand ich einen Brief von Matt vor, als ich eines Freitagabends von der Arbeit nach Hause kam. Ich sah die Handschrift, und augenblicklich sah ich Matt vor mir – man weiß ja, wie die Handschrift immer sogleich den Schreiber heraufbeschwört. Und ebenso prompt kam der alte Schmerz zurück, ein dumpfes Ziehen in der Brust, wie Trauer um etwas unwiederbringlich Verlorenes. In all den Jahren war der Schmerz kein bisschen schwächer geworden.

Ich klemmte meine mit Laborberichten voll gestopfte Tasche unter den Arm und öffnete den Brief, noch während ich die Treppe hinaufstieg. Es war dann aber gar kein richtiger Brief, sondern eine Karte von Simon, Matts Sohn, der mich zu seinem achtzehnten Geburtstag Ende April einlud. Beigefügt eine kleine, hastig hingekritzelte Notiz von Matt: »Du musst kommen, Kate!! Keine Ausreden!!!« Fünf Ausrufezeichen insgesamt. Und dann noch ein taktvolles PS: »Bring ruhig jemanden mit, wenn du möchtest.«

Hinter dem Zettel steckte ein Foto. Es war von Simon, aber zuerst dachte ich, es sei von Matt. Matt mit achtzehn. Sie sehen sich verblüffend ähnlich. Und natürlich schwemmte das den ganzen Bodensatz von Erinnerungen an jenes Jahr mit seinen unheilvollen Ereignissen hoch. Und das wiederum brachte mich auf die alte Geschichte von Urgroßmutter Morrison und ihrem Lesepult. Arme alte Urgroßmutter. Ihr Bild hängt jetzt in meinem Schlafzimmer. Ich hatte es mitgenommen, als ich von zu Hause fortging. Niemand schien es zu vermissen.

Ich stellte meine Tasche auf dem Tisch im Wohnzimmer ab und setzte mich, um die Einladung noch mal zu lesen. Natürlich würde ich hinfahren. Simon ist ein lieber Junge, und ich bin schließlich seine Tante. Luke und Bo würden auch dort sein – es würde ein Familientreffen werden, und ich habe nichts gegen Familientreffen. Keine Frage, ich würde hinfahren. An dem betreffenden Wochenende sollte zwar eine Konferenz in Montreal stattfinden, zu der ich mich schon angemeldet hatte, aber ich hatte dort keinen Vortrag zu halten, also konnte ich genauso gut wieder absagen. Und da ich am Freitagnachmittag keine Seminare hatte, konnte ich auch gleich nach dem Mittagessen los. Einfach auf den Highway 400 und ab in Richtung Norden. Es ist eine Strecke von vierhundert Meilen, immer noch eine lange Fahrt, obwohl die meisten Straßen mittlerweile asphaltiert sind. Nur auf den letzten Kilometern, wenn man von der Hauptstraße nach Westen abbiegt und die

Teerstraße in Holperwege durch immer dichteren Wald mündet, hat man wirklich das Gefühl, in die Vergangenheit zurückzureisen.

Und was »jemanden mitbringen« anging – nein. Daniel würde nur zu gern mitkommen, Daniel verzehrte sich vor Neugier auf meine Familie und wäre bestimmt *überglücklich*, mitzukommen, aber sein naiver Enthusiasmus war einfach mehr, als ich verkraften konnte. Nein, ich würde Daniel nicht zu der Geburtstagsparty einladen.

Ich blickte auf das Foto, sah Simon, sah Matt, und ich wusste genau, wie es laufen würde. Sehr gut nämlich; alles würde glatt laufen. Die Party würde laut und fröhlich sein, das Essen fabelhaft, wir würden alle viel lachen und uns gegenseitig auf die Schippe nehmen. Luke und Matt und Bo und ich würden über die alten Zeiten reden, aber manche Dinge würden wir aussparen, manche Namen unerwähnt lassen. Calvin Pye zum Beispiel. Oder auch Laurie Pye.

Ich würde Simon ein teures Geschenk überreichen, als Zeichen meiner Zuneigung zu ihm, die echt war, und als Beweis meines unverbrüchlichen Familiensinns.

Am Sonntagnachmittag, wenn ich dann wieder aufbrechen musste, würde Matt mich nach draußen zu meinem Wagen begleiten. Er würde sagen: »Irgendwie finden wir nie Zeit zum Reden«, und ich würde sagen: »Ja, komisch, nicht?«

Ich würde ihn anschauen, und er würde aus Urgroßmutter Morrisons ruhigen grauen Augen zurückschauen, und ich würde wegschauen müssen. Und auf halbem Weg nach Hause würde ich merken, dass ich weinte, und die nächsten Wochen unentwegt darüber nachgrübeln, warum.

※※※

Es führt alles immer wieder zurück zur Urgroßmutter. Mühelos kann ich sie mir in vertraulichem Zwiegespräch mit Matt vorstellen. Die Urgroßmutter sitzt stocksteif in einem Sessel mit hoher Lehne, und Matt sitzt ihr gegenüber. Er hört ihr aufmerksam zu, nickt, wenn er ihr zustimmt, wartet höflich darauf, seinen eigenen Standpunkt zu vertreten, wenn er ihre Meinung nicht teilt. Er ist respektvoll, aber nicht von ihr eingeschüchtert, und das gefällt ihr. Ich kann es in ihren Augen sehen.

Seltsam, nicht wahr? Denn natürlich haben sie sich im wirklichen Leben niemals getroffen. Obgleich unsere Urgroßmutter ein hohes Alter erreichte, war sie längst tot, als Matt auf die Welt kam. Sie hat uns nie besucht – hat die Ufer von Gaspé überhaupt nie verlassen –, und doch hatte ich als Kind oft das Gefühl, dass sie auf geheimnisvolle Weise bei uns war. Ihr Einfluss war allgegenwärtig; sie hätte sich ebenso gut im Zimmer nebenan aufhalten können. Und was sie und Matt betrifft – ich glaube, ich spürte schon in jungen Jahren, dass es eine tiefere Verbindung zwischen ihnen gab, auch wenn ich nicht hätte sagen können, worin genau sie bestand.

Mein Vater erzählte uns viel von ihr – weit mehr als von seiner eigenen Mutter. Leider war er kein sehr begabter Erzähler; bei den Geschichten ging es meistens darum, irgendein moralisches Prinzip zu veranschaulichen. Wie zum Beispiel bei der Geschichte über die Protestanten und die Katholiken, über die Reibereien zwischen den verschiedenen Konfessionen in der Gemeinde, die zu Prügeleien zwischen rivalisierenden Jungenbanden führten. Die beiden Seiten waren damals anscheinend ungleich stark – es gab mehr Protestanten als Katholiken –, also entschied die Urgroßmutter, dass ihre Söhne »auf der anderen Seite« kämpfen müssten, um ein bisschen für Ausgleich zu sorgen. Fairplay war in dem Fall die Lehre, die wir daraus zu ziehen hatten. Keine Prügelszenen, kein Blut, keine Heldentaten, nur diese eine dürre Lehre: Fairplay.

Und dann war da noch der berühmte Bildungshunger der Urgroßmutter. Alle ihre vierzehn Kinder hatten die Volksschule abgeschlossen, was in jenen Zeiten höchst ungewöhnlich war. Schularbeiten waren wichtiger als Feldarbeit – ungeachtet der Tatsache, dass alles, was es zu essen gab, dem Ackerboden abgerungen werden musste. Doch Bildung war nun einmal ihr Lebenstraum, eine Leidenschaft, die fast schon krankhaft war, und sie steckte damit nicht nur ihre eigenen Kinder an, sondern ganze Generationen von noch ungeborenen Morrisons.

Wenn er von ihr sprach, stellte unser Vater sie immer als großes Vorbild hin, gerecht, gütig und weise wie Salomon – mir fiel es nur schwer, dieses Bild mit dem Foto von ihr in Einklang zu bringen. Auf dem Foto wirkt sie einfach nur wie ein Dragoner. Man sieht sofort, wieso es keine Geschichten über irgendwelche Streiche ihrer Kinder gibt.

Und wo war eigentlich ihr Mann, unser Urgroßvater, die ganze Zeit? Draußen auf dem Feld, nahm ich an. Irgendwer musste sich ja darum kümmern.

Aber wir wussten alle, dass sie eine bedeutende Frau war, nicht einmal das mangelhafte Erzähltalent unseres Vaters konnte das verbergen. Matt fragte einmal, was für Bücher sie denn so auf ihr Lesepult gestellt hatte, abgesehen von der Bibel natürlich. Er wollte wissen, ob sie Romane las – Charles Dickens vielleicht, oder Jane Austen. Doch unser Vater sagte, Literatur interessierte sie nicht, nicht einmal Weltliteratur. Sie wollte nicht aus der Wirklichkeit »flüchten«, sie wollte sich bilden. Sie las Bücher über Geologie, über das Leben der Pflanzen, über das Sonnensystem; eins dieser Werke hieß *Die Spuren der Schöpfung*, es handelte von der geologischen Entwicklung der Erde, und mein Vater erinnerte sich, wie sie darüber perplex den

Kopf schüttelte. Es war nur ein Vorläufer von Darwin, aber wie dieser nicht ganz in Einklang mit den Lehren der Bibel. Man konnte daran sehen, sagte unser Vater, wie sehr sie das Wissen verehrte, denn obwohl es sie beunruhigte, verwehrte sie den Kindern und Enkeln nicht, es zu lesen.

Vieles von dem, was in den Büchern stand, ging sicher weit über ihren Horizont – sie hatte selber nie eine Schule besucht –, aber sie las trotzdem immer weiter, bemühte sich, alles zu verstehen. Selbst als Kind hat mich das beeindruckt. Jetzt finde ich es rührend, solch ein Wissensdurst, solch eine Beharrlichkeit neben all der Plackerei tagein, tagaus; bewundernswert und traurig. Die Urgroßmutter war eine geborene Wissenschaftlerin, zu einer Zeit und an einem Ort, wo der Begriff noch völlig unbekannt war.

Aber sie hatte auch Erfolg. Gewiss war unser Vater ihr Ein und Alles, denn durch ihn sah sie ihren Traum von Bildung und der Befreiung vom Bauerndasein allmählich Gestalt annehmen. Er war der jüngste Sohn ihres jüngsten Sohnes; seine Brüder übernahmen seinen Teil der Landarbeit, damit er die höhere Schule abschließen konnte, als Erster in der ganzen Familie. Er hatte in jedem Fach die besten Noten; ich kann mir gut vorstellen, wie die Urgroßmutter mit verbissenem Stolz am Kopf der Festtafel thronte! Nach der Examensfeier packten sie ihm einen Rucksack – ein Paar saubere Socken, ein Taschentuch, ein Stück Seife und sein Abschlusszeugnis – und schickten ihn hinaus in die Welt, um das Beste aus seinen Gaben zu machen.

Er schlug den Weg nach Süden ein, reiste von Stadt zu Stadt, nahm Arbeit an, wo er sie finden konnte, immer das breite blaue Band des St. Lawrence entlang. Als er Toronto erreichte, blieb er einige Zeit, aber nicht lange. Vielleicht war die Großstadt ihm unheimlich – die vielen Menschen, der Lärm –, obwohl ich ihn nicht als zart besaitet in Erinnerung habe. Wahrscheinlich fand er das Stadtleben einfach oberflächlich und frivol.

Wieder unterwegs, machte er sich gen Nordwesten auf, fort von der so genannten Zivilisation; gerade erst dreiundzwanzig, ließ er sich schließlich in Crow Lake nieder, einer kleinen Dorfgemeinde ähnlich der, die er tausend Meilen weit hinter sich gelassen hatte.

Als ich alt genug war, mir über solche Dinge Gedanken zu machen, schien mir, die Familie meines Vaters müsste doch ziemlich enttäuscht darüber gewesen sein, dass er in einem solchen Nest hängen blieb, bis mir irgendwann klar wurde, dass sie seine Wahl eigentlich nur billigen konnten, denn trotz des bescheidenen Ortes unterschied sein neues Leben sich ganz beträchtlich von dem früheren. Er hatte einen Job bei einer Bank in Struan, trug einen Anzug bei der Arbeit, besaß ein Auto und baute sich ein schlichtes, kühles, von Bäumen beschattetes Haus am See, weit weg vom Schmutz und den Fliegen der Bauernhöfe. Im Wohnzimmer seines Hauses hatte er ein Regal voller Bücher, und was noch ungewöhnlicher war, er hatte auch die Muße, sie zu lesen. Wenn er sich in einem Bauerndorf angesiedelt hatte, dann deshalb, weil er sich in den Wertvorstellungen aufgehoben fühlte, die er dort vorfand. Das Entscheidende war, dass er überhaupt eine Wahl hatte. Das war es, was sie für ihn erkämpft hatten.

Die Bank gestand meinem Vater zwei Wochen Jahresurlaub zu (den ersten Urlaub, den jemals jemand in der Familie bekommen hatte), und ein Jahr, nachdem er sich in Crow Lake niedergelassen hatte, nutzte er diesen Urlaub, um nach Gaspé zurückzukehren und seiner Jugendliebe einen Antrag zu machen. Sie stammte von einem Nachbarhof und, genau wie er, aus einer soliden schottischen Sippschaft. Sie muss wohl auch den gleichen Sinn fürs Abenteuer besessen haben, denn sie nahm seinen Antrag an und kam als seine Braut mit nach Crow Lake. Es gibt ein Foto von ihnen an ihrem Hochzeitstag. Sie stehen im Portal der kleinen Kirche am Ufer von Gaspé; zwei hoch gewachsene, kräftige, blonde, ernsthafte Menschen, die ebenso gut Geschwister hätten sein können. Ihre Ernsthaftigkeit offenbart sich in ihrem Lächeln. Aufrichtig, direkt, aber von Grund auf ernst. Sie bilden sich nicht ein, ihr Leben würde leicht sein – sie sind nicht dazu erzogen worden, so etwas zu erwarten –, aber sie trauen sich zu, es anzugehen. Sie werden ihr Bestes geben.

So reisten sie denn miteinander nach Crow Lake und gründeten ihren Hausstand und setzten im Lauf der Zeit vier Kinder in die Welt: zwei Jungen, Luke und Matt, und dann nach zehn Jahren und sicher reiflicher Überlegung noch zwei Mädchen: mich (Katherine, Kate genannt) und Elizabeth, die wir Bo riefen.

Liebten sie uns? Selbstverständlich. Sagten sie uns das auch? Selbstverständlich nicht. Obwohl, so ganz stimmt das nicht – meine Mutter hat mir einmal gesagt, dass sie mich liebte. Ich hatte irgendwas verbrochen – es war so eine Phase, in der ich ständig etwas anstellte –, und sie war böse auf mich und redete tagelang nicht mehr mit mir (so empfand ich es jedenfalls, vermutlich waren es bloß ein paar Stunden). Und schließlich fragte ich sie ängstlich: »Mummy, hast du mich noch lieb?« Sie sah mich überrascht an und sagte nur: »Über die Maßen.« Ich wusste nicht, was »über die Maßen« hieß, aber instinktiv begriff ich es doch und war beruhigt. Ich bin heute noch beruhigt.

Irgendwann, wahrscheinlich bereits ganz zu Anfang, schlug mein Vater einen Nagel in die Wand des Elternschlafzimmers und hängte das Bild von Urgroßmutter Morrison daran, und wir alle wuchsen unter der Schirmherrschaft ihres strengen Blicks und ihrer hochfliegenden

Träume auf. Was aus meiner Sicht nicht unbedingt zur Gemütlichkeit beitrug. Ich war immer überzeugt, dass sie uns alle skeptisch beäugte, mit einer Ausnahme. An ihrer Miene konnte ich sehen, dass sie Luke für einen Faulpelz hielt, mich für eine Träumerin und Bo für einen unverbesserlichen Sturkopf. Ihre harten alten Augen, so schien es mir, zeigten nur dann einen Anflug von Sanftheit, wenn Matt das Zimmer betrat. Dann änderte sich ihr Gesichtsausdruck, und man konnte ihr ansehen, was sie dachte. Der hier, dachte sie, der ist goldrichtig.

★★★

Es fällt mir schwer, mich an die Tage zu erinnern, die unmittelbar auf den Unfall folgten. Meist tauchen nur einzelne Bilder vor meinem inneren Auge auf, erstarrt in der Zeit, wie auf Fotografien. Das Wohnzimmer zum Beispiel – ich erinnere mich, was für ein Durcheinander es war. In der ersten Nacht schliefen wir dort alle vier; Bo wollte sich wahrscheinlich nicht ins Bett bringen lassen, also schleppten Luke und Matt dann Bos Kinderbett und drei Matratzen ins Wohnzimmer.

Ich sehe mich noch wach liegen und ins Dunkel starren. Ich versuchte einzuschlafen, doch es gelang nicht, und die Zeit wollte nicht vergehen. Ich wusste, dass Luke und Matt ebenfalls wach lagen, aber aus irgendeinem Grund traute ich mich nicht, mit ihnen zu sprechen, und so zog die Nacht sich endlos hin.

Andere Dinge schienen sich dauernd zu wiederholen, aber im Rückblick bin ich mir nicht sicher, ob es mir nur so vorkam. Wie Luke zum Beispiel in der Haustür stand, mit Bo auf dem Arm, und mit der freien Hand eine große, zugedeckte Schüssel von irgendwem entgegennimmt. Ich weiß, dass es passiert ist, aber in meiner Erinnerung verbrachte er praktisch die ganzen ersten Tage in dieser Haltung. Obwohl das auch durchaus möglich wäre – jede Hausfrau in der Gemeinde wird die Ärmel aufgekrempelt und zu kochen angefangen haben, als sie die Nachricht hörte. Kartoffelsalat wurde in Mengen abgeliefert, und ganze Schinkenkeulen und nahrhafte Eintöpfe, obwohl es viel zu heiß für solches Essen war. Jedes Mal, wenn man aus der Tür trat, stolperte man über einen Korb Erbsen oder einen Bottich Rhabarberkompott.

Und Luke mit Bo auf dem Arm. Trug er sie in jenen ersten Tagen wirklich ununterbrochen herum? So habe ich es jedenfalls in Erinnerung. Ich nehme an, die Stimmung im Haus hatte sich auf sie übertragen, und sie vermisste unsere Mutter und weinte, wenn er sie absetzte.

Ich selbst wich Matt nicht von der Seite. Ich klammerte mich an seine Hand oder seinen Ärmel oder seine Jeans, was immer ich zu fassen bekam. Ich war sieben. Eigentlich zu alt für solches Benehmen, aber ich konnte es nicht lassen. Ich erinnere mich, wie er sich sanft aus meinem Griff löste, wenn er zur Toilette musste, und sagte: »Warte mal, Katie, ich bin gleich wieder da.« Ich stand dann an der verschlossenen Badezimmertür und fragte mit bebender Stimme: »Bist du fertig?«

Ich kann mir nicht vorstellen, wie jene ersten Tage für Luke und Matt gewesen sein müssen; die Vorbereitungen für die Beerdigung, die vielen Anrufe, die Beileidsbesuche von Nachbarn, die gut gemeinten Hilfsangebote, das Problem, Bo und mich zu versorgen. Die Verwirrung und Beklommenheit, ganz zu schweigen von der Trauer. Und natürlich wurde die Trauer verschwiegen. Wir waren ja schließlich die Kinder unserer Eltern.

Es kamen auch ein paar Anrufe aus der Gaspé-Gegend oder aus Labrador, von den verschiedenen Linien der Familie. Diejenigen ohne eigenes Telefon riefen von öffentlichen Fernsprechern aus an, und man konnte die Münzen durchrasseln hören und schnaufenden Atem, während der unbeholfene Anrufer, der keine Übung im Telefonieren hatte, krampfhaft nach den richtigen Worten suchte.

»Hier ist Onkel Jamie.« Ein hohles Bellen aus dem wilden, fernen Labrador.

»Ach ja, hallo«, von Luke.

»Ich rufe an wegen deinen Eltern.« Er hatte eine mächtige Lunge. Onkel Jamie. Luke musste den Hörer auf Armeslänge vom Ohr weg halten, und Matt konnte am anderen Ende des Zimmers jedes Wort verstehen.

»Ja. Danke.«

Peinliches, rauschendes Schweigen.

»Spreche ich mit Luke? Dem Ältesten?«

»Ja. Luke.«

Weiteres Schweigen.

Luke, weniger verlegen als einfach nur müde: »Nett von dir, dass du anrufst, Onkel Jamie.«

»Nun ja, ja. Schreckliche Sache, mein Junge, schreckliche Sache.«

Im Wesentlichen schien es bei all diesen Anrufen darum zu gehen, dass wir uns keine Sorgen um die Zukunft machen sollten. Die Familie würde sich um alles kümmern. Nur keine Bange. Tante Annie, eine von den drei Schwestern meines Vaters, würde so bald wie möglich zu uns kommen, obwohl sie es wahrscheinlich nicht mehr rechtzeitig zur Beerdigung schaffen würde. Ob wir Kinder noch ein paar Tage allein durchhalten könnten?

Ich hatte Glück, dass ich noch zu jung war, um zu verstehen, was in diesen Anrufen mitschwang. Ich wusste nur, dass sie Luke und Matt beunruhigten, denn hinterher, sobald sie den Hörer aufgelegt hatten, standen sie noch eine Weile wie angewurzelt da und starrten grübelnd aufs Telefon. Luke hatte die Angewohnheit, sich mit den Händen durchs Haar zu fahren, wenn er aufgewühlt war, und in den Tagen und Wochen nach dem Unfall sahen seine Haare aus wie ein gut gepflügtes Kornfeld.

Ich erinnere mich, wie mir schlagartig aufging, als ich ihn im Kinderzimmer nach sauberen Sachen für Bo durch die Schubladen wühlen sah, dass ich Luke nicht mehr kannte. Er war nicht mehr der Gleiche wie noch vor ein paar Tagen – der halb trotzige, halb verlegene Junge, der es mit Ach und Krach ins Lehrerseminar geschafft hatte –, und ich wusste nicht mehr, wer er war. Ich wusste nicht, dass Menschen sich ändern konnten. Aber ich hatte ja auch nicht gewusst, dass Menschen sterben konnten. Zumindest nicht die Menschen, die man liebte und brauchte. Theoretisch wusste ich, was der Tod war, aber in der Praxis – nein. Ich hatte keine Ahnung gehabt, dass so etwas wirklich passieren konnte.

Die Aussegnung fand auf dem Friedhof statt. Stühle waren aus der Sonntagsschule hinausgebracht und vor den beiden offenen Gräbern aufgestellt worden. Wir vier Kinder saßen in der ersten Reihe und versuchten, nicht mit den Stuhlbeinen auf dem festgebackenen Erdboden herumzuwackeln. Oder vielmehr, drei von uns saßen in einer Reihe; Bo saß auf Lukes Schoß, mit dem Daumen im Mund.

Ich erinnere mich, wie unbehaglich ich mich fühlte. Es war extrem heiß, und Luke und Matt waren penibel darauf bedacht, alles so zu machen, wie es sich gehörte, darum steckten wir in unseren dunkelsten Kleidern – ich in einem Winterrock und Pullover, Bo in einem Flanellkleid vom Vorjahr, das ihr viel zu klein war. Die Jungen trugen dunkle Hemden und Hosen. Alle vier glänzten wir schon vor Schweiß, ehe die Beerdigung überhaupt begonnen hatte.

Ansonsten ist mir nur in Erinnerung geblieben, dass ich hinter mir ein paar Leute schluchzen und schniefen hörte und mich nicht umdrehen konnte, um zu sehen, wer sie waren. Ich denke, ich war von der Realität des Geschehens durch eine Art Ungläubigkeit abgeschirmt. Ich konnte einfach nicht glauben, dass meine Mutter und mein Vater in diesen beiden Kästen neben den Gräbern lagen, und selbst wenn, konnte ich erst recht nicht glauben, dass man sie dort hinabsenken und Erde auf sie häufen würde, sodass sie niemals wieder herauskämen. Ich saß still neben Luke und Matt, und dann stand ich neben ihnen und hielt Matts Hand, während die Särge hinabgelassen wurden. Matt hielt meine Hand ganz fest, daran erinnere ich mich noch.

Dann war es vorbei, das heißt nicht ganz, denn jeder im Dorf musste uns noch sein Beileid zollen. Die meisten sagten gar nichts, sie defilierten nur an uns vorüber und nickten stumm oder tätschelten Bo den Kopf, aber es dauerte trotzdem sehr lange. Ich stand neben Matt. Ein paar Mal blickte er zu mir herab und lächelte, obwohl sein Lächeln nur ein weißer Strich war. Bo, hoch rot vor Hitze, benahm sich vorbildlich. Luke hatte sie auf dem Arm, und sie lehnte den Kopf an seine Schulter und beobachtete alle hinter ihrem Fäustchen.

Sally McLean war eine der Ersten, die auf uns zutraten. Sie war eine von denen, die geweint hatten – man sah es ihr an. Sie blickte weder Matt noch mich an, sondern wandte ihr tränenverquollenes Gesicht Luke zu und wisperte: »Es tut mir so Leid, Luke.«

»Danke«, sagte Luke.

Sie schaute zu ihm auf, ihr Mund zitterte vor Mitgefühl, aber dann kamen ihre Eltern dazu, und sie sagte nichts mehr. Mr. und Mrs. McLean waren klein, bescheiden und schüchtern, ganz anders als ihre Tochter. Mr. McLean räusperte sich, brachte aber kein Wort hervor. Mrs. McLean lächelte uns traurig an. Dann räusperte Mr. McLean sich noch mal und sagte zu Sally: »Sal, wir gehen«, aber sie warf ihm nur einen vorwurfsvollen Blick zu und blieb, wo sie war.

Calvin Pye kam als Nächster; er schob seine Frau und seine Kinder vor sich her. Calvin Pye war der Bauer, bei dem Matt und Luke im Sommer arbeiteten, ein verbittert aussehender Mann. Alice, seine Frau, machte einen ängstlichen Eindruck. Meiner Mutter hatte sie Leid getan, warum, wusste ich nicht, sie sagte nur hin und wieder: »Diese arme Frau.«

Die Kinder hatten ihr auch Leid getan. Die Älteste, Marie, war in Matts Klasse gegangen, bis sie im Vorjahr mit der Schule aufgehört hatte, um zu Hause zu helfen. Die Jüngste, Rosie, war sieben und in meiner Klasse. Der Junge, Laurie, war vierzehn und hätte auf die höhere Schule gehen sollen, aber wegen der Arbeit auf dem Hof hatte er schon so viel vom Unterricht versäumt, dass er es nie mehr weiter als bis zur achten Klasse schaffen würde. Beide Mädchen waren blass und verhuscht wie die Mutter, aber Laurie war seinem Vater wie aus dem Gesicht geschnitten, ebenso schmal und knochig, mit den gleichen dunklen, zornigen Augen.

Mr. Pye sagte: »Unser Beileid«, und Mrs. Pye hauchte: »Ja.« Rosie und ich blickten uns an. Rosie sah aus, als ob sie geweint hätte, aber so sah sie immer aus. Laurie starrte zu Boden. Ich glaube, Marie wollte etwas zu Matt sagen, aber Mr. Pye trieb seinen Klan schon weiter.

Miss Carrington trat vor. Sie war meine Lehrerin: früher auch die von Luke und Matt. Die Volksschule hatte nur einen Raum, und so unterrichtete sie alle auf einmal, bis sie in die Stadt zur Highschool gingen oder zur Arbeit auf der väterlichen Farm. Sie war jung und nett, aber recht streng, und ich hatte ein bisschen Angst vor ihr. Sie sagte: »Ach, Luke, Matt, Kate...« Dann versagte ihr die Stimme, und sie brachte nur noch ein zittriges Lächeln zustande und streichelte über Bos Fuß.

Als Nächste kamen Dr. Christopherson und seine Frau mit Kindern, gefolgt von vier Männern, die ich noch nie gesehen hatte, offenbar Kollegen meines Vaters, und dann, einzeln zu zweit oder familienweise all die Leute, die ich von klein auf kannte, und alle sagten sie mit betrübten Mienen zu Luke und Matt: »Wenn wir irgendwas für euch tun können...«

Sally McLean stand immer noch so dicht neben Luke, wie es nur irgend ging. Sie blickte zu Boden, während die Leute ihr Beileid bekundeten, und ab und zu rückte sie noch dichter an Luke heran und flüsterte ihm etwas zu. Einmal hörte ich sie fragen: »Soll ich deine kleine Schwester mal halten?« Luke sagte: »Nein«, und fasste Bo noch etwas fester. Dann setzte er hinzu: »Danke, aber es geht ihr gut so.«

Mrs. Stanovich war eine der Letzten, die auf uns zukamen, und ich weiß noch genau, was sie sagte. Sie hatte geweint, sie weinte sogar immer noch. Sie war eine dicke, weichliche Person, die aussah, als hätte sie keine Knochen im Leib, die den ganzen Tag mit dem Herrn sprach, nicht nur während der üblichen Gebete, wie wir anderen. Matt hatte einmal gesagt, sie sei nicht ganz dicht – wie alle Fundamentalisten, und meine Eltern hatten ihn dafür einen ganzen Monat lang aus dem Esszimmer verbannt. Wenn er nur gesagt hätte, sie sei nicht ganz dicht, wäre er vielleicht noch davongekommen, aber dass er ihre Frömmigkeit herabwürdigte, das brachte ihm Ärger ein. Toleranz in Glaubensdingen war ein Familiengrundsatz, und wer dagegen verstieß, tat es auf eigene Gefahr.

Jedenfalls trat sie nun auf uns zu und blickte mit tränenüberströmtem Gesicht von einem zum anderen. Wir wussten nicht, wo wir hinschauen sollten. Mr. Stanovich, mit Spitznamen »Plappermaul«, weil er den Mund nicht aufkriegte, nickte Matt und Luke nur kurz zu und machte, dass er zu seinem Wagen zurückkam. Zu meinem Schrecken zog Mrs. Stanovich mich plötzlich an ihren üppigen Busen und sagte: «Katherine, Liebes, groß ist die Freude heute im Himmel. Eure Eltern, die guten Seelen, sind zum Herrn heimgegangen, und die himmlischen Heerscharen heißen sie mit *Jubel* willkommen. Es ist nicht leicht für euch, mein Lämmlein, aber denk nur, wie froh unser Herr Jesus ist!«

Sie lächelte unter Tränen und drückte mich noch mal an sich. Ihr Busen roch nach Talkpuder und Schweiß. Nie werde ich das vergessen. Talkpuder und Schweiß und die Vorstellung, dass man oben im Himmel über den Tod meiner Eltern jubelte.

Die arme Lily Stanovich. Ich weiß, sie trauerte wirklich um unsere Eltern. Aber ausgerechnet sie ist es, die mir von der ganzen Beerdigung am deutlichsten in Erinnerung geblieben ist, und um ehrlich zu sein, ärgert mich das bis heute. Ich hätte einfach gern eine angenehmere Erinnerung daran bewahrt, ein schönes, klares Bild von uns vieren, wie wir dicht beieinander stehen und uns gegenseitig festhalten. Aber jedes Mal, wenn ich mir das Bild vor Augen rufe, kommt Lily Stanovich mit vorgerecktem Busen angewalzt und erstickt alles in Tränen.

3

Es hat lange gedauert, bis ich Daniel von meiner Familie erzählte. Als wir anfingen, uns regelmäßig zu verabreden, tauschten wir natürlich irgendwann auch Persönliches aus, wie es jeder tut, aber es blieb alles recht allgemein. Ich erzählte ihm, glaube ich, dass ich meine Eltern schon als Kind verloren hatte, aber noch andere Verwandte oben im Norden hatte, die ich manchmal besuchte. Weiter ins Detail ging ich nicht.

Über Daniels Hintergrund erfuhr ich dagegen eine ganze Menge, weil dieser Hintergrund hier an der Universität ohnehin die ganze Zeit im Vordergrund stand. Daniel ist Professor Crane vom Fachbereich Zoologie. Sein Vater ist Professor Crane vom Fachbereich Geschichte. Seine Mutter ist Professor Crane vom Fachbereich Kunst. Eine richtige kleine Crane-Dynastie haben wir hier. Oder vielmehr eine kleine Unterabteilung von einer großen Crane-Dynastie. Daniels Vorfahren nämlich waren in allen Kulturhauptstädten Europas zu Hause, ehe sie nach Kanada auswanderten. Sie waren Mediziner oder Astronomen oder Historiker oder Musiker, jeder von ihnen zweifellos eine Koryphäe in seinem Fach. Dem gegenüber kam mir Urgroßmutter Morrisons selbst gebasteltes Lesepult ein bisschen armselig vor, und so verschwieg ich sie lieber.

Aber Daniel ist ein merkwürdiger Mensch. Was er mit Matt gemein hat – und es ist ihre einzige Gemeinsamkeit, man sollte daraus nicht folgern, ich hätte mir in Daniel einen Ersatz für Matt gesucht – was sie also gemein haben, ist eine Neugier, die sich auf fast alles erstreckt. Eines Abends, wir waren seit etwa zwei Wochen befreundet, sagte er zu mir: »So, nun erzähl mir doch mal deine Lebensgeschichte, Kate Morrison.«

Wie gesagt, es war ganz am Anfang unserer Beziehung. Ich wusste zu der Zeit nicht, dass diese harmlos klingende Aufforderung der Beginn eines Problems zwischen uns war; während ich das Gefühl hatte, Daniel verlangte stets mehr von mir, als ich geben konnte, fühlte Daniel sich aus meinem Leben ausgeschlossen.

Dort, wo ich herkomme, wird grundsätzlich nicht über Beziehungsprobleme geredet. Wenn jemand etwas sagt oder tut, was einen ärgert, spricht man es nicht aus. Vielleicht hat es etwas mit den presbyterianischen Grundsätzen zu tun; wenn das elfte Gebot lautet: Du sollst nicht deine Gefühle zeigen, so lautet das zwölfte: Du sollst nicht zugeben, dass dich was ärgert; und wenn es sich nicht verhehlen lässt, dass du dich ärgerst: Dann sollst du nicht erklären, warum. Nein, du musst deine Wut runterschlucken, in dich hineinfressen, wo sie vor sich hin gärt, bis du auf einmal explodierst, ohne Maß noch Ziel und zur großen Verwirrung dessen, der dich geärgert hat. In Daniels Familie gibt es sehr viel mehr Gezänk und Gezeter und Türenschlagen, aber sehr viel weniger Verwirrung, weil die Leute immer sagen, was los ist.

Also gestand ich Daniel auch in den folgenden Monaten nicht, dass ich oft den Eindruck hatte, er wolle mein Leben scheibchenweise auf seine kleinen Glasplättchen fixieren, um mich wie irgendeine unglückselige Mikrobe unter sein Mikroskop zu legen und mein innerstes Innenleben zu erforschen. Er sagte mir dafür ganz ruhig und ernsthaft, er habe den Eindruck, dass ich ihm nicht gerade viel von mir selbst mitteilte, dass da irgendwo anscheinend eine Barriere sei, die er spüre, aber nicht näher bestimmen könne, und damit habe er ein echtes Problem.

All das lag an jenem Abend aber noch in ferner Zukunft; unsere Beziehung war noch jung und aufregend. Wir saßen in einem Schnellimbiss. Grelles Neonlicht und gelbe Plastiktische, hektisches Geschirrklappern aus der Küche. Corned-Beef-mit-Kraut-Sandwiches und ausgezeichneter Kaffee. Und plötzlich stand dieser Satz im Raum: Erzähl mir deine Lebensgeschichte.

Ich konnte mir damals selber nicht erklären, warum die bloße Vorstellung mir so zuwider war. Zum Teil mag es daran liegen, dass ich von Haus aus nicht zur Vertraulichkeit neige. Ich habe nie zu den Teenagern gehört, die hinter vorgehaltener Hand kichernd Geheimnisse austauschen. Und ich habe es immer schon als ziemliche Zumutung empfunden, Familienangelegenheiten vor einem relativ Fremden auszubreiten, die eigene Privatsphäre zu opfern, nur um dem Ritual des Einander-näher-kennen-Lernens zu genügen. Aber jetzt scheint mir, mein Widerstreben rührte vor allem daher, dass meine Lebensgeschichte so eng mit der von Matt verknüpft ist, und das ließ sich beim besten Willen nicht mal so eben bei einer Tasse Kaffee abhandeln, schon gar nicht mit einem Erfolgstyp wie Daniel Crane.

Also hielt ich mich bedeckt. »Ich glaube, das meiste hab ich dir schon erzählt«, sagte ich.

»Du hast mir fast nichts erzählt. Ich weiß nur, dass du von irgendwo aus dem hohen Norden kommst.«

»Was willst du denn noch wissen?«

»Alles«, sagte Daniel. »Erzähl mir alles.«

»Alles auf einmal?«

»Fang einfach am Anfang an. Nein, noch davor. Fang mit dem Ort an, wo du herkommst.«
»Crow Lake?«
»Ja. Wie war es, in Crow Lake aufzuwachsen?«
»Schön«, sagte ich, »sehr schön.«
Daniel wartete. Schließlich sagte er: »Du bist wirklich die geborene Geschichtenerzählerin, Kate.«
»Na, ich weiß ja nicht, was dich interessiert!«
»Alles. Wie groß war der Ort? Wie viele Einwohner? Gab es eine Bücherei? Eine Eisdiele? Einen Waschsalon?«
»Ach was«, sagte ich. »Nein, nein. Es gab überhaupt nur einen einzigen Laden. Einen Gemischtwarenladen und eine Kirche. Und eine Schule. Und die Farmen. Eigentlich nicht viel mehr als ein paar verstreute Bauernhöfe.«

Er saß über seinen Kaffee gebeugt, versuchte wohl, sich eine Vorstellung von unserem Dorf zu machen. Daniel ist groß und hager und hält sich ein bisschen krumm, eine Folge lebenslangen Forschens am Mikroskop. Crane der Kranich – sein Name wirkt da natürlich etwas komisch, und man möchte meinen, seine Studenten verulken ihn deswegen, aber anscheinend ist dem nicht so. Er hat den Ruf, der beste Dozent in seinem Fachbereich zu sein. Ich wollte mich schon immer mal in eine seiner Vorlesungen schleichen, um zu sehen, wie er es macht, aber ich habe mich nie getraut. Was die Vermittlung von Fachwissen betrifft, gelte ich leider als etwas trocken.

»Es war also eine richtige Bilderbuchwelt, wie anno dazumal«, sagte er.

»Nicht wie anno dazumal«, sagte ich, »es ist eigentlich immer noch so. Es gibt da oben viele solcher Dörfer. Sie sind nur nicht mehr so isoliert wie früher, die Straßen sind inzwischen besser geworden und die Autos auch. Struan ist nur zwanzig Meilen weit weg. Zwanzig Meilen waren früher eine Riesenentfernung. Jetzt ist es bloß ein Katzensprung. Außer im Winter.«

Er nickte, immer noch bemüht, sich ein Bild zu machen. Ich fragte: »Warst du denn noch nie im Norden?«

Er überlegte. »Doch, ich bin schon mal in Barrie gewesen.«

»Barrie! Du meine Güte, Daniel! Barrie ist doch nicht im Norden!«

Ich war schockiert. Er ist so ein gebildeter Mensch und in aller Welt herumgekommen. Seine Kindheit hat er praktisch auf Koffern verbracht, während seine Eltern von einer Gastprofessur zur anderen zogen. Er hat ein Jahr in Boston gelebt, ein Jahr in Rom, ein Jahr in London, ein Jahr in Washington, ein Jahr in Edinburgh. Und dann diese riesige Bildungslücke in Heimatkunde! Es ist ja nicht so, als ob er Ägyptologe wäre und sein Leben damit verbracht hätte, in Gräbern herumzustöbern – nein, er ist Biologe, ein Wissenschaftler, der das *Leben* erforscht, und hat seine Nase noch nie aus dem eigenen Hinterhof herausgestreckt!

Vielleicht war es der Schock, der mich meine übliche Zurückhaltung vergessen ließ, denn plötzlich fing ich an, ihm von Crow Lake zu erzählen, davon, was für eine Wildnis es gewesen war, bis die großen Holzfällertrupps begannen nach Norden vorzustoßen und eine Straße bis hin zu dem kleinen blauen See bauten, den sie Crow Lake nannten, und wie dann auf dieser Straße eines Tages drei junge Männer angewandert kamen. Drei ziemlich abgebrannte Kerle, die es satt hatten, auf den Höfen anderer Leute zu schuften, und ihre eigenen Farmen haben wollten. Alles in allem besaßen sie drei Pferde, einen Ochsen, eine Säge nebst verschiedenen anderen Werkzeugen, und gemeinsam fingen sie an, ein Stück Land zu roden. Es war Niemandsland – jeder von den dreien meldete Anspruch auf fünfzig Hektar an –, und weil die Regierung es besiedeln lassen wollte, bekamen sie es umsonst. Zuerst rodeten sie jeder nur einen Hektar und zimmerten darauf Holzhütten zusammen, für jeden eine. Und dann kehrten sie, einer nach dem anderen, auf der Straße zurück nach New Liskeard und suchten sich dort jeder eine Frau, um sie in ihre Holzhütten mitzunehmen.

»Vier Wände und ein Dach«, sagte ich zu Daniel. »Und der Boden aus gestampftem Lehm, weiter nichts. Wasser wurde in Eimern aus dem Fluss geholt. *Das* war anno dazumal.«

»Und wie haben sie Lebensmittel herangeschafft? Bevor sie selbst was anbauen konnten?«

»Das wurde alles mit Pferd und Wagen angekarrt, Vorräte, Holzöfen, Spülsteine, Betten, immer eins nach dem anderen. Und nach und nach rodeten sie Hektar um Hektar. Das dauerte Jahre, Generationen. Bis heute.«

»Und haben sie es geschafft? Ist was draus geworden?«

»Aber ja. Der Boden dort ist gar nicht so schlecht. Obwohl die Zeit für den Anbau natürlich nur kurz ist.«

»Wie lange ist denn das alles her?«, fragte Daniel.

Ich überlegte. »Drei bis vier Generationen.« Es war mir vorher noch nie in den Sinn gekommen, dass jene drei Siedler höchstwahrscheinlich Zeitgenossen meiner Urgroßmutter gewesen waren.

»Leben ihre Nachkommen noch dort?«

»Ein paar«, sagte ich. »Frank Jamie – einer der drei – hatte Nachkommen, die haben sich ganz auf Milchwirtschaft spezialisiert, und es läuft immer noch gut. Stanley Vernon, der zweite Mann, der musste seine Farm irgendwann verkaufen, aber eine seiner Töchter wohnt heute noch am Ort. Die alte Miss Vernon, die ist sicher schon hundert.«

»Und die wohnen immer noch in Holzhütten?«

Ich sah ihn an; sollte das ein Witz sein? Bei Daniel weiß man das nie so genau.

»Nein, Daniel, natürlich nicht. Sie wohnen in Häusern, wie ganz normale Leute.«

»Schade. Und was ist aus den Holzhütten geworden?«

»Wurden wahrscheinlich als Schuppen oder Scheunen benutzt, nachdem die Häuser gebaut worden waren. Und dann sind sie wohl irgendwann verrottet und eingestürzt. Das passiert ja recht bald bei unbehandeltem Holz, wie du als Biologe wissen wirst. Nur Frank Jamies Hütte wurde nach New Liskeard abtransportiert und in einem Freilichtmuseum für Touristen aufgestellt.«

»In einem Freilichtmuseum?«, wunderte sich Daniel. Er schüttelte den Kopf. »Woher weißt du das alles? Ist ja unglaublich, so genau über die Geschichte seines Heimatorts Bescheid zu wissen!«

»Na, viel zu wissen gibt es ja nicht«, winkte ich ab. »Man nimmt das alles ganz unwillkürlich auf, wie in einer Art Osmose.«

»Und was wurde aus dem dritten Mann? Leben seine Nachkommen auch noch dort?«

»Jackson Pye«, sagte ich und sah die Farm im selben Moment vor mir. Das große, grau gestrichene Haus, die halb verfallene Scheune, die verstreut herumliegenden Teile von Landmaschinen überall, die Felder, die gelb in der Sonne leuchteten. Die Teiche, still und verwunschen, spiegelglatt unter dem grellen blauen Himmel.

Daniel wartete gespannt. »Der dritte Mann«, sagte ich, »hieß Jackson Pye. Die Pyes waren unsere nächsten Nachbarn. Aber für sie ist es am Ende nicht so gut ausgegangen.«

Hinterher musste ich wieder an die alte Miss Vernon denken, an etwas, das sie mir einmal erzählte und das ich lieber nicht in Erinnerung behalten hätte. Miss Vernon mit dem Gebiss und dem langen, behaarten Kinn, deren Vater einer jener drei Männer gewesen war. Als Teenager half ich ihr im Sommer manchmal ihren Gemüsegarten jäten, und schon damals kam sie mir wie eine Hundertjährige vor. Sie hatte Arthritis und konnte nicht mehr viel anderes tun, als auf einem Küchenstuhl sitzen, den sie mich nach draußen tragen ließ, damit sie mich im Auge behalten konnte. So sagte sie jedenfalls, aber eigentlich wollte sie nur ein bisschen Gesellschaft. Sie redete, ich jätete. In Wahrheit ist die Aufnahmefähigkeit durch Osmose ja doch sehr begrenzt; das meiste, was ich über Crow Lake wusste, hatte ich von Miss Vernon erfahren.

An jenem Tag also erzählte sie mir von ihrer Kindheit, von den abenteuerlichen Dingen, die sie da angestellt hatten. Eines Nachmittags im Winter spielten sie, ihr Bruder und zwei der Pye-Jungen – Jackson Pyes Söhne – am gerade erst zugefrorenen See, und obwohl es ihnen ausdrücklich verboten worden war, ihn zu betreten, behauptete Norman Pye, der älter war als die Übrigen, sie könnten es ruhig wagen, und so rutschten sie auf den Bäuchen übers Eis.

»Wir fanden es unheimlich aufregend«, sagte Miss Vernon. »Wir konnten das Eis knacken hören, aber es hielt, und wir glitten wie Aale darüber. Oh, es machte uns riesigen Spaß. Das Eis war glasklar, man konnte bis auf den Grund sehen. All die Steine da unten wie zum Greifen nah, viel bunter, als wenn man sie durchs Wasser sah. Wir konnten sogar Fische herumschwimmen sehen. Auf einmal krachte es richtig laut, die ganze Eisdecke gab nach, und wir landeten im Wasser. Es war schrecklich kalt. Aber wir waren noch dicht am Ufer, und so kletterten wir einfach wieder heraus. Nur traute Norman sich dann nicht mehr heim. Das würde ihm schlecht bekommen, sagte er.«

Sie hielt inne und klackte wie gewohnt mit ihrem Gebiss, als ob das schon das Ende der Geschichte sei. Schließlich sagte ich: »Sie meinen, er ging erst nach Hause, als er wieder trocken war?« Ich stellte mir vor, wie er mit klappernden Zähnen, schon ganz blau angelaufen, dem Erfrieren zu entgehen versuchte, während ihm die Kleider am Körper trockneten, in panischer Angst vor den Schlägen, die ihm drohten, wenn sein Vater dahinter kam. Als Ältester hatte er die härteste Strafe zu erwarten.

»Nein, nein«, sagte Miss Vernon. »Er ist gar nicht mehr nach Hause gegangen.«

»Sie meinen, überhaupt nie mehr?«

»Er hoffte, wenn er auf gut Glück die Straße entlangwanderte, würde ihn schon irgendein Lastwagen mitnehmen. Wir haben ihn nie wieder gesehen.«

Die Geschichte ging mir noch lange nach. Meine ganze Jugend über hatte ich das Bild dieses Jungen vor Augen, wie er da so allein loszog. Wie er sich ein bisschen Wärme in seinen Leib zu klopfen versuchte und mit tauben Füßen die vereiste Straße entlangstolperte. Wie die Dunkelheit anbrach und der Schnee zu fallen begann.

Was mich am meisten bedrückte, war der Gedanke, dass es schon drei Generationen zuvor einen Pye-Sohn gegeben hatte, der es lieber riskierte zu erfrieren, als seinem Vater gegenüberzutreten.

4

Zwei Tage nach der Beerdigung kam Tante Annie zu uns. Und Tante Annie war wichtig; sie spielte eine maßgebliche Rolle bei der Entscheidung, wie es mit uns weitergehen sollte. Sie war die älteste Schwester meines Vaters, eine würdige Nachfahrin von Urgroßmutter Morrison, und fast allen Aufgaben gewachsen. Es war das erste Mal, dass sie Gaspé verlassen hatte. Luke und Matt hatten sie immerhin schon einmal gesehen, als sie noch klein waren, Bo und ich noch nie.

Sie war viele Jahre älter als mein Vater, klein und dick, wo er groß und hager war, und mit einem Hintern, den ich zum Glück nicht geerbt habe, aber sie hatte trotzdem etwas von meinem Vater an sich und kam mir von Anfang an vertraut vor. Sie war unverheiratet. Die Mutter meines Vaters war ein paar Jahre zuvor gestorben, nicht lange nach unserer Urgroßmutter, und seitdem hatte Tante Annie ihrem Vater und ihren Brüdern den Haushalt geführt. Die Familie hatte sie wohl einfach deshalb zu uns geschickt, weil es als Frauenarbeit angesehen wurde und weil sie als Kinderlose am ehesten abkömmlich war, aber ich vermute, es gab auch noch einen anderen Grund. Die Nachricht, die sie zu überbringen hatte – die Entscheidung der Familie über unsere Zukunft – war sehr schmerzlich, da dürfte es nicht viele Anwärter gegeben haben.

»Es tut mir Leid, dass ich erst so spät komme«, sagte sie, als Reverend Mitchell sie uns vorgestellt hatte – seit dem Unfall waren wir ohne Auto, und er hatte sie an der Bahn abgeholt –, »aber dieses Land ist einfach zu groß. Habt ihr ein Wasserklosett? Ich nehme doch an, dass ihr ein Wasserklosett habt. Kate, du siehst genauso aus wie deine Mutter, du Glückliche. Und das ist also Bo. Grüß dich, Bo.«

Bo musterte sie steinern von Lukes Armen aus. Tante Annie schien das nicht zu kümmern. Sie nahm ihren Hut ab, der klein und rund und braun war und ihr so gar nicht schmeichelte, und sah sich nach einer Stelle um, wo sie ihn hinlegen könnte. Schließlich legte sie ihn auf die Anrichte neben einen Teller mit einem schmutzig weißen Fettrand. Dann strich sie sich übers Haar.

»Sehe ich schrecklich aus? Ich fürchte, ja. Na, macht nichts. Zeigt mir, wo das Klosett ist, und dann kann ich mich ans Werk machen. Es gibt bestimmt eine Menge zu tun.«

Sie klang so munter und sachlich, als wäre dies ein ganz normaler Besuch. Aber so schien es richtig. Unsere Eltern hätten sich genauso verhalten. Ich fand sie nett, und ich konnte mir nicht erklären, warum Luke und Matt so besorgt dreinschauten.

»So, das hätten wir«, sagte sie ein paar Minuten später, als sie aus dem Badezimmer kam. »Dann mal los. Wie spät ist es? Vier Uhr. Nun gut. Wir müssen uns natürlich erst noch kennen lernen, aber das kommt dann schon von selbst. Ich glaube, wir sollten uns jetzt einmal überlegen, was am dringendsten getan werden muss – kochen, putzen, waschen, all diese Sachen. Reverend Mitchell sagt, ihr habt euch wacker gehalten, aber es gibt sicher so einiges …«

Sie unterbrach sich. Irgendetwas in Lukes und Matts Mienen musste sie aus dem Konzept gebracht haben. In etwas weniger geschäftigem, etwas sanfterem Ton fuhr sie fort: »Ich weiß, es gibt Wichtiges zu besprechen, aber das hat noch ein, zwei Tage Zeit, meint ihr nicht? Wir müssen die Papiere eures Vaters durchsehen, und wir müssen mit seinem Anwalt und mit der Bank sprechen. Dann wissen wir, wo wir stehen. Vorher hat es ja doch keinen Zweck, die weiteren Schritte zu besprechen. Seid ihr einverstanden?«

Sie nickten, und beide wirkten plötzlich erleichtert, als hätten sie die ganze Zeit die Luft angehalten und jetzt endlich ausgeatmet.

Die nächsten zwei Tage lief dann erst einmal alles wie am Schnürchen; Tante Annie hatte alle Hände voll damit zu tun, Ordnung zu schaffen, sodass Luke und Matt ein bisschen verschnaufen konnten. Die Wäsche war das größte Problem gewesen, also fing sie damit an, und dann putzte sie das Haus und entsorgte diskret die Kleider unserer Eltern und kümmerte sich um die ungeöffnete Post und die unbezahlten Rechnungen. Sie war tüchtig und taktvoll und forderte keine Zuneigung von uns. Sicher hätten wir sie unter anderen Umständen richtig lieb gewonnen.

An einem Donnerstag, fast zwei Wochen nach dem Unfall, fuhren sie und Luke in die Stadt, um sich beim Anwalt meines Vaters und bei der Bank über unsere finanzielle Lage zu erkundigen. Reverend Mitchell fuhr sie hin, während Matt bei Bo und mir blieb.

Als sie fort waren, gingen wir zum See. Ich dachte, Matt würde ein Bad vorschlagen, aber nachdem er Bo eine ganze Weile dabei zugesehen hatte, wie sie am Ufer herumstapfte, sagte er auf einmal: »Gehen wir doch lieber zurück zu den Teichen.«

»Und was machen wir mit Bo?«, fragte ich.

»Die kann ruhig mitkommen. Es wird langsam Zeit, dass wir ihr mal was beibringen.«

»Sie kann reinfallen«, sagte ich besorgt. Im Unterschied zum See hatten die Teiche ein Steilufer. Inzwischen sah ich hinter jeder Ecke eine Tragödie lauern; ich fürchtete mich die ganze Zeit. Die Angst begleitete mich abends ins Bett, und morgens wachte ich wieder mit ihr auf.

Aber Matt sagte: »Natürlich kann sie reinfallen, nicht wahr, Bo? Dafür sind Teiche ja schließlich da.«

Er trug Bo auf den Schultern durch den Wald, so wie er mich all die Jahre immer getragen hatte. Wir sprachen kein Wort. Wir hatten auf diesen Ausflügen nie viel gesprochen, doch diesmal hatte das Schweigen einen anderen Grund. Früher gab es einfach nichts zu sagen; nun dagegen hatten wir zu viel auf dem Herzen, worüber wir nicht sprechen konnten.

Es war das erste Mal seit dem Tod unserer Eltern, dass wir wieder zu den Teichen gingen, und als ich sie wiedersah, als wir das Ufer des ersten hinabschlitterten, spürte ich trotz all der Umstände wieder so etwas wie Freude. Der erste war »unser« Teich, nicht nur, weil er der nächstgelegene war, sondern vor allem, weil er auf unserer Seite ein Felsriff hatte, wo das Wasser weniger als einen Meter tief war. Das Wasser war klar und warm, und viele Tiere hielten sich hier auf, und natürlich konnte man bis auf den Grund sehen.

Bo blickte von ihrem Hochsitz auf Matts Schultern in die Runde. »Da!«, sagte sie und zeigte aufs Wasser.

»Warte mal, was du da drin erst alles sehen wirst, Bo«, sagte ich. »Wir sagen dir dann, wie jedes Tier heißt.«

Ich legte mich auf den Bauch, wie immer, und spähte hinein. Kaulquappen, die sich ans Ufer klammerten, schwärmten davon, als mein Schatten über sie fiel, und kamen dann nach und nach wieder zurück. Sie waren schon weit entwickelt, die Hinterbeine voll ausgeformt, die Schwänze kurz und stummelig. Wir hatten sie heranwachsen sehen, Matt und ich, wie jedes Jahr, vom allerersten

Tag an, wo sie sich in den kleinen, durchsichtigen Perlen der Froscheier zu regen begannen.

Stichlinge schossen herum. Die Paarungszeit war vorüber, sodass man die Männchen kaum noch von den Weibchen unterscheiden konnte. In der Brunft waren die Männchen eine Pracht, mit roten Bäuchen, silbernen Schuppen auf dem Rücken und leuchtend blauen Augen.

Im letzten Frühling, jetzt kam es mir vor wie in einem früheren Leben, hatte Matt mir erzählt, dass die Männchen die ganze Arbeit machten. Sie bauten die Nester und umwarben die Weibchen, dann fächelten sie den Nestern Sauerstoff zu, und sobald die Brut geschlüpft war, waren sie es, die sie bewachten. Wenn ein Junges sich von der Gruppe entfernte, saugte der Vater es ins Maul und spuckte es zurück in den Familienklüngel.

»Und was machen die Weibchen?«, wollte ich wissen.

»Ach, die faulenzen, gehen zum Kaffeekränzchen, tratschen mit ihren Freundinnen. Wie die Weiber halt so sind.«

»Nein, im Ernst, Matt, was machen sie?«

»Keine Ahnung. Fressen, wahrscheinlich. Müssen sich wohl erholen, nachdem sie die vielen Eier gelegt haben.«

Er hatte damals neben mir gelegen und ins Wasser geblickt, das Kinn auf dem Handrücken, und nichts war uns wichtiger als diese kleine Welt, die da so still vor uns lag.

Jetzt blickte ich mich nach ihm um. Er stand ein Stück vom Ufer entfernt und starrte mit abwesender Miene auf den Teich, während Bo sich auf seinen Schultern reckte.

»Runter, runter!«, krähte sie.

»Möchtest du nicht zugucken?«, fragte ich Matt.

»Doch, klar.«

Er setzte Bo ab, und sie stolperte ans Ufer. »Leg dich hin, Bo«, sagte Matt. »Leg dich neben Kate, und schau dir die Fische an.«

Bo sah mich an. Sie hockte sich an meine Seite. Sie trug ein blaues Kleidchen, unter dem ihre Windel hervorschaute, und als sie sich hinhockte, bauschte die Windel sich auf dem Boden, als hätte sie einen kugelrunden Po.

»Luke kriegt das irgendwie nicht hin mit den Windeln«, sagte ich. Tante Annie hatte angeboten, das Wickeln zu übernehmen, aber Bo ließ es nicht zu, sodass diese Aufgabe immer noch abwechselnd Luke und Matt zufiel.

Matt sagte: »Die Windel hab ich gewickelt, und ich bin stolz drauf.«

Er lächelte mir zu, aber seine Augen lächelten nicht mit. Ich sah plötzlich, dass keine Freude mehr in ihm war. Keine *wirkliche* Freude, nur eine aufgesetzte Fröhlichkeit, mir zuliebe. Ich wandte schnell den Kopf ab und starrte angestrengt ins Wasser. Die Angst schwoll in mir an wie eine Flutwelle. Ich starrte in den Teich und drängte mühsam alles Gefühl zurück.

Schließlich legte Matt sich neben Bo, sodass sie sich zwischen uns befand. »Schau mal, die Fische, Bo«, sagte er. Er zeigte aufs Wasser, und Bo schaute auf seinen Finger. »Nein, schau ins Wasser. Siehst du die Fische?«

Bo sagte: »Ooooh!« Sie stand auf und hüpfte aufgeregt quietschend hin und her, und die Fische verschwanden, als wären sie nie da gewesen. Sie hörte auf zu hüpfen und starrte ins Wasser. Ungläubig blickte sie Matt an.

»Jetzt hast du sie verscheucht«, sagte Matt.

»Fische!«, sagte sie, verzog das Gesicht, und schon kullerten die Tränen.

»Lass den Quatsch, Bo. Bleib einfach ganz still, dann kommen sie schon zurück.«

Sie sah ihn zweifelnd an und steckte den Daumen in den Mund, hockte sich aber doch wieder hin. Nach einer Minute, während Matt leise auf sie einredete, um sie still zu halten, kam ein kleiner Stichling auf uns zugeschwommen.

»Da ist einer«, wisperte Matt.
Und Bo sprang freudig auf, trat auf den herabhängenden Zipfel ihrer Windel und fiel ins Wasser.

Auf dem Rückweg trafen wir Marie an den Bahngleisen, mit einer Einkaufstüte in jedem Arm. Die Farm der Pyes lag hinter den Kiesgruben – überhaupt gehörte ihnen das ganze Grubengelände –, und die Bahngleise waren eine Abkürzung auf dem Weg zum Laden der McLeans. Matt ging langsamer, als er sie auf uns zukommen sah, und Marie ebenfalls. Dann blieb sie abwartend stehen.

»Hallo, Marie«, sagte Matt und rückte Bo auf seinen Schultern zurecht.

»Hallo«, hauchte Marie ängstlich. Sie spähte in Richtung der Farm, als fürchtete sie, ihr Vater könnte jeden Augenblick auftauchen, um sie auszuschimpfen. Meine Mutter hatte einmal gesagt, Marie sei der einzige normale Mensch in der ganzen trostlosen Bande, aber für mich sah sie genauso verhuscht aus wie sie alle. Sie war grobknochig und kräftig gebaut, aber blass, mit einem dünnen, fahlen Zopfkranz und großen, verschreckten Augen. Sie und Matt müssen sich damals schon gut gekannt haben – oder zumindest schon lange. Marie war ein Jahr älter, aber Matt hatte eine Klasse übersprungen, also waren sie in dieselbe Klasse gegangen. Und sie hatten sich tagtäglich gesehen, wenn auch nur aus der Distanz, da Matt für ihren Vater arbeitete.

Doch dies war das erste Mal, dass sie sich seit der Beerdigung trafen, und beide schienen sie nicht zu wissen, was sie sagen sollten. Ich sah ohnehin nicht, was es da groß zu reden gab. Ich war müde und wollte nach Hause.

»Bo ist angeln gewesen«, sagte Matt schließlich, und stupste mit dem Kopf gegen Bos Bauch.

Marie schaute Bo an, die patschnass und algenverschmiert auf seinen Schultern hockte, und lächelte unsicher. Dann stieß sie hastig hervor: »Ich ... es tut mir wirklich Leid um eure Eltern.«

»Jaja«, sagte Matt. »Danke.«

»Weißt du denn schon, wie es jetzt weitergehen wird?«

»Noch nicht. Aber das werden wir bald erfahren ...« Er hielt inne, und obwohl ich ihn nicht ansah, wusste ich, dass er zu mir hin genickt hatte.

»Oh«, sagte Marie. »Jedenfalls, es tut mir echt Leid.«

Wir standen noch eine Minute unschlüssig herum, dann schaute Marie Bo und mich an und lächelte vage.

»Tja, dann ... tschüss«, sagte sie.

Wir gingen weiter. Ich dachte, was wird denn jetzt noch passieren? *Was* werden wir bald erfahren? Etwas so Schlimmes, dass er vor mir nicht darüber reden wollte?

Wir kamen zu dem Pfad, der von den Bahngleisen in den Wald hinabführte. Im schützenden Dunkel der Bäume versuchte ich ihn zu fragen. Aber die Angst war größer als das Bedürfnis, die Wahrheit zu wissen, und ich brachte kein Wort heraus. Die Lähmung, die meinen Verstand ergriffen hatte, erreichte schließlich meine Füße; ich blieb stehen. Matt drehte sich nach mir um.

»Hast du einen Stein im Schuh?«

Ich sagte atemlos: »Was hat sie gemeint?«

»Wer?«

»Marie. Als sie gefragt hat, wie es weitergehen wird?«

Er zögerte. Bo zupfte fröhlich an seinem Haar. Sein Hemd war genauso nass und algenverklebt wie sie.

Ich sagte: »Was hat sie ...«, und dann weinte ich plötzlich, so still und starr, wie ich da stand, mit herabhängenden Armen. Matt setzte Bo ab, kniete sich vor mich hin und umfasste meine Schultern.

»Katie! Katie, was hast du?«

»Was hat sie gemeint? Was wird jetzt passieren?«

»Katie, alles wird gut, glaub mir. Für uns wird gesorgt, Tante Annie kümmert sich ja gerade darum.«

»Aber was hat sie *dann* gemeint? Als du gesagt hast, das werden wir bald erfahren?«

Er holte tief Luft. »Die Sache ist die, Katie, wir werden hier nicht wohnen bleiben können. Wir müssen zu unseren Verwandten ziehen.«

»Aber Tante Annie? Kann die nicht bei uns bleiben?«

»Nein. Das geht nicht. Sie hat ihre eigene Familie, und sie muss auf der Farm mitarbeiten. Sie hat zu viel zu tun.«

»Und wir? Wo kommen wir hin?«

»Das weiß ich noch nicht. Aber du wirst schon sehen, es sind auf jeden Fall nette Leute. Die ganze Familie ist nett.«

»Ich will aber hier bleiben. Ich will nicht von zu Hause weg. Luke und du, ihr könnt euch doch um uns kümmern. Warum geht denn das nicht?«

»Es kostet Geld, sich um jemanden zu kümmern, Kate. Wir verdienen kaum was, wovon sollen wir dann leben? Hör zu, du brauchst dir keine Sorgen zu machen, es wird schon alles gut. Darum ist Tante Annie ja hier. Um alles in die Wege zu leiten.«

Kurz nach fünf kamen Luke und Tante Annie aus der Stadt zurück. Tante Annie versammelte uns alle im Wohnzimmer; nur Luke setzte sich nicht, sondern stand am Fenster und blickte auf den See hinaus. Tante Annie saß sehr aufrecht in ihrem Sessel und teilte uns folgendes mit:

Unser Vater hatte uns Geld hinterlassen, aber viel war es nicht.

Von der Anwaltskanzlei aus hatte sie verschiedene Anrufe getätigt und mit dem Rest der Familie vereinbart, dass Luke, wie geplant, aufs Lehrerseminar gehen sollte. Es würde den größten Teil der Erbschaft aufbrauchen, doch alle fanden, das wäre den Wünschen unserer Eltern gemäß.

Aber was uns andere betraf... Hier schien Tante Annie, so aufrecht sie auch saß, ein wenig unsicher zu werden. Sie schaute erst fort, dann wieder zu uns hin, ihr Blick glitt über mich und Matt hinweg und blieb schließlich an Bo hängen. Tja, was uns andere betraf, so sah sich leider keiner aus der Verwandtschaft in der Lage, uns drei gemeinsam aufzunehmen. Um wenigstens Bo und mich zusammen zu lassen, sollte Matt, wenn er einverstanden war, Tante Annie auf die Farm zurück begleiten. Er würde sich dort nützlich machen können, und das Geld, das er verdiente, würde dem Unterhalt seiner Schwestern zugute kommen. Luke, so stand zu hoffen, würde seinen Teil dazu beitragen, sobald er fertig studiert und eine Anstellung gefunden hatte. Bis dahin aber würden Matts Arbeitslohn und die Beiträge vom Rest der Familie es ermöglichen, dass Tante Emily und Onkel Ian – sie lebten in Riviere du Loup und hatten schon vier eigene Kinder – Bo und mich bei sich aufnähmen.

5

Heutzutage bekommt man das Leiden von Kindern ständig vorgeführt. Kriege und Hungersnöte spielen sich vor unseren Augen in unseren Wohnzimmern ab, und fast jede Woche gibt es Bilder von Kindern, die Unvorstellbares erlitten haben. Meist sehen sie sehr gefasst aus. Mit großen Augen sehen sie in die Kamera, direkt in die Linse, und angesichts dessen, was sie durchgemacht haben, würde man Trauer und Entsetzen in ihren Mienen erwarten, aber oft ist ihnen gar keine Gefühlsregung anzusehen. Sie blicken so ausdruckslos, dass man sich fast einbilden könnte, sie spürten keinen Schmerz.

Und obwohl ich das, was mir widerfuhr, nicht mit den Leiden dieser Kinder gleichsetzen möchte, erinnere ich mich doch, dass ich mich so fühlte, wie sie aussehen. Ich erinnere mich, wie Matt mit mir redete – andere auch, aber vor allem Matt – und was für eine Mühe es mich kostete, überhaupt nur zu hören, was er sagte. Ich war so überschwemmt von konfusen Gefühlen, dass ich wie taub war, wie auf den tiefsten Meeresgrund gesunken.

»Kate?«

Ich blickte auf seine Knie. Meine Knie waren mager und braun und knubbelig. Matts Knie, die aus seinen Shorts vorschauten, waren mindestens doppelt so breit.

»Kate?«
»Was?«
»Hörst du mir zu?«
»Ja.«
»Guck mal hier auf die Karte. Es ist doch gar nicht so weit, siehst du? Ich kann euch jederzeit besuchen kommen.«

Auf seinen Knien waren weniger Haare als auf seinen Schenkeln und Waden, und die Haut sah anders aus, faltiger, vom Beugen. Ich hatte keine Haare auf den Knien und so gut wie keine Falten.

»Schau her, Kate, schau es dir an.«

Wir verbrachten viel Zeit hier zusammen auf dem Sofa. Er und Luke arbeiteten wieder bei Mr. Pye, aber abends nahm er mich immer zu den Teichen mit, und wenn es regnete oder schon zu dunkel war, setzte er sich zu mir und redete darüber, wie unser neues Leben aussehen würde und wie wir alle wieder zusammenkommen würden. Ich hörte zu. Oder versuchte es wenigstens. Aber in mir heulte ein Wirbelwind, der alles übertönte.

»Wir können es genau ausrechnen«, sagte Matt. »Hier ist der Maßstab am Rand, da sieht man, wie viel Meilen es pro Zentimeter sind.«

Es war keine sehr gute Karte. New Richmond, die Stadt, die Tante Annies Farm am nächsten lag, war gar nicht drauf, aber Matt hatte Tante Annie gebeten, uns den Punkt auf der Karte zu zeigen, und obwohl man nicht in Bücher kritzeln sollte, nahm er einen Stift und zeichnete ihn ein. Dann schrieb er in ordentlichen Blockbuchstaben New Richmond daneben.

Wir sollten alle noch in Crow Lake bleiben, bis Luke aufs Seminar ging, und dann würden wir vier, Tante Annie, Matt, Bo und ich, nach Osten reisen. Matt und Tante Annie würden Bo und mich nach Riviere du Loup begleiten und drei Tage bei uns bleiben, bis wir uns eingewöhnt hätten, und dann erst zu Tante Annies Farm weiterfahren. Inzwischen aber brauchte Calvin Pye dringend Hilfe auf der Farm, und Tante Annie hatte nichts dagegen, dass die Jungen ein bisschen Geld verdienten, auch wenn es nicht für meine Ohren bestimmt war, als sie ihnen sagte, es würde außerdem auch Bo und mir helfen, uns an ihre Abwesenheit zu gewöhnen.

»Also, leg mal den Daumen an den Maßstab, Kate. So ist es richtig. Und jetzt schau. Das erste Glied deines Daumens, von hier bis da, das sind etwa hundert Meilen. Siehst du? Die Strecke ist nicht viel länger, höchstens hundertfünfzig Meilen, nicht wahr? Da kann ich euch doch leicht besuchen kommen.«

Er redete, und der Wirbelwind heulte mir in den Ohren.

»Wer ist das?« fragte Tante Annie. »Kate? Wer kommt da die Auffahrt entlang?«

»Miss Carrington.«

»Und wer ist Miss Carrington?«

»Meine Lehrerin.«

»Aha«, sagte Tante Annie neugierig. »Sie sieht aber recht jung aus für eine Lehrerin.«

Wir saßen auf der Veranda und schnippelten Bohnen. Tante Annie vertrat die Ansicht, dass nützliche Tätigkeit das beste Mittel gegen jedes Übel sei. Sie brachte mich zum Reden. Es gelang ihr besser als Matt, einfach weil sie rücksichtsloser war.

»Ist sie eine gute Lehrerin? Magst du sie gern?«

»Ja.«

»Was magst du an ihr?«

Ratloses Schweigen.

»Kate? Was magst du an Miss Carrington?«

»Sie ist nett.«

Und dann blieben mir weitere Fragen erspart, weil Miss Carrington schon zu nah herangekommen war.

»Hallo«, sagte Tante Annie, stellte ihren Bohnenkorb ab und stand auf, um sie zu begrüßen. »Wie ich höre, sind Sie Kates Lehrerin. Ich bin Annie Morrison.«

Sie tauschten einen etwas steifen Händedruck aus, und Tante Annie fragte: »Kann ich Ihnen eine Erfrischung anbieten? Einen Tee vielleicht? Sie sind den ganzen Weg vom Dorf zu Fuß gegangen?«

»Ja«, sagte Miss Carrington. »Danke, ich hätte sehr gern einen Tee. Hallo, Kate, ich sehe, du bist fleißig.« Sie lächelte matt, und ich sah ihr an, dass sie nervös war. Sonst bekam ich in diesen Tagen nicht viel mit, aber *das* schon, weil es so ungewöhnlich war.

»Kate, meinst du, du kannst uns eine Kanne Tee machen?«, fragte Tante Annie. »Und nimm doch bitte das beste Service, ja? Schließlich ist es für Miss Carrington.« Sie lächelte Miss Carrington an. »Kate macht den besten Tee, den ich kenne.«

Ich stand auf und ging ins Haus und setzte Wasser auf. Das Haus war sehr still. Bo war zum Mittagsschlaf ins Bett gesteckt worden und hatte nach Leibeskräften gebrüllt, aber jetzt schien sie doch eingeschlafen zu sein.

Während das Wasser heiß wurde, stieg ich auf einen Stuhl und holte das beste Teeservice meiner Mutter vom oberen Bord im Küchenschrank. Die Kanne war rund und glatt und cremefarben, mit einem aufgemalten sattgrünen Zweig, an dem zwei rote Äpfel hingen. Die Äpfel waren nicht nur gemalt, sondern auch so geformt, dass man ihre Rundung im Relief fühlen konnte. Dazu passend gab es noch ein kleines Milchkännchen und eine Zuckerdose mit Deckel und ein halbes Dutzend Tassen mit Untertassen und Kuchentellern, alle mit Äpfeln drauf, und kein einziges Teil angeschlagen. Tante Annie hatte mir erzählt, das

Teeservice sei ein Hochzeitsgeschenk von einer Dame aus New Richmond gewesen, und eines Tages würde es mir gehören, ich dürfe es aber jetzt schon benutzen, wenn besonders wichtige Leute zu Besuch kämen. Ich wusste, ich hätte mich darüber freuen sollen.

Ich wärmte die Kanne vor und brühte den Tee auf. Ich stellte die Kanne auf das schönste Tablett und setzte ihr den schönsten Teewärmer auf. Daneben stellte ich zwei Tassen und Untertassen sowie Milch und Zucker und trug das Tablett vorsichtig zur Tür. Ich konnte Miss Carrington und Tante Annie durch die Fliegengittertür sehen. Miss Carrington sagte gerade: »Ich hoffe, Sie nehmen es mir nicht übel, Miss Morrison.«

Tante Annie sah mich und stand auf, um mir die Tür zu öffnen.

»Dank dir, Kate. Das hast du sehr hübsch gemacht. Nun denn, Miss Carrington und ich haben ernsthafte Dinge zu besprechen – könntest du wohl die Bohnen mit in die Küche nehmen und sie für mich fertig putzen? Oder auch am Strand, wenn dir das lieber ist. Was ist dir lieber?«

»Der Strand«, sagte ich automatisch, obwohl mir sowieso alles egal war. Ich nahm den Bohnenkorb und den Topf und das Messer und ging die Verandastufen hinab ums Haus herum. Kaum um die Ecke, ließ ich das Messer fallen. Es muss direkt vor meinen Füßen gelandet sein, aber das Gras war lang, ich konnte nichts sehen. Sorgfältig durchkämmte ich die Halme mit den Zehen, den Bohnenkorb und den Topf unter dem Arm, und hörte Miss Carrington sagen: »Es ist mir klar, dass mich das nichts angeht, aber ich kann nicht anders, ich *muss* es einfach sagen. Es sind natürlich alles begabte Kinder, aber Matt ist mehr als das. Er lernt so leicht, so gern... Er ist der geborene Wissenschaftler, Miss Morrison. Er ist das intelligenteste Kind, das ich je unterrichtet habe. Bei *weitem* das intelligenteste. Und er hat doch nur noch ein Jahr Highschool vor sich ...«

»Doch wohl zwei«, sagte Tante Annie.

»Nein, eins. Sehen Sie, er hat eine Klasse übersprungen, er ist nur ein Jahr unter Luke, obwohl er zwei Jahre jünger ist. Im nächsten Frühjahr macht er schon sein Abschlussexamen. Und er wird auf jeden Fall ein Stipendium für die Universität bekommen, das steht ganz außer Frage.«

Tante Annie sagte: »Und würde das alle Kosten decken? Inklusive Unterkunft und Verpflegung?«

»Nein, das nicht. Aber die gesamten Ausbildungskosten. Und was die Unterbringung betrifft, da wird sich bestimmt etwas finden, irgendwie ist das sicher zu schaffen. Miss Morrison, bitte entschuldigen Sie mein Drängen, aber Sie müssen verstehen – es wäre eine Tragödie, wenn Matt nicht auf die Universität gehen dürfte. Wahrhaftig eine Tragödie.«

Nach einer Minute sagte Tante Annie sanft: »Miss Carrington, die weitaus schlimmere Tragödie hat hier stattgefunden.«

»Ich weiß! Du meine Güte, natürlich ist mir das bewusst! Aber gerade darum scheint es ja so verkehrt, dass Matt nun doppelt unter dem Schicksalsschlag leiden soll!«

Schweigen. Ein Seufzer von Tante Annie. Schließlich sagte sie, immer noch in dem gleichen sanften Ton: »Ich glaube, Sie verkennen den Ernst der Lage. Wir würden Matt ja gern helfen, wenn wir nur irgend könnten. Wir würden allen Kindern helfen. Aber es ist nun mal kein Geld dafür da. Das mag unglaublich klingen, aber so ist es nun mal. Die letzten fünf Jahre – sechs Jahre – waren sehr schwierig für alle Farmer dort auf Gaspé. Meine beiden Brüder sind bis über die Ohren verschuldet. Mein Vater ist verschuldet, jetzt, am Ende seines Lebens, nachdem er all die Jahre nie jemandem auch nur einen Penny schuldig geblieben war.«

»Aber dieses Haus...«

»Der Betrag, den das Haus abwirft, zusammen mit dem, was Robert hinterlassen hat, wird Lukes Lehrerstudium finanzieren und jedem der anderen Kinder eine sehr kleine Summe als Erbteil zukommen lassen, wenn sie einundzwanzig sind. Das können wir den Mädchen nicht guten Gewissens vorenthalten, bloß damit Matt studieren kann. Zumal es ohnehin nicht genug wäre.«

»Aber gewiss könnte man doch...«

»Miss Carrington, bitte hören Sie mir zu. Ich sollte Ihnen das gar nicht erzählen. Es ist höchst... hm, unangebracht, aber ich möchte, dass Sie verstehen, wie... schmerzlich das für die Familie ist. Der Grund, warum Robert so wenig hinterlassen hat, ist schlicht und einfach, dass er uns anderen mit seinem Geld ausgeholfen hat. Er fühlte sich uns verpflichtet, verstehen Sie. Meine Brüder haben Opfer dafür gebracht, dass er seine Chance bekam, und er hat die Chance wahrgenommen und Erfolg gehabt, also musste er sich natürlich erkenntlich zeigen, als es für uns nicht so gut lief. Das war sehr großzügig von ihm... Und er konnte ja auch nicht wissen, dass seine Kinder... Er wird selbstverständlich noch für lange Jahre mit einem guten Gehalt gerechnet haben.«

Ein längeres Schweigen trat ein. Ich stocherte mit meinem Messer zwischen den Bohnen herum.

Miss Carrington sagte düster: »Also ist es Ihren Worten nach wirklich eine Tragödie.«

»Leider, ja.«

»Könnten Sie... könnten Sie ihn nicht wenigstens die Highschool noch abschließen lassen, Miss Morrison? Das hätte er weiß Gott verdient!«

»Werte Miss Carrington, meine Schwester – nicht die,

die Kate und Elizabeth zu sich nimmt – hat vier Söhne, die es alle verdient hätten, die Highschool abzuschließen. Es sind durchweg begabte Jungen. Ich denke, das liegt bei uns in der Familie. Aber trotzdem arbeiten sie jetzt alle auf Fischerbooten. Selbst auf der Farm gibt es keine Zukunft für sie. Sie können es mit Recht eine Tragödie nennen, aber so geht es eben dem größten Teil der Welt. Um ganz ehrlich zu sein, es macht mir mehr Kummer, diese Kinder hier auseinander zu reißen, als Matt aus der Schule zu nehmen. Er hat sowieso schon mehr Bildung abbekommen als die meisten.«

Erneutes Schweigen. Ich stellte mir Miss Carrington vor, die Lippen zu einem dünnen Strich zusammengepresst, wie wenn sie sich im Unterricht über etwas ärgerte.

Tante Annie sagte: »Wir sollten froh sein, dass es nicht noch schlimmer gekommen ist, wissen Sie. Die Kinder hätten ja auch mit in dem Auto sitzen können.«

Ich ging mit meinem Korb hinunter ans Seeufer. Als ich die Bohnen fertig hatte, saß ich eine Weile nur so da und blickte auf die Wellen, hörte ihrem gleichmäßigen Plätschern zu. Dieser Klang hat mein Leben begleitet, vom Moment meiner Geburt an.

Nach einer Weile hob ich das Messer wieder auf und drückte die Spitze gegen meinen Finger. Sie kerbte die Haut ein, und dann quoll ein kleiner, dunkel glänzender Tropfen Blut hervor. Es tat fast gar nicht weh.

6

Ach, die Zufälle, die flüchtigen kleinen Begebenheiten, die unsere Lebensbahn bestimmen! Wenn ich sage, mein Leben nahm den und den Verlauf, weil meine Eltern starben, nun, das ist verständlich, so ein einschneidendes Ereignis wirkt sich auf die Zukunft eines jeden Menschen aus. Aber wenn ich sage, mein Leben nahm just diesen Verlauf, weil Miss Carrington an jenem Tag zu Besuch kam und ich ein Messer fallen ließ und Matt dann, immer noch verzweifelt bemüht, mir zu helfen, nicht abließ, mich auszufragen, während Luke versuchte, Zeitung zu lesen, und Bo sich die Seele aus dem Leib schrie ...

»Du hast dich in den Finger geschnitten«, sagte Matt.

Wir saßen auf dem Sofa. Das Abendessen war vorüber, und nachdem ich Tante Annie beim Geschirrspülen geholfen hatte, brachte sie nun Bo ins Bett, eisern gewillt, uns an die neue Ordnung der Dinge zu gewöhnen. Durch zwei geschlossene Türen hindurch konnte man Bo brüllen hören: »Nich!«, schrie sie immer wieder. »Nich! Nich! Nich!«

Was sie meinte, war, nicht Tante Annie. Das wussten wir alle, Tante Annie am allerbesten.

Luke lag bäuchlings auf dem Boden und tat so, als lese er Zeitung, die Hände unter dem Kiefer zu Fäusten geballt.

»Wo hast du dich denn geschnitten?«, fragte Matt.

»Mit dem Messer.«

»Und was hast du mit dem Messer gemacht?«

»Bohnen geschnippelt.«

»Du solltest besser Acht geben.«

Er lehnte sich zurück und rollte ächzend die Schultern. »Mir tut vielleicht das Kreuz weh! Bohnen schnippeln ist das reinste Vergnügen gegen das, was Luke und ich heute machen mussten, das kann ich dir sagen!«

Er wollte, dass ich ihn fragte, was sie gemacht hatten, das war mir klar, aber die Worte schienen so tief in mir drinnen zu sitzen, dass es einfach zu mühsam war, sie hervorzustemmen. Er erzählte es mir trotzdem.

»Heute haben wir den ganzen Tag Stroh gestapelt. Eine grässliche Plackerei ist das! Der Staub steigt einem in Mund und Nase, und das Stroh krabbelt einem in Hemd und Hose, Schweiß und Stroh klebt einem zwischen den Zehen, und der alte Pye steht da, wie ein Kobold auf seine Heugabel gelehnt, und lauert nur darauf, dass man schlapp macht, damit er einem den Kopf abreißen kann.«

Er wollte mich zum Lachen bringen, aber da verlangte er etwas zu viel von mir. Immerhin brachte ich ein Lächeln zustande. Er lächelte zurück. »Und jetzt erzähl mir von deinem Tag. Was hast du sonst noch erlebt, abgesehen vom Bohnenschnippeln?«

Mir wollte nichts einfallen. Denken fiel mir genauso schwer wie sprechen. Mein Verstand war manövrierunfähig wie ein Schiff im Nebel.

»Komm schon, Katie. Was hast du gemacht? Ist irgendwer zu Besuch gekommen?«

»Miss Carrington.«

»Miss Carrington? Das war aber nett von ihr. Und was hatte Miss Carrington so zu erzählen?«

Ich tastete im Nebel herum. »Sie hat gesagt, du bist begabt.«

Matt lachte. »Tatsächlich?«

Aber jetzt erinnerte ich mich. Sie hatte nervös gewirkt, eingeschüchtert von Tante Annie, und sie hatte sich zwingen müssen zu sagen, was sie sagen wollte, und darum hatte ihre Stimme irgendwie komisch geklungen.

»Sie hat gesagt, du bist der begabteste Schüler, den sie je unterrichtet hat. Es wäre eine ... Tragödie ... eine *Tragödie*, hat sie gesagt, wenn du nicht auf die Universität gehen könntest.«

Schweigen. Nach einem Moment räusperte sich Matt. »Die gute alte Miss Carrington. Da siehst du mal, Kate, es zahlt sich aus, wenn man sich lieb Kind bei den Lehrern macht.«

Jetzt klang *seine* Stimme komisch. Ich sah ihn forschend an, aber er blickte zu Luke hin, und sein Gesicht war rot geworden. Luke hatte von seiner Zeitung aufgeschaut; sie starrten sich an. Dann fragte Luke mich, ohne die Augen von Matt zu wenden: »Und was hat Tante Annie gesagt?«

Ich versuchte, mich zu erinnern. »Dass nicht genug Geld da ist.« Sie hatte noch mehr gesagt, aber ich wusste nicht mehr, was.

Luke nickte, ohne Matt aus den Augen zu lassen.

Nach einer Minute meinte Matt: »Na, was soll ich sagen, sie hat Recht. Ist ja sowieso egal.«

Luke schwieg.

Auf einmal schien Matt zornig zu werden. »Also, wenn du dich dein ganzes Leben lang schuldig fühlen willst, weil du der Erstgeborene bist, dann ist das deine Sache, aber verschwende deine Schuldgefühle bitte nicht an mich.«

Luke antwortete nicht. Er beugte sich wieder über seine Zeitungsseite. Matt lehnte sich vor und hob einen anderen Teil der Zeitung auf, schaute ihn kurz durch und warf ihn wieder auf den Boden. Er sah auf die Uhr. »Wir sollten lieber zum Teich gehen. Eine Stunde ist es noch hell draußen.« Aber keiner von uns rührte sich.

In ihrem Zimmer konnten wir Bo immer noch brüllen hören.

Abrupt stand Luke auf und verließ den Raum, und wir hörten ihn ins Kinderzimmer gehen. Wir hörten Stimmen, Luke aufgebracht, Tante Annie unbeugsam, und Bo nun ganz kläglich schluchzend; man sah förmlich, wie sie die Ärmchen nach Luke ausstreckte. Dann, überraschend klar und scharf, Tante Annie: »So hilfst du ihr nicht, Luke. Weißgott nicht.«

Dann hörten wir Lukes Schritte im Flur, laut stampfend, und die Haustür, die krachend hinter ihm ins Schloss fiel.

Das Merkwürdige daran ist ja – bis zum Tod unserer Eltern hatte Luke, soweit ich mich erinnere, Bo niemals auf den Arm genommen. Kein einziges Mal. Matt hatte sie hin und wieder hochgenommen, aber nicht Luke. Ich entsinne mich auch nicht, je ein richtiges Gespräch mit ihm erlebt zu haben. Abgesehen von gelegentlichem Gezänk oder Herumgeflachse zwischen ihm und Matt schien nichts an Lukes Verhalten darauf hinzudeuten, dass er uns Geschwister überhaupt wahrnahm, geschweige denn sonderlich gern hatte.

Am nächsten Morgen war er nicht da.

Zwar war sein Bett aufgedeckt, und eine Cornflakes-Schüssel stand auf der Küchentheke, er selbst aber war verschwunden, obwohl er mit Matt zusammen wieder zur Arbeit auf der Farm hätte antreten sollen.

»Vielleicht ist er schon früh los«, meinte Tante Annie.

»Wer's glaubt, wird selig«, knurrte Matt. Er war stinksauer. Er stieg in seine Arbeitsstiefel, riss verdrossen an den Schnürsenkeln und zerrte die Hosenbeine über die Stiefelschäfte, damit das Stroh nicht so leicht hineinkam.

»Wo ist er denn hin?«, fragte ich.

»Keine Ahnung, Kate. Wenn er einen Zettel hinterlassen hätte, wüsste ich es, hat er aber nicht. Typisch. Wäre ja auch was, wenn Luke mal irgendwem Bescheid sagen würde, was er vorhat.«

Das stimmte. Der alte Luke, der Luke von vor zwei Monaten, hatte schon unsere Eltern immer dadurch verärgert, dass er wortlos kam und ging, wie es ihm gerade passte. Früher hatte es Matt nicht viel ausgemacht, weil es ihn selbst nicht betraf.

Ich begann, an meinem Finger herumzuknabbern, an der Stelle, wo ich mich geschnitten hatte. Ich hatte Angst, Luke sei auf Nimmerwiedersehen verschwunden. Weggelaufen oder gestorben.

»Aber wo kann er denn hin sein?«

»Kate, ich weiß es nicht. Darum geht's auch gar nicht. Worum es geht, ist, dass wir zu spät zur Arbeit kommen, wenn er nicht in zwei Minuten wieder auftaucht.«

»Dann gehst du eben ohne ihn los«, sagte Tante Annie. Sie machte ihnen belegte Brote für die Mittagspause zurecht – richtige Arbeiterstullen, mit fingerdicken Schinkenscheiben. »Soll er doch zusehen, wie er das ins Reine bringt. Wollte er womöglich in die Stadt fahren? Aber wie sollte er dort denn hinkommen?«

»Tja, mit dem Milchwagen. Mr. Janie fährt gegen vier Uhr morgens los – der könnte ihn mitgenommen haben.«

»Aber er kommt doch wieder?« Meine Stimme zitterte. Unsere Eltern waren schließlich auch in die Stadt gefahren.

»Natürlich kommt er wieder. Ich muss mir nur überlegen, was ich dem alten Pye erzählen soll. Der geht doch gleich hoch wie 'ne Rakete.«

»Und woher *weißt* du, dass er wiederkommt?«

»Kate, ich weiß es. Und lass deinen Finger in Ruhe.« Er zog mir die Hand vom Mund weg. »Ich weiß es, okay? Verlass dich drauf.«

Ich verbrachte den Vormittag mit Hausarbeit und den Nachmittag mit Bo am Seeufer. Bo hatte Tante Annie den Krieg erklärt. Ich nehme an, in ihren Augen war Tante Annie schuld an allem, was in letzter Zeit schief gelaufen war, und daher blieb ihr nichts anderes übrig, als sie bis auf den Tod zu bekämpfen. Vermutlich hätte sie den Kampf auf Dauer sogar gewonnen. Mir scheint, Tante Annie sah das genauso.

Also waren wir aus dem Haus geschickt worden, um Tante Annie Zeit zu lassen, ihre Gegenoffensive zu planen. Im Rückblick sehe ich uns beide Hand in Hand auf dem Weg zum Strand, ich mit schleppenden Schritten, Bo an meiner Seite so fest aufstampfend, dass kleine Staubwolken hinter ihr aufwirbelten. Meine Haare hingen strähnig herab, ihre standen wild vom Kopf ab. Ein reizendes Schwesternpaar.

Wir saßen im heißen Sand und schauten auf den See. In bleierner Stille lag er da, man konnte sehen, wie er mühsam unter seiner glatten, schimmernden Silberhaut atmete. Bo saß neben mir, klaubte Kiesel auf und seufzte ab und zu in ihr Fäustchen.

Ich versuchte, den Wirbelwind in meinem Inneren zu beruhigen, aber sobald ich es durch schiere Willenskraft geschafft hatte, meine Gedanken halbwegs unter Kontrolle zu bringen, überwältigten sie mich gleich wieder von neuem. Ich ohne Matt. Ich ohne Luke. Ich in einem anderen Haus. Bei Fremden. Tante Annie hatte mir von ihnen erzählt; dass es dort vier Kinder gab, drei Jungen und ein Mädchen, alle älter als Bo und ich, aber sehr nett, wie sie sagte. Doch woher wollte sie das wissen, so etwas wusste man nur, wenn man selber ein Kind war. Matt hatte gesagt, dass ich mich dann um Bo kümmern müsste, dabei musste er doch wissen, dass ich das nicht konnte. Ich hatte viel zu viel Angst. Ich hatte viel mehr Angst als Bo.

Ich blickte auf ein kleines Boot in der Mitte des Sees, versuchte mich einzig und allein darauf zu konzentrieren. Ich wusste, wessen Boot das war – das von Jim Sumack, einem Freund von Luke, der im Indianerreservat lebte.

»Das ist das Boot von Big Jim«, sagte ich zu Bo. Ich wollte reden, meine Gedanken ausblenden.

Bo seufzte nur und lutschte noch heftiger am Daumen. Ihr Daumen sah schon ganz aufgequollen aus, mit einer weißlichen Hornhaut obendrauf.

»Er ist auf Fischfang draußen«, sagte ich. »Er angelt Fische fürs Abendessen. Er wird Big Jim genannt, weil er über hundert Kilo wiegt. Er geht nicht mehr zur Schule, aber seine Schwester Mary ist in der dritten Klasse. Im Winter ist sie nicht zum Unterricht gekommen, und dann haben sie bei ihrer Mutter nachgefragt, und anscheinend lag es daran, dass sie keine Schuhe hatte. Die Indianer sind unheimlich arm.«

Meine Mutter hatte gesagt, wir sollten uns alle schämen. Ich wusste nicht recht, weshalb, fühlte mich aber vage schuldig. Ich dachte an meine Mutter, versuchte, mir ihr Gesicht vorzustellen, bekam aber kein klares Bild mehr hin. Bo hatte schon aufgehört, nach ihr zu fragen.

Zehn Meter vom Ufer tauchte plötzlich ein Haubentaucher auf. »Da, schau mal, ein Haubentaucher«, sagte ich.

Bo seufzte wieder, und der Vogel verschwand.

»Uk?«, sagte Bo. Sie hatte den Daumen aus dem Mund genommen und blickte mich groß an.

»Der ist nicht da.«

»Ett?«

»Der ist auch nicht da. Aber sie kommen bald wieder nach Hause.«

Ich sah mich nach irgendetwas um, womit ich sie ablenken konnte, bevor sie sich in ihr Wutgeheul hineinsteigerte. Eine Spinne krabbelte durch den Sand auf uns zu, mit einer toten Fliege im Schlepptau. Das heißt, sie bewegte sich im Rückwärtsgang, hielt ihre Beute mit den Kiefern und Vorderbeinen fest und schleppte sich mühsam mit den übrigen Beinen voran. Einmal hatten Matt und ich eine winzige Spinne beobachtet, die versuchte, eine mehr als doppelt so große Fliege aus einer Sandkuhle zu zerren. Der Sand war trocken, und jedes Mal, wenn die Spinne den Abhang halb erklommen hatte, brachen die Seiten der Kuhle ein, und die Spinne rutschte wieder hinab. Doch sie versuchte es immer wieder, ohne ihre Route zu ändern und ohne in ihrem Eifer nachzulassen. Matt hatte gesagt: »Hier stellt sich die Frage, Kate, ist diese Spinne besonders zäh oder hat sie nur so ein kurzes Gedächtnis, dass sie sofort vergisst, was vor zwei Sekunden passiert ist, und immer denkt, sie tut es zum ersten Mal?«

Wir hatten die Spinne fast eine halbe Stunde lang beobachtet, und zum Glück hatte sie es dann schließlich geschafft, und wir waren uns einig, dass die Spinne nicht nur sehr zäh war, sondern auch sehr schlau.

»Schau mal, Bo«, sagte ich. »Siehst du die Spinne da? Sie hat eine Fliege gefangen, und jetzt schleppt sie sie zu ihrem Nest, siehst du? Und wenn sie zu Hause ist, dann spinnt sie die Fliege in einen Kokon ein, und später, wenn sie Hunger kriegt, dann hat sie was zu fressen.«

Ich versuchte nicht, meine Faszination mit ihr zu teilen, wie Matt die seine damals mit mir. Ich hoffte nur, sie wäre vielleicht einen Moment lang abgelenkt, weil ich mich einfach nicht in der Lage fühlte, einen ihrer Wutanfälle zu ertragen.

Es klappte allerdings nicht. Erst beugte sie sich vor und betrachtete die Spinne aufmerksam, aber dann nahm sie den Daumen aus dem Mund, stand auf, tapste auf taumeligen Beinen zu ihr hinüber und trampelte sie platt.

7

MATT KAM KURZ vor sechs nach Hause. Ich saß auf den Verandastufen und wartete auf ihn. Er fragte, ob Luke schon zurück sei, und als ich nein sagte, drehte er sich auf dem Absatz um, ging geradewegs zum Strand, zog sich bis auf die Unterhose aus und sprang kopfüber in den See.

Ich war ihm bis ans Ufer gefolgt und sah schweigend zu, wie die Wellen sich kreisförmig um die Stelle ausbreiteten, wo er abgetaucht war. Als er wieder an die Oberfläche kam, sah er aus wie eine Robbe, nass und glänzend. Sein Körper war in kompakte Flächen von hell und dunkel unterteilt; Gesicht, Hals und Arme dunkel, Brust und Rücken blasser, die Beine ganz weiß.

»Kannst du mir ein Stück Seife holen?«, rief er. »Hab ich vergessen.« Also lief ich noch mal zum Haus zurück.

Er schrubbte sich heftig mit der Seife ab, rubbelte sich die Schaumflocken ins Haar. Dann warf er die Seife an den Strand und tauchte wieder unter, machte eine milchweiße Wolke im dunklen Wasser. Er schwamm weit hinaus.

Man sollte die Seife nicht auf den Strand werfen, weil es fast unmöglich war, den Sand wieder herauszukriegen. Man sollte sie auf einen Stein legen. Ich hob sie auf, tunkte sie ins Wasser und versuchte, sie zu säubern, aber die Sandkörner gruben sich nur noch tiefer ein.

Matt kam zurückgeschwommen und watete ans Ufer. »Lass doch, Kate«, sagte er und nahm mir die Seife ab. Er lächelte mir kurz zu, als wir zum Haus hinaufgingen, aber es war kein richtiges Lächeln, nur ein kurzes Straffziehen der Mundwinkel.

Tante Annie schob das Abendessen so lange hinaus, wie es irgend ging, in der Hoffnung, dass Luke noch rechtzeitig heimkommen würde, doch am Ende setzten wir uns ohne ihn zu Tisch. Es gab knusprigen Schweinebraten mit einer großen Schüssel Apfelmus, mein Leibgericht, aber dennoch konnte ich nichts essen. Jeder Bissen blieb mir im Halse stecken. Es machte mir schon Mühe, die Spucke herunterzuschlucken, die sich ständig in meinem Mund ansammelte.

Bo hatte ebenfalls Probleme. Als Tante Annie ihr den gefüllten Teller hinstellte, warf sie ihn zu Boden und saß nun, bleich vor Erschöpfung, mit dunklen Schatten unter den Augen, daumenlutschend vor einem leeren Platz.

Matt schaufelte das Essen in sich hinein wie Kohlen in einen Ofen. Er hatte saubere Jeans und ein frisches Hemd angezogen und das feuchte Haar glatt zurückgekämmt. Es tropfte ihm in den Kragen. Seine Hände und Unterarme waren zerkratzt vom Stroh. Vor dem Bad im See waren sie schwarz gewesen; jetzt waren sie feuerrot.

»Noch etwas Braten?«, fragte Tante Annie, wie immer wild entschlossen, uns bei Laune zu halten. Falls sie sich wegen Luke sorgte, ließ sie sich jedenfalls nichts anmerken.

»Gerne«, sagte Matt und reichte ihr seinen Teller.

»Kartoffeln? Karotten? Apfelmus?«

»Ja, danke.«

»Das Apfelmus hat Mrs. Lily Stanovich heute Nachmittag vorbeigebracht. Sie hat sich nach euch allen erkundigt. Ziemlich nah am Wasser gebaut, die gute Seele. Ist aber doch nett von ihr – hat mir das Apfelschälen erspart. Ich habe ihr gesagt, ihr wärt am Strand, Kate, und sie wollte gleich zu euch kommen, aber ich meinte, du hättest schon genug mit Bo zu tun, vielleicht doch lieber ein andermal. Das Gemüse ist von Alice Pye. Eine seltsame Person ist das. Die Frau deines Arbeitgebers, Matt, nicht wahr?«

Sie erwartete offenbar eine Antwort, also nickte Matt.

»Und wie ist er so?«

»Mr. Pye?«

»Ja. Was ist er für einer? Kommt man bei der Arbeit gut mit ihm aus?«

Matt kaute. »Er zahlt ganz gut«, brummte er schließlich.

»Was nicht gerade eine sehr ausführliche Beschreibung ist«, sagte Tante Annie. »Kannst du uns nicht ein bisschen mehr bieten, Junge?«

Von Dramen hatte sie für heute genug; jetzt wollte sie wenigstens für ein anständiges Tischgespräch sorgen.

»Ich soll Mr. Pye beschreiben?«

»Ja. Erzähl uns von ihm. Wir möchten gern ein wenig unterhalten werden.«

Matt schnitt bedächtig eine Kartoffel entzwei. Man sah ihm förmlich an, wie er Adjektive erwog und wieder verwarf. »Ich glaube, er ist verrückt«, sagte er schließlich.

»Du meine Güte, Matt, was soll denn das nun wieder!«

»Das ist meine ehrliche Meinung.«

»Inwiefern denn verrückt?«

»Er ist irgendwie immer wütend.«

»Hast du dich mit ihm angelegt?«

»Ich denk nicht dran. Auf Luke und mich geht er nicht los – er weiß, dass wir dann einfach alles stehen und liegen lassen würden. Aber seine Kinder, die kriegen es ab. Besonders Laurie. Ihr hättet ihn heute Nachmittag hören sollen. Laurie hatte ein Tor offen gelassen – da war vielleicht wieder ein Anschiss fällig!«

»Das ist ja auch keine Kleinigkeit«, sagte Tante Annie missbilligend. Matts Kritik an seinem Arbeitgeber fand bei ihr keinen Anklang. »Du kannst es nicht wissen, da du nicht auf einer Farm aufgewachsen bist, aber Kühe können viel Schaden anrichten, wenn sie in ein Feld geraten. Eine ganze Ernte kann dabei draufgehen.«

»Aber das weiß ich doch, Tante Annie! Ich arbeite schon seit Jahren auf der Farm! Und Laurie weiß es genauso gut! Da waren ja gar keine Kühe auf der Wiese! Es geht auch nicht nur um heute, es geht immer so, von morgens bis abends, immer macht der Alte ihn fertig, wo er nur kann.«

Er gab sich Mühe, nicht allzu unwirsch zu klingen, aber ich konnte die Gereiztheit in seiner Stimme hören. Er war so wütend auf Luke, dass er am liebsten gar nicht geredet hätte, und erst recht nicht über Mr. Pye.

Tante Annie seufzte. »Tja, das ist schon bedauerlich, aber deswegen muss man ihn doch nicht verrückt nennen. Die meisten Väter und Söhne machen mal eine schwierige Phase durch.«

»Schwierige Phase ist gut!«, schnaubte Matt. »Bei denen dauert die schwierige Phase schon vierzehn Jahre, und es wird immer schlimmer ...«

Er hielt inne. Zur gleichen Zeit wie ich hatte er gemerkt, dass Bo sich eigenartig benahm. Mit halb erhobenen Händen, die Augen weit aufgerissen, gab sie geradezu eine Karikatur angestrengten Horchens ab.

»Was um Himmels willen ist denn jetzt wieder mit ihr los?«, fragte Tante Annie ärgerlich, und Bo sagte: »Uk!«, und drehte sich um, und tatsächlich, da kam er schon mit langen Schritten die Auffahrt zum Haus entlang.

»So«, sagte Matt, legte Messer und Gabel nieder und stand auf. »Jetzt bring ich ihn um.«

»Du bleibst, wo du bist, Matt. Lass das Theater.«

Als hätte er nichts gehört, war er schon auf halbem Weg zur Tür.

»Setz dich sofort wieder hin, Matthew James Morrison! Setz dich auf deinen Platz, und hör dir an, was er zu sagen hat!«

»Ist mir egal, was er zu sagen hat.«

»Du setzt dich jetzt hin!«

Ihre Stimme zitterte, und als ich sie ansah, zitterte auch ihr Kinn, und ihre Augen waren gerötet. Matt sah sie ebenfalls an. »Entschuldige«, murmelte er und setzte sich wieder.

Luke kam herein. Er blieb im Türrahmen stehen und blickte in die Runde. »'n Abend«, sagte er.

Bo krähte und streckte die Ärmchen aus. Er nahm sie hoch. Sie vergrub das Gesicht an seinem Hals und küsste ihn mehrmals. Er sagte: »Komm ich zu spät zum Essen?«

Tante Annies Kinn zitterte immer noch. Sie schluckte. »Es ist noch was da. Aber es ist kalt geworden«, sagte sie, ohne ihn anzusehen.

Luke warf einen Seitenblick auf Matt, der ihn anstarrte. »Macht nichts«, sagte er zerstreut. »Ich ess es auch kalt.«

Er setzte sich, mit Bo auf dem Schoß.

Matt sagte: »Wo. Warst. Du«, in bedrohlich ruhigem Tonfall.

»In der Stadt«, sagte Luke. »Ich war bei Mr. Levinson. Dads Anwalt. Ich musste ein paar wichtige Dinge mit ihm klären. Ich kann mir doch den Rest Kartoffeln nehmen, wenn keiner mehr welche will?«

»Aber uns sagen, wo du hingehst, das konntest du nicht, wie?« Matts Stimme war dünn und schneidend wie ein Fischmesser.

»Ich wollte mir erst Klarheit verschaffen, bevor ich euch was davon sage. Wieso? Hat es Ärger gegeben?«

Matt grunzte wuterstickt.

Tante Annie sagte: »Das tut jetzt nichts zur Sache, Luke. Jetzt erzähl schon, was du gemacht hast.«

»Kann ich erst essen, bitte? Ich hab wahnsinnigen Kohldampf.«

»Nein«, sagte Matt.

»Was hast du denn bloß? Okay, schon gut, reg dich ab! Ich sag's euch ja schon – ist gar nichts weiter dabei. Also, im Prinzip hat sich Folgendes ergeben – ich werde nicht aufs Lehrerseminar gehen. Ich bleibe hier. Wir bleiben alle vier hier. Ich werde für euch sorgen. Das ist völlig legal – ich bin alt genug und so. Wir können das Geld bekommen, das ich für die Ausbildung kriegen sollte – natürlich nicht das, was das Haus abwerfen würde, da wir es nicht verkaufen, aber den Rest. Wir brauchen zwar mehr als das, aber ich kann mir ja einen Job suchen. Ich kann abends arbeiten – wenn du aus der Schule kommst, Matt; du kannst dich dann um Kate und Bo kümmern. Wahrscheinlich finde ich aber nur einen Job in der Stadt, also brauchen wir ein Auto, das kostet extra, aber Mr. Levinson will sehen, ob er uns einen Gebrauchtwagen beschaffen kann. Ich habe ihm erzählt, dass du aufs College gehen willst, und er sagte, wir könnten bei Dads Bank mal nach einem Kredit fragen, vielleicht haben sie Verständnis für unsere Situation. Immer vorausgesetzt, du bekommst ein Stipendium, aber da du so ein Genie bist, wird dir das ja nicht schwer fallen, oder? Auf jeden Fall müssen wir uns darüber noch nicht den Kopf zerbrechen. Hauptsache, wir können erst mal alle hier bleiben. Also vielen Dank für deine Pläne und alles, Tante Annie, aber die tun jetzt nicht mehr Not. Richte auch den anderen von der Familie unseren Dank aus, ja?«

Verdattertes Schweigen.

Bo zeigte auf das Apfelmus. »Da!«, sagte sie begehrlich schmatzend. Keiner beachtete sie.

Matt sagte: »Du lässt also deine Ausbildung sausen.«

»Jawohl.«

»Du bleibst hier. Du wirst nicht Lehrer.«

»Ich wollte sowieso nicht so gerne Lehrer werden. Mum und Dad wollten das.«

Er stand auf, setzte Bo auf dem Stuhl ab, nahm sich einen Teller und tat sich von dem Braten auf. Mein Kopf fühlte sich ganz komisch an, als ob Bienen darin herum summten. Tante Annie saß sehr still da, die Hände im Schoß gefaltet, den Blick auf den Tisch gesenkt. Ihre Augen waren immer noch rot.

»Da!«, sagte Bo, hüpfte auf Lukes Stuhl hin und her und reckte den Hals, um in die Schüssel Apfelmus zu gucken. »Da!«

Matt sagte: »Nein, danke.«

Luke sah ihn an. »Was?«

»Ich weiß, warum du das tust. Aber ich will es nicht, vielen Dank.«

»Wovon redest du überhaupt?«

»Wie würdest du dich denn an meiner Stelle fühlen?« Matt war weiß wie ein Leintuch. »Wenn ich einen sicheren Studienplatz aufgeben würde, damit du auf die Uni gehen kannst – wie würdest du dich den Rest deines Lebens lang fühlen?«

Luke sagte: »Ich tue es nicht für dich. Ich tue es für Bo und Kate. Und weil ich es so möchte.«

»Das glaub ich dir nicht. Du tust es wegen dem, was Kate gestern Abend gesagt hat.«

»Mir doch egal, ob du mir glaubst oder nicht. Sobald du achtzehn bist, kannst du deinen Teil des Geldes nehmen und von mir aus nach Timbuktu verschwinden.«

Er lud sich in aller Ruhe seinen Teller voll, hob Bo von seinem Stuhl und setzte sie auf den Boden, nahm Platz und fing an zu essen.

»Da!«, schrie Bo. »Da ... Pudding!«

Luke nahm die Schüssel Apfelmus und stellte sie neben Bo auf den Boden.

Matt sagte: »Tante Annie, sag du ihm, dass es so nicht geht.«

Ich starrte ihn ungläubig an. Da bot Luke uns allen die Rettung an, und Matt schlug sie einfach aus. Ich konnte es nicht fassen. Tatsächlich sollte es noch Jahre dauern, bis ich es verstand – Jahre, bevor ich begriff, *wie* gern er Lukes Angebot annehmen wollte und wie zornig er war, weil er das Gefühl hatte, es ablehnen zu müssen.

»Tante Annie!«, drängte er noch einmal. »Sag's ihm!«

Tante Annie hatte den ganzen Wortwechsel über unverwandt auf die Fleischplatte geblickt. Jetzt holte sie tief Luft und sagte: »Luke, ich fürchte, Matt hat Recht. Es ist sehr großzügig von dir, *überaus* großzügig, aber ich fürchte, es ist wirklich ganz ausgeschlossen.«

Luke sah kurz zu ihr auf, aß aber unbeirrt weiter. Unter dem Tisch hörte man Bo vor sich hin schmatzen.

»Schade, dass deine Eltern dein hochherziges Angebot nicht hören können.« Tante Annie lächelte gepresst. Ihr Gesicht war so weiß wie das von Matt. Ein weiteres Detail, das mir erst nach Jahren bewusst wurde – wie hart das alles für Tante Annie gewesen sein muss. Sie wollte doch nur unser Bestes – ihrem Bruder zuliebe, aber wohl auch, weil sie uns trotz unserer Widerborstigkeit mittlerweile ins Herz geschlossen hatte – und dabei hatte sie praktisch keine Wahl. Sie muss gesehen haben, wie perfekt Lukes Opferbereitschaft all unsere Probleme mit einem Schlag zu lösen schien, und sie muss auch Matts Gewissenskonflikt durchschaut haben. Allem voran aber wird ihr klar gewesen sein, dass Luke gar nicht wissen konnte, was er da vorschlug.

»Die Sache ist die, Luke, es ist einfach nicht machbar. Ich wundere mich, dass Mr. Levinson das nicht erkannt hat. Aber er ist ja auch ein Mann.«

Luke sah sie an. »Na und?«

»Er macht sich sicher keinen Begriff davon, was für eine harte Arbeit das ist, eine Familie zu unterhalten. Das allein ist schon ein Ganztagsjob. Du kannst nicht gleichzeitig den Haushalt besorgen und den Unterhalt für euch alle verdienen. Und wir anderen können euch auf Dauer nicht genug Geld schicken, jedenfalls nicht regelmäßig, nicht auf verlässlicher Basis.«

»Matt hilft mit. Er kann ja in den Ferien arbeiten gehen.«

»Selbst mit Matts Hilfe ist das nicht zu schaffen. Du ahnst gar nicht, was du dir da aufladen würdest, Luke, wie solltest du auch. Ich selbst bin ja die letzten Wochen kaum noch mit den Mädchen fertig geworden, und ich bin seit dreißig Jahren daran gewöhnt, einen Haushalt zu führen.«

»Ja, aber du bist nicht an Kinder gewöhnt«, sagte Luke. »Ich schon.«

»Keineswegs, Luke. Mit ihnen zu leben ist nicht das Gleiche wie für sie verantwortlich zu sein. Sie ständig zu versorgen, sich um jedes ihrer Bedürfnisse zu kümmern, und das auf viele, viele Jahre. Eine nicht enden wollende Arbeit. Himmel, Bo allein ist ja schon ein Ganztagsjob.«

»Gut, aber mich mag sie«, sagte Luke. Er wurde rot. »Ich hab nicht gemeint, dass sie dich nicht mag. Aber bei mir ist sie viel pflegeleichter. Ich weiß, dass ich es schaffen kann. Klar, es wird nicht leicht sein, aber die Nachbarn helfen ja auch immer ein bisschen, und so. Wir kriegen das schon hin, da bin ich mir sicher.«

Tante Annie straffte die Schultern. Sie blickte Luke voll ins Gesicht. Plötzlich sah ich unseren Vater in ihr – genau diese Miene hatte er aufgesetzt, wenn er sich anschickte, ein Machtwort zu sprechen. Und tatsächlich klang Tante Annie jetzt sogar wie er.

»Luke, du kannst dir gar nicht sicher sein. Eine Weile hältst du vielleicht durch, aber es wird immer schwerer werden. Die Nachbarn werden auch nicht ewig helfen. Matt wird nicht mehr da sein, und du bist dann allein mit zwei kleinen Kindern. Du wirst merken, dass du dein eigenes Leben aufgegeben hast...«

»Es ist *mein* Leben«, sagte Luke. »Ich kann damit machen, was ich will, und das ist es, was ich will.«

Er klang starrsinnig, trotzig, entschlossen, doch er legte Messer und Gabel hin und fuhr sich mit beiden Händen durchs Haar. Auch er hatte unseren Vater in ihr gesehen.

Tante Annie sagte: »Das ist, was du *jetzt* willst. In einem Jahr sieht es vielleicht schon anders aus, aber dann hast du deine Chance verspielt. Tut mir Leid, Luke, ich kann dir nicht erlauben...«

Auf einmal war da noch ein Geräusch, hoch und schrill, ein Heulen. Es kam von mir. Ich merkte, dass mein Mund weit aufgerissen war, meine Augen hervorquollen und ich dieses markerschütternde Geheul ausstieß. Die anderen starrten mich an, und mein Mund versuchte, ein Wort zu formen, verzerrt und bebend, nur dieses eine Wort.

»Bitte... Bitte... Bitte... Bitte... Bitte...«

ZWEITER TEIL

8

IN DER NACHT, nachdem die Geburtstagseinladung von Matts Sohn gekommen war, schlief ich schlecht. Ich träumte vages, unzusammenhängendes Zeug, teils von zu Hause, teils von der Arbeit, und dann, gegen Morgen, noch einen sehr klaren, einprägsamen Traum, der mich den ganzen Tag nicht mehr losließ. Matt und ich – als Erwachsene – lagen bäuchlings am Teichufer und beobachteten ein dünnes, stromlinienförmiges Insekt, einen Wasserläufer auf der Jagd nach Beute. Direkt vor uns hielt er kurz inne, und wir konnten die winzigen Dellen sehen, die seine Füße auf der Wasseroberfläche machten. Matt sagte: »Das Wasser hat obendrauf eine Art Haut, Kate. Man nennt es Oberflächenspannung. Darum geht er nicht unter.«

Ich wunderte mich, dass er meinte, mir etwas so Triviales erklären zu müssen. Oberflächenaktive Substanzen – bestimmte chemische Verbindungen, die die Oberflächenspannung des Wassers reduzieren – sind zurzeit gerade mein Forschungsgebiet. »Ich weiß«, nickte ich. »Und die Oberflächenspannung kommt daher, weil das Wasser eine so hohe Dichte hat. Die Moleküle sind bipolar; die positiven Wasserstoffatome eines Moleküls werden von den negativen Sauerstoffatomen eines anderen angezogen.«

Ich sah Matt fragend an, ob er mich verstanden hatte, doch er blickte nur schweigend ins Wasser. Ich wartete lange, aber er sagte nichts mehr. Und dann klingelte der Wecker.

Es war Samstag. Am Nachmittag sollte ich mit Daniel zu einer Ausstellung gehen, und danach waren wir mit seinen Eltern zum Essen verabredet. Ich hatte einen Haufen Laborprotokolle zu benoten, den ich vorher noch vom Tisch kriegen wollte, also stand ich auf, duschte und kochte mir eine Kanne Kaffee, die ganze Zeit von dem unangenehmen Eindruck verfolgt, den der Traum hinterlassen hatte. Meine Cornflakes aß ich stehend am Küchenfenster, mit dem fabelhaften Blick auf das Küchenfenster der Wohnung jenseits des Lichtschachts, und dann nahm ich meinen Kaffee in mein kleines Wohn-Esszimmer mit, wo die Papiere sich auf dem Tisch stapelten. Laborprotokolle haben etwas ungeheuer Deprimierendes. Sie werden direkt nach einem Laborversuch erstellt, wenn die Studenten das eben Besprochene noch frisch in Erinnerung haben, und zeigen daher genau, wie viel er oder sie nicht verstanden hat. Es ist wirklich zum Heulen. Schon in meinem ersten Jahr als Dozentin macht die Lehrtätigkeit mich fertig. Was wollen diese Leute überhaupt an der Uni, wenn sie kein Interesse am Lernen haben? Offensichtlich halten sie es für den bequemsten Weg, an Bier und Partys zu kommen, und was sie zwischendurch an Kenntnissen aufschnappen, ist reiner Zufall.

Ich las das erste Protokoll. Es ergab keinen Sinn, also las ich es noch mal. Beim dritten Mal wurde mir klar, dass der Fehler, so trostlos die Lektüre auch sein mochte, in erster Linie bei mir lag. Ich legte das Protokoll aus der Hand und versuchte herauszufinden, was das für ein Gefühl war, das mich seit jenem Traum quälte, und plötzlich kam ich drauf – es war Scham.

Völlig unlogisch, natürlich, sich wegen etwas zu schämen, was man im Traum getan hat. In Wirklichkeit würde ich Matt niemals belehren. Da bin ich seit jeher äußerst vorsichtig. Ich spreche mit ihm nicht mal über meine Arbeit, weil ich die Dinge vereinfacht darstellen müsste, und das käme mir wie eine Beleidigung seiner Intelligenz vor. Er würde es vielleicht gar nicht so sehen, ich aber schon.

Ich nahm mir wieder die Protokolle vor. Ein paar ließen wenigstens das Bemühen um Genauigkeit erkennen, eine leise Ahnung von wissenschaftlicher Methodik. Ein halbes Dutzend weitere waren so bodenlos, dass ich mich zusammenreißen musste, um nicht »Quatsch!« an den Rand zu schreiben. Als die Türklingel schellte, hatte ich noch zwei durchzusehen. Ich stand auf, drückte den Summer und setzte mich wieder.

»Bin gleich so weit«, sagte ich, als Daniel hereinkam, wie üblich aus der Puste vom Treppensteigen. Für einen Vierunddreißigjährigen ist er wirklich nicht sehr fit. Er ist zwar ein hagerer Typ, der niemals Fett ansetzt, aber das ist nicht unbedingt ein Zeichen von Gesundheit. Wenn ich ihm deswegen Vorhaltungen mache, nickt er brav und gibt zu, er müsste sich mehr bewegen, vernünftiger essen, jaja, auch darauf achten, mehr Schlaf zu bekommen. Ich nehme an, diese Taktik, bereitwillig Kritik einzustecken, hat er sich schon in jungen Jahren angeeignet. Seine Mutter (Professor Crane vom Fachbereich Kunst) ist das, was man eine dominante Persönlichkeit nennt, und sein Vater (Professor Crane vom Fachbereich Geschichte) ist noch schlimmer. Daniel geht sehr geschickt mit den beiden um, stimmt allem zu, was sie sagen, um es dann geflissentlich zu ignorieren.

»Es ist noch Kaffee da, wenn du magst«, sagte ich.

Daniel ging in die Küche und kam mit einem Becher wieder, stellte sich neben mich und las die Protokolle über meine Schulter mit.

»Unfassbar, wie miserabel die sind«, sagte ich. »Es ist die reinste Katastrophe.«

Er nickte. »Das ist immer so. Warum tust du dir das überhaupt an? Dafür haben wir doch unsere Assistenten.«

»Wie soll ich denn sonst rausfinden, was bei den Studenten hängen geblieben ist?«

»Wozu willst du das rausfinden? Betrachte sie einfach als durchtrampelnde Elefantenherde.«

Das ist natürlich nur Gerede. Daniel ist mindestens ebenso gewissenhaft wie ich. Er sagt immer, ich nähme alles zu ernst, so, als ob er seine Studenten einfach irgendwie vor sich hinwursteln ließe; in Wahrheit opfert er mehr Zeit für den Unterricht als ich. Der Unterschied ist nur, dass es ihm nichts auszumachen scheint.

Ich korrigierte weiter. Daniel schlenderte Kaffee schlürfend im Zimmer umher, hob hie und da einen Gegenstand hoch, drehte ihn hin und her, setzte ihn wieder ab. Daniel ist ein »Fummler«, wie seine Mutter es nennt. Die filigrane Preziosensammlung, die sie über die Jahre zusammengetragen hat, verschließt sie vorsichtshalber in einer Vitrine, damit Daniel nicht daran herumfummeln kann.

»Das muss einer aus deiner Verwandtschaft sein.«

Ich sah auf. Er hielt ein Foto in der Hand. Simon. Ich hatte vergessen, dass es noch auf dem Sofa lag.

»Mein Neffe.«

»Er ähnelt der großartigen alten Dame in deinem Schlafzimmer. Deiner Ur-ur-ur-urgroßmutter oder so.«

»Ein Ur reicht schon.«

Auf einmal wurde ich nervös. Ich konnte mich nicht erinnern, wo ich die Einladung gelassen hatte, mit Matts hinzu gekritzelter Notiz: *Bring ruhig jemanden mit.* Lag sie bei dem Foto? Hatte Daniel sie schon entdeckt?

»Habt ihr alle so tolle Haare?«

»Die sind doch bloß blond.«

Irgendwas in meiner Stimme ließ ihn verdutzt aufblicken. Er legte das Foto zurück. »Entschuldige, es lag da so rum, und die Familienähnlichkeit springt ja wirklich ins Auge.«

»Ich weiß«, sagte ich schulterzuckend. »Das finden alle.«

Hatte er die Einladung nun gesehen oder nicht?

An dieser Stelle sollte ich vielleicht anmerken, dass Daniel mich schon wenige Wochen nach unserer ersten Verabredung seinen Eltern vorgestellt hatte. Wir gingen zum Abendessen zu ihnen. Genau wie man es von einem so eminenten Akademikerpaar erwarten würde, wohnen sie in einer grandiosen, denkmalgeschützten Gründerzeitvilla nahe der Universität. Gemälde an den Wänden – Originale, keine Drucke –, hie und da auch ein paar wuchtige Skulpturen und antikes Mobiliar, mit einem seidigen Schimmer, den wohl nur Dinge annehmen, die einmal pro Woche liebevoll poliert werden, und zwar seit mindestens hundert Jahren. Dort, wo ich herkomme, würde man einem so auffällig guten Geschmack mit Misstrauen begegnen, da er von einer fragwürdigen Liebe zu materiellen Gütern zeugt. Aber natürlich ist das auch eine Art Snobismus, und ich für meinen Teil fand ihr Haus eher interessant als protzig.

Trotzdem war es ein ungemütlicher Abend. Ganz abgesehen von dem Ambiente – wir vier in einem düsteren Speisezimmer mit weinroten Moirétapeten und einem riesigen ovalen Tisch, an den leicht ein Dutzend Leute gepasst hätte – abgesehen davon fand ich Daniels Eltern reichlich einschüchternd. Beide sind enorm wortgewandt und schulmeisterlich und fallen einander ständig ins Wort, sodass man sich in diesem Hin und Her von spitzen Bemerkungen und geharnischtem Widerspruch wie in einem Hagel von Pfeilen vorkommt. Ab und zu erinnerte sich einer von beiden plötzlich, dass wir auch noch da waren, hielt mitten in der Attacke inne und sagte etwas wie: »Daniel, schenk Katherine doch Wein nach«, um sich dann unverzüglich wieder ins Scharmützel zu stürzen.

Wenn Daniels Mutter sich zufällig mal an mich wandte, klang das etwa so: »Daniels Vater möchte Sie das und das glauben machen, Katherine.« Dabei hob sie eine elegante Augenbraue, um anzudeuten, dass ich über eine solche Absurdität ja wohl nur lachen könne. Sie ist hoch gewachsen und hager, eine eindrucksvolle Erscheinung, deren Haar eher silber als grau wirkt. Im Nacken kurz gehalten, fällt es ihr seitlich mit einer messerscharfen Kante ins Gesicht.

Daniels Vater, der etwas kleiner ist als sie, ein kompaktes Energiebündel, quittierte solche Bemerkungen mit einem überlegenen Lächeln und tupfte sich dabei mit der Serviette den Mund, mit der lauernden Ruhe eines Scharfschützen, der bedächtig sein Ziel anpeilt. Wenn er seine Frau im Visier hatte, nannte er sie »die geschätzte Frau Doktor«. »Die geschätzte Frau Doktor versucht, Sie für ihre Sache zu gewinnen, Katherine. Lassen Sie sich nicht täuschen, denn ihre Sichtweise entbehrt jeder Logik...«

Ich saß da und hörte ihnen zu, antwortete nervös, wenn eine Entgegnung erwartet wurde, und fragte mich, welcher glückliche Zufall diesem streitsüchtigen Paar einen so friedfertigen Sohn wie Daniel beschert hatte.

Daniel ließ sich das Hirschragout schmecken, ohne die beiden zu beachten. Mir imponierte sein Mut, sie überhaupt jemandem vorzuführen. Wenn es meine Eltern gewesen wären, hätte ich sie strikt verleugnet. Und hinterher entschuldigte er sich nicht etwa für sie – er schien sie völlig normal zu finden, hielt es für selbstverständlich, dass ich sie mögen würde oder sie zumindest ihm zuliebe tolerieren. Und als ich sie dann besser kennen lernte, fand ich sie tatsächlich ganz erträglich, vorausgesetzt, ich bekam sie nur in kleinen Dosen ab. Sie haben mich beide sehr freundlich aufgenommen, und es sind ja auch interessante Menschen. Außerdem, ob durch glücklichen Zufall oder nicht, haben sie immerhin Daniel in die Welt gesetzt, also können sie so schlecht nicht sein.

Auf jeden Fall aber war es für Daniel gar keine Frage, dass ich seine Eltern kennen lernen musste. So gehörte es sich eben, wenn man jemandem näher kam – man nahm ihn mit in den Kreis der Familie. Nach dem ersten Besuch trafen wir uns ziemlich oft mit ihnen, etwa einmal im Monat, entweder bei ihnen zu Hause oder in einem Restaurant. Sie riefen Daniel an, oder er sagte von sich aus, es sei mal wieder Zeit für einen Besuch bei den Streitkräften, wie er seine Eltern nannte. Natürlich ging er davon aus, dass ich sie auch sehen wollte, und das stimmte sogar.

Nur erwartete er leider von mir, dass ich mich in Bezug auf meine Familie genauso verhalten würde. Wegen der großen Entfernungen war die Situation zwar nicht die gleiche, aber ich wusste, dass es ihm ein Rätsel war, wieso ich ihn nicht schon längst einmal dorthin mitgenommen hatte. Ein paar Wochen, bevor die Geburtstagseinladung kam, hatte er mich deswegen sogar zur Rede gestellt.

Wir waren abends mit Freunden aus gewesen, einem Kollegen von der Fakultät und seiner frisch angetrauten Frau, die uns von ihrem ersten Weihnachten bei ihren Familien erzählt hatten. Heiligabend hatten sie bei seiner Familie verbracht und den ersten Weihnachtstag bei ihrer; diese Einteilung hatte keinem behagt, und zwischen beiden Besuchen hatten sie hundert Meilen in einem Schneesturm zurücklegen müssen. Sie beschrieben das alles sehr lustig, aber ich fand es bedrückend. Auf dem Heimweg war Daniel ungewöhnlich still, und in der Annahme, er habe es auch bedrückend gefunden, sagte ich so etwas wie: »Na ja, wenigstens können sie darüber lachen.« Daniel brummelte nur in seinen Schal, und dann, nach einer Minute Schweigen, sagte er: »Kate, wo wollen wir eigentlich hin?«

Ich dachte, er meinte, zu ihm oder zu mir. Er bewohnt die obere Etage eines etwas heruntergekommenen Altbaus in Uninähe, eine richtige Gelehrtenklause, düster und unordentlich, mit kleinen Mansardenfenstern und mächtigen, überaktiven Heizkörpern, die solche Hitze abstrahlen, dass Daniel selbst im Winter die Fenster offen lassen muss; aber wenigstens gibt es dort Platz, was man von meiner schäbigen Bude nicht behaupten kann, also verbringen wir die meiste Zeit bei ihm. »Zu dir?«, sagte ich.

Er saß am Steuer. Daniels Profil – wie ein freundlicher Raubvogel – hat mir schon immer gefallen, aber jetzt, im Streiflicht entgegenkommender Wagen, sah er ungewohnt ernst aus. Er warf mir einen kurzen Blick zu: »Das meine ich nicht.«

Irgendetwas in seinem Tonfall ließ mein Herz einen Schlag aussetzen. Daniel neigt nicht zu Dramatisierungen. Er hat eine humorvolle Einstellung zum Leben oder gibt sich zumindest so, und egal, um welches Thema es geht, er klingt immer ein wenig amüsiert. Doch jetzt schwang da etwas in seiner Stimme mit, das ich nicht recht zu deuten wusste. »Entschuldige«, sagte ich, »was meinst du denn?«

Er zögerte. »Ist dir klar, dass wir jetzt schon über ein Jahr zusammen sind?«

»Ja, sicher.«

»Die Sache ist die, ich weiß immer noch nicht... ob das irgendwo hinführt. Ich hab keine Ahnung, wie du innerlich dazu stehst. Ob die Beziehung dir überhaupt wichtig ist.«

»Aber ja«, sagte ich schnell und sah ihn an.

»*Wie* wichtig? Ein bisschen? Ziemlich? Sehr? Kreuz eins davon an.«

»Sehr. Sehr wichtig.«

»Uff, immerhin.«

Er schwieg eine Weile. Ich saß angespannt, die Hände im Schoß verkrampft.

Schließlich sagte er: »Komisch, es gibt nichts, was mir zeigt, dass die Beziehung dir so wichtig ist. Ich hab es ehrlich nicht gewusst. Ich meine, worüber reden wir denn? Über unsere Arbeit, über Freunde und Kollegen, meistens auch nur in Verbindung mit der Arbeit. Wir gehen zusammen ins Bett, schön und gut – *wirklich* schön und gut – aber dann reden wir gleich weiter darüber, was morgen bei der Arbeit ansteht. Sicher, die Arbeit ist wichtig, aber das kann doch nicht das Einzige sein, oder?«

Er hielt an einer roten Ampel und starrte sie an, als hätte sie eine Antwort parat. Ich starrte sie auch an.

»Ich hab immer noch das Gefühl, dass ich kaum was von dir weiß.« Er blickte zu mir hinüber und versuchte zu lächeln. »Ich würde dich so gern kennen lernen. Wir sind jetzt ein Jahr zusammen, und ich glaube, es wird Zeit, dass ich dich endlich kennen lerne. Hast du … ich weiß nicht, ob ich mich richtig ausdrücke … irgendwie scheint da immer was zwischen uns zu stehen …« Er nahm die Hand vom Steuer und machte eine Geste, als drückte er gegen eine unsichtbare Wand. »Irgendeine Barriere oder so was, als würdest du dich nur zum Teil … ich weiß nicht, wie ich's nennen soll.«

Nach einem Moment sah er mich wieder mit diesem halben Lächeln an. »Aber es ist ein Problem für mich, das kann ich dir sagen, ein echtes Problem.«

Die Ampel sprang auf Grün. Wir fuhren weiter.

Ich hatte Angst. Ich hatte nicht geahnt, wie ihm zumute

war. Ich erschrak bei dem Gedanken, dass er Schluss machen könnte, und noch mehr dabei, wie viel mir das ausmachte.

Denn ich muss zugeben: Nie hatte ich mir träumen lassen, dass ich mich tatsächlich in jemanden verlieben würde. Das war einfach außerhalb meiner Vorstellung angesiedelt. Um ehrlich zu sein, hatte ich mir so intensive Gefühle gar nicht zugetraut. Als ich Daniel »entdeckte«, um es mal so zu sagen, war ich wie benebelt von der bloßen Tatsache, dass es ihn gab. Ich forschte nicht allzu tief in meinen Gefühlen nach oder zerbrach mir den Kopf über seine, vielleicht weil ich befürchtete, ihn dann, wenn sich herausstellte, dass ich ihn zu sehr liebte und brauchte, wieder zu verlieren. Menschen, die ich liebe und brauche, neigen dazu, aus meinem Leben zu verschwinden. Aus dem gleichen Grund gestattete ich mir auch nicht, zu viel über die Zukunft – *unsere* Zukunft – nachzudenken. Ich hoffte einfach das Beste.

Nur im Rückblick sehe ich das alles so klar. Damals aber hatte ich noch gar nicht begonnen, unsere Beziehung als etwas wahrzunehmen, das nach und nach wuchs und sich entwickelte – es war mir nie in den Sinn gekommen, dies könnte nötig oder auch nur wünschenswert sein. Ich war fatalistisch; ich dachte, es würde schon gut gehen, oder wenn nicht, würde ich jedenfalls kaum etwas daran ändern können. Ich ließ es eben so auf gut Glück laufen – aus heutiger Sicht würde ich sagen, es war wie Auto fahren mit geschlossenen Augen.

Ich wusste nicht, was ich ihm antworten sollte. Ich war ganz durcheinander. Ich stammelte: »Daniel, ich ... ich kann einfach nicht gut über ... solche Dinge reden. Liebe, und so. Aber das heißt nicht, dass ich nichts fühle.«

»Das weiß ich, Kate. Aber es geht nicht nur darum.«

»Um was dann?«

Nach einer Pause sagte er: »Du könntest mich zum Beispiel in andere Aspekte deines Lebens einbeziehen. Andere Dinge, die dir wichtig sind.«

Er sagte nicht direkt, du könntest mich mit deiner Familie bekannt machen, doch ich wusste, dass er das meinte – dass ich ihn als Erstes mal nach Hause mitnehmen und Luke und Bo vorstellen sollte. Und Matt.

Nun war das aber genau das Einzige, was mir vollkommen undenkbar schien. Keine Ahnung, warum. Ich wusste, dass er sie mögen würde, ich wusste, dass sie ihn mögen würden, und dennoch konnte ich die Idee nicht zulassen. Lächerlich, sagte ich mir. Das ist doch absolut lächerlich.

Er war in eine Seitenstraße eingebogen und hatte am Bordstein gehalten. Ich weiß nicht, wie lange wir da saßen, bei laufendem Motor, während der Schnee an die Scheiben klatschte.

»Ich will's versuchen, Daniel«, sagte ich. »Wirklich.«

Er nickte. Ich wünschte, er würde sagen, dass er mich verstand, aber er schwieg; er legte den Gang ein und fuhr mich heim zu meiner Wohnung. Und seitdem war ein Monat vergangen, ohne dass wir noch einmal darüber gesprochen hätten. Aber es war da, es hing zwischen uns, hatte sich nicht in Luft aufgelöst.

Daher wusste ich, was ihm durch den Kopf gegangen wäre, wenn er Matts Einladung gesehen hätte. Na also, die ideale Gelegenheit, hätte er gedacht, und das natürlich zu Recht.

Er legte das Foto von Simon auf den Tisch, so behutsam, als spürte er, dass es eine spezielle Bedeutung für mich hatte. Und wegen seiner Behutsamkeit hätte ich es fast über mich gebracht, ihn spontan einzuladen. Aber Matt war mir von dem Traum her noch sehr präsent, und auf einmal hatte ich ein sehr deutliches Bild von den beiden vor Augen, wie sie zusammentrafen, wie sie sich lächelnd die

Hand gaben; wie Matt sich höflich nach der Fahrt erkundigte und Daniel sagte, sie sei toll gewesen. Herrliche Landschaft. Wie die beiden auf das Haus zugingen und Matt sagte: »Du arbeitest an der Uni, nicht? In der Mikrobiologie, hat Kate erzählt...« Und plötzlich stieg ein solcher Groll in mir hoch, dass es mir fast den Atem nahm. Ich blickte auf das Protokoll vor mir, Bitterkeit wie Metall im Mund.

»Kate?«

Widerstrebend sah ich zu ihm auf. Er runzelte fragend die Stirn. Daniel Crane, der jüngste Professor an der zoologischen Fakultät, stand mitten in meinem Wohnzimmer und wunderte sich, weil es ein Detail in seinem Leben gab, das nicht ganz nahtlos passte.

Du hast es so leicht gehabt, hätte ich am liebsten gesagt, so *leicht*. Sicher, du hast hart gearbeitet, aber das Glück hat dir die ganze Zeit beigestanden, und ich wette, es ist dir nicht mal bewusst. Du bist ein kluger Mann, das will ich nicht abstreiten, aber verglichen mit Matt bist du nichts Besonderes. Absolut gar nichts Besonderes.

»Ist irgendwas?«

»Nein«, sagte ich. »Wieso?«

»Du wirkst so...«

Er sprach nicht weiter, nippte an seinem Kaffeebecher und beobachtete mich, immer noch stirnrunzelnd, über den Rand hinweg. Nein, ich kann es nicht tun, dachte ich. Es geht einfach nicht. Wenn er die Einladung gesehen hat, dann ist es eben Pech. Sei's drum.

»Ich bin gleich fertig«, sagte ich und beugte mich wieder über das Laborprotokoll.

9

VOR KURZEM WAR ICH auf einer Konferenz in Edmonton, um einen Vortrag über die Wirkung von Pestiziden auf stehende Gewässer zu halten. Es war keine sonderlich ergiebige Veranstaltung, aber auf dem Rückweg flogen wir sehr tief über den Norden von Ontario, und allein das war schon die Reise wert. Ich war verblüfft von dieser endlosen Weite. Wir flogen meilenweit über menschenleere Landschaft, nur Felsen und Bäume und Seen, wunderschön, einsam und unberührt, so lebensfern wie der Mond. Und dann sah ich unter uns plötzlich eine schmale hellgraue Linie, die sich durch diese Einöde schlängelte, um Seen und Sümpfe und Granitkegel herum. Und weiter vorne, wie ein Ballon, an dem diese dünne Linie als Schnur befestigt war, tauchte eine kleine Lichtung neben einem See auf. Bald zeichnete sich ein Flickenteppich von Feldern in der Lichtung ab, mit verstreuten Häuserwürfeln gespickt, und weitere hellgraue Linien, die sie alle zusammenwoben. Etwa in der Mitte, klar zu erkennen durch den gedrungenen Turm und das ordentliche Viereck des Friedhofs drum herum, stand die Kirche, und nebendran, von einem verwitterten Pausenhof umgeben, die Schule.

Es war nicht Crow Lake, hätte es aber genauso gut sein können. Meine Heimat, dachte ich. Was waren wir doch mutig!

Ich meinte nicht uns speziell, ich meinte all jene, die das Wagnis auf sich nahmen, derart abgeschieden von ihresgleichen in einem so grenzenlos weiten, stillen Land zu leben.

Wenn ich an zu Hause denke, sehe ich es seither oft aus der Vogelperspektive. Ich visiere es sozusagen aus der Luft an, segele im Gleitflug tiefer und tiefer, bis immer mehr Einzelheiten sichtbar werden, und schließlich sehe ich uns vier Geschwister, seltsamerweise zumeist in der Kirche. Da sitzen wir, zwei Jungen und zwei Mädchen in einer Reihe, Bo vielleicht nicht ganz so brav, wie sie in Anwesenheit unserer Mutter gewesen wäre, aber doch halbwegs manierlich, und wir anderen ruhig und aufmerksam. Vielleicht sind unsere Kleider nicht pieksauber und unsere Schuhe nicht blank geputzt, aber so genau schaue ich ja nicht hin.

Merkwürdig, dass ich uns immer alle vier sehe, denn zu viert waren wir nur das erste Jahr. Danach war Matt nicht mehr bei uns. Aber natürlich war jenes Jahr das prägendste. Es kommt mir so vor, als sei in dem einen Jahr mehr passiert als in all den anderen Jahren meiner Kindheit zusammengenommen.

★★★

Tante Annie blieb noch bis Mitte September bei uns. Nachdem sie gezwungenermaßen zu der Einsicht gelangt war, dass ich die Aufspaltung der Familie eventuell nicht überleben würde, sah sie sich genötigt, Lukes Plan zu akzeptieren, auch wenn sie es nach wie vor missbilligte, dass er seine Karriere aufgeben und »die Mädchen allein aufziehen« wollte. Doch es blieb ihr keine Wahl, und so wartete sie nur noch, bis die Schule wieder angefangen hatte, und machte sich dann auf den Heimweg.

Ich weiß noch, wie wir sie in unserem neuen (alten) Wagen zum Bahnhof brachten. Wir hätten gar nicht so weit fahren müssen – der Zug hätte auch auf einen Wink am nächsten Bahnübergang gehalten –, aber wahrscheinlich hielten Matt und Luke ein solches Hopplahopp nicht für einen ausreichend würdigen Abschied. Ich erinnere mich noch an die Lokomotive, was für ein kohlschwarzes Monstrum sie war und wie sie in der Hitze schnaufte. Bo kam gar nicht mehr aus dem Staunen heraus, sie saß auf Lukes Arm und drehte ihm immer den Kopf zur Lokomotive hin, sie wollte, dass er ebenso staunte wie sie.

Tante Annie sagte nicht auf Wiedersehen. Als der Moment zum Einsteigen kam, sagte sie zum zweiten Mal, dass sie mich zum Hauptbriefschreiber ernannte, und zum dritten Mal, dass wir anrufen sollten, falls es Probleme gab. Dann kletterte sie sehr agil über die eigens vom Schaffner aufgestellte Behelfsstufe in den Zug. Wir sahen ihr nach, wie sie durch den Waggon ging, gefolgt vom Schaffner mit ihrer Tasche. Sie setzte sich auf einen Fensterplatz und winkte uns zu. Es war ein lustiges, kindliches Winkewinke, und zusammen mit ihrem Lächeln bildete es einen seltsamen Kontrast zu den Tränen, die ihr die Wangen hinabrollten. Ignoriert meine Tränen, schien ihre Geste zu sagen, also taten wir, als hätten wir nichts bemerkt, und winkten feierlich zurück.

Ich erinnere mich an die Heimfahrt; wir saßen alle vier vorn, Matt am Steuer, Luke mit Bo auf dem Schoß, ich zwischen ihnen. Keiner sagte ein Wort. Als wir in die Einfahrt einbogen, sah Luke zu Matt hinüber und sagte: »Da wären wir also.«

»Tja«, sagte Matt.

»Alles in Ordnung?«

»Na klar.«

Doch er schaute beklommen, nicht gerade sehr glücklich.

Und Luke? Luke strahlte vor Glück. Luke sah aus wie ein Mann, der glorreich in die Schlacht zieht und weiß, dass Gott auf seiner Seite ist.

Und noch etwas geschah an jenem Tag; ein Zwischenfall, der nichts mit Tante Annies Abreise zu tun hatte. Damals dachte sich keiner etwas dabei, und tatsächlich dauerte es lange, bis mir aufging, dass wohl doch einiges mehr dahintersteckte.

Es passierte nach dem Abendessen, als Matt und ich den Abwasch machten und Luke dabei war, Bo ins Bett zu bringen.

Tante Annie hatte das Haus in penibelster Ordnung hinterlassen. Die letzten Tage hatte sie damit zugebracht, jede Oberfläche zu schrubben, jedes Fenster zu putzen, jedes Stück Stoff zu waschen, Vorhänge, Bettzeug, einfach alles. Sicher kannte sie Luke inzwischen gut genug, um zu wissen, dass dies der letzte Kontakt mit Wasser und Seife war, den die Sachen jemals wieder bekommen würden, aber ich glaube, in ihrer Sorge um uns schloss sie zugleich auch eine Art Pakt mit Gott: Wenn sie alles tat, was in ihrer Macht stand, um uns einen guten Start zu ermöglichen, dann wäre auch er verpflichtet, alles in seiner Macht Stehende zu tun, damit wir nicht zu Schaden kämen. Und so ein Pakt verpflichtet natürlich.

Matt und ich standen also in unserer blitzblanken Küche, spülten unsere glänzenden Töpfe und trockneten sie mit Geschirrtüchern ab, die in Seifenlauge gekocht, gestärkt und geplättet worden waren, bis sie sich so steif wie schneeweiß schimmernde Papierbögen anfühlten. Bo und Luke kamen herein, Bo in einem geradezu überirdisch sauberen Pyjama; sie wollte noch etwas zu trinken, und Luke goss ihr ein Glas Saft ein, nahm sie auf den Arm und hieß sie gute Nacht sagen. Mit seinem bestimmten Ton wollte er ihr von vorneherein klar machen, dass er hier jetzt das Sagen hatte, und Bo war so gut aufgelegt, nachdem sie Tante Annie aus dem Feld geschlagen hatte, dass sie ihn vorläufig in dem Glauben ließ, er könnte sich bei ihr durchsetzen.

»Sag dem Küchenpersonal gute Nacht, Bo«, sagte Luke.

Bo schaute aus dem Fenster. Sie wandte gehorsam den Kopf zu uns um, aber dann zeigte sie in die Dämmerung hinaus und sagte: »Da! Mann!«

Es wurde gerade dunkel. Wir hatten das Licht in der Küche an, doch man konnte noch die Umrisse einzelner Bäume erkennen. Und wenn man genau hinschaute, konnte man auch eine schattenhafte Gestalt am Waldesrand sehen, der sich in der Nacht immer dichter um das Haus zu ziehen schien. Wir blickten alle hinaus, und der Schatten bewegte sich, glitt ein bisschen weiter unter die Bäume zurück.

Matt runzelte die Stirn. »Sieht nach Laurie Pye aus.«

Luke nickte. Er ging zur Tür, öffnete sie und rief: »Hey, Laurie!«

Der Schatten zögerte, trat dann langsam vor. Luke verlagerte Bo auf den anderen Arm und hielt die Tür auf. »Was ist, Laurie? Komm doch rein.«

Laurie blieb ein paar Meter vor der Tür stehen. »Nee«, sagte er. »Ist schon okay.«

»Ach was, wo du schon mal da bist, komm doch rein«, wiederholte Luke. »Kannst auch ein Glas Saft haben oder so. Was können wir denn für dich tun?«

Matt und ich waren ebenfalls an die Tür getreten, und Laurie sah kurz zwischen uns hin und her, mit unruhig flackernden dunklen Augen. »Nee, nee, geht schon, ich wollte eigentlich gar nichts.« Und damit drehte er sich um und hastete davon.

Das war alles.

Wir blickten ihm nach, wie er zwischen den Bäumen verschwand. Matt und Luke sahen sich an. Luke ließ die Tür leise ins Schloss fallen.

»Seltsam«, sagte Matt.

»Glaubst du, da stimmt was nicht?«

»Keine Ahnung.«

Wir machten uns weiter keine Gedanken darüber. Matt und ich gingen an den Abwasch zurück, und Luke brachte Bo ins Bett, und das war's.

Im Rückblick nehme ich an, dass er wohl in der Hoffnung gekommen war, mit Luke oder Matt zu sprechen. Er kannte sie besser als sonst irgendwen, abgesehen von der eigenen Familie, immerhin hatten sie jahrelang Seite an Seite auf den Feldern seines Vaters gearbeitet, und wenn er jemandem vertraute, dann ihnen.

Allerdings kann ich mir kaum vorstellen, dass Laurie überhaupt mal jemandem sein Herz ausgeschüttet hätte. Wenn ich mir dieses geisterhaft fahle Gesicht mit den unheimlich brennenden Augen vergegenwärtige, scheint es mir undenkbar, dass er einfach so hätte aussprechen können, was ihn bedrückte.

Es kann natürlich auch sein, dass er mehr oder weniger zufällig vorbeigekommen war; möglicherweise war er ohne bestimmtes Ziel losgezogen und hatte sich plötzlich vor unserem Haus wieder gefunden – obwohl auch das darauf schließen lässt, dass er unbewusst auf der Suche nach jemandem war, mit dem er reden konnte.

Wie auch immer, jedenfalls stand er da draußen in der einbrechenden Dunkelheit und schaute zu uns hinein. Ich kann mir leicht vorstellen, wie es für ihn ausgesehen haben muss. Der Stress und die Ungewissheit, die Matt und Luke zu schaffen machten, die Verletzlichkeit, die uns Mädchen von dem Verlusttrauma geblieben war – nichts von alldem war für ihn sichtbar. Was er wahrnahm, war das saubere, ordentliche Heim, die stille, häusliche Szene, wir vier, die wir uns gegenseitig halfen, der Älteste mit der Jüngsten im Arm. Die reinste Idylle. Da hereinzuplatzen und sich über die Zustände zu beklagen, die bei ihm zu Hause herrschten, muss ihm ganz unmöglich vorgekommen sein. Völlig ausgeschlossen. Wenn Bo geplärrt hätte, wenn Matt und Luke sich gestritten hätten oder wenn wir wenigstens nicht alle so gemütlich in der blitzblanken Küche beisammen gewesen wären, hätte er sich vielleicht getraut. Er hatte einfach den falschen Abend erwischt.

***

In der Stadt fanden sich keine Jobs für Luke, die ihm in puncto Arbeitszeit gepasst hätten, aber schließlich erhielt er eine Anstellung in McLeans Laden. Aus heutiger Sicht habe ich so meine Zweifel, ob Mr. und Mrs. McLean wirklich eine Hilfskraft brauchten, nachdem sie den Laden zwanzig Jahre lang auch problemlos allein geführt hatten. Doch sie gaben vor, Lukes Mithilfe für zwei Stunden pro Tag käme ihnen sehr gelegen, und damals fiel keinem von uns auf, dass dies vielleicht nichts anderes als ein weiterer Akt der Wohltätigkeit war.

Eine seltsame Familie, diese McLeans. Jeder für sich ein Unikum, Vater, Mutter und Tochter schienen überhaupt nicht zusammenzupassen. Wenn man eine bunt gemischte Gruppe von Kindern einer Gruppe von Elternpaaren gegenübergestellt hätte, um sie einander zuzuordnen, wäre Sally wahrhaftig das letzte der Kinder gewesen, das man für den Nachwuchs der McLeans gehalten hätte. Beide waren sie klein und mäuschenhaft, während Sally sie um Haupteslänge überragte, und das auch noch mit dieser feuerroten Haarpracht. Außerdem waren Mr. und Mrs. McLean berühmt für ihre Schüchternheit und Sally, besonders als Teenager, für das genaue Gegenteil. Allein schon ihre Körpersprache – wie sie so dastand, mit vorgeschobenem Becken, herausgereckter Brust, keck erhobenem Kinn... Sicherlich war das keine Sprache, die Mrs. McLean beherrschte oder die Mr. McLean überhaupt verstanden hätte.

Berühmt waren die McLeans aber vor allem für ihre Kinderfreundlichkeit. Sie standen zusammen hinter ihrem langen dunklen Tresen, und wenn ein Kind den Laden betrat, verwandelte sich ihr schüchternes Lächeln in reinstes Glücksstrahlen. Sie hätten ein Dutzend eigene Kinder haben sollen, aber Sally war ihr einziges. Als sie Sally bekamen, waren sie schon weit in den Vierzigern, also erstaunlich alt, verglichen mit anderen Eltern. Vermutlich hatten sie es jahrelang »probiert«, und jahrelang war nichts passiert, und dann, lange nachdem sie sich damit abgefunden hatten, dass es Gottes Wille sei, sie kinderlos zu belassen, kam ganz überraschend Sally und hatte seitdem wohl auch nicht aufgehört, sie zu überraschen.

Also ging Luke bei Mr. und Mrs. McLean arbeiten. Ich weiß nicht mehr, was ich von der Abmachung hielt, aber wahrscheinlich dachte ich gar nicht weiter darüber nach. Ich war immer gern in den Laden gegangen, wenn meine Mutter mich auf ihre wöchentlichen Einkaufstouren mitnahm. Er war groß und dämmrig wie eine Scheune, von Regalen aus rohen Kiefernbrettern durchzogen und bis unter die Dachbalken voll gestopft mit allen nur erdenklichen Waren – Obst und Gemüse in Spankörben, in Scheiben verpacktem Brot, Erbsen- und Bohnenbüchsen, Rosinenpäckchen, Heugabeln, Seife, Strickwolle, Mausefallen, Gummistiefel, lange Unterhosen, Klopapier, Teigrollen, Gewehrpatronen, Schreibpapier, Abführpillen. Meine Mutter gab mir immer einen Teil ihrer Einkaufsliste (alles penibel in Blockschrift aufgelistet, damit ich es auch lesen konnte), und ich wanderte die Gänge auf und ab, bis ich das Gesuchte fand, und legte es in meinen Korb. Oft begegneten meine Mutter und ich uns zwischen den Regalen und lächelten uns an, und sie fragte mich, wie ich zurechtkäme und ob ich zufällig irgendwo die Rosinen gesehen hätte oder die Dosenpfirsiche. Wenn wir dann alles beisammen hatten, brachten wir die Sachen zum Tresen, wo Mr. McLean sie in Tüten packte, während Mrs. McLean die Preise mit einem dicken schwarzen Bleistift auf einem Block notierte und beide mich die ganze Zeit beglückt anstrahlten.

Ich liebe die Erinnerungen an jene Einkäufe mit meiner Mutter; es gab sonst so wenig Gelegenheiten, sie ganz für mich allein zu haben.

Nun war Luke also ebenfalls hinter dem Ladentresen der McLeans installiert, obwohl Strahlen nicht gerade seine Sache war. Er jobbte Montag bis Freitag von vier, wenn Matt aus der Schule kam, bis um sechs, wenn der Laden zumachte. Montagabends arbeitete er länger, da fuhr er mit dem Lieferwagen in die Stadt, holte neue Vorräte und sortierte sie in die Regale ein.

Manchmal begleitete ihn Sally auf diesen Fahrten. Vermutlich saß sie dabei immer etwas dichter neben ihm als unbedingt notwendig und hielt sich an ihm fest, wenn sie über Huckel und durch Schlaglöcher holperten. Was Luke von dieser Annäherungstaktik hielt, weiß ich nicht so recht. Sicher ließ sie ihn nicht ganz kalt, hinzu aber kam noch die Verwirrung, die sich aus seinen komplizierten Lebensumständen ergab.

Samstags arbeitete er den Vormittag über auf Calvin Pyes Farm, und Matt löste ihn dann am Nachmittag ab. Soweit mir bekannt ist, wurde Lauries seltsames Auftauchen bei uns nie wieder erwähnt. Calvin hätte Luke gerne sechs Tage pro Woche beschäftigt, aber Lukes Verfügbarkeit war nun mal durch seinen festen Vorsatz eingeschränkt, sich um Bo und mich zu kümmern. Mehr als eine Nachbarin hatte schon angeboten, uns jeden Nachmittag ein paar Stunden zu hüten, doch darauf wollten er und Matt sich nicht einlassen. Bo hatte mittlerweile eine heftige Abneigung gegen Fremde entwickelt, und auch ich gab ihnen Anlass zur Besorgnis. Anscheinend war ich noch immer sehr verschüchtert, und so wollten sie mir wohl keine zusätzliche Aufregung mehr zumuten.

Für Matt hieß Babysitten natürlich, Bo und mich zu den Teichen mitzunehmen, und so lange das gute Wetter anhielt – bis weit in den Oktober hinein – gingen wir fast jeden Nachmittag dorthin, und ich liebte es, dort zu sein. Wasser hat etwas ungeheuer Wohltuendes und Beruhigendes.

Der einzige Wermutstropfen, was mich betraf, war Marie Pye, die wir auf dem Rückweg von den Teichen nur allzu oft antrafen. Ich war dann immer schon müde und hungrig und wollte heim, stampfte im Kreis um Matt herum und trat ungeduldig gegen die Bahnschwellen, während er mit Marie plauderte. Ich konnte mir nicht vorstellen, was sie sich so Dringendes zu sagen hatten, dass es nicht noch bis Samstag warten konnte, wenn Matt sowieso wieder bei den Pyes auf der Farm sein würde. Beide hatten sie schwer zu schleppen, Marie an ihrem Einkauf, Matt an Bo, die wie ein Sandsack auf seinen Schultern hing. Wieso beeilten sie sich da nicht, so schnell wie möglich nach Hause zu kommen? Aber nein, sie standen endlos herum, traten unter ihrer Last von einem Bein aufs andere und schwatzten unnötiges Zeug. Die Minuten dehnten sich, und ich grub mit der Schuhspitze Löcher in den Kies und kaute genervt an meinem Finger. Schließlich sagte Matt: »Ich glaub, ich sollte mal langsam wieder los«, und Marie sagte: »Ja«, und dann schwatzten sie noch zehn Minuten weiter.

Einmal fragte sie ihn zögernd: »Wie geht's dir denn, Matt? Ist alles ... okay?«

Alle fragten uns das die ganze Zeit, und was man darauf zu erwidern hatte, war: Ja, danke, es geht uns gut. Diesmal aber antwortete Matt nicht gleich, und als ich zu ihm aufsah, schaute er wie verloren in die Ferne, zu dem Wald jenseits der Bahngleise hin. Dann kehrte sein Blick zu Marie zurück, und er lächelte sie an und sagte: »Na ja, so einigermaßen.«

Sie machte eine unwillkürliche Bewegung auf ihn zu, obwohl sie die Arme voll mit ihren Einkaufstaschen hatte. Matt zuckte nur die Schultern und lächelte wieder: »Also dann, ich muss jetzt aber wirklich weiter.«

Jetzt frage ich mich, ob Matt nicht doch schwerer vom Tod unserer Eltern getroffen worden war als wir anderen. Alle meinten, ich sei es, die am meisten darunter litt, aber ich hatte wenigstens noch Matt, an den ich mich halten konnte. Er hatte niemanden. Anfang September war er achtzehn geworden, und es wurde selbstverständlich angenommen – von ihm wie von allen anderen –, dass er erwachsen genug war, mit der Situation zurechtzukommen.

Ich hoffe, Bo und ich waren ihm ein gewisser Trost. Die Teiche waren es sicherlich – die Tatsache, dass das Leben dort immer weiterging, dass der Verlust eines einzelnen Lebens die Gemeinschaft nicht zerstörte; dass selbst der Tod auch nur Teil des großen Ganzen war.

Und was Marie betrifft ... jetzt sehe ich, dass Matt auch in jenen kurzen Begegnungen mit Marie ein wenig Trost gefunden haben könnte.

10

Es ist langsam an der Zeit, etwas mehr von den Pyes zu erzählen. Das meiste, was ich über sie wusste, erfuhr ich in den Jahren meiner Schulzeit von der alten Miss Vernon, während ich ihren Gemüsegarten jätete. Vielleicht war ihr Gedächtnis nicht das zuverlässigste, aber andererseits war sie ja tatsächlich an Ort und Stelle, sie hatte jede Phase der Familiengeschichte miterlebt, von Jackson Pye an abwärts, und so dürfte sie alles in allem doch als zuverlässige Quelle gelten. Natürlich erzählte sie mir nicht bloß von den Pyes, sondern die ganze Geschichte von Crow Lake und seinen ersten Einwohnern. Sie redete ohne Unterlass, während ich so vor mich hin arbeitete, und je weiter ich mich in den Beetreihen entfernte, desto mehr erhob sie die Stimme, bis sie auf einmal rief: »Jetzt komm schon und hilf mir nachrücken, Himmelherrgott noch mal! Wie soll ich denn mit dir reden, wenn du so weit da hinten hockst?« Dann ging ich und half ihr von ihrem Küchenstuhl hoch, um ihn an eine andere Stelle zu tragen, wo sie ihren Redefluss bequem fortsetzen konnte.

Ihr zufolge war Jackson Pye ein recht geschickter Mann. Ich weiß noch, wie sie mich fragte, ob mir das Haus der Pyes schon mal aufgefallen sei. Ich wusste nicht, was sie meinte – selbstverständlich hatte ich das Haus der Pyes schon unzählige Male gesehen –, aber hinterher ging ich und schaute es mir noch mal genauer an. Es war ein großer Holzbau, der ein gutes Stück abseits der Straße stand, mit einer »ausgesprochen wohlproportionierten Fassade«, wie Miss Vernon es nannte. Es hatte sehr große Schiebefenster zu beiden Seiten der Eingangstür und eine hübsche breite Veranda, die sich um drei Seiten des Hauses herumzog. Jackson hatte ein paar hohe Birken daneben stehen lassen, die im Sommer zusätzlichen Schatten spendeten und im Winter ein bisschen den Wind abhielten. Man konnte sich gut vorstellen, wie man an Sommerabenden auf dieser Veranda saß und die Brise in den Birken rascheln hörte, während man sich von seinem Tagwerk ausruhte. Das war es sicher auch, was Jackson seinerzeit im Sinn hatte, obwohl es schwer fällt, sich ein Bild davon zu machen, wie er dort saß und den wohlverdienten Feierabend genoss. Tatsächlich habe ich überhaupt nie jemanden auf dieser Veranda sitzen sehen. Entspannung stand bei den Pyes nicht gerade hoch im Kurs.

Aber wie Miss Vernon sagte, es war ein ungewöhnlich hübsches Haus, vor allem, wenn man bedenkt, dass es von einem Mann gebaut worden war, der keinerlei Bildung besaß. Er hatte auch die Häuser der Janies und der Vernons entworfen, die ebenfalls gut gelungen waren. »Er hatte ganz genau im Kopf, wie so ein Anwesen aussehen sollte«, erklärte Miss Vernon. »Und er brachte es fertig, dass es dann auch genauso wurde wie in seiner Vorstellung. Ja, er war schon ein begabter Baumeister. Und ein cleverer Farmer dazu. Er suchte sich sein Land gut aus. Die Pye-Farm ist die beste von allen, weißt du. Gut angelegte Dränage, erstklassiger Boden. Er hätte eine sehr erfolgreiche Landwirtschaft aufziehen können, wenn er sich nicht mit seinen Söhnen zerstritten hätte. Und Farmer sind nun mal auf ihre Söhne angewiesen. Mädchen taugen nicht so viel. Den meisten fehlt es einfach an Muskeln für die Feldarbeit. Du hast ja keine Ahnung, was das tagein, tagaus für eine Schufterei ist.« Und dabei hatte ich ihren Garten gerade zwei Stunden lang in der brennenden Julisonne mit der Hacke bearbeitet.

»Wie viele Kinder hatte der alte Jackson denn?«, fragte ich. Diese Geschichten von den alten Zeiten interessierten mich damals zwar nicht so besonders – Kinder haben nichts für die Vergangenheit übrig –, aber die Pyes bildeten eine Ausnahme, denn Katastrophen sind immer spannend, und außerdem hatte ich inzwischen meine eigenen Gründe, alles über diese Leute erfahren zu wollen.

»Sieben. Aber jäte mal schön weiter. Du jätest, und ich rede, auf die Weise tun wir beide das, was wir können. Ja, sieben Kinder, fünf Jungen und zwei Mädchen. Die Mädchen waren Zwillinge, aber beide sind schon als Babys gestorben. Woran, weiß ich nicht, vielleicht am Scharlach.

Aber die Jungs, lass mal sehen, ob ich sie noch alle zusammenbringe. Norman war der älteste, ein ganzes Stück älter als ich. Er lief von zu Hause weg, das habe ich dir doch mal erzählt, oder? Wie er auf dem Eis eingebrochen war und sich dann nicht mehr nach Hause traute? Nun gut. Der zweite war Edward, und der war ein bisschen schwer von Begriff. Mrs. Pye hatte Schwierigkeiten gehabt, ihn zur Welt zu bringen, ich weiß nicht, vielleicht hatte das was damit zu tun. Er hat nie lesen und schreiben gelernt, und seine Schwerfälligkeit trieb seinen Vater zur Weißglut. Ständig schrie er den Jungen an, und Edward guckte bloß betreten und kapierte nicht mehr als ein Schaf.

Eines Tages hat er sich mitten in so einer Schimpftirade einfach umgedreht und ist weggegangen, als hätte er all die Jahre immer versucht, zwei und zwei zusammenzuzählen, und endlich die Lösung gefunden, und die Lösung hieß, es wird sowieso niemals besser werden. Also ist er auf und davon.

Das war Nummer zwei. Nummer drei war Pete. Peter Pye, hat man je einen blöderen Namen gehört? Natürlich hänselten ihn alle damit und nannten ihn immer Peter Piper, was ihn rasend geärgert haben muss, aber ich schätze, das war noch lange nicht das Schlimmste.«

Ganz in sich zusammengesunken, klapperte sie mit ihrem Gebiss und starrte vor sich hin in die Vergangenheit. Ich weiß noch, wie ich dachte, wie groß für sie die Vergangenheit war. So viel abgelaufene Zeit.

»Willst du Limonade?«, fragte sie abrupt.

Ich nickte.

»Dann hol sie mal her.«

Immer, wenn ich am Nachmittag zu ihr kam, bestand meine erste Aufgabe darin, einen Krug Limonade zuzubereiten und ihn in ihren muffigen alten Kühlschrank zu stellen. Alle paar fertig gejätete Reihen wurde ich losgeschickt, um Gläser für uns zu holen, und alle paar Gläser musste ich Miss Vernon dann mit einiger Dringlichkeit ins Badezimmer verfrachten.

»Wovon hatten wir gerade gesprochen?«, fragte sie, als die Limonade ausgetrunken war und ich ihren Stuhl zu dem Radieschenbeet gerückt hatte.

»Von Jackson Pyes Söhnen.«

»Ach ja. Wo war ich stehen geblieben?«

»Bei Pete.«

»Pete«, nickte sie. »Stimmt.« Sie spähte kurz zu mir hin. Ihre Augen waren blass und milchig, und trotzdem hatte ich immer den Eindruck, dass sie mehr sah als die meisten Leute.

»Ich mochte Pete gern. Und er mich auch.« Sie blinzelte verschmitzt. »Das wirst du mir wohl kaum glauben, so jung, wie du bist. Du denkst, ich hätte immer schon so ausgesehen wie jetzt.« Ihr langer Unterkiefer mümmelte bedächtig. Sie erinnerte mich an ein Pferd – ein uraltes Pferd, mit schlaffer Haut und Bartstoppeln und schütteren Wimpern.

»Er war ein netter Junge. Lieb und sanft, wie seine Mutter, die arme Seele. Komisch, all diese raubeinigen Pyes haben immer guten Geschmack in der Wahl ihrer Frauen bewiesen. Würde man eigentlich nicht denken. Na, und Pete war ganz nach ihr geraten. Still und gutartig. Er wäre sicher auch ein guter Schüler gewesen, wenn sie ihn zum Unterricht gelassen hätten. Aber er begriff noch eher als die anderen, dass er nichts Besseres tun konnte, als wegzugehen. Er wollte nach Toronto. Fragte mich, ob ich mitkommen würde. Ich wusste nicht, was ich machen sollte.«

Sie schwieg, in Erinnerungen versunken. Wenn ich sie so ansah, konnte ich mir fast vorstellen, wie sie als junges Mädchen gewesen war. Fast sah ich sie, frisch und rosig, hin- und hergerissen, ob sie dem Jungen folgen sollte oder lieber daheim bleiben. Verzweifelt bemüht, sich auszumalen, was für ein Leben sie erwartete, wenn sie ging, und was für eins, wenn sie blieb.

»Ich ging nicht mit. Ich hatte Angst. Ich war ja erst fünfzehn. Meine Schwester Nellie – sie war ein Jahr jünger als ich, wir hingen sehr aneinander, ich konnte es nicht über mich bringen, sie zu verlassen, nicht mal für Pete.«

Sie schwieg wehmütig. Schließlich gab sie sich einen Ruck und sah mich an.

»Wie alt bist du?«

»Fünfzehn.«

»Na, vielleicht verstehst du dann, was ich meine. Würdest du mit irgendeinem Jungen auf und davon gehen, wenn du ihn gern hättest? Jetzt gleich, meine ich, einfach so?«

Ich schüttelte den Kopf. Mit einem Jungen losziehen? Niemals. Ich würde alleine fortgehen, wenn ich so weit war. Das wusste ich. Darauf arbeitete ich hin. Das war es, wofür das Geld bestimmt war, das Miss Vernon mir gab – für mein Studienkonto. Luke hatte es für mich eingerichtet, und ich war ihm dankbar, denn er hätte das Geld weiß Gott für die Haushaltskasse brauchen können. Ich arbeitete sehr hart für die Schule – mehr als alle, die ich kannte. So stand ich unter den Klassenkameraden immer etwas abseits, aber das Lernen machte mir Spaß. Die geisteswissenschaftlichen Fächer – Sprachen und Geschichte, Kunst und Musik – waren nicht so sehr mein Fall, da musste ich mich anstrengen, aber die Naturwissenschaften fielen mir leicht, und ganz besonders liebte ich Biologie. Wie hätte es auch anders sein können? Jedenfalls hatte ich durchweg gute Noten. Luke staunte über meine Zeugnisse. »Du bist genau wie Matt«, meinte er einmal. Aber da irrte er sich. Ich wusste, dass ich bei weitem nicht so begabt war wie Matt.

»Du kannst mir eins von den Radieschen geben«, sagte Miss Vernon. »Da hätte ich gerade Appetit drauf.«

Ich zupfte ein dickes Radieschen heraus und brachte es ihr.

»Sieht gut aus. Nimm dir selber eins, wenn du magst.«

Ich lehnte dankend ab. Radieschen auf Limonade fand ich nicht so verlockend.

»Wir haben alle die Wahl, aber ob man die richtige getroffen hat, das weiß man nie. Hat auch keinen Zweck, sich jetzt noch den Kopf darüber zu zerbrechen. Na, jedenfalls, so viel zu Pete. Drei abgeschwirrt, zwei übrig. Denk dir mal, die arme Frau, die mit ansehen musste, wie ihre Kinderschar dahinschwand. Sieben hatte sie zur Welt gebracht, jetzt hatte sie nur noch zwei. Ich glaube kaum, dass die, die weg gegangen sind, ihr mal geschrieben haben. Das war nicht ihre Art. Sie sind einfach wie vom Erdboden verschluckt.

Gut. Nun sind also bloß noch Arthur und Henry da. Sie

haben sich abgesprochen, dass sie auf jeden Fall bleiben werden, komme, was da wolle, um dann schließlich die Farm zu übernehmen. Sie ist groß genug für beide, und sie haben so viel Arbeit hineingesteckt, dass ihnen dieses Erbe wahrhaftig zusteht.

Natürlich ist inzwischen einige Zeit vergangen, und Nellie und ich und die Pye-Jungen sind fast erwachsen, Arthur vielleicht schon zwanzig. Und ihre Zukunft ist für Nellie und mich ziemlich wichtig geworden, denn wir haben beschlossen, sie zu heiraten.«

Sie lachte gackernd auf. »Das kommt dir jetzt vielleicht sonderbar vor, wo ich doch gerade erst gesagt habe, dass ich Pete so gern hatte. Aber ich hatte lange auf Pete gewartet, immer noch gehofft, er würde zurückkommen, obwohl ich tief in meinem Herzen wusste, dass ich umsonst hoffte, und als ich neunzehn war, schien mir die Zeit allmählich knapp zu werden. Viel Auswahl an jungen Männern hatten wir ja damals nicht in Crow Lake. Du findest wahrscheinlich, die Auswahl ist immer noch dürftig, aber zu meiner Zeit war es noch viel schlimmer. Wir waren nur drei Familien am Ort, und Struan war eine gute Tagesreise entfernt, da kam man nur selten hin. Frank Janie hatte einen ganzen Stall voll Jungs, aber die Janies waren leider alle so unansehnlich. Nicht sehr nett, so etwas zu sagen, aber so war es eben. Lauter blasse Mickerlinge, wenn auch ansonsten ganz nett, nur erwartet man doch etwas mehr als das, wenn man jung ist. Nellie und ich hatten es also auf die Pye-Jungen abgesehen, und um ehrlich zu sein, wir hatten uns nie Gedanken darum gemacht, was diese Pyes eigentlich für welche waren. Wir malten uns immer nur aus, wie wir beide auf dieser schönen großen Farm leben und wirtschaften würden. Wir sahen uns schon fröhlich schwatzend und kichernd in der Küche das Essen für unsere Männer zubereiten, frühmorgens Apfelstrudel backen, um nicht in der Mittagshitze am Ofen zu stehen. Wir würden uns um den Garten, die Hühner und die Schweine kümmern – all das, was unsere Mutter auch tat, nur würde es uns mehr Spaß machen, weil Nellie und ich ja zusammen wären. Und wir würden Kinder im gleichen Alter haben, die zusammen aufwachsen würden, ohne so recht zu wissen, wer ihre Mutter und wer ihre Tante war. O ja, wir hatten uns das Ganze schon perfekt zurechtgelegt. Wir sahen uns abends auf der schönen breiten Veranda sitzen, mit dem Flickzeug auf dem Schoß, und vertraulich miteinander tuscheln, während unsere Männer über dies und jenes redeten...«

Sie hielt kurz inne und schnaubte dann verächtlich. »Zwei dumme junge Dinger waren wir, mit nichts als Flausen im Kopf.« Grämlich fuhr sie mit den arthritischen Klauenfingern der einen Hand über die geschwollenen Knöchel der anderen. Selbst siebzig Jahre später ärgerte sie sich noch über die Torheit ihrer Jugend. Sie sah mich über das Gemüsebeet hinweg mit strenger Miene an. »Ganz anders als du, mein kleines Fräulein. Ich wette, du hast nur vernünftige Gedanken im Kopf, so strebsam, wie du bist, aber du solltest ruhig mal ein bisschen deine Jugend genießen, so lange du es noch kannst. Es geht nicht nur um gute Noten im Leben, weißt du. Ein kluger Kopf ist auch nicht alles.«

Ich antwortete nicht. Ich konnte es nicht leiden, wenn sie von mir sprach. Vorige Woche hatte sie mir gesagt, ich würde immer so verbiestert dreinschauen und es sei an der Zeit, dass ich zu vergessen lernte und mich mit dem Leben aussöhnte. Ich hatte mich so darüber geärgert, dass ich grußlos wegging, ohne mein Geld zu nehmen.

Nun murmelte sie noch irgendwas in sich hinein, während sie zusah, wie ich das Unkraut um die Radieschen herum ausstach. Es war mörderisch heiß. Ich war barfuß, und die dunkle Erde verbrannte mir die Fußsohlen, wenn ich mir nicht kleine Kuhlen scharrte, um die Füße hineinzustellen. Im Gebüsch hinter uns sangen die Zikaden unermüdlich ihre Hymnen an die Sonne.

»Geh jetzt, und hol uns noch mehr Limonade«, befahl Miss Vernon mit immer noch schroffer Stimme. »Und bring auch die Kekse mit. Dann komm, und mach erst mal Pause. Es ist ein heißer Tag.«

Ich ging also ins Haus hinauf. Es gefiel mir nicht besonders, mochte es auch noch so genial von Jackson Pye entworfen sein. Es war zu düster und zu still und roch nach Alter und Mäusen. Ich spülte unsere Gläser aus und füllte sie wieder mit Limonade, dann holte ich die Keksdose aus dem Schrank und überprüfte ihren Inhalt. Zimtkekse, aha. Zimtkekse kamen von Mrs. Stanovich. Kekse mit Cremefüllung kamen von Mrs. Mitchell. Kekse mit Datteln und Rosinen kamen von Mrs. Tadworth. Wir Morrisons waren nicht die Einzigen, denen die braven Frauen von Crow Lake sich aus christlicher Nächstenliebe verpflichtet fühlten. Ich stellte die Gläser auf die Keksdose und trug alles in den Garten. Dann setzte ich mich neben Miss Vernons Stuhl ins Gras, und wir futterten Kekse und hörten den Zikaden zu, bis der ganze Verdruss verflogen war.

»Wo war ich stehen geblieben?«, fragte Miss Vernon schließlich.

»Sie und Ihre Schwester hatten beschlossen, Henry und Arthur Pye zu heiraten.«

»Ha!«, sagte sie. »Genau!«

Sie straffte sich, spähte mit schmalen Augen über die Gemüsebeete hinaus in den Wald und über den Wald hinaus in ihre Vergangenheit – sah ihr geradewegs ins Gesicht, nun, da die romantischen Träume ihrer Mädchenzeit längst dahin waren.

»Wir hatten uns diese Idee in den Kopf gesetzt, Nellie

und ich, ohne Sinn und Verstand – die Jungs hatten uns ja nie den Hof gemacht, höchstens hie und da mal ein bisschen geflirtet, weiter nichts. Eigentlich kannten wir die beiden gar nicht sehr gut. Klingt vielleicht komisch, wo wir doch so nah bei einander aufwuchsen und sonst niemand da war, den man hätte kennen lernen können. Aber sie hatten immer von früh bis spät auf der Farm gearbeitet, praktisch seitdem sie laufen konnten, so etwas wie Freizeit gab's da nicht. Und gesprächig waren die beiden Knaben auch nicht gerade. Pete war der Einzige gewesen, der sich gerne unterhielt und über die Dinge nachdachte. Von Henry und Arthur Pye wussten wir eigentlich nur, dass sie noch zu haben waren und gut aussahen. Es gab überhaupt nur gut aussehende Männer in dem ganzen Pye-Klan, aber das weißt du ja selbst. Sobald sie die pickelige Phase hinter sich hatten, entwickelten sie sich einer wie der andere zu hoch gewachsenen, kräftigen Burschen mit dichtem schwarzen Haar – und diese Augen! Nellie sagte immer, Arthurs und Henrys Augen wären so dunkel wie die von Gott. Und dazu noch die hünenhafte Statur – beide waren größer als ihr Vater, größer als unsere Brüder.«

Sie seufzte. »Na, jedenfalls war es unser Plan, die Brüder zu heiraten, und darum waren wir auch froh, dass sie alles daran setzten, die Farm zu erben. Aber natürlich hatten wir nicht mit dem alten Jackson gerechnet. Man hätte doch meinen können, dass er seine Lektion inzwischen gelernt hätte, nicht? Drei seiner Söhne hatte er schon vertrieben – mehr als die Hälfte seiner Arbeitskräfte –, da hätte doch jeder normale Mensch eingesehen, dass er sich ändern muss, und wenigstens die beiden letzten besser behandeln. Aber das konnte der Alte anscheinend nicht begreifen.

In jenem Winter hatte er sie angewiesen, ein neues Stück Land zu roden – Bäume fällen, Unterholz ausputzen, Wurzeln aus dem Boden graben. Echte Knochenarbeit. Meine Brüder halfen mit – alle Familien halfen sich gegenseitig –, und wenn sie morgens zur Arbeit kamen, waren die Pye-Jungs schon am Schuften und machten immer noch weiter, wenn meine Brüder abends wieder gingen. Das Schlimmste aber war, dass der alte Pye den lieben langen Tag nicht aufhörte, sie zu beschimpfen. Bis zu diesem einen Abend, als er Henry wieder wegen irgendwas anbrüllte und Henry seine Axt sinken ließ, einen Moment reglos dastand und dann zu seinem Vater hinüberging – nicht wahr, ich hab dir ja erzählt, es waren hünenhafte Burschen. Tja, also Henry packte seinen Vater an der Gurgel und hob ihn hoch.«

Miss Vernon griff sich mit der krummen alten Hand dicht unters Kinn.

»So, mit einer Hand, hat er ihn gepackt und gegen einen Baum gedrückt, und der alte Jackson zappelte mit den Beinen und quiekte mit halb erstickter Stimme – meine Brüder sagten, es hätte irrsinnig komisch ausgesehen, aber natürlich waren sie alle starr vor Schreck. Henry schaute zu Arthur hinüber, der bei meinen Brüdern stand und keine Anstalten machte, seinem Vater beizuspringen, und sagte: ›Jetzt kannst du die ganze Farm haben, Art.‹ Dann ließ er den Alten fallen und ging. Holte seine Sachen aus dem Haus und machte sich noch am selben Abend auf den Weg.«

Sie seufzte wieder und faltete die Hände im Schoß.

Ich nahm einen Zimtkeks aus der Dose und bot ihn ihr an, doch sie schüttelte den Kopf, also aß ich ihn selber. Ich kaute ganz vorsichtig, in der Hoffnung, dass sie weiter erzählen würde, wenn ich sie nicht störte. Und das tat sie dann auch, aber ihre Stimme klang müde, als hätten die Erinnerungen selbst sie erschöpft.

»Henry hätte der Meine werden sollen«, sagte sie. »Ich weiß nicht mehr, wie Nelly und ich uns darauf einigten, wer wen bekommen sollte, aber ich weiß, mir war Henry zugedacht. Aber vielleicht wusste er das nicht, denn er kam sich nicht mal verabschieden. Ich dachte an ihn, wie er da die Straße hinabging. Ich stellte mir vor, wie seine Fußstapfen genau in die von Pete passten, der vor ihm fortgegangen war, den gleichen Weg wie Edward und Norman –, und ich dachte mir: Jetzt ist auch meine letzte Chance dahin.«

Sie schwieg eine Weile. Dann ließ sie ein kurzes Schnauben hören, das aber diesmal nicht verächtlich klang, sondern traurig.

»Tja, also bekam Arthur die Farm«, sagte sie.

Sie verstummte wieder, nickte vor sich hin und mümmelte auf ihrem Gebiss herum. Ich fürchtete schon, sie würde gar nicht mehr weitersprechen. »Was war denn nun mit Nellie?«, drängte ich. »Hat Arthur sie geheiratet?«

»Wart's nur ab.« Sie warf mir einen gereizten Blick zu. »Hab noch etwas Geduld. Es ist eine lange Geschichte, und meine Kräfte lassen nach.«

Genau das war es ja, was ich fürchtete – dass sie keine Kraft mehr haben würde, zu Ende zu erzählen. Und dabei war es mir doch so wichtig, alles zu erfahren, was sich auf dieser unseligen Farm zugetragen hatte. Ich wollte nicht bis zum nächsten Tag warten. Wie, wenn sie über Nacht plötzlich starb oder einen Schlaganfall bekam und die Sprache verlor? Dann würde ich niemals erfahren, wie die Geschichte ausging, und aus irgendeinem Grund kam es mir vor, als wäre das eine Katastrophe. Fast schien es mir, wenn ich alles über die Vergangenheit jener glücklosen Pye-Generationen wüsste, könnte ich irgendwie noch in ihre Geschichte eingreifen, sie auf eine andere Bahn lenken, damit sie nicht mit unserer eigenen zusammenstieß.

Darum fiel es mir schwer, meine Ungeduld im Zaum zu halten, dem Drang zu widerstehen, Miss Vernon immer wieder anzuschubsen. Wir dachten beide nicht mehr daran, dass ich eigentlich zum Unkrautjäten hergekommen war. Und so hockten wir ganz pflichtvergessen da, ich im Gras, sie in ihrem Gartenstuhl, während die Gluthitze allmählich nachließ.

»Tja, was passierte dann ...« Sie klapperte mit dem Gebiss, als spulte sie die Zeit zurück. »Ach ja ... als Nächstes starb dann erst mal Mrs. Pye. Genau, an Lungenentzündung, sehr bald, nachdem Henry fortgegangen war. Und etwa zwei Monate später kam Arthur und fragte Nellie, ob sie ihn heiraten wollte. Ich weiß noch, wie ich sie durchs Küchenfenster beobachtete. Sie standen draußen vor der Scheune. Ich wusste, was er sie fragte, weil Nellie sich so komisch wand. Sogar von hinten sah ich ihr an, wie glücklich sie war. Sie hatte ein sehr ausdrucksvolles Hinterteil, die Gute. Sie sagte natürlich sofort ja. Doch unser Vater sagte nein. Er meinte, er habe zwar nichts gegen Arthur, aber früher oder später werde jemand auf dieser Farm ein gewaltsames Ende finden, und er wolle nicht, das eine seiner Töchter da mit hineingezogen würde. Tja, da war nichts zu machen. Im Jahr darauf brannte Nellie mit einem Wanderprediger durch. Aber davon erzähle ich dir ein andermal, das ist noch so eine Schauergeschichte, und es geschah ihr ganz recht.

Jackson und Arthur bewirtschafteten die Farm allein weiter. Angeblich sprach Arthur die letzten drei Jahre, die der Alte noch lebte, kein einziges Wort mehr mit ihm, aber ich weiß nicht, woher die Leute das wissen wollten – beim Essen, zum Beispiel, wie konnten sie wissen, ob Arthur nicht wenigstens sagte: ›Gib mir doch mal das Salz‹, oder so? Na, eins ist jedenfalls sicher: Arthur jubelte, als der alte Jackson zu Grabe getragen wurde. Ich war selber bei dem Begräbnis, hab mit eigenen Augen gesehen, wie er nicht aufhören konnte zu grinsen. Hätte mich gar nicht überrascht, wenn er barfuß auf dem Grab getanzt hätte, nachdem alle nach Hause gegangen waren.

Am nächsten Tag sattelte er auf und ritt davon, und sechs Wochen später kam er mit einer Ehefrau zurück.«

Ich blickte sie unbehaglich an, als hätte ich die ganze Zeit schon geahnt, wie die Geschichte ausgehen würde. Als wäre mir das bittere Ende seit jeher gegenwärtig, aber bislang im Unterbewusstsein vergraben gewesen.

Miss Vernon nickte mir zu, als verstünde sie nur zu gut, was ich empfand. »Das war also die nächste Mrs. Pye«, sagte sie. »Ein nettes kleines Ding mit großen blauen Augen. Sah Arthurs Mutter überraschend ähnlich.

Sie und Arthur richteten sich zu zweit in dem großen grauen Haus ein. Sie hatten es ja nun ganz für sich, ein hoffnungsvoller Neubeginn, könnte man sagen. Im Jahr darauf bekamen sie ein Baby, im nächsten Jahr noch eins, und immer so weiter. Sechs Kinder insgesamt, drei Jungen und drei Mädchen, eine schöne große Familie. Alles hätte zum Besten stehen können – aber nein, Arthur wurde genau so ein Zankteufel wie sein Vater. Die Mädchen heirateten alle, ehe sie volljährig waren, nur um da so schnell wie möglich rauszukommen. Ich weiß nicht, wo sie hinzogen, jedenfalls kamen sie nicht wieder. Und zwei von den Jungs sind dann ebenfalls auf und davon, wie damals ihre Onkel…«

Sie schüttelte den Kopf und schnalzte mit der Zunge.

»Du meine Güte, was müssen die Pye-Frauen diese Straße gehasst haben, die ihnen ihre Söhne entführte. Alle verschwanden sie, einer nach dem anderen, wie von einem Magneten angezogen, auf Nimmerwiedersehen…«

Ich dachte an die Straße. Weiß, staubig, eine ganz gewöhnliche Landstraße. Der Ausweg. Ich wollte diesen Weg selber einschlagen, aber so bitter und zornerfüllt ich damals auch war – und die arme Miss Vernon hat mich zu meiner schlimmsten Zeit erlebt –, ich sehnte mich sicher nicht so verzweifelt nach Freiheit wie die Pye-Kinder.

»Nun denn, es war immer noch ein Sohn übrig. Du kannst dir wohl denken, wer das war?«

»Calvin?«

»Genau. Calvin Pye. Er war derjenige, der durchhielt. Meiner Meinung nach hasste er seinen Vater noch mehr als die anderen, und er hatte auch noch mehr Angst vor ihm. Aber trotzdem war er es, der dablieb. Vielleicht aus purem Starrsinn. Es muss die Hölle für ihn gewesen sein. Er war ein schmächtiger Junge, klein für sein Alter, wuchs erst zu seiner vollen Kraft heran, als er ungefähr achtzehn war – die Arbeit muss ihm erst furchtbar schwer gefallen sein. Und dazu raunzte Arthur ihn auch noch von morgens bis abends an...«

Die ganze Zeit hatte ich deutlich vor mir gesehen, was sie mir erzählte, aber jetzt merkte ich, dass ich mir Calvin nicht als Jungen vorstellen konnte. Stattdessen sah ich immer nur Laurie, den schmächtigen kleinen Laurie, der Tag für Tag auf den Feldern schuftete, ohne Unterlass von den wüsten Flüchen seines Vaters verfolgt.

»Und er gab niemals Widerworte«, fuhr Miss Vernon fort. Einen Moment war ich verwirrt, bis mir einfiel, dass es Calvin war, von dem sie redete. »Selbst als er schon erwachsen war. Er traute sich einfach nicht. Er hielt still und ließ alles über sich ergehen, fraß seinen glühenden Hass in sich hinein. Es muss ihm schier die Eingeweide verbrannt haben.«

So gab es also doch einen Unterschied. Als Kind hatte Laurie auch vor unterdrückter Wut gebrodelt, aber als er älter war, begehrte er auf, und wie.

Miss Vernon erzählte umständlich weiter: »Tja, und dann starb seine Mutter. Lass mich mal überlegen ... wie alt mag Calvin da gewesen sein ... so um die einundzwanzig, zweiundzwanzig. Sie starb am Küchenherd, beim Zubereiten der Bratensoße. Hat ja nie viel Aufhebens von sich gemacht. Das Essen war schon fix und fertig gekocht, nur die Soße fehlte noch. Ich weiß das so genau, weil ich nämlich half, die Verstorbene aufzubahren. Der ganze Bratensatz war in der Pfanne angebrannt – die Männer hatten natürlich nicht daran gedacht, sie vom Herd zu nehmen, und ich hatte meine liebe Not, sie wieder sauber zu kriegen.

Wir konnten alle nicht verstehen, wieso Calvin danach immer noch auf der Farm blieb, konnten uns gar nicht vorstellen, dass ihm sein Erbe so ein Opfer wert war. Vielleicht dachte er, sein Vater würde nun auch bald in die Grube fahren, aber da hatte er sich geirrt. Arthur war bei bester Gesundheit, er lebte noch achtzehn Jahre. Stell dir das mal vor, achtzehn lange Jahre, die sie hasserfüllt Seite an Seite lebten und arbeiteten. Bei dem bloßen Gedanken gefriert einem doch das Blut in den Adern.«

Sie schüttelte den Kopf. »Familien!« Unruhig rutschte sie in ihrem Gartenstuhl hin und her, und ich fürchtete schon, sie würde wieder ins Bad müssen und womöglich noch einmal den Faden verlieren, nun, da wir schon fast an dem Punkt angelangt waren, wo ich selber wusste, wie es weiterging. Aber zum Glück ließ sie es bei der kleinen Kunstpause bewenden.

»Wo war ich stehen geblieben?«

»Arthur und Calvin allein zusammen auf der Farm.«

»Ach ja, genau. Nur noch die beiden Männer in diesem großen alten Haus, tagaus, tagein damit beschäftigt, sich zu hassen. Das müssen sie am Ende wohl sehr gut gekonnt haben. Übung macht den Meister. Schließlich bekam Arthur einen Schlaganfall. Er beschimpfte Calvin gerade lauthals in irgendeinem Zuckerrübenfeld, da fiel er einfach tot um. Die Wut hat ihn dahingerafft, könnte man sagen, und das war eine echte Erleichterung für alle.«

Sie hielt inne. »Wie alt war Calvin da, als er endlich frei war? Ich bring das nie richtig zusammen.«

»Neununddreißig oder vierzig.«

»Das könnte hinkommen. Ein Mann in mittlerem Alter. Aber egal, er ist jetzt sein eigener Herr und hat eine gute Farm. Na, was meinst du wohl, was dann passiert ist?«

Ich schluckte. Die unbestimmte Furcht, die ich vorher schon empfunden hatte, ballte sich eisig in meiner Magengrube zusammen. »Er hat sich nach New Liskeard aufgemacht und eine Frau gesucht?«

Sie nickte. »Sehr richtig. Du hast das Prinzip erkannt.«

Wir saßen eine Weile da und lauschten der Stille. Die Zikaden hatten aufgehört zu singen. Jahrelang hatte ich versucht, den Moment abzupassen, da die letzte Zikade den allerletzten Ton des Tages von sich gab, aber es war mir nie gelungen. Jetzt wartete der Wald in geisterhaftem Schweigen, bis die Geschöpfe der Nacht ihre Schicht begannen.

»Ich hätte gern noch einen Keks«, sagte Miss Vernon.

Ich reichte ihr einen, und sie kaute bedächtig und ließ Krümel auf ihr Kleid rieseln. Mit vollem Mund sagte sie: »Auch eine nette Frau, die er da mitbrachte, hab nur ihren Namen vergessen. Die Pyes hatten ja immer guten Geschmack in der Wahl ihrer Frauen. Weißt du, wie sie hieß? Du müsstest dich noch dran erinnern.«

»Alice.«

»Stimmt. Alice. Nette Person. Anfangs noch voller Schwung und Lebensfreude, genau wie die anderen. Hat Kuchen für den Kirchenbasar gebacken, beim Handarbeitskreis mitgemacht, sogar eine Weile den Kirchenchor auf der Orgel begleitet. Aber Calvin sagte, das Üben koste zu viel Zeit, also musste sie es aufgeben. Joyce Tadworth hat die Orgel dann übernommen, schrecklich, konnte kaum Noten lesen, es war eine Qual, ihr zuzuhören…«

Sie blickte grämlich ins ferne Dunkel der Bäume, als

lauschte sie vergangenen Misstönen nach. Nach einer Weile sagte sie: »Alice hatte eine Menge Fehlgeburten, die Ärmste, mindestens zwei auf jedes Kind, das zur Welt kam. Am Ende blieben ihr nur die drei, ich kann mich nie recht entsinnen, wie sie heißen, aber du wirst es ja wissen.«

Ich dachte an Rosie. Sie war wie ein armseliges Pflänzchen, das der Wind zufällig an irgendeiner Hintertür ausgesät hatte – dünn und blass, ein Mauerblümchen, das niedergetrampelt zu werden drohte, sobald es den Kopf hob. Ich erinnerte mich plötzlich, wie sie in der ersten Klasse neben ihrem Pult gestanden hatte – Miss Carrington hatte sie wohl etwas gefragt, und man musste jedes Mal aufstehen, um auf Fragen zu antworten. Aber Rosie konnte nicht antworten. Sie stand stumm da und zitterte am ganzen Leib. Miss Carrington sagte freundlich: »Na komm, Rosie, du weißt es bestimmt. Überleg noch mal.« Da plätscherte es leise, und eine kleine Pfütze breitete sich um Rosies Schuhe aus. Miss Carrington stellte ihr nie wieder eine Frage.

Das war Rosie. Und dann war da noch Marie. Wie sie immer dastand, wenn sie gerade keine Taschen trug – die Arme dicht am Leib verschränkt, als ob ihr kalt sei, selbst an heißen Tagen. Und ihre Stimme, so leise und schüchtern, so verdruckst, es machte mich immer ganz aggressiv, besonders dann, wenn sie mit Matt sprach.

Und Laurie, der bei weitem den Löwenanteil von Calvins Zorn abbekam. Ich hatte damals noch keine Ahnung, was der Junge durchmachte. So etwas lag außerhalb meiner Welt. Ich wusste nur, dass er einem nicht in die Augen sehen konnte; und wenn man zufällig mal seinen Blick auffing, war darin etwas, das einen zwang, sofort wegzuschauen.

Miss Vernon lehnte sich seufzend zurück. »Jetzt erzähl

du mir mal was. Du sollst doch so gescheit sein, also sag mir, wie kommt es, dass sämtliche Pyes die eigenen Kinder hassen? Wieso wiederholt sich das in jeder Generation? Haben die das im Blut? Oder haben sie kein anderes Benehmen gelernt? Mir kommt das einfach unnatürlich vor. Das ergibt doch keinen Sinn.«

»Ich weiß nicht«, sagte ich.

»Nein? Das dachte ich mir. So gescheit bist du nun auch wieder nicht. Niemand weiß, was mit denen los ist.«

Wir saßen da und schwiegen. Die Schatten wurden länger, aus dem Wald kroch langsam die Dämmerung heran. Ich schlug nach einer Mücke, und mein Arm fühlte sich kühl an.

»Na, und den Rest kennst du ja«, sagte Miss Vernon. »Wahrscheinlich besser als ich.«

Ich nickte. Den Rest kannte ich.

Mit ihrer knotigen alten Hand wischte sie sich die Krümel vom Schoß.

»Soll ich Ihnen noch etwas zum Abendessen aus dem Beet holen?«, fragte ich.

»Bohnen. Aber erst musst du mich zum Badezimmer bringen. Hab schon ein bisschen lange damit gewartet.«

Also schlurften wir ab ins Haus, Miss Vernon und ich, und ließen die Geschichte der Pyes, wie Nebelschleier vom See, allmählich in der kühlen Abendluft verfliegen.

II

ICH WAR FÜNFZEHN, als Miss Vernon mir die Geschichte der Pyes erzählte. In dem Alter war ich gerade eben fähig, voll und ganz zu verstehen, was sie mir schilderte, mir darüber meine Gedanken zu machen und die Folgerichtigkeit zu sehen, mit der sich das, was in meiner Generation passiert war, aus dem Vorhergegangenen ableitete. Ich würde zwar nicht so weit gehen zu behaupten, dass mich diese Einsicht sehr viel mitfühlender oder verständnisvoller machte, aber sie half mir zumindest, gewisse Zusammenhänge zu erkennen. Hätte ich die Geschichte schon mit sieben Jahren gehört, hätte sie wahrscheinlich keinen Eindruck hinterlassen. Kinder sind nun mal Egozentriker. Was haben sie mit den tragischen Verwicklungen im Leben ihrer Nachbarn zu schaffen? Ihre Hauptsorge gilt dem Überleben und dehnt sich nur auf diejenigen aus, die ihnen dabei helfen. Natürlich gilt es auch, möglichst viel über die Welt um sie herum zu lernen – daher die grenzenlose Neugier aller Jungtiere –, aber das Überleben hat Vorrang, und in dem Jahr, als ich sieben war, nahm das Überleben – wenigstens in emotionaler Hinsicht – tatsächlich meine ganze Kraft in Anspruch.

In jenem schrecklichen Jahr ging ich, wie jedes Jahr, Tag für Tag am Bahngleis entlang zur Schule. Es war der kürzeste Weg; die Straße machte viele Kurven, die Schienen aber verliefen in schnurgerader Linie. Heute staune ich über ihre Geradlinigkeit, doch als Kind fiel mir das gar nicht weiter auf. Wenn die Arbeiter, die diese Trasse angelegt hatten, auf ein Hindernis gestoßen waren, hatten sie es weggesprengt oder umgehackt oder aufgefüllt oder eine Brücke darüber gebaut.

Ich habe alte Fotografien von den Arbeitern gesehen, und sie sehen nicht wie Helden aus. Sie lehnen auf ihrer Hacke, den Hut aus der Stirn geschoben, und grinsen mit ihren Zahnlücken in die Kamera. Die meisten scheinen eher kleinwüchsig und mager, eher sehnig als muskelbepackt. Als hätten sie als Halbwüchsige nicht genug zu essen bekommen. Aber dass sie eine ungeheure Zähigkeit und Ausdauer besaßen, das sieht man ihnen an.

Die Trasse, die sie in die Landschaft schlugen, war dreimal so breit wie die Schienen und über die Jahre mit Wildpflanzen zugewuchert – Brennnesseln und Schwalbenwurz, Glockenblumen, Butterblumen, Schafgarbe –, sodass ich an dem Bahngleis entlang wie über eine blühende Wiese ging. Im September hatte diese ganze Pflanzenwelt Samen gebildet, die einem im Vorbeigehen an den Kleidern hängen blieben. An manchen Tagen öffneten sich Tausende von Wolfsmilchkapseln alle auf einmal, lautlose Explosionen, so weit das Auge reichte; und dann lief ich durch seidige Daunenwolken, die wie Rauch in der Morgenbrise trieben.

Doch ich lief blind durch all das hindurch wie eine Schlafwandlerin. In der Schule war es das Gleiche; Miss Carrington hielt Vorträge über Mathematik oder Grammatik oder Geschichte oder Erdkunde, und ich saß mit höflich aufmerksamer Miene da, ohne ein einziges Wort mitzubekommen. Ich beobachtete die Staubkörnchen in den Sonnenstrahlen, die schräg durch die Klassenfenster fielen, oder hörte dem Gepolter der Zuckerrüben zu, die in die Güterwagen geschüttet wurden, um ihre Reise gen Süden anzutreten. Die Bahngleise liefen unten am Schulhof entlang, und direkt gegenüber der Schule befand sich die Verladestelle mit dem hölzernen Trichter, der wie eine umgekehrte Pyramide aussah, und dem langen Metallarm des Förderbands, das in steilem Winkel emporragte und über die offenen Waggons hinausschwang. Den ganzen September lang kamen Lastwagen von den Farmen den Holperweg neben den Gleisen entlanggerumpelt und kippten ihre Rübenfracht in den Trichter mit einem Getöse, das Miss Carrington mitten im Satz verstummen ließ. Dann wurde das Förderband eingeschaltet, und die Rüben kullerten erst Stück für Stück, dann mit stetigem Gepolter in die riesigen hohlen Trommelgehäuse der Güterwagen. In früheren Jahren hatte ich den Lärm nach der ersten Schulwoche kaum noch wahrgenommen; wir waren alle damit aufgewachsen, und wie Wellenrauschen hatte er seinen Platz im Hintergrund unseres täglichen Lebens. In jenem September jedoch schien ihm etwas Hypnotisches anzuhaften. Ich lauschte fasziniert, und das dumpfe Gepolter sank mir bis auf den Grund der Seele.

Eines Tages sagte Miss Carrington: »Darf ich dich nach Hause begleiten, Kate? Es ist schon eine ganze Weile her, seit ich deine netten Brüder das letzte Mal gesehen habe. Meinst du, sie haben was dagegen, wenn ich mal bei euch vorbeischaue?«

Es muss wohl Anfang Oktober gewesen sein. Tagsüber war es noch warm, aber die Abende waren kühl, und es wurde schnell dunkel.

Ich ging mit Miss Carrington nicht am Bahngleis entlang, weil sie einen langen Rock trug, in dem sich zu viele Kletten verfangen hätten. Wir nahmen also den ordentlichen Weg über die Landstraße, obwohl er länger dauerte und sehr staubig war. Sie erzählte von ihrem Elternhaus in einem anderen Dorf, das größer und weniger abgelegen war als unseres. Sie hatte auf einer großen Farm gelebt, wo sie ein Reitpferd hatten.

»Ich habe auch Brüder«, sagte sie. »Drei Brüder, aber keine Schwester. Da hast du mir was voraus.«

Sie lächelte zu mir hinab. Ihr Haar war mit einem blauen Band zu einem lockeren Pferdeschwanz zurückgebunden. Sie war groß und dünn, und ihr Gesicht war zu hager, um hübsch zu sein, aber sie hatte schöne braune Augen, und auch ihr Haar war braun, mit einem rotgoldenen Schimmer, wenn die Sonne darauf schien.

Luke und Bo waren draußen dabei, Wäsche aufzuhängen, als wir die Einfahrt erreichten, obwohl es schon recht spät war, die Sonne verlor bereits an Kraft. Matt war noch nicht zu Hause – der Bus setzte ihn gegen vier Uhr am Ende der Straße ab. Luke unterbrach seine Arbeit, als er Miss Carrington sah. Er ließ eine Windel an einer Wäscheklammer hängen, nahm Bo auf den Arm und ging uns entgegen.

Miss Carrington sagte: »Hallo, Luke. Hoffentlich störe ich nicht. Ich wollte nur mal schauen, wie es euch geht.«

Luke wirkte verlegen. Er genierte sich wohl, dass Miss Carrington ihn mit den Windeln beschäftigt sah. »Hm, ja, danke«, sagte er. »Ich bin ein bisschen hinterher...« Er deutete auf die Wäsche. »Wollte sie eigentlich heute Morgen raushängen, aber Bo ist mir überall dazwischengekommen.«

Er hängte die Windeln immer zu spät auf. Windelwaschen mochte er am allerwenigsten, und so schob er es den ganzen Tag auf.

Er setzte Bo auf dem Boden ab, doch sie fing an zu quengeln und an seinem Hosenbein hochzuklettern, also nahm er sie wieder auf den Arm. Er fuhr sich mit der freien Hand durch die Haare und sagte: »Tja... möchten Sie vielleicht einen Tee oder so?«

»Nein, nein«, wehrte Miss Carrington ab. »Ich bleibe nicht lange... nur mal schauen, wie es euch geht...«

Luke nickte. »Gut, danke. Alles in Ordnung.« Er zögerte. »Aber kommen Sie doch rein. Es ist heiß hier draußen. Sie müssen doch Durst haben.«

»Na schön, vielleicht ein Glas Wasser«, sagte Miss Carrington. »Aber reinkommen möchte ich nicht. Ich hätte nur ganz kurz etwas zu besprechen...«

»Aha«, sagte Luke. »Na dann. Kate, könntest du Miss Carrington ein Glas Wasser holen? Du... hm... müsstest vielleicht erst eins abspülen.«

Ich ging ins Haus. Hier herrschte ein heilloses Durcheinander, besonders in der Küche: alle Stellflächen voll von schmutzigem Geschirr und Essensresten. Bo hatte sämtliche Töpfe und Pfannen aus den unteren Schrankfächern herausgezerrt, und man musste zwischen ihnen hindurchsteigen, um an irgendetwas heranzukommen. Ich fand ein Glas, spülte es unter dem Hahn aus, füllte es mit kaltem Wasser und trug es hinaus. Es hatte immer noch einen weißlichen Ring aus angetrockneter Milch am Boden, aber ich hoffte, Miss Carrington würde das großzügig übersehen.

Sie und Luke sprachen miteinander. Bo war auf Lukes Arm und lutschte am Daumen. In der Faust hielt sie dabei eine Wäscheklammer, die ihr in die Backe piekte, was sie aber nicht zu stören schien. Sie beäugte Miss Carrington mit argwöhnischer Miene, doch Miss Carrington achtete nicht weiter auf sie. Luke stellte ihr gerade eine Frage. Irgendwas über Dr. Christopherson.

»Ich glaube nicht«, sagte Miss Carrington, »dass er da viel tun könnte. Es ist wahrscheinlich bloß eine Frage der Zeit. Ich meine nur, wir sollten in Verbindung bleiben, weißt du, die weitere Entwicklung im Auge behalten...«

Sie sah mich mit ihrem Glas Wasser ankommen und lächelte mir zu. »Danke, Kate. Das ist jetzt genau das Richtige.«

»Saft«, krähte Bo und streckte die Hand nach dem Glas aus.

»Kannst du sie mal nehmen, Kate? Kannst du ihr was zu trinken und ein Stück Brot geben oder so? Sie hat nicht viel zu Mittag gegessen.«

Er reichte mir Bo, und ich ging fast in die Knie unter ihrem Gewicht. Sie nahm den Daumen aus dem Mund und strahlte mich an. »Katie Katie Kate«, sagte sie und zeigte mir ihre Wäscheklammer.

Ich trug sie ins Haus, versorgte sie mit Saft, holte das Brot aus dem Brotkasten und schnitt eine Scheibe ab.

»Da, Bo, für dich.«

Sie nahm das Brot und untersuchte es von allen Seiten. Ich ging zum Fenster. Luke und Miss Carrington waren immer noch ins Gespräch vertieft. Es war schon nach vier, aber Matt war noch nicht zu Hause. Wenn der Schulbus Verspätung hatte, dachte ich immer gleich an einen Unfall – noch so ein Lastwagen voller Baumstämme, der Bus umgekippt, Tote und Verletzte, Matt leblos im Graben. Aber plötzlich war er da, mit seinen Büchern unterm Arm kam er die Einfahrt hoch, auf Luke und Miss Carrington zu. Ich sah, wie sie sich lächelnd nach ihm umdrehte. Merkwürdig, wie sie da zwischen meinen Brüdern stand, kaum zu glauben, dass sie mal ihre Lehrerin gewesen war. Sie waren ihr beide über den Kopf gewachsen, und so viel älter als die beiden sah sie gar nicht aus.

Sie sagte etwas zu Matt, und er nickte. Er schaute ihr ins Gesicht, während sie redete, und blickte dann zu Boden. Er klemmte seinen Bücherpacken unter den anderen Arm und nickte langsam, mit gesenktem Blick. Miss Carrington machte eine kleine Geste, und er sah sie mit zögerndem Lächeln an. Matts Gesicht war mir das Vertrauteste auf der

Welt; es war dieser Anflug von Unbehagen in seinem Lächeln, der mir den Verdacht eingab, dass sie über mich sprachen. Aber was sagten sie? Ging es um mein Betragen in der Schule? Mir wurde flau vor Angst. Miss Carrington hatte mich ein paar Mal sanft gerügt, weil ich nicht aufpasste. War es das? Luke würde sich nichts draus machen – er war ja selber nie ein sonderlich aufmerksamer Schüler gewesen. Aber Matt ... Ich hatte keine Angst, dass er böse auf mich sein könnte, doch ich fürchtete mich ganz schrecklich davor, ihn zu enttäuschen, nicht so intelligent zu sein, wie er es von mir erwartete.

Miss Carrington sagte noch etwas, und sie schauten sie beide an und antworteten, und sie lächelte, drehte sich um und ging davon. Matt und Luke schienen sich ernsthaft zu beraten, während sie mit gesenktem Blick auf das Haus zu schlenderten.

»Also, ich mach jetzt mal, dass ich in den Laden komme, bin sowieso schon spät dran«, sagte Luke, als sie in die Küche traten. »Kannst du die restlichen Windeln aufhängen? Ich bin von ihr unterbrochen worden.«

»Okay.« Matt ließ die Bücher auf den Tisch fallen und lächelte mir und Bo zu. »Hallo, die Damen, na, wie war der Tag?«

Bo war eifrig dabei, Brot in sich hineinzustopfen, und winkte Matt kauend mit der abgenagten Kruste zu. Matschige Krümel kullerten ihr über den Latz.

»Alles klar, bis nachher dann«, sagte Luke. Er nahm die Autoschlüssel vom Fensterbrett, ging hinaus und ließ die Tür hinter sich zuschlagen.

Matt lehnte sich an den Türrahmen und nahm das Chaos in Augenschein. »Ich werd euch sagen, was das Problem ist, Mädchen. Das Problem ist, dass Bo viel besser im Unordnungmachen ist als Luke im Ordnungschaffen.«

Es sollte scherzhaft klingen, aber das Chaos machte ihm

Sorgen. Ich glaube, er sah es als symbolisch an; das Durcheinander im Haus spiegelte die Zerrüttung unseres Lebens wider. Es verstärkte seine Befürchtung, dass Lukes großartiger Plan möglicherweise nicht funktionierte. Luke sah das nicht so. Für ihn war Unordnung nichts weiter als Unordnung, na und?

Aber das alles war mir im Moment gar nicht wichtig.

Ich sagte: »Was wollte Miss Carrington denn?«

»Ach, nur mal schauen, wie wir zurechtkommen. Du weißt schon, wie alle halt so nachfragen. War doch nett von ihr, extra herzukommen, findest du nicht?«

Er fing an, die Töpfe aufzuheben, und wischte sie unten mit der Hand ab, bevor er sie ineinander stellte.

»Hat sie was über mich gesagt?«

»Natürlich. Sie hat über uns alle geredet.«

»Ja, aber was hat sie über *mich* gesagt?«

Meine Lippen zitterten, sosehr ich auch versuchte, sie zusammenzupressen. Matt warf mir einen prüfenden Blick zu, stellte die Töpfe ab, trat auf mich zu – wobei er um Bo, die mit den Zehen die Brotkrümel am Boden verrieb, einen Bogen machen musste – und zupfte mich tadelnd am Zopf.

»Hey, was regst du dich so auf? Sie hat überhaupt nichts Schlechtes über dich gesagt.«

»Aber was denn?«

Er unterdrückte einen Seufzer, und ich fürchtete, dass ich ihn nun zusätzlich zu allem anderen noch müder und unglücklicher machte, als er ohnehin schon war.

»Sie hat nur gesagt, du wärst manchmal ein bisschen still, Katie. Mehr nicht, okay? Und das ist doch nicht schlimm. Das ist sogar gut. Ich mag stille Frauen.« Er sah stirnrunzelnd zu Bo hin. »Hast du gehört, Bo? Ich mag *stille* Frauen. Die lauten können einen rasend machen.«

Nachts lag ich im Bett und lauschte den Schreien der

Wildgänse, die übers Haus flogen. Tag und Nacht flogen sie, zu tausenden und abertausenden zogen sie in langen, fransigen V-Formationen über den Himmel, trieben sich gegenseitig mit ihren harschen, traurigen Schreien an, verließen uns für den Winter.

★★★

Etwa um diese Zeit gab es eine Schlägerei auf dem Schulhof. Die Jungen rauften sich natürlich oft, wie Jungs halt so sind, aber diesmal ging es wüster zu als sonst.

Es passierte unter den Bäumen, die das Schulareal umsäumten, hinter dem Sandplatz, wo die Jungen immer Baseball spielten. Wenn es mitten auf dem Schulhof losgegangen wäre, hätte Miss Carrington es eher bemerkt und gleich eingreifen können. Aber so dauerte es eine Weile, bis sie Wind davon bekam. Ein paar von den Jungen auf dem Baseballplatz kriegten als erste mit, dass dort unter den Bäumen etwas los war, und verdrückten sich einer nach dem anderen, um zuzuschauen. Das fiel den älteren Mädchen auf, die in einer Ecke des Schulhofs zusammenstanden und die Jungen beim Baseball beobachteten, nun aber zu schwatzen aufhörten und zu den Bäumen hinüberblickten. Dies wiederum wurde von einigen der kleineren Mädchen bemerkt, die am Fuß der Schultreppe Gummihüpfen spielten, und endlich auch von Miss Carrington, die auf den Stufen saß und Diktate korrigierte und überrascht aufsah, als es plötzlich so still auf dem Schulhof wurde.

Sie stand auf, spähte einen Moment lang in Richtung der Bäume und ging dann eilig los. Ein Junge kam ihr aufgeregt fuchtelnd entgegengerannt, und Miss Carrington setzte sich mit flatterndem Rock in Trab. Sie verschwand unter den Bäumen, und wir standen wartend da und fragten uns, was dort wohl Schlimmes passiert sein mochte.

Dann tauchte Miss Carrington wieder auf, in Begleitung von zwei Jungen, die einen dritten zwischen sich her schleppten. Der dritte war blutüberströmt. Das Blut rann ihm aus der Nase, aus dem Mund, aus dem Ohr, den Hals hinab, tränkte ihm das Hemd. Miss Carrinton hastete mit starrer Miene an uns vorbei. »Bringt ihn herein«, sagte sie zu den Jungen. Der Verletzte war Alex Kirby, ein kräftiger Bauernjunge und gefürchteter Raufbold.

Die übrigen Jungen kamen hinterher und drehten sich immer wieder nach einem Nachzügler um, der langsam und steifbeinig ging und ebenfalls blutverschmiert war. Der Nachzügler war Laurie Pye.

Jungen wie Mädchen drängten sich an der Treppe, nur Laurie hielt sich abseits. Ich beobachtete ihn. Er stand an der Mauer, wo ich den Mädchen vorher beim Gummitwist zugeschaut hatte. (Zuschauen war alles, was ich in jenem Jahr tat, ebenso wie Rosie Pye, die auch an der Mauer stand und immer nur zuschaute, doch unsere Isolation hatte zu keinerlei Annäherung zwischen uns geführt.)

Lauries Nase war blutig, und die Knöchel seiner rechten Hand waren aufgeplatzt. Ein paar Minuten stand er nur so da und blickte ausdruckslos zu der Schülergruppe an der Treppe. Rosie sah ihn an, mit der gleichen ausdruckslosen Miene, aber er nahm keine Notiz von ihr.

Dann blickte er auf seine Hand hinunter und merkte wohl erst jetzt, dass sein Hemd vollkommen zerfetzt war. Es war an der einen Seitennaht und quer über den Rücken aufgerissen. Er hob es am Saum hoch, drehte sich halb um und besah sich den Schaden, und ich sah seine knochigen Rippen, wie die Wellen auf einem Waschbrett. Er hatte den ganzen Rücken voller hufeisenförmiger Striemen, manche blaurot angeschwollen, manche verblasst und flach. Dann stopfte Laurie sich die losen Hemdzipfel in den Hosenbund, unbeholfen, mit der linken Hand, und die Striemen waren nicht mehr zu sehen.

Er war gerade damit fertig, als Miss Carrington wieder erschien. Sie stand unter der Tür und schaute zu ihm hin, und erst dann schien ihr aufzufallen, dass wir anderen auch noch da waren. »Für heute ist die Schule aus«, sagte sie zu uns. »Alex ist versorgt – der Doktor ist schon unterwegs. Ihr könnt jetzt alle heimgehen.«

Dann schaute sie wieder zu Laurie. Sie wirkte bekümmert. Laurie hatte sich bisher noch nie mit einem Mitschüler angelegt. Er war nicht sonderlich beliebt, aber die anderen Jungen machten lieber einen Bogen um ihn, als ihn zu hänseln. Wie gesagt, er hatte etwas Unheimliches in den Augen.

»Komm herein, Laurie«, sagte Miss Carrington. »Ich will mit dir reden.«

Laurie drehte sich um und ging weg.

Ich weiß nicht, um was es bei der Schlägerei gegangen war, aber sicher war es Alex Kirby, der angefangen hatte. Er trug eine gebrochene Nase davon, und das eine Ohr war ihm halb abgerissen worden. Am nächsten Tag war er wieder in der Schule, mit gruseligen schwarzen Stichen, die ihm das Ohr am Kopf hielten.

Laurie kam überhaupt nicht mehr zurück.

Und was die Striemen betraf, die ich gesehen hatte – nun, ich hatte keine Ahnung, was sie zu bedeuten hatten. Ich dachte mir nichts weiter dabei. Selbst wenn ich gewusst hätte, was auf der Pye-Farm vor sich ging, hätte ich wohl keinerlei Schlüsse daraus gezogen. Wie gesagt, ich bekam nicht viel mit in jenem Jahr.

Also sprach ich auch mit niemandem darüber. Und natürlich kann man nicht wissen, ob es irgendetwas geändert hätte, wenn ich etwas gesagt hätte.

12

Sonntag 11. Oktober
Liebe Tante Annie,
wie geht es dir? Ich hoffe es geht dir gut. Uns geht es allen gut. Bo geht es gut. Miss Carrington kam zu Besuch. Mrs. Mitchel kam sie brachte Eintopf. Mrs. Stanovich kam sie brachte Strudel.
Viele Grüße, Kate

Sonntag 18. Oktober
Liebe Tante Annie,
wie geht es dir? Ich hoffe es geht dir gut. Uns geht es allen gut. Mrs. Stanovich kam sie brachte ein Huhn. Mrs. Tadworth kam sie brachte Schinken.
Viele Grüße, Kate

Die Briefe habe ich jetzt wiederbekommen. Tante Annie starb letztes Jahr an Krebs, und nach ihrem Tod hat Onkel William sie mir zugesandt. Ich war gerührt, dass sie sie aufgehoben hatte, zumal sie stilistisch wie inhaltlich zu wünschen übrig ließen. Es gab eine ganze Schachtel voll davon, ganze Jahrgänge von Briefen, und als ich die frühesten überflog, dachte ich, guter Gott, sie sagen ja absolut *nichts* aus. Später aber holte ich sie noch mal vor und versuchte mir vorzustellen, wie Tante Annie sie gelesen hatte, wie sie die dürftigen Zettel auseinander faltete, ihre Brille zurechtrückte und meine krakelige Kinderschrift entzifferte, und da sagte ich mir, wenn sie genau hingeschaut hatte – und das hatte sie ganz gewiss getan –, dann hatte sie wahrscheinlich auch etwas Herzerwärmendes zwischen den Zeilen entdeckt.

Immerhin ging daraus hervor, dass wir keinen Hunger litten und von der Gemeinde nicht vergessen worden waren. Auch muss sie den Briefen entnommen haben, dass ich in genügend stabiler Verfassung war, um mich hinzusetzen und ihr zu schreiben, und dass Luke und Matt alles gut genug im Griff hatten, um dafür zu sorgen, dass ich ihr regelmäßig Nachrichten von uns zukommen ließ. Die Tatsache, dass ich immer sonntags schrieb, ließ auf ein geordnetes Leben schließen, und Tante Annie gehörte zu den Menschen, die großen Wert auf ein geordnetes Leben legten. Hin und wieder waren die ewig gleichen Floskeln sogar mit echten Neuigkeiten angereichert:

Sonntag 15. November
Liebe Tante Annie,
wie geht es dir? Ich hoffe es geht dir gut. Uns geht es allen gut. Bo geht es gut. Mr. Turtle hat sich das Bein gebrochen er ist vom Schuldach gefallen da war eine tote Krehe im Kamin und er ist raufgeklettert um sie rauszuholen. Mrs. Stanovich kam sie brachte Reispudding sie sagte Miss Carrington hat gesagt Laurie muss wieder in die Schule kommen und Mr. Pye ist gemein. Mrs. Lucas kam sie brachte Gurken im Glas und Bohnen. Gestern Nacht hat es geschneit.
Viele Grüße, Kate

Was all die milden Gaben betrifft, weiß ich nicht, ob die Frauen unseres Kirchenkränzchens sich an eine bestimmte Reihenfolge hielten oder ob jede für sich einfach nur ihrem Gewissen folgte, auf jeden Fall kam alle paar

Tage eine komplette Mahlzeit bei uns an. Entweder fanden wir die Sachen morgens auf unserer Türschwelle, oder ein Kleinlaster kam die Einfahrt entlanggeholpert, und irgendeine der Farmersfrauen, die sich um uns kümmerten, kletterte mit einem Topf unterm Arm heraus. »Hier, mein Lieber, ich muss gleich weiter. Stell ihn noch zwanzig Minuten auf den Herd, es müsste für zwei Mahlzeiten reichen. Wie geht's euch so? Du meine Güte, ist Bo groß geworden!«

Sie blieben nie lange. Ich glaube, sie wussten nicht so recht, wie sie mit Luke umgehen sollten. Wenn er ein Mädchen gewesen wäre, oder jünger, oder nicht so eindeutig darauf aus, alles alleine zu schaffen, hätten sie sich vielleicht auf ein Schwätzchen hingesetzt und ihm ganz nebenbei manch wertvollen Rat geben können. Aber Luke war eben Luke, also händigten sie ihm ihre Gaben nur hastig aus, vermieden es taktvoll, das Chaos ringsum zu beachten, und fuhren gleich wieder weg.

In Sachen Taktgefühl gab es nur eine Ausnahme. Mrs. Stanovich kam mindestens zweimal pro Woche, wälzte sich aus ihrer Klapperkiste und schnaufte die Stufen zur Haustür hinauf, mit zwei Broten auf einem Deckelkorb voller Maiskolben oder einer Schweinshaxe unter dem einen Arm und einem Sack Kartoffeln unter dem anderen. Dann stand sie breitbeinig in unserem Küchenchaos, der Schwabbelbusen unter der ausgebeulten Strickjacke wogend, das strähnige Haar zu einem Dutt hochgezwirbelt, als wüsste sie ganz genau, dass der Herr Jesus sich nicht darum kümmerte, wie sie aussah, und während sie in die Runde blickte, zitterte ihr Doppelkinn vor lauter Mitleid.

Sie brachte es nicht über sich, Luke direkt auf die Unordnung anzusprechen, so feinfühlig war sie immerhin, aber ihre Miene sprach Bände. Und wenn sie Bo oder mich zu sehen bekam, gab es kein Halten mehr.

»Meine Süße, mein Schätzchen«, rief sie und zerrte mich an ihren erstickenden Busen – immer nur mich, denn nach dem ersten Versuch, das Gleiche mit Bo zu machen, ließ sie wohlweislich die Finger von ihr. »Wir müssen uns dem Willen des Herrn fügen, aber es ist manchmal so *schwer*, so *schwer*, den Sinn darin zu erkennen.«

Oft hatte ich das Gefühl, ihre klagenden Worte gälten gar nicht mir, sondern irgendjemandem, der nicht zu sehen, aber in Hörweite war. Sie sprach mit mir, doch ihre Botschaft war dem Herrn zugedacht. Sie haderte mit ihm. Indem er uns unsere Eltern genommen hatte, besonders unsere Mutter, die ihr außerordentlich ans Herz gewachsen war, hatte er einen schändlichen Fehler begangen, fand Mrs. Stanovich.

»Wie lange soll denn das noch so weitergehen?«, fragte Matt. »Für immer? Tagein, tagaus, die nächsten dreißig Jahre?«

Luke blickte auf den halb vertilgten Schinken vom Tadworth-Schwein, der auf dem Küchenbord thronte. »Es ist aber verdammt guter Schinken«, sagte er bedächtig. »Das musst du zugeben.«

Es war nach dem Abendessen, Bo war schon im Bett, und ich saß am Tisch, vorgeblich damit beschäftigt, mich in Rechtschreibung zu üben.

»Aber darum geht's doch gar nicht«, sagte Matt. »Es geht darum, dass wir diese ganzen Sachen nicht ewig weiter annehmen können.«

»Warum denn nicht?«

»Komm schon, Luke! Wir können doch nicht unser ganzes Leben lang von Almosen leben! Man kann einfach nicht erwarten, dass andere Leute einen endlos durchfüttern. Die haben schließlich selber Familien zu ernähren, und besonders begütert ist hier keiner.«

»Besonders arm aber auch nicht«, meinte Luke.

»Wo kam denn der Hecht letzte Woche her? Willst du etwa behaupten, die Sumacks sind nicht arm?«

»Die können doch eh nicht so viel Fisch essen, wie sie fangen«, sagte Luke. »Schon gar nicht Hecht.«

»Sie *verkaufen* den Rest, Luke, weil sie nämlich das Geld brauchen!«

»Und was soll ich denen dann sagen? Hey, Jim, besten Dank, Kumpel, aber ich kann den Fisch leider nicht annehmen, weil ihr Leute zu arm seid? Du liebe Zeit, er hat nur mal so auf ein Schwätzchen vorbeigeschaut, und da er gerade vom Angeln kam, hat er mir halt einen abgegeben! Das heißt doch nicht, dass das endlos so weitergehen muss! Bloß noch so lange, bis wir beide eine vernünftige Arbeit gefunden haben. Dann hören die Leute schon von selber auf mit den Geschenken, weil sie sehen, dass wir sie nicht mehr nötig haben.«

»Ja, aber wann soll das sein? Wie sollen wir denn eine vernünftige Arbeit auftreiben?«

»Ach, es wird sich schon irgendwas ergeben«, meinte Luke gleichmütig.

»Na, ich bin froh, dass du dir da so sicher bist, Luke. Muss praktisch sein, über Insiderwissen zu verfügen.«

Luke sagte: »Und du? Du machst dir wieder mal viel mehr Sorgen als nötig, aber das hast du ja schon immer getan.«

Matt seufzte und fing an, seine Schulbücher auf dem Tisch auszupacken.

»Weißt du, es macht ihnen einfach Spaß, uns was abzugeben«, hakte Luke nach. »Da können sie sich tugendhaft fühlen. Außerdem bist du ja nicht derjenige, der sich dafür bedanken muss. Du sitzt schön gemütlich in der Schule, während ich mir zum tausendsten Mal den Kopf zerbrechen darf, was ich zu all den guten Frauen an der Tür sagen soll. An manchen Tagen reißt der Strom der Wohltäterinnen gar nicht ab.«

Matt blickte auf. Man sah ihm an, dass er an irgendeinem unausgesprochenen Gedanken herumkaute. Er setzte sich neben mich und nahm sich eins der Bücher aus dem Stapel vor, den er mitgebracht hatte. Es war unter uns abgemacht, dass er mich zwischendurch meine Lektionen abfragte, und wenn ich sie zu seiner Zufriedenheit gelernt hatte (oder vielmehr, wenn er die Hoffnung aufgegeben hatte), durfte ich noch ein Weilchen bei ihm sitzen bleiben und zeichnen, während er arbeitete.

Heute jedoch machte er sich nicht sofort an die Arbeit. Er öffnete sein Etui, schüttete den Inhalt auf dem Tisch aus und flüsterte mir augenzwinkernd zu: »Mal ehrlich, Kate, findest du Luke gut aussehend? Aus weiblicher Sicht, meine ich.«

Er sagte das natürlich im Scherz, was mich freute, denn es bedeutete, dass er die Auseinandersetzung als erledigt betrachtete. Ich hasste es, wenn die beiden sich stritten.

Luke schnaubte. Er war dabei, die Essensreste von den Tellern in den Mülleimer zu kratzen. Er leerte ihn nicht oft genug aus, weshalb der Eimer immer stank. Sein Haushalt beschränkte sich auf das Nötigste. Alles Gemüse wurde zusammen in einem Topf gekocht, um Abwasch zu sparen. Die Kleider wurden nur gewaschen, wenn Luke sie für ausreichend schmutzig hielt. Meine Schulverpflegung bestand aus einem Apfel und zwei Scheiben Brot mit einem Stück Käse dazwischen. Doch er versäumte nie, mir meine Pausenstulle mitzugeben, und man konnte immer etwas zum Anziehen finden, wenn man sich genug Mühe gab. Es fehlte uns an nichts wirklich Wichtigem.

»An irgendwas muss es ja schließlich liegen«, fuhr Matt fort, immer noch in vernehmlichem Flüsterton, »dass all die Frauen sich hier ständig an unserer Tür drängeln.

Glaubst du, es ist wegen Luke? Weil er so einen tollen Körper hat?«

Luke versetzte ihm einen Knuff. In früheren Zeiten, als alles noch normal war, hatte er Matt oft geknufft – immer dann, wenn er nichts auf dessen stichelnde Bemerkungen zu erwidern wusste. Das war nicht bös gemeint, es hatte nichts mit ihren seltenen, aber erschreckenden Prügeleien zu tun. Es war nur seine Art zu sagen, pass auf, Kleiner, sonst setzt es was. Matt wehrte sich nie handgreiflich, was seine Art zu sagen war, dass es unter seiner Würde wäre, sich so weit herabzulassen. Er rieb sich nur kurz die geknuffte Stelle und machte weiter.

»Den lieben langen Tag, verstehst du, stehen diese aufregenden, sexy-aussehenden Frauen hier Schlange: Mrs. Lucas, Mrs. Tadworth, Mrs. Stanovich, mit heraushängender Zunge, hechelnd und schweifwedelnd drängeln sie sich vor unserer Tür.«

»Hör auf mit dem Scheiß«, knurrte Luke. Er hatte angefangen, die Teller unter dem laufenden Hahn zu spülen. Matts Stuhl war direkt hinter ihm, sodass sie sich den Rücken zukehrten.

»Nimm dir bloß kein Beispiel an ihm, Kate«, stichelte Matt weiter. »Nur ungebildete Menschen benutzen so grobe Wörter. Wie sie auch auf physische Gewalt zurückgreifen, wenn sie sich verbal unterlegen fühlen.«

»Pass lieber auf, sie greifen gleich wieder drauf zurück«, sagte Luke. »Wer zuletzt lacht, lacht am besten.«

Ich kicherte. Ich hatte schon lange nicht mehr gekichert. Matt aber blickte todernst.

»Die Sache ist die«, sagte er stirnrunzelnd, »es geht das Gerücht, dass manche Frauen und insbesondere eine – ich will keine Namen nennen, aber sie hat rote Haare – dass also manche Frauen unseren Luke unwiderstehlich finden. So unwiderstehlich, dass sie ihn einfach nicht in Ruhe lassen können. Ist mir zwar völlig unbegreiflich, aber ich bin ja auch ein Mann. Was sagst du denn als *Frau* dazu? Ist Luke unwiderstehlich?«

»Matt?«, sagte Luke. »Halt's Maul.«

Er hatte die Spülbürste noch in der Hand, klapperte aber nicht mehr mit den Tellern, sondern stand wie erstarrt.

»Ich möchte es wirklich gerne wissen«, sagte Matt. »Was meinst du? Ist er unwiderstehlich?«

»Nein«, kicherte ich.

»Matt«, warnte Luke leise.

»Dachte ich's mir doch. Warum also hat ein gewisser Rotschopf... Aua! Hey! Was ist denn mit dir los!«

Er drehte sich auf dem Stuhl um und hielt sich die Schulter, auf der Luke soeben die Spülbürste zerbrochen hatte. Luke lächelte nicht. Er stand mit herabhängenden Händen da, von denen noch der Seifenschaum tropfte.

Matt starrte ihn an, und Luke sagte ruhig: »Ich habe gesagt, halt's Maul.«

Jetzt weiß ich, warum. Ich habe es mir Jahre später zusammengereimt. Irgendetwas war vorgefallen, von dem Matt nichts wusste, und seither war das Thema Sally McLean für Luke ein rotes Tuch, denkbar ungeeignet für leichtfertige Scherze.

Es war am vorigen Sonntagnachmittag passiert, während Matt seine Schicht auf der Pye-Farm ableistete. Die Felder waren zwar schon längst für den Herbst gepflügt, aber es gab Zäune zu reparieren, und Calvin Pye wollte den Boden des Traktorschuppens betoniert haben, also war Matt dort am Werk, und wir anderen waren zu Hause mit dem Aufstapeln der Holzscheite beschäftigt.

In den vergangenen Wochen hatte es immer wieder mal geschneit, und obwohl sich noch keine feste Schneedecke gebildet hatte, war der Winter spürbar auf dem Vormarsch. Es lag eine Stille in der Luft wie zu keiner anderen Jahreszeit, und der See war spiegelglatt, mit einem dünnen, sandgesprenkelten Eisrand am Ufer. Nachmittags schmolz das Eis manchmal noch, aber am nächsten Morgen war es wieder da, jeden Tag ein bisschen dicker.

Darum musste jetzt dringend für Brennholz gesorgt werden, und an jenem Nachmittag waren wir alle fleißig an der Arbeit. Luke spaltete die Scheite, ich sammelte das Kleinholz zusammen, und Bo räumte alles, was Luke auf den Stapel schichtete, eifrig wieder ab und legte es woanders hin. Es war schon ziemlich spät, gegen vier Uhr, und die Dämmerung setzte ein. Ich lief in den Wald, wo ein alter Baum umgestürzt war, und brach ein paar trockene Zweige ab, um sie zu weiterem Anmachholz zu zerkleinern. Als ich, die sperrigen Zweige hinter mir her schleifend, zu den anderen zurückkam, lehnte Sally McLean am Holzstapel und unterhielt sich mit Luke.

Sie trug einen dunkelgrünen, grob gestrickten Pullover, der ihre Haut noch blasser erscheinen ließ und ihre Haare noch roter, und sie hatte sich die Lider mit irgendeinem schwarzen Zeugs umrandet, sodass ihre Augen riesig wirkten. Sie zwirbelte dauernd an ihren Haaren, während sie mit Luke sprach. Ab und zu steckte sie eine Strähne in den Mund und zog sie sich mit einer fließenden Bewegung durch die Lippen.

Luke fummelte mit der Axt herum, ließ den Eisenkopf ein paar Mal am Boden auftitschen, schwang sie hoch und fuhr mit dem Daumen über die Schneide, als wollte er ihre Schärfe prüfen, senkte sie wieder und klopfte mit nachdenklichem Blick kleine Kerben vor seine Füße.

Sally hatte gerade zum Sprechen angesetzt, doch sie hielt inne, als sie mich kommen sah. Erst wirkte sie gereizt, aber dann fing sie sich schnell und lächelte mich an.

»Deine Schwestern sind so süß«, sagte sie zu Luke. »Du bist aber auch rührend zu ihnen, weißt du. Alle sagen das.«

»Ach wirklich?« Luke blickte automatisch zu Bo hinüber. Sie hatte angefangen, einen eigenen Holzstapel zu bauen, etwa drei Meter weit von dem ursprünglichen, aber die Scheite rollten ihr immer wieder herunter. Man sah ihr an, dass sie allmählich die Geduld verlor. »Da und *da* und *da*«, murmelte sie vor sich hin, und das »Da« wurde jedes Mal lauter.

»Klar«, nickte Sally. »Alle finden es ganz erstaunlich. Du tust echt alles für sie, nicht?«

»Tja, das meiste bleibt wohl an mir hängen«, sagte Luke zerstreut. Er blickte immer noch zu Bo.

Sally beobachtete sie ebenfalls, mit schräg gelegtem Kopf, ein leichtes Lächeln auf den Lippen. Das Lächeln kam mir ein bisschen aufgesetzt vor, fast so, als probierte sie es vor dem Spiegel aus, wie ein neues Kleid.

»Ein richtiger Wonneproppen, nicht wahr?«, sagte sie.

»Bo?«, wunderte sich Luke. Er dachte wohl nicht, dass sie Bo meinen könnte.

»*Da*«, sagte Bo streng und wuchtete einen Klotz, der beinah so groß war wie sie selbst, auf ihren Stapel. Prompt krachte der ganze Haufen zusammen.

»Böser Stock!«, schrie Bo. »Böser böser Stock!«

»Moment«, sagte Luke, lehnte die Axt an den Holzstoß und ging zu ihr hinüber. »Du musst sie so aufschichten, okay? Einen großen an jedes Ende, und die kleinen dazwischen, siehst du?«

Bo schob den Daumen in den Mund und lehnte sich an sein Bein.

»Badest du sie auch und all das?«, fragte Sally mit einem neckisch flatternden Augenaufschlag.

»Ich oder Matt, wie sich's gerade ergibt«, sagte Luke. »Bist du müde, Bo? Willst du dich ein bisschen hinlegen?«

Bo nickte.

Luke blickte sich um und sah mich mit meinen Zweigen dastehen. »Bringst du sie rein, Kate? Bo, geh mal mit Kate. Ich muss das hier noch fertig machen.«

Bo kam auf mich zugestapft, und wir gingen zusammen zum Haus. Ich wartete darauf, dass die Axtschläge wieder einsetzten, aber ich hörte nichts. An der Tür wandte ich mich um und blickte zurück. Luke stand bloß so da und redete mit Sally.

Drinnen zog ich Bo den Mantel aus. Dazu musste ich ihr erst den Daumen aus dem Mund ziehen, mit einem Schnalzen, das sie zum Lächeln brachte, obwohl sie ihn dann gleich wieder hineinschob.

»Willst du etwas zu trinken?«

Kopfschütteln.

»Soll ich dir was vorlesen?«

Nicken.

In unserem Zimmer schaufelte ich mir einen Platz in dem Kleiderwust frei, den nie jemand aufzuräumen schaffte, hockte mich auf den Boden neben ihr Gitterbett und fing an, die Geschichte von den drei Zicklein vorzulesen, aber noch ehe das erste Zicklein tripp-trapp-tripp-trapp über die Brücke getrottet war, war sie schon eingeschlafen. Eine Weile blätterte ich müßig die Seiten um und sah mir die Bilder an, doch ich hatte sie schon zu oft gesehen. Ich klappte das Buch zu, zog mir den Mantel wieder an und ging noch mal hinaus.

Luke und Sally waren verschwunden. Ich ging zurück zum Holzstoß und blickte mich suchend nach ihnen um. Die Axt war noch da. Der Boden ringsum war weich und schwammig vom jahrelangen Aufsaugen der Holzspäne, und meine Schritte machten kein Geräusch. Es wurde langsam dunkel, und mit dem Abend kam auch die Kälte angekrochen. Matt hatte mir erklärt, die Kälte sei nichts als die Abwesenheit von Wärme, aber so fühlte sie sich nicht an. Sie fühlte sich an wie ein schleichender Dieb, der einem die Wärme stehlen wollte, wenn man sich nicht fest genug in den Mantel wickelte, und wenn die Wärme weg war, war man nur noch eine leere Hülle, spröde und zerbrechlich wie ein toter Käfer.

Ich ging um den Holzstapel herum, und da sah ich sie. Sally lehnte an einem Baum, und Luke stand dicht vor ihr. Es war finster unter den Bäumen, ich konnte kaum ihre Gesichter erkennen, doch ich sah, dass Sally lächelte – ich sah ihre Zähne.

Luke stützte sich zu beiden Seiten ihrer Schultern am Baumstamm auf, aber während ich sie beobachtete, nahm sie eine seiner Hände in die ihren. Ich hörte einen Ausruf – seine Hand war wohl eiskalt – und sah, wie sie sie kurz rubbelte, ehe sie sie unter ihren Pullover schob. Ich sah den weißen Schimmer ihrer Haut, und sie japste leise auf, kicherte dann und schob seine Hand weiter nach oben.

Luke schien zu erstarren. Es kam mir vor, als atmete er nicht mal mehr. Er senkte den Kopf, und ich hatte den Eindruck, dass seine Augen geschlossen waren. Eine Weile blieb er völlig reglos. Sally blickte ihn mit großen Augen an. Dann zog er ganz langsam seine Hand zurück, ohne den Kopf zu heben, mit der anderen Hand immer noch auf den Stamm gestützt. Und dann – seltsamerweise konnte ich selbst in der Dunkelheit die Anstrengung erkennen, die es ihn kostete, als zöge ihn ein riesiger Magnet zu Sally hin, als müsste er mit all seiner Kraft dagegen ankämpfen – dann richtete er sich auf und stemmte sich von ihr ab.

Ich sah die Anstrengung. Damals begriff ich natürlich nichts, aber später, als ich Grund hatte, wieder an solche Dinge zu denken, erinnerte ich mich deutlich daran. Die Hand, die ihre Brust berührt hatte, hing wie nutzlos an seiner Seite herab, und der andere Arm machte die ganze Arbeit. Er drückte fest gegen den Stamm, spannte sich an und *stieß sich ab*.

Und dann stand Luke wieder aufrecht und freihändig. Er blickte Sally an, sagte aber kein Wort. Er drehte sich einfach um und ging fort.

Das war es, was ich gesehen hatte und was Matt nicht wusste. Das war es, weshalb Matts Gestichel Luke so erbitterte. Denn Sally McLean war nicht irgendein Mädchen, sie war die Tochter seines Arbeitgebers, und Luke hatte Angst. Wenn Sally nun beleidigt war, würde sie sicher dafür sorgen, dass er seinen Job verlor.

DRITTER TEIL

13

Ich verstehe die Leute nicht. Das ist nicht überheblich gemeint – ich will nicht sagen, die Leute seien unbegreiflich, weil sie sich nicht so verhalten wie ich. Ich meine das als pure Feststellung. Natürlich kann niemand für sich in Anspruch nehmen, jemand anderen von Grund auf zu verstehen, aber manche Leute sind mir schlicht und einfach ein Rätsel. Ich kann nicht nachvollziehen, was in ihrem Kopf vorgeht. Eine Art Blindheit meinerseits, nehme ich an.

In seiner milden Art sagte Daniel einmal: »Bedeutet das Wort Empathie irgendetwas für dich, Kate?«

Wir hatten von einem Kollegen gesprochen, der in seiner Forschungsarbeit höchst unprofessionell vorgegangen war. Er hatte seine Daten zwar nicht direkt gefälscht, war aber doch reichlich »selektiv« vorgegangen, um es vorsichtig auszudrücken. Solche Verfahrensweisen sind der Reputation des Fachbereichs nicht gerade zuträglich, und sein Vertrag wurde im folgenden Jahr dann auch nicht mehr verlängert. Ich fand das vollkommen angemessen, und Daniel sah das sicher genauso, doch er hielt sich mit seiner Meinung zurück, und das ärgerte mich.

»Ich will das ja gar nicht rechtfertigen«, sagte er. »Ich finde nur, man kann die Versuchung verstehen, der er erlegen ist.«

Ich sagte, ich könne eben *nicht* verstehen, wie jemand auf einen Ruhm aus sein konnte, den er durch Vorspiegelung falscher Tatsachen errungen hatte.

»Schau mal«, meinte Daniel, »er hatte sich jahrelang abgestrampelt, er kennt andere, die sich ebenfalls in seinem Gebiet abstrampeln, und da wollte er nun mal gern als Erster ans Ziel kommen, zumal er überzeugt war, dass seine Ergebnisse sich am Ende sowieso als richtig erweisen würden...«

Das sei aber eine reichlich dürftige Entschuldigung, gab ich zurück. Und nach einer Pause sagte also Daniel: »Bedeutet das Wort Empathie irgendetwas für dich, Kate?«

Es war unser erster Streit. Das heißt, natürlich stritten wir nicht richtig, sondern wir zogen uns zurück, und die nächsten paar Tage gingen wir sehr höflich und distanziert miteinander um.

Daniel ist in mancher Hinsicht naiv. Er hat nie im Leben für etwas kämpfen müssen, deswegen ist er so umgänglich, so wenig fordernd. Er ist großzügig, gerecht und tolerant, lauter Eigenschaften, die ich bewundere, aber manchmal geht er darin ein bisschen weit. In seiner grenzenlosen Nachsicht spricht er den Leuten fast die Verantwortung für ihr eigenes Handeln ab. Ich glaube an den freien Willen. Was nicht heißt, dass ich den Einfluss der Gene und der Umgebung leugne – wie könnte ich das als Biologin? Ich bin mir vollkommen im Klaren darüber, dass wir bis zu einem gewissen Grad biologisch vorprogrammiert sind. Aber innerhalb dieser Grenzen, glaube ich, haben wir auch Wahlmöglichkeiten. Die Vorstellung, gänzlich dem Lauf des Schicksals ausgeliefert zu sein, unfähig, Widerstand zu leisten oder die Richtung zu ändern, klingt mir verdächtig nach einer faulen Ausrede.

Wie dem auch sei, jedenfalls fand ich Daniels Empathie-Bemerkung ausgesprochen ungerecht, und doch musste ich dummerweise immer wieder dran denken. Und als dann im Februar diese Einladung zum Familienfest kam und den ganzen Bodensatz an Erinnerungen hochspülte, fiel mir die Sache mit Luke und Sally wieder ein. Was hatte sich Sally damals bloß dabei gedacht? Wie konnte ein Mädchen sich mit jemandem einlassen wollen, der so dermaßen mit Familienpflichten ausgelastet war?

Ich konnte es mir nur so erklären, dass sie Lukes Situation einfach nicht begriff. Sie war ziemlich heißblütig, aber nicht sehr helle, und darum in überdurchschnittlichem Maß von ihren Hormonen gesteuert, und irgendetwas an Lukes Situation muss sie angezogen haben. Der große Bruder, der zwei kleine Schwestern umsorgte – hatte das für sie irgendeinen frivolen Reiz? Irgendetwas aufregend Anrüchiges? Oder war alles viel harmloser? Vielleicht sah Sally uns auch nur als bezauberndes Bild und wollte sich selbst mit hineinmalen. Ein gut aussehender Junge, ein hübsches Mädchen, zwei niedliche Kinder dazu – vielleicht hatte Sally McLean eine Art Puppenstube im Kopf. Aber dann zog Luke seine Hand weg und verdarb das Spiel.

Ich kann mir vorstellen, was sie ihren Eltern erzählte. Sie war bestimmt gut im Geschichtenerfinden. Auf dem Heimweg hatte sie sich alles wohl schon zurechtgelegt, und als sie zu Hause ankam, glaubte sie es selbst. So kam sie in die elterliche Wohnstube hinter dem Laden gestürzt, mit zerzaustem Haar, glühend vor gekränktem Stolz, der sich als Seelennot tarnte. Und ihre Eltern starrten sie entsetzt an, als sie in Tränen ausbrach.

»Daddy... Daddy...«, schluchzte sie, und der arme, sprachlose Mr. McLean stammelte: »Was ist denn, Süße?« (Oder »Schätzchen«, irgendwie so wird er sie wohl genannt haben.)

Und Sally schluchzte noch heftiger: »Daddy ... Luke ...«
»Luke? Ja?«
»Er hat ... er hat versucht ...«
Man sieht es deutlich vor sich, nicht wahr?
Vielleicht haben sie ihr nicht geglaubt – so sehr sie sie liebten, müssen sie ihre einzige Tochter doch gut genug gekannt haben. Aber das änderte nichts. Sie wussten, dass sie ihn nicht halten konnten, wenn er bei Sally in Ungnade gefallen war.

Sie sagten es ihm nicht sofort. Eine Woche noch quälten sie sich mit der Entscheidung. Ich kann mir nicht vorstellen, wie sie es schließlich schafften, ihm die Kündigung auszusprechen, wo sie doch beide selbst im Guten so gehemmt und unbeholfen waren. Am Ende nahm Luke ihnen wahrscheinlich die Mühe ab, als sie eines Abends den Laden abschlossen und Mr. McLean sich verlegen räusperte: »Ähm ... Hrrmh ... Luke ...«

Luke wartete wohl noch eine Minute, in der schwindenden Hoffnung, dass es doch nicht das wäre, was er dachte, aber das peinliche Schweigen zog sich hin, und so wird er dann schließlich gesagt haben: »Ja, okay, ich weiß schon.«

Mr. McLean schaute wohl recht betreten drein, und konnte nur noch beschämt flüstern: »Es tut mir Leid, Luke.«

Es mag aber auch sein, dass ich die Blindheit elterlicher Liebe unterschätze. Mag sein, dass sie Sally aufs Wort glaubten und es abscheulich fanden, wie Luke ihr Vertrauen missbraucht hatte.

Ich habe da allerdings meine Zweifel. Wir kauften weiterhin bei McLeans ein, da es sonst keinen Laden im Dorf gab, und sie strahlten mich immer noch genauso an wie früher, wenn ich hereinkam, und zu Hause fand ich immer irgendeine Zugabe in der Einkaufstasche – Sahnebonbons, Lakritzschnecken –, eben die kleinen Leckereien, von denen sie wussten, dass wir sie uns nicht leisten konnten.

★★★

Wie gesagt, es war im Februar, als die Einladung von Matts Sohn eine wahre Lawine an Erinnerungen auslöste. Vielleicht hatte es etwas damit zu tun, dass Simon achtzehn und somit erwachsen wurde, aber vor allem lag es wohl an meinem Problem mit Daniel.

Daniel hatte die Einladungskarte tatsächlich gesehen. Und gelesen. Er wusste, dass er hätte mitkommen können, wenn ich mich entschlossen hätte, ihn einzubeziehen.

Schon auf der Ausstellung, die wir an jenem Nachmittag besuchten, schwante mir etwas. Die Ausstellung trug den inspirierenden Titel *Mikroskope durch die Jahrhunderte*, und so war es denn auch kein Wunder, dass außer uns niemand da war, obwohl es nicht so langweilig war, wie es klang. Die Sammlung umfasste wirklich alles, was es an Vergrößerungsgläsern gab, von winzigen Flohlupen aus der Zeit um 1600 bis hin zu einem großartigen und völlig nutzlosen Instrument, das für Georg III. konstruiert worden war, zu hoch, um es am Tisch zu verwenden, aber nicht hoch genug, wenn es am Boden stand, und außerdem mit falsch eingesetzten Linsen. Abgesehen davon, wie Daniel sagte, war es ein Prachtstück, wahrhaft eines Königs würdig.

Dass Daniel jedoch nicht ganz bei der Sache war, merkte ich daran, dass er die robusteren Geräte, die eigens zum Ausprobieren aufgestellt waren, nicht einmal anrührte, wo doch gerade er, der Mikrobiologe, sonst nie die Finger von derlei Spielzeug lassen konnte. Aber er stand nur da und starrte sie nachdenklich an. Anschließend vertiefte er sich unerklärlich lange in die Betrachtung einer hundert Jahre alten Mikrografie von einem Fliegenrüssel, schaute dann plötzlich auf die Uhr und sagte, wir sollten uns jetzt lieber auf den Weg machen, um uns mit seinen Eltern zum Abendessen zu treffen.

Normalerweise hatte ich nichts dagegen, von Zeit zu Zeit mit dem Professorenpaar Crane zu dinieren. Zwar brauchte man ausgeruhte Nerven, um einen ganzen Abend in ihrer Gesellschaft zu überstehen, aber sie hatten mich von Anfang an vorbehaltlos akzeptiert, was mir imponiert hatte, denn immerhin stammten wir doch aus sehr verschiedenen Welten. Dass sie mir wohlgesonnen waren, nahm mich für sie ein. Früher hatte ich ihre ewigen Scharmützel bei Tisch als stressig empfunden, aber nur, weil ich erwartete, dass einer am Ende über den anderen triumphieren würde. Als ich dann merkte, wie ausgewogen ihr Kräfteverhältnis war, konnte ich mich schon etwas entspannen. Auch wenn sie nach wie vor versuchten, mich als Verbündete zu gewinnen oder als Munition gegen den anderen zu gebrauchen, oft genug beide gleichzeitig, lernte ich allmählich, damit umzugehen.

An diesem Abend jedoch waren sie in ganz besonders stacheliger Stimmung. Ich konnte ihrem Schlagabtausch kaum folgen, weil ich mich unentwegt fragte, was Daniels abwesende Miene zu bedeuten hatte, und den ganzen Abend lang fühlte ich die Spannung in mir ansteigen wie das Quecksilber in einem Barometer. Das Restaurant war eins ihrer Lieblingslokale, klein, teuer und stickig, so kam es mir jedenfalls vor. Daniels Mutter erging sich den größten Teil des Abends in Erinnerungen an seine Kindheit, was sie bisher noch nie getan hatte, und zum ersten Mal im Leben wurde mir bewusst, dass es auch von Vorteil sein kann, wenn die eigenen Eltern schon friedlich im Grabe liegen.

»Er war das ruhigste Baby, das man sich nur denken kann, Katherine. Schon als Wickelkind – und ich muss sagen, er war ungewöhnlich lange in den Windeln, aber egal – schon als Wickelkind konnte man ihn überall mit hin nehmen, wir konnten ihn einfach auf irgendeiner Cocktailparty absetzen, in einer Ausstellung, sogar in einem Hörsaal ...«

»Tatsächlich?« Daniels Vater runzelte zweifelnd die Stirn. »Ich erinnere mich nicht, Daniel als Baby in einem Hörsaal gesehen zu haben, und schon gar nicht auf einer Cocktailparty.«

»Natürlich erinnerst du dich nicht, Hugo. Man erinnert sich per definitionem nur an das, was man überhaupt wahrgenommen hat. Aber du hast ja grundsätzlich in höheren Sphären geschwebt, mein Lieber. Du warst nur selten geistig anwesend. Körperlich durchaus, aber geistig, nein. Wir gaben damals viele Einladungen, Katherine, so die üblichen Gesellschaften für Fakultätsmitglieder und Abendessen für Gastprofessoren, du weißt schon, und Daniel war sehr an Fremde gewöhnt. Er kam immer im Schlafanzug herunter, um den Gästen gute Nacht zu sagen, und nach einer Stunde fiel einem plötzlich auf, dass er immer noch da war, ganz mucksmäuschenstill hörte er zu, egal, um was es gerade ging, Politik, Kunst, Anthropologie ...«

»Astrophysik«, warf Daniels Vater ein, in einem Ton, als bete er eine Liste herunter, »Ökonomie – vor allem die Keynes'sche, die sog er geradezu in sich auf – und selbstverständlich Philosophie – mit zwei Jahren fraß er sich durch drei Philosophen pro Woche. Besonders Descartes hatte es dir angetan, stimmt's, Daniel?«

Daniel war in die Speisekarte vertieft, doch als es still am Tisch wurde, blickte er auf. »Wie bitte?«

»Ich sagte, mit zwei Jahren warst du sehr für Descartes eingenommen. Oder?«

»Hm«, machte Daniel. Er nickte. »Jaja, eingenommen könnte man's nennen.« Er blickte wieder in die Karte.

»Er war ja so ein aufgewecktes Kind«, fuhr seine Mutter unbeirrt fort. »Aber natürlich hat er auch sehr davon profitiert, dass er von so zartem Alter an schon einer solchen Bandbreite von Anregungen ausgesetzt war. Das war ein riesiger Vorteil für ihn, gar keine Frage. Den meisten Kindern mangelt es ja in erschreckender Weise an geistiger Anregung. Das Gehirn ist wie ein Muskel: Wenn man es nicht benutzt, verkümmert es.«

Das hatte Daniel mitbekommen. »Nur ein ganz kleiner Einwand«, sagte er milde und ließ die Karte sinken. »Das Gehirn ist kein Muskel. Ein bisschen komplexer ist es schon. Ich glaube, ich nehme das Rinderfilet.« Er blickte sich nach dem Kellner um. »Ist die Pfeffersoße sehr scharf? Oder mehr sahnig?«

»Sahnig, glaube ich«, entgegnete der Kellner zweifelnd.

»Ich riskier's mal. Und dazu eine Folienkartoffel. Und Karotten.«

»Und all die Zeit im Ausland, Katherine! England! Rom! Daniel war damals sechs. Oder sieben? Na, jedenfalls, nach einem Monat in Rom sprach er besser Italienisch als ich.«

»Ich wusste ja gar nicht, dass du Italienisch kannst, Daniel«, staunte ich.

»Kann ich auch nicht«, sagte Daniel. »Der Kellner wartet. Was nehmt ihr?«

»Und seine Mutter ebenso wenig«, schmunzelte sein Vater.

»Das Hühnchen«, sagte seine Mutter. Sie lächelte dem Kellner zu, der sichtlich in den Knien einknickte. »Keine Kartoffeln, nur Salat – aber ganz frisch bitte, und ohne Dressing. Zu trinken: Mineralwasser, ohne Eis, ohne Zitrone.«

Der Kellner nickte, eifrig auf seinen Block kritzelnd. Ich versuchte, mir Daniels Mutter in Crow Lake vorzustellen

– unmöglich. Weder sah ich sie im Kramladen der McLeans einkaufen, noch einer der dortigen Farmersfrauen wie zum Beispiel Mrs. Stanovich begegnen. Selbst Miss Carringtons Bild schlüpfte mir ängstlich aus dem Rahmen, wenn ich Daniels Mutter hineinzuschmuggeln versuchte.

Mit einer gewissen Erleichterung, weil es so eine simple Erklärung war, sagte ich mir, dass es mir vielleicht nur deshalb so widerstrebte, Daniel dorthin mitzunehmen, weil die Kluft zwischen meinen beiden Welten unüberbrückbar war. Doch ich wusste, dies allein konnte nicht der Grund sein. Daniels Mutter konnte ich mir zwar nicht in Crow Lake vorstellen, ihn aber schon. Er würde etwas fehl am Platz wirken – als der Stadtmensch, der er ist –, aber niemand würde sich daran stören, bei seiner so offenen und entgegenkommenden Art.

Alle schauten mich abwartend an. »Oh«, sagte ich. »Entschuldigung. Ich nehme auch das Hühnchen. Und eine Folienkartoffel und Salat.«

»Steak«, sagte Daniels Vater, »nur kurz angebraten. Und Pommes frites. Kein Gemüse, keinen Salat. Alle mit Rotwein einverstanden?« Er sah sich in der Runde um. »Gut. Eine Flasche Bordeaux.«

Daniels Mutter sagte: »Du kannst doch nicht abstreiten, Daniel, dass die Erfahrungen in der frühen Kindheit enorm wichtig sind für die geistige Entwicklung eines Kindes. Weshalb ja auch die Rolle der Eltern so ausschlaggebend ist. Wie man als Erwachsener werden wird, ist schon in der Kindheit vorgegeben. ›Das Kind ist der Vater des Mannes‹, wie es so schön heißt.«

Daniel nickte langsam. Ich versuchte seinen Blick aufzufangen, irgendeine komplizenhafte Geste, mit der er mir zu verstehen gab, dass auch er den Abend für einen Reinfall hielt und baldmöglichst nach Hause wollte, aber er schaute nicht in meine Richtung.

Sein Vater beugte sich vertraulich zu mir vor und sagte mit gedämpfter Stimme, als sollte seine Frau es nicht hören: »Keine Ahnung, was der Spruch soll, ›das Kind ist der Vater des Mannes‹, verstehen Sie vielleicht, was damit gemeint ist?«

»Ich glaube, das bedeutet, dass man als Kind schon die gleichen Eigenschaften erkennen lässt wie als Erwachsener.«

»Aha. Also war Einstein schon Einstein, als er noch ein Säugling war?« Er kniff die Augen zusammen, als wollte ihm der Gedanke nicht recht einleuchten. »Und Daniel war schon der gleiche Daniel wie heute, als seine Mutter ihn noch in Windeln auf Partys mitschleppte?«

»Nun, eine ganze Menge ist wohl genetisch vorgegeben. Obwohl die Lebensumstände sicher auch etwas bewirken.«

Er nickte. »Mit anderen Worten, es bedeutet genau das Gegenteil von dem, was die geschätzte Frau Doktor darunter versteht. Ich hatte natürlich nichts anderes erwartet, aber es freut mich, es von einer der Anwesenden, die wenigstens weiß, wovon sie spricht, hier bestätigt zu sehen.«

»Ich bin mir nicht sicher...«

Daniels Mutter beugte sich von der anderen Seite vor. »Achten Sie gar nicht auf ihn, Katherine. Ich bestreite keineswegs, dass es andere Einflüsse gibt als die Eltern. Lehrer zum Beispiel, die können eine entscheidende Rolle spielen. Nehmen wir nur Ihren eigenen Fall. Es spricht enorm für Sie, dass Sie Ihre Gaben so gut haben nutzen können, obwohl Sie Ihre Eltern so früh verloren haben, doch ich nehme an, Sie hatten in jungen Jahren mindestens eine ausgezeichnete Lehrkraft?«

Matts Gesicht tauchte vor mir auf. Ich dachte an die Tausende von Stunden, die wir zusammen verbracht hatten. »Ja«, sagte ich. »Ja, so jemand hatte ich schon.«

Daniel studierte schon wieder die Speisekarte. Ich hätte mir weniger Sorgen gemacht, wenn er gelangweilt oder genervt ausgesehen hätte, aber nein, er wirkte nur so... abwesend, als wäre er innerlich weit von uns entfernt. Ich hatte Mühe, meine Gedanken zu sammeln. »Übrigens war es ein Er, in den ersten Jahren, ungefähr bis ich acht war. Aber Sie haben Recht, ich hatte meine ganze Schulzeit lang ziemlich gute Lehrer.«

»Ungewöhnlich für einen Mann, ein kleines Kind zu inspirieren. Die meisten Männer können nicht mit Kindern umgehen. Daniels Vater ist da ganz typisch. Hugo hat nie von Daniel Notiz genommen, bis er Professor wurde. Eines Tages bekamen wir einen Brief, der an Professor D. A. Crane adressiert war – Daniel zog gerade um und ließ seine Post in der Zwischenzeit an uns weiterleiten –, und Hugo sagte allen Ernstes: ›Wer zum Teufel ist Professor D. A. Crane? Seit zwanzig Jahren sind wir hier an der Universität, und die kennen unsere Namen immer noch nicht!‹ Ich teilte ihm mit, dass er einen Sohn dieses Namens habe, und er war platt. Meinte, wir sollten ihn mal zum Essen einladen. Apropos, da kommt das Essen. Mmmh, sieht gut aus, bis auf die Kartoffel. Ich hatte extra gesagt, ohne. Na, macht nichts, mein Mann wird sie schon essen. Aber natürlich hat jede Regel auch Ausnahmen. Daniel hat uns erzählt, dass Sie von einem älteren Bruder großgezogen wurden? Ich finde das großartig. Ich ziehe den Hut vor Ihrer Mutter. Es ist der beste Beweis für meinen Standpunkt. Sie muss eine wunderbare Person gewesen sein, dass sie solch einen Sohn hervorgebracht hat.«

Daniels Vater blinzelte. »Das war jetzt aber mit Abstand die verdrehteste Beweisführung, die mir je geboten wurde. Hast du das gehört, Daniel?«

Daniel blickte verdutzt auf. »Wie bitte? Äh – nein, entschuldige, ich habe gerade an was anderes gedacht.«

»Verständlich, mein Lieber«, nickte sein Vater. »Hier, lass dir Wein einschenken.«

Auf dem Nachhauseweg versuchte ich mir einzureden, ich hätte Daniels Teilnahmslosigkeit beim Essen unnötig ernst genommen. Daniel schien gleich wieder aufzuleben, als wir uns vom Tisch erhoben, als ob das Ganze nur ein kleines Kreislaufproblem gewesen sei, das sich mit ein bisschen Bewegung an frischer Luft schon erledigt hätte. Wir verabschiedeten uns von seinen Eltern und hasteten durch eisigen Nieselregen zum Auto zurück. Während der Fahrt redeten wir über den Abend und den Kellner und die Tatsache, dass seine Eltern allen Leuten Angst einjagen, die sie treffen, was Daniel unbegreiflicherweise noch nie bemerkt hatte. Auf jeden Fall, sagte ich, habe er eine außergewöhnliche Kindheit gehabt, und er entgegnete mit seinem üblichen verschmitzten Lächeln, so könne man es auch nennen. Ich überlegte kurz, ob das vielleicht doppelbödig gemeint war, und kam zu dem Schluss, dass es einfach nur typisch Daniel war. Nicht viele Kinder, sagte ich, bekämen die Gelegenheit, so früh schon so viel von der Welt kennen zu lernen, worauf er einwandte, es wäre aber auch nett gewesen, wenn sie irgendwo mal länger geblieben wäre, um Freundschaften zu schließen und sich an eine Schule zu gewöhnen, aber man könne eben nicht alles haben. Immerhin, gab ich zu bedenken, habe er auf die Weise doch sehr interessante Menschen getroffen, und er nickte bedächtig.

»Aber ...?«, sagte ich.

»Nichts aber, du hast schon Recht, nur dass man als Kind halt nicht so wild auf interessante Menschen ist. Ich hätte mich auch gern mit ein bisschen Zuwendung von meinen Eltern begnügt. Dass ich stundenlang bei ihren Abendgesellschaften herumhing und den Gästen zuhörte, lag bloß daran, dass ich mit meiner Mutter reden wollte und sie dauernd sagte: ›Warte, gleich.‹ Aber das klingt, als ob ich eine trostlose Kindheit gehabt hätte. Nein, trostlos war sie nicht, nur einsam.«

Ich sah ihn an, und er lächelte mir zu. »Na ja, ich schätze, du hast für heute genug von meiner Familie. Mir jedenfalls reicht's.«

Nein, nein, ich hätte es interessant gefunden, sagte ich. Er nickte stumm, als nähme er eine höfliche Bemerkung zur Kenntnis. Irgendwie hatte diese Geste, wie auch sein negativer Tonfall zuvor, etwas ... ich weiß nicht, wie ich es beschreiben soll. Es kam mir so leer vor. Als ob nichts davon wichtig sei – überhaupt alles ohne Bedeutung.

Das allerdings war so untypisch für Daniel, dass mir augenblicklich ein Licht aufging: Er hatte die Einladung gesehen. Und dass er nun so depressiv wirkte, hieß im Klartext, dass mein diesbezügliches Schweigen ihm eine Menge ausmachte – noch mehr, als ich befürchtet hatte. Er dachte, es lasse auf mangelndes Interesse an unserer Beziehung schließen. Da irrte er sich zwar, aber was half es schon, wenn er nun mal so dachte. Offenbar waren wir an einem dieser Wendepunkte angelangt, wo man wie Boote im Nebel auseinander driften konnte, wenn man den falschen Kurs einschlug. Ich hatte nie geglaubt, dass es einmal so weit mit uns kommen würde. Allen warnenden Anzeichen zum Trotz hatte ich wohl immer gehofft, wir könnten einfach so weitermachen wie bisher.

Er bog in die holprige Einfahrt zum Parkplatz hinter meinem Wohnblock ein, parkte in einer Lücke nahe der Tür und stellte den Motor ab. Eine Weile saßen wir schweigend da. Der Moment der Entscheidung war gekommen, und ich hatte keine Wahl mehr; ich musste mir eingestehen, dass Daniel im Lauf des vergangenen Jahres, ohne dass es mir recht bewusst wurde, lebenswichtig für mich geworden war.

Ich sagte: »Du weißt doch, diese Konferenz im April, in Montreal?«

»Die über Umweltverschmutzung?«

»Ich werde absagen müssen. An dem Wochenende ist der achtzehnte Geburtstag von meinem Neffen, und es gibt ein riesen Familienfest, wo ich hin muss, ob ich will oder nicht. Ich hab's erst gestern erfahren.«

»Aha«, sagte Daniel. »Du kannst dir ja die Skripte der Vorträge schicken lassen, wenn was Interessantes dabei ist.«

Die Kälte kroch in dünnen, eisigen Luftströmen durch alle Ritzen herein. Daniel ließ den Motor wieder an und drehte die Heizung auf.

»In der Einladung stand, ich kann jemanden mitbringen, wenn ich will. Ich wollte dich schon fragen, aber dann dachte ich, es wird da ja doch nur die ganze Zeit über olle Familienkamellen geredet. Todlangweilig für dich.«

Daniel blickte starr aus dem Fenster, das schon dicht beschlagen war. »Im Gegenteil«, sagte er. »Ich fände es interessant.«

»Wirklich?« Als ob ich es nicht ganz genau wüsste.

Er wandte sich zu mir um, die Hände noch am Steuer, bemüht, sich den Anschein von Gleichmut zu geben, obwohl ihm die Erleichterung ins Gesicht geschrieben stand. »Ja«, sagte er, »wirklich, ich komme gern mit.«

»Na gut.«

Ich wusste nicht, was ich fühlte – Erleichterung, Verzweiflung, Bestürzung, alles auf einmal. Am liebsten hätte ich ihm die Wahrheit gesagt – mich von der ganzen verworrenen Last befreit, indem ich ihm erklärte, warum ich ihn nicht dabeihaben wollte. Aber wie kann man erklären, was man selbst nicht versteht?

14

In jenem ohnehin so schweren Jahr war der Winter für Matt wohl die schlimmste Zeit; nicht die allerschlimmste – die kam später –, aber schlimm genug. Mir kam Matt oftmals älter vor als Luke: Er sah die Probleme klarer, schätzte die Möglichkeiten, sie zu lösen, realistischer ein. Mochte er nach außen hin auch noch so lässig wirken – er neigte nie dazu, Schwierigkeiten zu ignorieren, in der vagen Hoffnung, dass sie schon von selber verschwinden würden. Wenn ein Problem auftauchte, ließ er nicht locker, bis es gelöst war. Schulisch gesehen war dies eine seiner Stärken, doch die Probleme, mit denen wir in jenem Winter zu tun hatten, waren auch für ihn nicht zu lösen. Und ständig lauerten im Hintergrund leise Schuldgefühle: weil Luke seine Chancen aufgegeben hatte, während er, Matt, eine akademische Ausbildung erhalten sollte. Dass er unseren kleinkrämerischen häuslichen Problemen demnächst entrinnen würde, ließ sie in seinen Augen sicher noch gravierender erscheinen.

Luke hatte ja nun seinen Job verloren, aber wer machte sich Sorgen deswegen? Matt. Nicht, dass es Luke egal war, aber seit dem Tag, da er sich entschlossen hatte, zu Hause zu bleiben und sich um uns zu kümmern, schien er von der unerschütterlichen Zuversicht getragen, dass alles sich schon zum Besten wenden würde. Gewiss hätten die Gläubigen in unserer Gemeinde ihm darin zugestimmt – man denke nur an die Lilien auf dem Felde –, aber Matt ging seine ruhige Sicherheit mehr und mehr auf die Nerven, weshalb die Reibereien zwischen den beiden denn auch Tag für Tag zunahmen.

»Ach, es wird schon irgendwie gehen«, hörte ich Luke eines Abends zu ihm sagen, so gegen Ende November.

Es war spät, ich hatte schon ein paar Stunden geschlafen und war aufgewacht, weil ich auf die Toilette musste, und so tappte ich barfuß durch den Flur und hörte ihre Stimmen, während meine Zehen sich frierend auf dem kalten Linoleum zusammenkrümmten. Graupel prasselte gegen das Fenster des Badezimmers; wenn man das Gesicht an die Scheibe drückte, sah es aus, als sei die Nacht voll von Millionen kleiner Nadellöcher.

»Es wird sich schon was ergeben«, sagte Luke.

»Und was?«, sagte Matt.

»Keine Ahnung. Irgendwas.«

»Woher weißt du das?«

Schweigen von Luke – wahrscheinlich ein Schulterzucken.

»Komm schon, Luke, woher willst du wissen, dass alles gut gehen wird? Wie kannst du dir da so sicher sein?«

»Es ist eben so.«

»Du lieber Gott!«, sagte Matt. »Du lieber Gott!«

Ich hatte ihn den Namen des Herrn noch nie in diesem Ton aussprechen hören.

Weihnachten stand vor der Tür – das Familienfest, die bedrückendste Zeit für Hinterbliebene, die Zeit, in der schwelende Gefühle erst recht auflodern.

»Was ist denn nun eigentlich mit Geschenken für die Mitchells?«, sagte Matt.

Wir waren in der Küche. Matt reinigte Zündkerzen, wild

entschlossen zu einem weiteren aussichtslosen Versuch, das Auto zu starten. Es war ein harter Winter, einer der kältesten, die es je gegeben hatte, und das Auto hatte gleich zu Anfang den Geist aufgegeben. Aber falls sich wider Erwarten ein Job mit den passenden Arbeitszeiten in der Stadt ergab, würde Luke das Auto brauchen, um dorthin zu kommen.

Luke schrappte Karotten fürs Abendessen. Die langen Streifen häuften sich auf dem Küchenbord. Manche baumelten schlaff über die Kante, und Bo spielte mit denen, die auf dem Boden gelandet waren.

Luke blickte verständnislos. »Was?«

»Die Mitchells haben doch zwei Kinder«, sagte Matt. »Und da sie Kate und Bo bestimmt etwas schenken werden – und vielleicht sogar uns beiden –, müssen wir ihren Kindern natürlich auch was schenken.«

Reverend Mitchell und seine Frau hatten uns zum ersten Weihnachtstag eingeladen. Wir hatten alle keine Lust hinzugehen, konnten uns aber schlecht darum drücken. Die Tadworths hatten uns zum zweiten Weihnachtstag eingeladen, und da wollten wir auch nicht hin. Ich kann mir vorstellen, wie die braven Gemeindemütter besorgt hin und her überlegt hatten, wer uns zum Fest wohl bei sich aufnehmen sollte, damit wir nicht so allein wären; dass wir es bei weitem vorgezogen hätten, unter uns zu bleiben, war ihnen wohl gar nicht in den Sinn gekommen.

Luke legte die Karotte aus der Hand und drehte sich zu Matt um. »Erwarten sie denn Geschenke von uns?«

»Nein, das nicht, aber trotzdem müssen wir ihnen was mitbringen.«

Luke wandte sich langsam wieder den Karotten zu. Er hatte inzwischen noch eine Menge mehr Streifen fallen lassen, die Bo sich jetzt elegant über den Kopf drapierte.

»Wie alt sind die Kinder denn?«, sagte er schließlich. »Jungs oder Mädchen?«

»Wie kannst du so was fragen?«, wunderte sich Matt. »Wo du sie schon dein Leben lang kennst?«

»Ich kenn doch nicht alle Kinder im Dorf!«

»Es sind zwei Mädchen. Sie werden jetzt so etwa …« Er sah mich an. »Weißt du, wie alt sie sind, Kate?«

»Es sind drei«, sagte ich bang.

»Ach, wirklich?«

»Wie kannst du so was fragen?«, sagte Luke. »Wo du sie schon dein Leben lang kennst?«

»Bist du sicher, Kate? Drei?«

»Das Baby ist noch ganz klein.«

»Ach, so, ein Baby«, sagte Matt.

»Na gut, ein Baby zählt nicht«, sagte Luke.

»Martha ist zehn, und Janie ist sieben.«

Ein weiteres Häuflein Karottenstreifen ging zu Boden. Bo machte glückliche Schmatzgeräusche und kehrte sie mit ausholenden Armbewegungen zusammen.

»Herrje, musst du die so dicht am Rand schälen!«, sagte Matt. »Die fallen ja alle runter!«

»Heb ich nachher auf«, sagte Luke.

»Wenn du nicht so dicht am Rand schälen würdest, müsstest du nachher nichts aufheben.«

Luke blickte ihn über die Schulter an. »Na und? Ist das so wichtig?«

»Allerdings ist es das! Weil du nachher nämlich *nichts* aufhebst, sondern dauernd da durchlatschst und den ganzen Dreck im Haus verteilst, wie immer! Darum ist das Haus ja so ein Schweinestall!«

Luke legte die Karotte und das Schälmesser hin und drehte sich um. »Wenn dich das so stört, kannst du ja zur Abwechslung mal saubermachen.«

»Ich fass es nicht«, sagte Matt leise. Er lehnte sich vor,

die Arme auf den Knien. »Seit ich denken kann, putze ich hinter dir her ... Und wenn du glaubst ...« Er hielt inne. Er schaute zu Bo und mir, und dann stand er auf und ging hinaus.

Sonntag 27. Dezember
Liebe Tante Annie,
vielen Dank für den Pullover. Er gefällt mir sehr gut. Bo gefällt ihrer auch und Matt und Luke gefallen ihre. Sie werden dir selbst schreiben. Bo wusste, dass ihrer ein Schaf drauf hat und finds schön und ich find meine Ente schön. Danke für die Bücher, sie sind sehr schön und die Socken auch. Und die Mützen. Weihnachten waren wir bei Rev. Mitchell und ich saß neben Janie und es gab einen großen Truthahn aber ich konnte nicht viel essen. Gestern waren wir bei den Tadworths und da gabs auch Truthahn. Von Mrs. Mitchell bekam ich eine Bürste mit Kamm dazu und ein Buch und Bo bekam eine Puppe und von Janie bekam ich einen Kuli. Mrs. Tadworth schenkte mir eine Puppe. Matt schenkte mir ein Buch über Insekten und Luke ein Buch über Frösche. Mrs. Stanovich schenkte uns einen Weihnachtskuchen und Mrs. Pye auch und Dr. Christopherson und Mrs. Christopherson kamen und brachten so süße kleine Orangen mit ...

In dem Stil ging es noch eine halbe Seite weiter. Es waren gutherzige Leute. Bessere wird man nirgends finden.

★★★

Bis Ende Januar reichten die Schneewehen in glatten, geschwungenen Bögen schon die halbe Hauswand hinauf. Nachts ächzte das Haus vor Kälte. Es hatte mehrere Stürme gegeben, ehe der See zufror, und die Wellen, die der arktische Wind vor sich hertrieb, hatten die dünnen Eisplatten am Ufer aufgebrochen und übereinander getürmt. Eine

Woche lang ragten sie in glitzernden Zacken hoch, scharfkantig wie Haifischzähne. Dann nahm der Wind wieder zu, die Temperatur sank, die Wellen brachen sich an den Zacken, und die Gischt vereiste noch im Aufsprühen. Wie Hagelkörner häufte sie sich klirrend zwischen den Eisplatten, um sie nach und nach mit gläsernen Kuppeln zu überziehen. Und dann fror der See gänzlich zu, und bei Nacht war nur noch das Heulen des Windes zu hören.

Matt und Luke schaufelten einen Graben von der Haustür zur Einfahrt, und weiter die Einfahrt hinauf bis zur Straße; abwechselnd schippten sie den Weg jeden Morgen wieder frei. Die ganze Einfahrt vom Schnee zu räumen, konnten sie sich sparen, denn das Auto sprang noch immer nicht an. An manchen Stellen war der Graben so tief, dass ich nicht über den Rand sehen konnte. Bo fand das alles wunderbar, bekam aber nicht viel davon mit, weil Luke sie nie lange hinausließ, aus Furcht, sie könnte erfrieren.

Den Schulweg trat ich morgens so dick eingepackt an, dass ich mich kaum bewegen konnte; langes Unterzeug, Hose und Rock, Flanellbluse und Pullover, darüber ein Parka, den Schal bis über die Nase und die Mütze bis zu den Augen gezogen, zwei Paar Handschuhe und drei Paar Socken, und Winterstiefel, die erst Luke und dann Matt gehört hatten. Ich machte mir Sorgen, dass ich vielleicht nicht wieder hochkäme, falls ich hinfiele, so unbeholfen fühlte ich mich in meiner Montur. Ich würde einfach liegen bleiben und vereisen bis auf die Knochen.

Manchmal sah ich Matt noch oben an der Straße auf den Schulbus warten. Er stampfte mit den Füßen und schlug die Fausthandschuhe aneinander, um die Kälte abzuwehren. Der Bus hatte vielleicht eine Panne oder steckte in einer Schneewehe fest oder kroch irgendwo im Schritttempo hinter einem Schneepflug her – man wusste nie, woran es lag, wenn er nicht kam. Gewöhnlich wartete Matt, bis ich auftauchte, und zog dann mit mir zusammen zu Fuß los, in der Hoffnung, den Bus dann unterwegs noch zu erwischen.

»Bist du das?«, sagte er, wenn ich herankam, beugte sich vor und spähte in die Lücke zwischen Mütze und Schal.

»Mmm«, nuschelte ich dumpf durch den Schal.

»Es könnte ja sonst wer sein.«

»Ich bin's aber.«

Der Schal war innen schon feucht von meinem Atem. Er roch nach nasser Wolle und Frost, der einem in die Lunge schneiden würde, wenn man ihm ungeschützt ausgesetzt wäre.

»Na, dann will ich's dir mal glauben. Soll ich dich ein Stück begleiten?«

»Ja.«

»Also los. Vergisst du auch nicht, die Finger zu bewegen?«

Ich wackelte mit den Handschuhen vor seinen Augen, und er nickte zustimmend, und wir machten uns mit knirschenden Schritten auf den Weg.

Auch wenn er nie abließ, mich zu necken, klang sein scherzhafter Ton allmählich immer gezwungener. Den ganzen Winter über hatte sich kein Aushilfsjob im Dorf gefunden, und für die Arbeit auf der Pye-Farm war es zu kalt, sodass weder er noch Luke in den letzten zwei Monaten Geld verdient hatten.

Sonntag 11. Februar

Liebe Tante Annie,
wie geht es dir? Ich hoffe es geht dir gut. Bo ist krank sie hat Masern. Dr. Christopherson sagt sie wird wieder gesund aber sie ist fleckig und quenglig. Viele Kinder in der Schule haben Masern aber ich hab sie schon gehabt. Wir haben die Geschichte von Henry Hudson und der Nordwestpassage gelesen. Seine Männer waren

richtig gemein. Wir haben jetzt auch Bruchrechnen. Wenn man zwei halbe Äpfel hat ist das ein ganzer und wenn man vier halbe Äpfel hat sind das zwei und wenn man drei halbe hat sind das eineinhalb. Rosie Pye hat in der Klasse geweint.

Viele Grüße, Kate

Wir waren nicht die Einzigen, die unter dem harten Winter litten. Die alte Miss Vernon starb fast an einer Lungenentzündung. Das Haus von Mrs. Stanovichs ältestem Sohn brannte ab, und er musste mit seiner Frau wieder zurück ins Elternhaus ziehen. Jim Sumack zog sich beim Eislochfischen Erfrierungen zu und entging nur knapp einer Zehenamputation. Dr. Christopherson blieb fünfmal in Schneewehen stecken, und beim letzten Mal musste die Frau, zu der er gerufen worden war, ihre Zwillinge allein zur Welt bringen, weil ihr Mann vor der Haustür ausrutschte und sich das Bein brach, als er die Nachbarin zu Hilfe holen wollte.

Und was die Pyes betraf – irgendwas machte Matt da Kummer. Ich wusste nicht, was es war, aber vermutlich war es das Gleiche, was Rosie in der Schule zum Weinen brachte.

»Irgendwer müsste was unternehmen«, sagte Matt.

Es war Abend. Ich hätte schon im Bett sein sollen, aber ich konnte meinen Pyjama nicht finden und war noch mal heruntergekommen, um Luke zu fragen, ob er ihn in die Wäsche getan hatte. Ich blieb vor der Esszimmertür stehen und horchte, ob sie sich schon wieder stritten.

»Was denn?«, sagte Luke.

»Man müsste es irgendwem sagen, Reverend Mitchell zum Beispiel.«

»Aber *was* soll man ihm sagen? Was wissen wir denn Genaues?«

»Wir wissen, dass es immer schlimmer wird.«

»Wirklich?«

»Ich hab Marie gestern auf dem Heimweg von der Schule gesehen und bin aus dem Bus ausgestiegen, um mit ihr zu reden.«

»Sieh mal an. Und hat sie was gesagt?«

»Nicht direkt. Aber trotzdem, da läuft was schief.«

Schweigen. Dann sagte Luke. »Teilweise ist er ja selber schuld.«

»Laurie?«

»Ja. Was muss er auch immer Widerworte geben.«

»Würdest du das etwa nicht tun?«

»Nicht, wenn ich dafür verdroschen werde. Er sollte endlich kapieren, dass es schlauer ist, den Mund zu halten.«

»Du meinst also, der Alte verprügelt ihn?«

Kurzes Zögern. »Könnte sein.«

»Ich glaub's auch. Manchmal seh ich den Jungen richtig humpeln. Darum meine ich ja, dass wir was tun sollten.«

»Aber was?«, wiederholte Luke.

»Warum es nicht Reverend Mitchell sagen?«

»Was bringt denn das? Was kann er schon tun?«

»Er könnte immerhin mal mit dem Alten sprechen«, sagte Matt. »Ich weiß auch nicht, vielleicht fällt ihm was ein.«

»Das könnte alles noch schlimmer machen.«

»Wenn der Alte wüsste, dass die Leute drüber reden, hört er vielleicht auf damit.«

»Aber was ist, wenn er glaubt, Mrs. Pye oder Marie hätten getratscht?«, sagte Luke. »Dann lässt er's am Ende noch an ihnen aus.«

»Heißt das, wir sollen einfach tatenlos zuschauen?«

»Na ja, wo wir doch nichts Genaues wissen ...«

Peng. Es hörte sich an, als ob Matt wütend sein Buch zuschlug. »Das ist deine Lebensphilosophie, Luke. Im Zweifelsfall lieber gar nichts tun.«

Sie hätten es Reverend Mitchell sagen sollen. Aber im Nachhinein weiß man natürlich vieles besser. Zu ihrer Entschuldigung kann ich nur sagen, dass sie mit ihren eigenen Problemen beschäftigt waren, die zu der Zeit wohl schwerer denn je auf ihnen lasteten; Bo mit ihren Masern und ich mit meinem labilen Zustand, seit drei Monaten keine Arbeit und dazu diese Spannung, die sich mehr und mehr zwischen ihnen auflud wie das dumpfe Donnergrollen eines nahenden Unwetters, das immer bedrohlicher anschwoll.

15

Im März lag der Schnee noch genauso hoch wie im Februar, doch wenn man darüberging, spürte man den Unterschied: eine dünne Kruste, die unter den Füßen brach, und darunter sackte der Schnee ein. Neue Schneefälle überpuderten alles mit frischem Weiß, bis sich dann wiederum eine Kruste bildete. Der alte Schnee war schwer und mürbe wie das Fleisch einer dicken alten Frau.

Ich glaube, es war irgendwann im März, dass Luke damit begann, Bo die Windeln abzugewöhnen. Das ging natürlich nicht ohne dramatische Szenen ab, an die ich mich noch lebhaft erinnere. Eines Abends zum Beispiel, als ich mit Matt am Küchentisch saß und Hausaufgaben machte, kam Bo hereingestapft, obenherum mit Hemd und Pulli bekleidet, untenherum splitternackt, ihr – leeres – Töpfchen in den Händen. Sie blickte grimmig. Luke war ihr dicht auf den Fersen und blickte ebenfalls grimmig. Ob sie denn für den Rest ihres Lebens in Windeln gehen wolle, schimpfte er, und wie sie das nur aushalte, immer so patschnass und stinkend wie eine Kloake. Bo ignorierte ihn. Sie steuerte auf den Mülleimer in der Ecke zu, stopfte das Töpfchen hinein, machte kehrt und stapfte wieder hinaus.

Ich weiß noch, wie Luke sich die Wand hinabgleiten ließ, bis er mit hochgezogenen Knien am Boden hockte, wie er die Arme auf die Knie und den Kopf auf die Arme legte und seufzte: »O Mann, ich hab ihre Scheißerei so satt.« Und ich erinnere mich, wie Bo sich in der Tür nach ihm umdrehte, einen Moment unschlüssig stehen blieb, und dann zu ihm zurückging. »Nicht weinen, Luke«, sagte sie und strich ihm über den Kopf. Ihr Töpfchen holte sie aber trotzdem nicht wieder aus dem Müll. So weit ging ihr Mitgefühl dann doch nicht.

Matt sagte: »Luke? Das war ihr erster vollständiger Satz – ›nicht weinen, Luke.‹« Und sie lachten beide.

Ansonsten aber hatten sie in jenem März nicht viel zu lachen. Wie alle Straßen nach Rom führen, führten bei uns mittlerweile alle Gespräche zum Streit. Und immer drehte es sich um dasselbe leidige Thema.

An einem Nachmittag – vermutlich Sonntag, wo wir alle ein bisschen Muße hatten – beschloss Luke, ich sollte Bo ein paar Kinderreime beibringen. Weiß Gott wohl die friedlichste Beschäftigung, die man sich denken kann. Bo hatte die Masern überstanden und lärmte vergnügt wie eh und je mit den Kochtöpfen auf dem Küchenboden herum.

»Na komm, Kate, sing ihr doch mal was vor.«

»Aber was denn?«

»Ich weiß nicht, was dir halt gerade so einfällt.«

Mir fiel überhaupt nichts ein. »Ich kann mich an keine Kinderreime mehr erinnern«, sagte ich lahm.

»Hickory Dickory Dock«, warf Matt ein. Er saß am Tisch und schrieb an Tante Annie.

Verlegen sagte ich: »Bo, sag ›Hickory Dickory Dock‹.«

Bo unterbrach ihr Geschepper und beäugte mich misstrauisch.

»Sie denkt, du bist übergeschnappt«, bemerkte Matt, unverwandt weiterkritzelnd.

Ich versuchte es noch mal. »Bo, sag ›Hickory Dickory Dock‹.«

»Icky Dicky Dock«, sagte Bo plötzlich, während sie sich nach der Pfanne umschaute, die außer Reichweite gesegelt war.

»Hey! Klasse!«, lobte ich. »Prima, Bo. Und jetzt sag: ›Drei Zicklein und ein Bock‹.«

»Topf!«, sagte Bo, angelte sich die Pfanne und fing an, die Töpfe nach Größenordnung hineinzustapeln. Sie machte das schon sehr gut, mit erstaunlichem Augenmaß, und nur selten unterlief ihr ein Fehler.

»Sie ignoriert dich«, sagte Matt, als der Lärm sich gelegt hatte. »Sie glaubt, du hast nicht mehr alle Tassen im Schrank.«

»Na los, Bo«, sagte ich. »Wiederhol mal. ›Drei Zicklein und ein Bock‹.«

»Doof«, sagte Bo streng und tippte sich an die Stirn.

»Es klingt wirklich ein bisschen beschränkt«, meinte Luke. »Versuch's mit was anderem. Sing ihr lieber ein ganzes Lied vor.«

Ich überlegte einen Moment und begann:

»Miss Pollys Teddy ist sehr krank,
Da kommt der Doktor, Gott sei Dank,
Mit seiner Tasche und seinem Hut,
Und schon wird alles wieder gut.«

Bo spähte mit runden Augen zu mir auf.

»Jetzt hast du sie an der Angel«, wisperte Matt.

»Alles wieda dut«, versuchte Bo, es mir nachzusingen.

»Prima machst du das, Bo! Hör zu, es geht weiter:

Er sagt: ›Miss Polly, gutes Kind,
Steck Teddy gleich ins Bett geschwind‹,
Verschreibt ihm Pillen süß und bunt,
Kassiert drei Taler dick und rund.«

»Dick und lund!«, krähte Bo ausgelassen und strampelte im Takt.
»Gut, Bo, so geht das! Du hast's erfasst!«
»Süß und bunt!«, krähte Bo noch lauter. »Dick und lund!«
»Prima!«
»Apropos kassieren, haben wir eigentlich schon eine Rechnung von Dr. Christopherson gekriegt?«, fragte Matt.
»Was?«
»Wegen Bos Masern. Hat er uns eine Rechnung geschickt?«
Luke zuckte die Achseln. »Glaube nicht.«
»Dick und lu-hu-hund«, jodelte Bo aus voller Kehle. »Lalala!«
»Wie viel wird er wohl verlangen?«, fragte Matt.
»Keine Ahnung.«
»Na ja, aber so ungefähr? Er ist immerhin vier- oder fünfmal vorbeigekommen, da wird sich ziemlich was zusammenläppern, meinst du nicht?«
»Darüber können wir uns immer noch Sorgen machen, wenn die Rechnung da ist, okay? Sing es noch mal, Kate, mit Pausen nach jeder Zeile. Sie lernt wirklich schnell.«
Doch ich beobachtete Matt, der aufgestanden und ans Fenster getreten war. Es war schon dunkel, und er konnte nicht viel mehr als sein eigenes Spiegelbild sehen, aber trotzdem blieb er da stehen, kehrte uns den Rücken zu und schaute hinaus.
Einen Moment lang trat Schweigen ein. Dann sagte Luke: »Du kannst es einfach nicht lassen, dir Sorgen zu machen, was? Können wir denn nicht mal einen Nachmittag, eine einzige *Minute* in Frieden verbringen, ohne dass du über irgendwelchen Problemen schmorst? Wieso musst du uns immer jeden Spaß verderben?«

Matt sagte ruhig: »Es muss etwas geschehen, Luke. Wir haben Dads Geld so schnell aufgebraucht...«
»Wie oft soll ich's dir noch sagen! Es wird sich schon was ergeben!«
»Sicher«, sagte Matt. »Sicher.«
Ich nehme an, für ihn war das der Wendepunkt, an dem er entschied, dass es so nicht mehr weitergehen konnte. Eigentlich absurd, denn es hätte ihm klar sein müssen, dass Dr. Christopherson nicht im Traum daran dachte, uns seine ärztlichen Leistungen in Rechnung zu stellen.

★★★

Bei meinen Sonntagsbriefen an Tante Annie tut sich im März eine dreiwöchige Lücke auf, und ich weiß auch, warum. Das war die Zeit, in der die Spannungen zwischen Luke und Matt schließlich zum Ausbruch kamen und das elfte Gebot schlagartig ungültig wurde und unsere kleine Welt beinah in Scherben ging.

Beim Abendessen ließ Matt die Bombe platzen. Das schien bei uns die Regel zu sein – wenn man irgendetwas wirklich Weltbewegendes mitzuteilen hatte, tat man es am Esstisch, vorzugsweise dann, wenn alle anderen gerade den Mund voll hatten.

»Ich hab euch etwas zu sagen«, ließ Matt sich vernehmen, während er sich von Mrs. Stanovichs Hammeleintopf auftat. »Ich hab die Schule geschmissen.«

Zufällig hatte Luke tatsächlich gerade den Mund voll. Er hörte auf zu kauen und blickte zu Matt hinüber. Irgendwann in den letzten Monaten hatten sie die Sitzordnung geändert; Luke saß jetzt am Platz unserer Mutter, der Küche am nächsten, und Matt an dem unseres Vaters. Bo und ich saßen immer noch Seite an Seite.

»Ich hab heute mit Mr. Stone gesprochen«, fuhr Matt

fort. »Ich hab ihm gesagt, dass ich aus finanziellen Gründen abgehen muss. Ich hab einen Job bei Hudson's Bay Store – Vollzeit, neun bis fünf, Montag bis Samstag. Vorerst gibt's da noch ein Transportproblem, bis wir den Wagen wieder flottkriegen, aber das hab ich auch schon geregelt. Ich fahr mit dem Schulbus, und falls ich abends nicht mehr wegkomme, kann ich dort im Lagerraum übernachten. Mr. Williams – das ist der Boss – hat vollstes Verständnis. Er kannte Dad, wie sich rausgestellt hat – scheint ein netter Kerl zu sein.«

Luke starrte ihn immer noch an, den Mund voller Fleisch. Matt erwiderte ungerührt seinen Blick und fing an zu essen. Luke kaute hastig und schluckte. Es war nicht sehr gut durchgekaut – man konnte den Bissen durch die Gurgel rutschen sehen, wie bei einer Schlange, die einen Frosch schluckt. Er drückte krampfhaft mit dem Kinn nach, schluckte noch ein, zweimal und sagte: »Wovon redest du überhaupt?«

»Arbeit«, sagte Matt. »Ich hab einen Job. Ich werde jetzt Geld verdienen gehen.«

»Was zum Teufel redest du da!«

Matt sah Bo und mich mit hochgezogenen Augenbrauen an. »Jemand scheint hier wohl etwas schwer von Begriff zu sein, meine Damen. Soll ich's noch mal probieren?« Er stichelte, versuchte das Ganze scherzhaft herunterzuspielen.

Er wandte sich wieder Luke zu. »Ich hab einen Job angenommen, Luke. Arbeit. Was man halt so macht, um Geld zu verdienen, damit man was kaufen kann.«

»Was soll das heißen, du hast die Schule geschmissen?«

»Na du weißt schon, geschmissen, im Sinne von aufhören. Ich habe aufgehört, zur Schule zu gehen. Jetzt noch mal zum Mitschreiben: Ich-gehe-nicht-mehr-zur-Schule.«

Luke schob seinen Stuhl vom Tisch zurück. Er sah nicht

aus, als ob er das witzig fände. »Was zum Teufel redest du da? Du hast in zwei Monaten Abschlussprüfung.«

»Keine Angst, die kann ich trotzdem bestehen. Mr. Stone meint, ich werde das schon schaffen. Es macht nichts, wenn ich die letzten zwei Monate vom Unterricht fernbleibe, ich hab den Stoff ohnehin längst intus.«

»Aber bestehen reicht nicht – du brauchst erstklassige Noten, um ein Stipendium zu kriegen! Wie willst du denn sonst an einen Studienplatz kommen!«

»Ich will ja gar nicht studieren.«

Luke starrte ihn mit hervortretenden Augen an.

Matt erklärte sanft: »Hör zu, was wir die ganze Zeit schon versuchen – uns mit Aushilfsjobs über Wasser zu halten, damit einer von uns immer bei den Mädchen bleiben kann –, das haut doch niemals hin. Wir müssen plemplem gewesen sein, das für machbar zu halten.«

Er beobachtete Luke, der allmählich rot anlief, und warf einen besorgten Seitenblick auf Bo und mich. Wahrscheinlich bereute er es schon, seine Ankündigung in unserem Beisein gemacht zu haben. Er hatte sicher nicht erwartet, dass Luke von der plötzlichen Kursänderung erfreut wäre, aber auf eine so heftige Reaktion war er offenbar nicht gefasst gewesen.

»Hör mal«, sagte er. »Lass uns später darüber reden, okay?«

»O nein«, sagte Luke. »Oooh nein. »Das wird jetzt gleich ausdiskutiert, weil du morgen nämlich zurück zur Schule gehst.«

Schweigen. Dann sagte Matt ruhig: »Das hast du nicht zu entscheiden, Luke. Wie gesagt, ich bin raus aus der Schule.«

»Na, dann gehst du halt wieder rein! Es gibt verdammt noch mal keinen Grund für dich, so einen Vollzeitjob anzunehmen. In spätestens einem Monat können wir wieder auf der Farm aushelfen, und dann ...«

»Das ist doch keine Lösung! Selbst wenn wir auf die Weise noch durch den Sommer kommen, wie willst du denn allein weitermachen, wenn ich studieren gehe? Das ist doch unmöglich! Einer von uns muss eine geregelte Arbeit haben, und der andere muss sich um den Haushalt kümmern, sonst verkommen wir noch alle miteinander.«

»Blödsinn! Blödsinn!« Lukes Stimme überschlug sich fast. »Wir brauchen doch nicht ewig bei den Mädchen zu hocken! Nächstes Jahr kann Bo am Nachmittag auch bei anderen Leuten bleiben – viele haben sich schon zum Hüten angeboten – und Kate kann nach der Schule ebenfalls dahin. Die paar Stunden ohne uns halten sie dann schon durch. Und ich werde fünf Nachmittage die Woche arbeiten können. Das genügt für unser Auskommen! Und Tante Annie schickt uns ja ab und zu auch noch was.«

Er holte tief Luft. Es war ihm anzusehen, wie er um Beherrschung rang, wie er sich bemühte, ruhig und vernünftig zu reden, weil er wusste, dass es die einzige Möglichkeit war, Matt zu beeinflussen.

»Du gehst wie geplant zur Universität, studierst drei, vier Jahre...« Er zählte es an den Fingern ab, und vor Anstrengung, ruhig zu bleiben, zitterte ihm die Hand. »Du arbeitest in den Sommerferien, kommst für deine eigenen Ausgaben auf, und wenn was übrig bleibt, schickst du es nach Hause. Du machst dein Diplom.« Er sah Matt scharf an und wiederholte: »Hörst du? Du machst dein *Diplom*. Und *dann* suchst du dir einen Job, denn *dann* bist du in der Lage, einen *guten* Job zu kriegen. Und *dann* kannst du uns helfen, falls wir immer noch Hilfe brauchen.«

Matt schüttelte den Kopf. »Du machst dir was vor. Wo willst du denn nächstes Jahr so einen maßgeschneiderten Teilzeitjob finden, der dir erlaubt, nur am Nachmittag zu arbeiten? Wunschträume, nichts als Wunschträume.«

»Es wird sich schon was ergeben«, sagte Luke, sichtlich

bemüht, nicht aus der Haut zu fahren.»Und außerdem ist das nicht dein Problem. Ein Stipendium zu kriegen, das ist dein Problem. Für die Mädchen zu sorgen ist meins.«

Matt erbleichte. Merkwürdig, dieser Gegensatz: Luke wurde rot, wenn er zornig war, Matt aber wich das Blut aus dem Gesicht.

»Seit wann hast du die alleinige Verantwortung für die Mädchen? Für wen hältst du mich eigentlich? Es sind auch meine Schwestern! Glaubst du, ich werde sie dir einfach so überlassen, wo du noch nicht mal einen Job finden kannst?«

Luke umklammerte die Tischkanten mit beiden Händen und senkte den Kopf wie ein Stier, der zum Angriff übergeht. Dann lehnte er sich über den Tisch und brüllte: »*Ich werde einen Job finden! Es wird sich schon was ergeben!*«

Matt stand auf und verließ den Raum.

Einen Moment lang blieb Luke noch so vornübergebeugt sitzen. Dann rappelte er sich auf und ging ihm nach.

Ich saß starr, atemlos vor Schreck. Aus dem Wohnzimmer tönte Gepolter, dann ging das Gebrüll wieder los.

Bo kletterte von ihrem Stuhl herab, lief zur Tür und schaute zu, den Daumen im Mund. Ich stellte mich neben sie. Ein Sessel lag umgekippt am Boden, und darüber hinweg brüllten sie sich an. Matt werde alles ruinieren, schrie Luke, und Matt schrie, ob Luke sich vielleicht für den Herrgott halte, dass er sich anmaße, einem jeden seinen Lebensplan aufzuzwingen? Aha, gab Luke zurück, Matt könne es wohl nicht ertragen, dass er, Luke, einmal die wichtigere Rolle spiele, wie? Matt müsse ja immer den Ton angeben. Nun, Pech für ihn, denn *er*, Luke, habe die Aufgabe, für die Mädchen zu sorgen, und das werde er verdammt noch mal auch ohne Matts Hilfe schaffen.

Matt war inzwischen weiß wie ein Leintuch. Das sei es also, schrie er, Luke gehe es nur um seine Rolle als Märtyrer, er wolle sich als heiliger Retter der Familie aufspielen, es gehe ihm gar nicht um die Mädchen, nicht wahr? Es sei ihm nicht wichtig, was am besten für sie sei, nur sein eigenes gottverdammtes Ego sei ihm wichtig, sonst nichts.

Und so ging es immer weiter, schlimmer und schlimmer, Monate der geballten Frustration und Trostlosigkeit machten sich in einem rasenden Wortgefecht Luft – bis Luke das eine wahrhaft Unverzeihliche herausschrie: Er habe seine gottverdammte Zukunft aufgegeben, damit Matt studieren könne, und wenn er das jetzt einfach wegschmeiße, werde er ihn umbringen.

Ich weiß nicht, wie ich beschreiben soll, was dann passierte. In Filmen sieht man dauernd Leute mit Fäusten aufeinander losgehen und sich zu Boden schlagen, aber das ist nicht echt. Die Wut in ihnen ist nicht echt. Und die Furcht in den Zuschauern ist auch nicht echt. Sie lieben die ja nicht, die sich da auf der Leinwand prügeln, sie haben nicht wirklich Angst, dass einer von ihnen dabei draufgehen könnte. Schon bei früheren Schlägereien hatte ich immer gefürchtet, Luke würde Matt umbringen, aber jetzt war ich sicher, dass Matt sterben würde und Luke ebenfalls. Ich dachte, das Haus würde jeden Moment über uns zusammenbrechen. Ich dachte, das Ende der Welt sei gekommen. Und dann wusste ich, dass es so war, denn als ich mitten in dem ganzen Aufruhr zu Bo hinabblickte, sah ich sie so sehr zittern, dass sogar die Haare auf ihrem Kopf vibrierten. Stocksteif stand sie da, die Arme an den Seiten, die Finger gespreizt, und die Tränen liefen ihr übers Gesicht, doch sie gab keinen Laut von sich. Es war das Entsetzlichste, was ich je gesehen hatte. Die kleine Bo war sonst immer so tapfer. Ich hatte gedacht, nichts könnte sie ängstigen.

Schließlich endete der Kampf, aber nicht, weil die Wut verraucht war. Matt holte zu einem Fausthieb aus, und Luke fing seinen Arm im Flug auf und riss ihn mit solcher

Wucht hoch, dass Matt den Boden unter den Füßen verlor. Es gab einen dumpfen Laut, als sei etwas entzweigeschnappt, und mit einem markerschütternden Schrei flog Matt gegen die Wand und rutschte langsam hinunter auf die Dielen.

Einen Moment lang war es totenstill.

Dann sagte Luke: »Steh auf.« Er keuchte, immer noch zornig.

Matt lag in einem seltsam verdrehten Winkel an der Wand. Er antwortete nicht. Sein Gesicht war starr und weiß.

»Steh auf«, wiederholte Luke und trat auf ihn zu.

»Fass mich nicht an!«, zischte Matt. Er presste die Worte mühsam zwischen den Zähnen hervor.

Luke blieb stehen und blickte unsicher auf ihn nieder.

Und dann sah ich, was mit Matts Arm passiert war. Er war nach hinten unter ihm abgeknickt, und seine Schulter ragte als riesiger Knubbel an der falschen Stelle hervor. Ich fing an zu kreischen. Ich dachte, sein Arm wäre abgerissen, wie bei Mrs. Tadworths ältestem Sohn, der unter einen Güterwagen geraten und verblutet war, bevor irgendjemand ihm helfen konnte.

Luke brüllte: »Hör auf, Kate! Hör auf!« Er packte mich und schüttelte mich, und dann war ich ruhig.

Er sah Matt an und fuhr sich mit beiden Händen durch die Haare. »Was ist los?«

»Ruf den Arzt«, knurrte Matt mit erstickter Stimme.

»Warum? Was hast du denn?« Aber er hatte den Arm auch gesehen und klang ziemlich kleinlaut.

»Ruf den Arzt, sag ich.«

Ich erinnere mich an die Wartezeit. Matt lag so still, dass es aussah, als atmete er nicht mehr, und sein Gesicht war grau und glänzte vor Schweiß. Ich erinnere mich, wie Dr. Christopherson ins Zimmer kam und Matt anschaute und dann Bo und mich und schließlich Luke, der mit dem Kopf in den Händen dasaß. »Was ist passiert?«, fragte er, und keiner antwortete.

Er kniete sich neben Matt, knöpfte sein Hemd auf und tastete nach seiner Schulter, und Matt zog die Lippen über den Zähnen zurück, genau wie der gefangene Fuchs, den ich mal in einer von Mr. Sumacks Fallen gesehen hatte. Dr. Christopherson sagte sanft: »Keine Angst, Matt, ist nicht so schlimm, deine Schulter ist ausgekugelt, weiter nichts. Das bringen wir gleich wieder in Ordnung.«

Er stand auf und warf Luke einen missbilligenden Blick zu. »Du wirst mir aber dabei helfen müssen.« Luke schaute zwischen ihm und Matt hin und her und fuhr sich nervös mit dem Handrücken über den Mund.

Dr. Christopherson wandte sich nach Bo und mir um. Bo hatte fast aufgehört zu zittern, doch die Tränen kullerten immer noch. Ab und zu überlief sie ein Schauder, dann atmete sie zittrig aus. Dr. Christopherson trat zu ihr und strich ihr über den Kopf und mir auch.

»Ich brauche auch deine Hilfe, Kate«, sagte er. »Willst du was für mich tun? Molly ist allein im Auto, und sie fühlt sich einsam, wenn ich sie da zu lange drin lasse. Kannst du mir vielleicht helfen, Bo ihren Overall anzuziehen, und dann könnt ihr euch zu Molly ins Auto setzen und ihr ein bisschen Gesellschaft leisten. Das Auto steht oben an der Einfahrt. Ich hab den Motor angelassen, damit ihr es schön warm habt.«

Ich stapfte hinter ihm her, als er Bo durch den Schneetunnel zur Straße hinauftrug. Molly begrüßte uns überglücklich. Sie war eine Seele von Hund. Sie war auch eine wunderbare Trösterin. Kaum saß ich mit Bo neben ihr auf der Rückbank, leckte sie Bo leise fiepend die Tränen vom Gesicht, und bald schon schmiegte Bo sich glucksend an ihren Hals und wickelte sich in ihre seidigen Schlappohren.

Und ich? Ich hockte neben ihnen und wartete darauf, gesagt zu bekommen, dass Matt tot sei. Ich wusste nur zu gut, dass man immer eine Ausrede fand, um Bo und mich aus dem Weg zu schaffen, wenn sich etwas Schreckliches anbahnte. Ich hatte ja genug Gelegenheiten gehabt, mir dies klar zu machen. Als Dr. Christopherson uns wieder holen kam, befand ich mich in einem ernstlichen Schockzustand, und er hatte noch einen Patienten zu verarzten.

Die Ironie bei alledem war natürlich, dass Luke am Ende doch Recht behalten sollte: Schon nach wenigen Wochen ergab sich etwas.

VIERTER TEIL

16

Es gab eine Zeit – eine ziemlich lange Zeit –, in der keiner von ihnen für mich wirklich vorhanden war.
Vielleicht ist »vorhanden« nicht das richtige Wort. »Relevant« trifft es genauer. Meine Familie schien nicht relevant zu sein. Das war in der Zeit, als ich studierte. Nicht im ersten Jahr, als ich solches Heimweh hatte, dass ich glaubte, es nicht ertragen zu können, aber später, im zweiten und dritten Jahr, als sich mein Horizont zu erweitern begann und Crow Lake auf den kleinen unscheinbaren Punkt zusammenzuschrumpfen schien, als der er auf der Landkarte verzeichnet war.
Zu dieser Zeit war mir klar geworden, dass Urgroßmutter Morrison mit ihrem »Bildung ist Macht«-Prinzip mehr Recht hatte, als ihr selbst bewusst war. Bildung war für sie das allerhöchste Gut und zugleich ein Mittel, um der Armut des Bauernstandes zu entkommen, aber sie hatte nicht geahnt, welche weiteren Türen sich damit öffnen ließen. Ich studierte Zoologie und hatte die Abschlussprüfungen des ersten Jahres als eine der Besten bestanden, und mir wurde mitgeteilt, dass ich, wenn ich mich weiter so bewährte, Anspruch auf ein Promotionsstipendium hätte. Ich wusste, dass ich mit einem guten Promotionsabschluss sichere Aussichten auf einen Job haben würde, entweder an der Universität oder anderswo. Ich

wusste, dass es Möglichkeiten geben würde, im Ausland zu arbeiten, wenn ich das wollte. Die Welt stand mir offen; ich hatte das Gefühl, mich frei entscheiden zu können, wohin ich gehen wollte, was ich tun wollte. Wer ich sein wollte.

Matt, Luke und Bo sanken damals in eine Grauzone meines Bewusstseins ab. Zu dieser Zeit – im zweiten Studienjahr war ich noch nicht zwanzig, Bo demnach erst vierzehn – standen Bo auch noch alle Wege offen, aber Matt und Luke bewegten sich nur noch in dem Rahmen, der ihnen vorgegeben war und in dem sie sich immer bewegen würden. Der Abstand zwischen uns schien so groß zu sein und dieser Teil meines Lebens so weit zurückzuliegen, dass ich mir nicht vorstellen konnte, noch irgendetwas mit ihnen gemeinsam zu haben.

Das Geld war zu knapp für Kurzbesuche, und da es in Toronto mehr und besser bezahlte Sommerjobs gab als zu Hause, fuhr ich auch im Sommer nicht hin. Zwei Jahre lang sahen wir uns überhaupt nicht, und diese Zeitspanne wäre noch länger gewesen, wenn sie nicht zu meiner Abschlussfeier gekommen wären. Alle drei kamen angereist, rausgeputzt mit ihren besten Kleidern. Ich war gerührt, aber gleichzeitig waren sie mir peinlich. Ich stellte sie nicht meinen Freunden vor.

Ein paar Mal bin ich in diesen Jahren mit jungen Männern ausgegangen, die ich an der Universität kennen gelernt hatte, aber es ergab sich nichts Ernsteres. Es machte mir nichts aus, dass ich in dieser Hinsicht keinen Erfolg hatte. Einerseits war ich zu sehr mit dem Studium beschäftigt, um lange darüber nachzudenken, andererseits hatte ich, wie schon gesagt, nie geglaubt, überhaupt jemanden lieben zu können. Ich liebäugelte mit der Rolle der exzentrischen Forscherin. Einsam, genügsam und gänzlich in der Arbeit aufgehend.

Das war nicht nur eine Fantasie; die Liebe zu meiner Arbeit nahm mich wirklich gefangen. Das Universitätsleben war die reinste Offenbarung für mich – die Bücher und Lehrmittel, die Labors mit ihren zahllosen Präparaten und ihren Hochpräzisions-Mikroskopen, die Tutoren und Professoren, jeder mit seinem eigenen besonderen Fachgebiet – all dies wartete nur darauf, genutzt zu werden. Um die Mitte des dritten Studienjahres stand meine Entscheidung endgültig fest, nach dem Examen weiter zu studieren. Gegen Ende des Jahres hatte ich beschlossen, Zoologie als Spezialfach zu wählen.

Diese Entscheidung traf ich als Folge eines Feldforschungprojekts, das wir an einem kleinen See im Norden von Toronto durchführten. Der See war ein beliebtes Freizeit- und Ferienziel, besonders für den Bootssport und andere Wassersportarten. Wir fuhren im September hin, als die Feriengäste das Gebiet bereits verlassen hatten. Ziel des Projekts war der Versuch, die durch den Sommerbetrieb hervorgerufenen Umweltschäden abzuschätzen, und als Teil der Untersuchung entnahmen wir Wasserproben und sammelten Exemplare der Flora und Fauna aus der Uferzone, um sie später im Labor zu untersuchen. Die aquatischen Pflanzen und Tiere transportierten wir in wassergefüllten Gläsern und Plastikbeuteln, die in eine Kühlbox gepackt wurden; die übrigen wurden in Schachteln und Gefäßen nach Toronto gebracht. Unsere Aufgabe im Laboratorium bestand darin, die eingesammelten Lebewesen zu bestimmen und zu erfassen, ihren Gesundheitszustand festzustellen, und, falls sie nicht mehr lebten, Vermutungen darüber anzustellen, was ihren Tod hervorgerufen haben könnte.

Ich hatte die meisten Tiere in einer kleinen Bucht eingesammelt, und beim Schöpfen war auch eine kleine Menge von verrottenden organischen Stoffen vom Grund der Bucht im Netz hängen geblieben. Im Labor brachte ich zunächst die Tiere in Wassertanks in Sicherheit, kippte dann den Schlick in eine Schüssel und stocherte relativ wahllos darin herum, auf der Suche nach irgendetwas, was von Belang sein könnte. Im Wesentlichen bestand er aus verrottenden Blättern und Zweigen, aber mittendrin fand ich einen kleinen, schwarzen, nicht zu identifizierenden Klecks. Ich hob ihn mit der Pinzette hoch, setzte ihn vorsichtig auf ein Stück feuchtes Krepppapier, um ihn vor dem Austrocknen zu bewahren, und schob ihn unter das Mikroskop.

Es handelte sich um einen toten Rückenschwimmer, *Notonecta*, ein grimmiger kleiner Räuber, der die meiste Zeit kopfunter an der Wasseroberfläche hängt und auf Erschütterungen als Zeichen einer nahen Beute wartet. Ich kannte *Notonecta* gut von meiner Zeit mit Matt – an ihm hatten wir zum ersten Mal beobachten können, dass die Oberflächenspannung auch umgekehrt unter Wasser wirkt – und unter normalen Umständen hätte ich ihn sofort erkannt. In diesem Fall brauchte ich jedoch einige Minuten, um das Exemplar zu bestimmen, weil es von einer klebrigen schwarzen Schicht Schmieröl umhüllt war, eine Hinterlassenschaft der vielen Motorboote. Es war völlig verklebt, die zarten Sinneshärchen auf der Bauchseite gelähmt, die Atemöffnungen blockiert.

Es fällt mir heute schwer, zu erklären, warum mich das Schicksal dieses Tierchens so berührt hat. Alle Lebewesen müssen sterben, und in den meisten Fällen vollzieht sich ihr Ende auf ziemlich grausame Weise, vom menschlichen Gesichtspunkt aus betrachtet. Sicherlich war der Grund nicht in meinen mangelnden Kenntnissen über Umweltverschmutzung zu suchen – schließlich bildet sie ein Hauptthema in sämtlichen Biowissenschaften. Vielleicht war es, weil mir in diesem Fall das Opfer so vertraut war.

Als Kind hatten mich die Rückenschwimmer fasziniert. Es schien mir, als ob sie von der Decke herabhingen, und immer wieder wartete ich lange auf den Moment, an dem sie müde würden und losließen.

Aus welchem Grund auch immer, ich betrachtete diesen kleinen geschwärzten Körper mit einer Mischung aus Entsetzen und tiefem ... *Mitleid*. Einige Jahre lang hatte ich nicht an die Teiche gedacht, aber nun standen sie mir wieder lebhaft vor Augen. Natürlich waren sie für Motorboote zu klein, aber es gab genügend andere umweltschädigende Stoffe, die auf sie einwirken konnten, sei es durch Regen, sei es durch Einsickerungen aus dem Boden. Ich stellte mir vor, dass ich sie eines Tages wieder aufsuchen würde, in ihre Tiefe blicken und ... gar nichts mehr sehen würde.

Damals beschloss ich, mich der Ökologie der wirbellosen Tiere zu widmen. Mein Spezialgebiet sollte die Untersuchung der Auswirkungen von Umweltverschmutzung auf die Population von Süßwasserteichen sein. Man könnte einwenden, dass dieser Entschluss unausweichlich war und dass er schon lange feststand, bevor ich auf diese tote Wanze stieß. Schon möglich. Ich weiß nur, dass der kleine *Notonecta* etwas in mir wieder aufleben ließ. Er gab mir ein Lebensziel, dessen Fehlen mir zuvor nicht einmal bewusst gewesen war.

Es folgte eine lange Zeit, in der das Studium mich in solchem Maße gefangen nahm, dass ich wenig Zeit für andere Dinge hatte. Das Interesse, das ich für die wenigen Männer aufbrachte, mit denen ich ausging, schien nicht im Geringsten an das für meine Arbeit heranzureichen. Und die Leute aus meiner Vergangenheit – nun ja, die gehörten eben der Vergangenheit an. Und schienen unwichtig.

Erst als ich Daniel kennen gelernt hatte, begann ich zu begreifen, dass ich meine Familie wohl doch nicht gänzlich hinter mir gelassen hatte. Wir wurden miteinander bekannt gemacht, als ich zum Fachbereich stieß, und danach liefen wir uns regelmäßig auf den Gängen über den Weg – wie es eben so geht. Eines Tages war ich gerade bei der Arbeit in meinem Labor – ein so genanntes Nasslabor mit einer Fülle von Aquarien, in denen ich die Umweltbedingungen der wirbellosen Tierchen kontrollieren und ihre Reaktionen beobachten kann – und als ich mich umdrehte, stand er in der Tür. Ich fuhr zusammen, und er sagte: »'tschuldigung, ich wollte dich nicht bei der Arbeit stören.«

Ich sagte: »Das macht nichts. Ich habe gerade einen Wasserläufer beobachtet.«

»Beobachtet wobei?«, fragte er.

»Beim Wasserlaufen«, sagte ich, worauf er lächelte.

»Ist er besonders gut darin?«

Ich lächelte unsicher zurück. Konversation gehört nicht zu meinen Stärken. Es ist nicht so, dass mir das überhaupt nichts ausmachen würde, aber ich bekomme den richtigen Dreh einfach nicht heraus.

Etwas zögernd sagte ich: »Ja, das ist er. Ich meine, Wasserläufer sind ganz allgemein erstaunlich gut im ... Wasserlaufen.«

»Kann ich mal sehen?«

»Klar. Natürlich.«

Er trat näher und spähte in das Aquarium, aber er hatte sich zu schnell bewegt, sodass der Wasserläufer vor Schreck einen Satz von gut und gerne zehn Zentimeter in die Höhe machte. Die Aquarien sind mit Netzen bedeckt, damit die Tiere nicht entkommen können, daher reagierte ich nicht, Daniel jedoch zuckte zurück.

»Hoppla«, rief er. »Offenbar erschrickt heute jeder vor mir.«

»Macht nichts«, sagte ich. Ich hatte große Angst, dass er sich abgewimmelt fühlen könnte. Irgendetwas an ihm gefiel mir – eine gewisse Ernsthaftigkeit, die ich unter seiner lockeren Art zu spüren glaubte. Auch sein Gesicht gefiel mir. Es war lang und schmal wie sein übriges Äußeres, mit einer markanten, etwas gebogenen Nase und blonden, etwas ausgedünnten Haaren. »Er ist ein bisschen nervös, das ist alles. Ich bin dabei, die Oberflächenspannung zu reduzieren. Bis jetzt habe ich sie um acht Prozent reduziert, und jetzt wird er allmählich unruhig.«

»Woran arbeitest du?«

»Oberflächenaktive Substanzen. Die Auswirkungen, die sich für die auf der Wasseroberfläche lebenden Tiere ergeben können.«

»Du meinst Tenside? Diese Art von Stoffen?«

»Genau. Auch andere Umweltgifte. Es gibt eine ganze Menge von Stoffen, die die Oberflächenspannung herabsetzen können. Oder das Zeug bleibt an den hydrophoben Partien der Insekten haften, sodass sie nicht mehr wasserabstoßend sind. Und dann sinken sie ganz einfach.«

»Aber doch nicht der Wasserläufer?«

»Noch nicht. Aber irgendwann ist auch er dran.«

»Klingt grausam.«

»Ich werde ihn schon retten«, sagte ich schnell. »Ihm wird nichts passieren.«

Er lächelte, und da ging mir auf, dass er es scherzhaft gemeint hatte, und ich spürte, wie ich errötete. Nach einer kleinen Pause sagte er: »Wenn du fertig bist mit dem Retten, hättest du dann Lust auf einen Kaffee?«

Also gingen wir Kaffee trinken und unterhielten uns über Wasserläufer, über die Tatsache, dass sie mit einer einzigen Bewegung ihrer Beine eine Strecke von fünfzehn Zentimetern zurücklegen und die erstaunliche Geschwindigkeit von hundertfünfundzwanzig Zentimetern pro Sekunde erreichen können. Dann redeten wir über Umweltverschmutzung im Allgemeinen und über Verseuchung durch Ölverluste im Besonderen und über die Tatsache, dass

Schnecken schon dabei beobachtet wurden, wie sie Öl fraßen und es ihnen offenkundig schmeckte. Und danach redeten wir über Bakterien (Daniels Spezialität) und deren Fähigkeit, sich zu wandeln und anzupassen, und ob dies bedeute, dass ihnen eines Tages die Welt gehören wird.

Und dann begannen wir, uns regelmäßig zu verabreden. Seine Wirkung auf mich war erstaunlich. Tatsache war – auch wenn mir bewusst ist, dass es geradezu lächerlich klingt, so etwas zu behaupten – dass ich allen Ernstes geglaubt hatte, nie wieder jemanden bewundern zu können, doch ich bewunderte Daniel. Wie schon erwähnt, empfand ich ihn oft als naiv und allzu unbekümmert, aber das ist wohl zum Teil auf seine Großmütigkeit zurückzuführen. Eine Zeit lang redete ich mir ein, dass Bewunderung und Sympathie alles sei, was ich für ihn empfand. Ich stellte Listen mit seinen guten Eigenschaften auf – sein Humor, seine Neugier, seine Intelligenz, sein attraktives Aussehen, seine Weigerung, sich an den kleinlichen Intrigen zu beteiligen, die im akademischen Milieu anscheinend unvermeidlich sind – als ob dieses sachliche Auflisten meine Gefühle neutralisieren würde. Ich stellte Listen mit seinen schlechten Eigenschaften auf – sein altweiberhafter Widerwillen, sich die Füße nass zu machen, seine Bequemlichkeit, seine Tendenz (obwohl er das abstreiten würde), immer Recht haben zu wollen – als ob seine negativen Eigenschaften die guten aufheben würden. Aber dann eines Tages, als ich gerade unter der Dusche stand und meine Füße einseifte, wurde mir plötzlich klar, dass meine Gefühle für ihn nur mit dem Wort »Liebe« bezeichnet werden konnten. An diesem Tag, glaube ich, habe ich unbewusst den Vorsatz gefasst, nicht zu sehr über unsere Beziehung nachzudenken, sie nicht zu analysieren oder mich zu fragen, ob meine Gefühle von ihm erwidert würden und ob es etwas Dauerhaftes sei zwischen uns. Das hat, wie gesagt, zu Problemen zwischen uns geführt, und zu meiner Verteidigung kann ich nur sagen, dass ich in der Vergangenheit zu oft erleben musste, wie die Menschen, die ich liebte, aus meinem Leben verschwanden; ich hatte Angst, dass mir das wieder passieren würde.

Meine Liebe zu Daniel war nicht mit den Gefühlen zu vergleichen, die ich früher erlebt hatte, und doch lag etwas darin, was sich wie *Wiedererkennen* anfühlte. Es ist wohl so, dass Liebe tiefer dringt als alles andere. Sie dringt bis in den innersten Kern eines Menschen ein, und als Daniel in meinen innersten Kern eindrang, stellte ich fest, dass sich dort auch Matt, Luke und Bo befanden. Sie waren ein Teil von mir. Trotz der jahrelangen Trennung kannte ich ihre Gesichter besser als mein eigenes. Alles, was ich über Liebe wusste, hatte ich von ihnen gelernt.

Ich begann, in den Ferien von Zeit zu Zeit nach Hause zu fahren. Jetzt hatte ich genug Geld dafür. Es fühlte sich komisch an – bei den Leuten galt ich als Kuriosität, ich war »die, die ausgebüxt ist«. Natürlich waren sie alle stolz auf mich und redeten mich scherzhaft mit Dr. Morrison an oder sprachen von »der Professorin«. Manche zeigten wirklichen Respekt, was mich eher schmerzte, als dass es mich belustigte. Luke gab den stolzen Familienvater, was ich nun wiederum lustig fand. Mit Bo konnte ich noch am unbekümmertsten umgehen. Bo nimmt die Menschen so, wie sie sind.

Matt? Tja, Matt war stolz auf mich. Matt war so stolz auf mich, dass ich es kaum ertragen konnte.

★★★

Simons Geburtstagsparty war Ende April, und fast den ganzen März über versuchte ich, ein passendes Geschenk für ihn zu finden. Was schenkt man einem Jungen, wenn es darum geht, seinen Eintritt ins Mannesalter zu feiern? Genauer gesagt, was schenkt eine Tante ihrem einzigen Neffen? Noch genauer gesagt, was wäre das richtige Geschenk für Matts Sohn? Ehrlich gesagt, bewegte mich die Frage, ob Matt das Geschenk gutheißen würde, mindestens ebenso wie die Frage, ob es Simon gefallen würde.

So viel wusste ich: Simon hoffte, im folgenden Jahr einen Studienplatz in Physik zu bekommen. (»Hoffen« war in Simons Fall eigentlich überflüssig. Er hat das Hirn seines Vaters geerbt, und die Aufnahmeprüfungen sollten ein Klacks für ihn sein.) Also hing ich einige Nachmittage im Fachbereich Physik herum, auf der Suche nach irgendwelchen Ideen. Es kamen keine.

Ein oder zwei Wochen ließ ich den Dingen ihren Lauf, weil ich glaubte, es werde mir schon irgendetwas einfallen, aber es fiel mir nichts ein. Alle normalen Sachen – Kleider, Bücher, Musik – waren zu wenig für einen besonderen Geburtstag, und außerdem war ich mir bei keinem von ihnen über Simons Geschmack sicher. Sehr große Geschenke – ein Auto, eine Reise nach Europa – konnte ich mir nicht leisten. Mittelgroße Geschenke – zum Beispiel eine Stereoanlage – hatte er entweder schon oder würde sie von seinen Eltern bekommen.

Die Tage vergingen. Es wurde April. Ich bin ein ordentlicher Mensch; ich hasse es, die Dinge bis zum letzten Augenblick aufzuschieben. Besonders die wichtigen Dinge.

Auf der verzweifelten Suche nach einer Idee fuhr ich zwei Samstage hintereinander in die Stadt, irrte zwischen den Menschenmassen umher, durchkämmte mit hoffnungsvollen Blicken die Berge von Ramsch nach irgendetwas, was dem Anlass gerecht würde. Beim zweiten Mal begleitete mich Daniel, der behauptete, er liebe Einkaufen und hätte immer gute Ideen. In Wirklichkeit waren seine

Ideen lachhaft. Alles, was er sah, fand er wunderbar, und seine Vorschläge wurden immer verrückter, bis es mir reichte und ich ihm sagte, er solle nach Hause gehen.

»Meine Güte, nimmst du das ernst«, beschwerte er sich. »Gibt es irgendetwas auf der Welt, was du nicht ernst nimmst? Hier geht's um ein Geburtstagsfest, Himmeldonnerwetter! Das heißt, es hat was mit *Spaß* zu tun!«

Ich wies darauf hin, dass (a) er als Einzelkind keinerlei Nichten oder Neffen habe und daher nicht mitreden könne und dass (b) jeder, der behaupte, wichtige Geschenke unter Zeitdruck einzukaufen bedeute *Spaß*, nicht ganz richtig im Kopf sei.

»Hör mal«, sagte er, mittlerweile etwas genervt, »da drüben ist eine Telefonzelle. Warum rufst du deinen Bruder nicht einfach an und fragst ihn, ob ihm nicht irgendetwas einfällt, worüber sich sein missratener Sohn freuen würde?«

»Daniel, ich möchte lieber alleine weitermachen. Bitte geh nach Hause.«

Er wandte sich mit verärgerter Miene ab. Doch seit ich ihn zur Geburtstagsparty eingeladen hatte, war er in so guter Stimmung gewesen, dass ich sicher war, er würde sich durch mein neurotisches Verhalten nicht besonders lange irritieren lassen.

Am Ende entschied ich mich dafür, bei der Universitätsbuchhandlung ein Guthaben über einen Betrag, der die Ausgaben für die Lehrbücher im ersten Studienjahr decken würde, für Simon einzurichten. Und damit er am Geburtstag etwas auszupacken hatte, kaufte ich ihm zusätzlich ein kleines Gyroskop – genau genommen mehr ein Spielzeug, aber gut gearbeitet und ein treffendes Sinnbild für das Schöne und Komplizierte an dem Fach, das er studieren wollte.

Als ich ihm von meiner Lösung des Problems berichtete, machte Daniel alles wieder gut, indem er sagte, es seien großartige Geschenke. Dann verdarb er es wieder auf seine unnachahmliche Weise, indem er hinzufügte, dass sie typisch für mich seien.

»Was meinst du damit?«, fragte ich argwöhnisch.

»Na ja, ausgerechnet Lehrbücher. Gibt es außer dir irgendjemanden, der ihm Lehrbücher zum achtzehnten Geburtstag schenken würde?«

»Wenn ich an all die Stunden in der Bibliothek denke, das ständige Ausleihen, nur weil ich sie mir nicht selbst kaufen konnte ...«

Er grinste und meinte, er habe mich nur ärgern wollen.

★★★

Ich weiß nicht genau, warum, vielleicht weil ich in Gedanken bei Matt war, jedenfalls hatte ich plötzlich am Dienstag in der Woche vor Simons Party eine Art Krise an der Universität. Etwas Ähnliches war mir noch nie passiert, und ich kann mir nicht vorstellen, was sonst dazu geführt haben könnte – weder war ein Artikel von mir schlecht besprochen worden, noch hatte sich bei meinen Forschungen irgendein gravierendes Problem aufgetan oder etwas dergleichen. Es musste mit den Gedanken an zu Hause zu tun haben.

Mein Job – Assistenz-Professorin, Ökologie der Wirbellosen – umfasst eine Reihe von Aufgaben: Forschungstätigkeit, Analyse und Niederschrift der Ergebnisse, Veröffentlichung von Artikeln, Halten von Vorträgen auf Kongressen, Betreuung von Doktoranden, Lehrtätigkeit ... und ein nicht unerhebliches Maß an Verwaltungspflichten.

Die Forschungstätigkeit liebe ich. Dazu braucht es Geduld, Genauigkeit und methodisches Vorgehen, und genau das ist meine Stärke. Das klingt langweilig, aber es ist alles andere als langweilig. Auf einer höheren Ebene gibt es einem das Gefühl, ein bescheidenes Steinchen zum großen Puzzle des Wissens über die Natur beizutragen. Auf praktischer Ebene ist ein besseres Verständnis unserer Umwelt unabdingbar, wenn wir verhindern wollen, dass sie zerstört wird. Die Forschung bildet den wichtigsten Teil meiner Arbeit, und ich habe nie genug Zeit für sie.

Das Schreiben von Artikeln macht mir nicht viel aus. Der Gedankenaustausch ist von grundsätzlicher Bedeutung, und ich bin bereit, meinen Teil dazu beizutragen.

Das Halten von Vorträgen ist mir eher lästig, weil mir bewusst ist, dass ich nicht besonders gewandt im Reden bin. Zwar kann ich mich einigermaßen klar ausdrücken und ein gut gegliedertes Referat vorweisen, aber meinem mündlichen Vortrag fehlt der Schwung.

Die Lehrtätigkeit mag ich überhaupt nicht. Meine Arbeitsstelle ist in erster Linie eine Forschungsuniversität, und meine Lehrpflicht umfasst lediglich vier Stunden in der Woche, aber ich brauche fast eine Woche, um eine Vorlesung vorzubereiten, und das nimmt mir einen großen Brocken von meiner Zeit für die Forschung weg. Außerdem fällt mir der Umgang mit den Studenten nicht leicht. Daniel dagegen macht das Spaß. Zwar behauptet er das Gegenteil, genauso wie er behauptet, nie zu arbeiten –, aber er arbeitet die ganze Zeit, er nennt es nur anders. Insgeheim findet er die Studenten interessant und anregend. Ich finde das weniger. Ich verstehe sie nicht. Nichts scheinen sie ernst zu nehmen.

Wie auch immer, die »Krise«, falls das kein zu dramatisches Wort ist, ereignete sich mitten in einer Vorlesung. Es begann ziemlich harmlos. Ich war gerade dabei, den Studenten des dritten Studienjahres die hydrophobe Eigenschaft der Behaarung bestimmter Gliederfüßer zu erläutern, als plötzlich ein so starkes Bild aus der Erinnerung auftauchte, dass ich den Faden vollständig verlor. Ich sah, wie Matt und ich in unserer gewohnten Lage auf dem Bauch am Ufer des Teiches lagen und gebannt in das Wasser starrten. Wir hatten die Tänze der zarten, schillernden Seejungfern über dem Wasser beobachtet, als unsere Aufmerksamkeit auf einen sehr kleinen Käfer gelenkt wurde, der gerade den Stängel eines Rohrkolbens hinabkletterte. Als wir ihn bemerkten, war er nur noch etwa fünfzehn Zentimeter von der Oberfläche entfernt und krabbelte zielstrebig weiter nach unten. Was hatte er vor, fragten wir uns, und was würde er tun, wenn er das Wasser erreichte? Wusste er, dass es unter ihm war? Matt meinte, Insekten besäßen zwar keine Nasen wie wir, aber sie könnten mit ihren Fühlern Wasserdunst riechen und erkennen, also müsste er es eigentlich wissen. Wenn dem so war, was hatte er dann vor? Trinken? Matt meinte, seines Wissens würden Insekten ihren gesamten Bedarf an Flüssigkeit mit den Pflanzen, die sie fräßen, oder dem Blut, das sie saugten, aufnehmen, aber er könne sich auch irren. Ich sagte, dass es sich bei dem Käfer vielleicht um ein Weibchen handle, das seine Eier im Wasser ablegen wolle, so wie es die Seejungfern täten. Matt meinte, seines Wissens würden Käfer das nicht tun, aber auch da könne er sich irren. Ich sagte, dass der Käfer vielleicht an ganz was anderes denke, zum Beispiel was er gerne fressen würde, und dabei nicht darauf achte, wohin er gerade krabble, und Matt meinte darauf, in diesem Fall würde er gleich sein blaues Wunder erleben.

Doch wir waren es, die sich wundern sollten. Als der Käfer das Wasser erreichte, hielt er nicht etwa an, sondern krabbelte einfach weiter. Als er seinen Kopf hineintauchte, bildete sich an der Oberfläche des Wassers für einen Augenblick eine kleine Delle, dann umhüllte es ihn und nahm ihn auf.

Ich hatte einen Schreck bekommen, weil ich glaubte, er werde ertrinken, aber Matt rief: »Nein – schau! Schau, was er gemacht hat!«

Ich starrte in das Wasser und sah, dass unser Käfer unbekümmert weiter nach unten lief, umhüllt von einem schimmernden silbernen Bläschen.

»Es ist Luft«, sagte Matt, der sich vorgelehnt hatte und die Oberfläche des Teiches mit seinen Händen abschirmte, um die Spiegelung zu verhindern. »Er hat sein eigenes U-Boot, Katie. Ist das nicht irre? Ich frage mich, wie lange er unter Wasser bleiben kann.«

Heute weiß ich natürlich, wie der Käfer es geschafft hat – es ist kein großes Geheimnis. Viele Tiere, die im Grenzbereich von Luft und Wasser leben, nehmen ein Luftbläschen mit, wenn sie unter Wasser tauchen. Die Luft bleibt an der samtweichen Behaarung hängen, sodass sie völlig vor Wasser geschützt sind. Der verbrauchte Sauerstoff erneuert sich durch Diffusion aus dem Wasser. Die Zeitspanne, die unser Käfer unter Wasser verbringen kann, hängt also von der im Wasser gelösten Sauerstoffmenge und dem Verbrauch des Käfers ab. Allgemein lässt sich sagen: je aktiver das Insekt und je wärmer das Wasser, desto kürzer die Zeitspanne, die es unter Wasser bleiben kann.

Ich war im Begriff, Funktion und Beschaffenheit dieser Behaarung den Studenten zu erklären, als die Erinnerung an jenen Tag mich mit einem Mal überwältigte und meine Gedanken völlig aus der Bahn warf, sodass ich ins Stocken geriet und meinen Satz abbrechen musste. Ich gab vor, meine Notizen zu überfliegen, während ich mich wieder sammelte, dann setzte ich den Vortrag fort. Die Studenten, die sich kurz aufgerappelt hatten in der Hoffnung, etwas Interessantes würde sich ereignen, sanken wieder in ihre Sitze zurück. In der ersten Reihe gähnte ein Mädchen so heftig, dass man befürchten musste, sie werde sich den Unterkiefer ausrenken.

Dieses eine Gähnen gab mir den Rest. Dass man mich angähnte, war an sich nichts Außergewöhnliches – alle Studenten leiden unter chronischem Schlafmangel, und Dozenten sind es gewohnt, auf ein Meer von schnarchenden Halbleichen zu blicken – aber aus irgendeinem Grund konnte ich plötzlich nicht mehr weitermachen. Ich stand da und blickte wortlos auf die Zuhörer. In meinem Kopf klang, wie von einem zurückgespulten Band, meine Stimme nach. Mein langweiliger Tonfall. Der flache, eintönige Vortrag. Und über diese Stimme gelegt, wie ein Film mit falscher Tonspur, sah ich immer wieder die Szene meiner eigenen Einführung in das Thema; Matt und ich, nebeneinander liegend, während die Sonne unsere Rücken beschien. Der Käfer, der sich munter unter Wasser tummelte, sicher aufgehoben in seinem kleinen U-Boot. Matts Erstaunen und seine Begeisterung.

Matt hielt es für ein Wunder ... nein, mehr als das. Matt *sah, dass es ein Wunder war*. Ohne ihn hätte ich das nicht gesehen. Ich wäre niemals zu der Einsicht gelangt, dass diese Schauspiele der Natur, die sich täglich vor unseren Augen ereignen, etwas Wunderbares sind, im eigentlichen Sinn des Wortes. Ich hätte *beobachtet*, aber ich hätte mich nicht *gewundert*.

Und jetzt versetzte ich einen ganzen Hörsaal in Tiefschlaf. Wie viele unter den Studenten, die sich vor mir in ihren Sitzen lümmelten, hatten je die Gelegenheit gehabt zu sehen, was ich gesehen hatte, geschweige denn in Gesellschaft von jemandem wie Matt? Die meisten waren Stadtkinder; einige hatten noch nie einen richtigen Teich gesehen, bevor sie an einer von unseren Exkursionen teilgenommen hatten. Diese Vorlesung war ihre erste Einführung in dieses spezielle Thema. Und sie hatten mehr Pech, als ihnen bewusst war, denn wenn die Dinge anders gelaufen wären, würde Matt jetzt vor ihnen stehen und nicht ich. Wenn das der Fall gewesen wäre, hätte kein einziger von ihnen gegähnt. Ich übertreibe nicht. Das ist keine Verherrlichung. Es ist eine Tatsache. Stünde Matt an meiner Stelle, dann würden sie gebannt seinen Worten lauschen.

Wieder hatten sie sich hochgerappelt und blickten mich aufmerksam an, denn jetzt war ihnen klar, dass etwas nicht stimmte. Ich schaute auf mein Skript, blätterte in den Seiten, dann sah ich zu ihnen auf.

»Entschuldigen Sie bitte. Ich habe Sie gelangweilt«, sagte ich.

Dann nahm ich mein Skript und verließ den Raum.

»Ich bin nicht gemacht für diesen Job«, sagte ich später am Abend zu Daniel.

»Kate, das passiert jedem. Man ist nicht jeden Tag in Topform.«

»Es ist keine Frage der Tagesform. Es ist eine Frage der grundsätzlichen Fähigkeit. Ich bin kein Lehrer. Ich kann es nicht rüberbringen. Ich verleide ihnen das ganze Thema.«

Das klang melodramatisch, was nicht meine Absicht war, aber meiner momentanen Verfassung entsprach. Ich war den Tränen nahe, verzweifelt, fühlte mich überflüssig.

Daniel fuhr sich mit beiden Händen durch das Haar oder durch das, was davon übrig war, auf eine Art, die mich an Luke erinnerte. »Du bist viel zu streng gegen dich selbst! Nur weil ein einziges Mal eine Vorlesung nicht so gut gelaufen ist ... Die meisten Dozenten an den meisten Universitäten in den meisten Städten der Welt sind totaler *Mist*. Und den meisten macht das nichts aus.«

»Es geht nicht um eine einzelne schlechte Stunde, Daniel. Es geht um alle Stunden zusammengenommen. Und das bedeutet, dass ich meine Arbeit nicht ordentlich mache. Und ich kann mir einfach nicht vorstellen, diese schlechte Arbeit, Woche für Woche, Jahr für Jahr weiterzumachen.«

»Du übertreibst maßlos, Kate.«

Für einen Moment herrschte Schweigen.

Dann fragte Daniel sanft: »Was hat Professor Kylie dazu gesagt?«

Ich zuckte die Schultern. »Er ist immer nett. Du kennst ihn ja.«

»Kylie? Nett? Da haben wir's – das ist genau der Punkt. Du bist nämlich der einzige Mensch im ganzen Fachbereich, bei dem sich Kylie bemüht, nett zu sein. Warum wohl? Frag dich das mal.«

Aber ich dachte an Matt. Irgendwie hatte ich ein seltsames Gefühl, als ob ich ihn betrogen hätte. Das war es, was ich fühlte. Und ich konnte es nicht wirklich verstehen, weil es in Wahrheit Matt war, der sich selbst betrogen hatte.

17

Den ganzen Winter über, während wir mit unseren eigenen Problemen beschäftigt waren, muss es bei den Pyes stetig bergab gegangen sein. Wahrscheinlich hätten wir das eine oder andere Anzeichen bemerkt, wenn wir darauf geachtet hätten, aber die Farm der Pyes lag ziemlich weit ab, und da es ein harter Winter war, sah man sich nicht so oft. Die Pyes kamen nicht mehr zur Kirche, aber die ersten Wochen fand das niemand ungewöhnlich; die Straßen waren die meiste Zeit unpassierbar, sodass die Kirche des Öfteren nur spärlich besetzt war.

In der übrigen Jahreszeit wären Matt und Luke die Ersten gewesen, die Bescheid gewusst hätten, wenn etwas Ungewöhnliches geschehen wäre, aber in den Wintermonaten gab es keine Arbeit auf der Farm, und sie hatten daher ebenso wenig Kontakt zur Familie wie alle andern.

Laurie war seit der Schlägerei mit Alex Kirby im Oktober nicht mehr in die Schule gekommen. Laut Mrs. Stanovich, die an der Northern Side Road wohnte und daher den Verkehr zur Farm der Pyes beobachten konnte, war Miss Carrington in der Vorweihnachtszeit mehrere Male zur Farm gefahren. Vermutlich hatte sie Calvin daran erinnert, dass er gesetzlich verpflichtet sei, seine Kinder bis zum sechzehnten Lebensjahr in die Schule zu schicken, aber offensichtlich hatte sie keinerlei Erfolg gehabt. Laurie musste damals schon fast fünfzehn gewesen sein, und die Schulbehörde neigte dazu, bei Farmerkindern ein Auge zuzudrücken, weil sie wusste, dass sie zu Hause gebraucht wurden.

Ende März, als es anfing zu tauen, nahmen Matt und Luke ihre Arbeit bei Mr. Pye wieder auf. Um diese Zeit begann Rosie öfter in der Schule zu fehlen. Sie war zwar schon immer etwas anfällig gewesen, neigte dazu, jeden Bazillus aufzuschnappen, aber vielleicht ahnte Miss Carrington diesmal, dass mehr dahinter steckte, denn eine Woche nachdem Matt und Luke wieder mit der Arbeit angefangen hatten, kam sie zu uns. (Falls sie etwas über unsere eigene kleine Krise wusste, so ließ sie sich jedenfalls nichts anmerken. Ich glaube nicht, dass sie etwas wusste. Dr. Christopherson war ein diskreter Mensch.)

Sie fragte vorsichtig, wohl wissend, dass es eine heikle Frage war, ob die Jungs meinten, dass bei den Pyes alles in Ordnung sei. So viel habe ich mitbekommen, weil ich gelauscht hatte, aber dann machte Matt die Tür zu, und ich weiß nicht, was die beiden ihr geantwortet haben. Was auch immer es war, es hat sie wohl kaum zufrieden gestellt.

Die Dinge wären sicherlich anders verlaufen, wenn Laurie in Wesen und Aussehen das Ebenbild seines Vaters gewesen wäre. Es hätte zwar trotzdem Konflikte gegeben – nach allem, was ich von Miss Vernon über die Familiengeschichte erfahren hatte, schien ein gewisses Maß an Konflikten unvermeidlich zu sein –, aber möglicherweise wäre es nicht ganz so schlimm gekommen. Laut Miss Vernon hatte Calvin nie gegen seinen Vater rebelliert. Laurie schon. Laurie ließ sich nicht unterbuttern. Ich glaube, dass dies die Dinge bei Calvin ins Rollen brachte. Zuerst nicht den Mut zu haben, sich gegen den eigenen Vater zu stellen, so viele Beschimpfungen sein ganzes Leben lang einzustecken, und dann vom eigenen Sohn Widerworte zu bekommen, das muss das Fass zum Überlaufen gebracht haben.

Das würde erklären, warum die Situation sich gerade im Laufe jenes Jahres zuspitzte. Laurie war inzwischen herangewachsen. Als Kind hätte er sich nicht getraut, aber jetzt, mit all dem Testosteron im Blut, war das anders.

Für Mrs. Pye und Marie muss es eine harte Zeit gewesen sein, machtlos zuzuschauen, vergeblich zu versuchen, die Gemüter zu beruhigen, zu vermitteln. Mrs. Pye brach sich in jenem Winter den Arm. Monatelang trug sie einen Gips. Sie sagte, sie sei auf dem Eis ausgerutscht und mit dem Arm auf der Türschwelle aufgeschlagen. Na ja, ausgeschlossen war es nicht, dass es so passiert war.

Eines Tages kam sie uns besuchen – es muss zu Beginn des Winters gewesen sein, als sie noch von Zeit zu Zeit außer Haus ging. Sie hatte uns etwas mitgebracht, wahrscheinlich etwas zu essen, und ich erinnere mich, dass sie an der Haustür stand und Luke fragte, wie es uns allen ginge, und ich erinnere mich auch, dass sie seiner Antwort überhaupt keine Beachtung schenkte, obwohl sie ihm ins Gesicht blickte. Es war, als ob sie auf irgendetwas lauschte; auf etwas, was hinter ihrem Rücken geschah. Ich vermute, dass sie sich in einem permanenten Zustand der Angst vor der nächsten Krise befand.

Was Rosie betrifft – ich kann mich an keine Zeit erinnern, in der sie hundertprozentig normal war, aber den größten Teil jenes Jahres brachte sie kaum ein Wort heraus, selbst als sie noch ziemlich regelmäßig zur Schule ging. Die ständige Angst ließ sie immer mehr abstumpfen.

Aber das größte Rätsel ist für mich nach wie vor Marie. Sich in andere Menschen hineinzuversetzen gehört nicht zu meinen Stärken, behauptet Daniel, und sich in jemanden hineinzuversetzen, den man nicht mag, ist doppelt schwer. Marie konnte ich von Anfang an nicht leiden. Ich erinnere mich, dass ich eines Nachmittags aus dem Haus ging, um Matt zu suchen. Er hatte sich verspätet, und die Angst, die ich in solchen Momenten immer bekam, war so groß geworden, dass ich es nicht mehr aushielt. Ich zog also meinen Mantel und meine Stiefel an und lief zur Straße, um nach ihm Ausschau zu halten, und wie immer sah ich schon den Bus im Straßengraben und Matt tot daneben liegen. Stattdessen stand er da, halb auf dem Schneewall stehend, den der Schneepflug hinterlassen hatte, und unterhielt sich mit Marie. Sie hielt die Arme fest verschränkt, in ihrer typischen Abwehrhaltung, ihre Augen und Nase waren gerötet, und sie bot das gewohnte Bild des Jammers. Ich glaube, ich habe sie richtiggehend verachtet. Vermutlich gab ich ihr die Schuld an Matts Verspätung.

Aber auch sie muss gelitten haben. So viel ist mir heute klar.

★★★

Was Matt und Luke und Bo und mich betrifft, nun, nachdem wir sozusagen hart auf der Talsohle gelandet waren, begann es für die Morrison-Familie schließlich wieder bergauf zu gehen.

Sonntag 30. März
Liebe Tante Annie,
wie geht es dir? Ich hoffe es geht dir gut. Mr. Turtle ist wieder vom Dach runtergefallen. Er wollte Schnee schaufeln damit das Dach nicht einbricht und dabei ist er abgestürzt und hat sich das Bein gebrochen. Mrs. Turtle sagt er is zu blöd und zu alt deshalb hat Miss Carrington gesagt ob nicht Luke Hausmeister sein will.
Viele Grüße, Kate

Sonntag 6. April
Liebe Tante Annie,
wie geht es dir? Ich hoffe es geht dir gut. Luke ist jetzt Hausmeister bei uns. Er muss ganz früh am Morgen zur Schule gehen und den Ofen anzünden und Schnee schaufeln und alles andere was gemacht werden muss und er muss das Klo putzen. Aber er sagt es macht ihm nix aus. Und im Sommer soll er den Giftsumach ausroden, weil Miss Carrington sagt es ist eine Gefahr für uns.
Viele Grüße, Kate

Na bitte. Es war genau, wie Luke vorausgesagt hatte: Es hatte sich etwas ergeben. Genauer gesagt, hatten sich im Laufe weniger Wochen sogar mehrere Dinge ergeben.

Aber gehen wir noch ein Stück weiter zurück: In den Tagen nach dem »Zwischenfall« zwischen Matt und Luke war Dr. Christopherson mehrere Male zu uns hinausgekommen, um Matts Schulter zu inspizieren, vermutlich aber auch, um nach Bo und mir zu sehen. Bei seinem letzten Besuch nahm er die beiden Jungen ins Wohnzimmer mit, um ihnen ins Gewissen zu reden. Das weiß ich, weil ich an der Tür gehorcht habe. Er hatte Molly mit ins Haus gebracht, um Bo und mich etwas abzulenken, aber ich hatte die Taktik längst durchschaut, und ich hatte beschlossen, dass ich nicht mehr aus allem herausgehalten werden wollte. Ich glaube, das war der erste bewusste Auflehnungsakt in meinem Leben.

Die Standpauke fing zunächst harmlos an. Dr. Christopherson sagte, alle seien voller Bewunderung für das, was die Jungs für mich und Bo taten, und jedermann wüsste, wie sehr die beiden sich bemühten, über die Runden zu kommen.

Es folgte eine kurze Pause. Vermutlich schwante da den beiden schon, dass er noch nicht geendet hatte.

Dann fuhr er fort. Er sagte, manchmal sei es schwer, zu akzeptieren, wenn die Dinge trotz aller Anstrengungen einfach nicht klappen wollten. Dies zuzugeben sei aber keine Schande. Im Gegenteil, es sei sogar *wichtig*, es zuzugeben. Es sei wichtig, zu erkennen, wenn etwas nicht ginge, weil man sich selbst sonst einer unerträglichen Belastung aussetze. Und dann würden die Dinge natürlich erst recht auf die schiefe Bahn geraten.

Es folgte eine weitere Pause. Schließlich sagte Luke, so leise, dass ich mein Ohr an die Tür pressen musste, um etwas zu verstehen, dass sie jetzt alles geregelt hätten und dass alles gut laufe.

Dr. Christopherson fragte, ob sie sich dessen so sicher seien.

Seine Stimme war sanft, aber selbst ich konnte den darunter liegenden Ernst heraushören. Er hielt einen Moment inne, während die Frage im Raum schwebte. Ich stellte mir vor, wie sich Luke mit den Händen durchs Haar fuhr. Dann sagte der Doktor, dass er sich hauptsächlich um Bo und mich Sorgen mache. Was vor unseren Augen passiert sei, dürfe nie wieder passieren. Wir hätten schon zu viel durchgemacht. Wir seien zu verletzlich.

Es folgte eine längere Pause. Luke räusperte sich.

Dr. Christopherson sagte, er würde es nur äußerst ungern tun, aber wenn ihm je wieder so etwas zu Ohren käme, dann würde er sich gezwungen sehen, Tante Annie zu benachrichtigen. Zum Glück verstand ich damals nicht, was er damit sagen wollte. Ich glaubte, er drohe ihnen nur mit einer Standpauke durch Tante Annie – ein Druckmittel, das mir durchaus gefiel. Ich begriff nicht, dass er damit meinte, Bo und ich würden im Wiederholungsfall ostwärts geschickt, und zwar für immer.

Diesmal zog sich das Schweigen so lange hin, bis es von Dr. Christopherson selbst gebrochen wurde. Er sagte, zwei

Dinge müssten sie ihm zusichern. Erstens, dass sie in Zukunft ihre Streitigkeiten auf friedliche Art und Weise austrugen. Zweitens, dass sie die Hilfe anderer in Anspruch nähmen, wenn sich irgendwelche Probleme ergäben. Ihr Wunsch nach Selbstständigkeit sei bewundernswert, aber sie sollten bedenken, dass zu viel Stolz eine Schwäche sei, sogar eine Sünde, wie manch einer sagen würde. Viele Leute in der Gemeinde würden gerne helfen, aus Respekt vor unseren Eltern. Also, er warte auf ihre Zusicherung. Keine weiteren Gewaltausbrüche, und ab jetzt werde ihr persönlicher Stolz erst an zweiter Stelle hinter dem Wohlergehen von Bo und mir stehen.

Nun gab ihm zuerst Luke, dann Matt sein feierliches Versprechen. Dr. Christopherson stellte sie sogleich auf die Probe, indem er sagte, er könne sich denken, dass das Geld im Moment ein bisschen knapp sei, und er wolle gerne aushelfen. Sie bestanden die Probe nicht, indem sie mit erstickter Stimme versicherten, dass wirklich alles in Ordnung sei, dass noch viel von dem Geld ihres Vaters übrig sei und dass sie ihm recht herzlich dankten. Vermutlich wusste er, dass das gelogen war, aber er war wohl der Ansicht, dass die beiden fürs Erste genügend Zerknirschung an den Tag gelegt hatten, und ließ es durchgehen. Dann vernahm ich das Geräusch von Stühlen, die gerückt wurden, und flitzte zurück in die Küche, wo Bo und Molly ihren Nachmittagstee auf dem Fußboden einnahmen.

Einige Wochen später fiel Mr. Turtle vom Dach.

Matt ging inzwischen wieder zur Schule. Wie es Luke gelungen war, ihn zu überreden, weiß ich nicht, jedenfalls hatte er ihm nicht noch einmal die Schulter ausgekugelt. Erst vor kurzem kam mir der Gedanke, dass es vielleicht gar nicht Luke war, der ihn überredete. Es könnte Marie gewesen sein. Wie auch immer, Matt ging wieder zur

Schule und lernte wie ein Irrer für seine Prüfungen. Die Bedingungen, unter denen er lernen musste, waren alles andere als ideal. Nachdem Luke den Hausmeisterjob angetreten hatte, musste sich Matt, sobald er aus der Schule kam, um Bo kümmern, und Bo machte es einem nicht gerade leicht. Meine Studenten kommen von Zeit zu Zeit mit irgendwelchen Ausreden zu mir, wenn sie eine Arbeit nicht rechtzeitig eingereicht haben. Sie seien krank gewesen (schwerer Kater) oder ein bestimmtes Buch aus der Bibliothek sei nicht greifbar gewesen (zu spät hingegangen) oder sie hätten drei andere Arbeiten in der gleichen Zeit schreiben müssen (alle aufgeschoben bis zur letzten Minute), und dann muss ich immer an Matt denken, wie er auf dem Boden hockte, mit dem Chemiebuch auf der einen Seite und Bo auf der anderen, die sich weigerte, auf ihrem Töpfchen zu bleiben, bis er klein beigab und sie eine gemeinsame Sitzung abhielten, sie auf dem kleinen, er auf dem großen Topf, einen Block auf den Knien, auf den er unablässig Notizen kritzelte.

Die Geldsorgen blieben, natürlich. Die Arbeit als Hausmeister umfasste nur wenige Stunden am Tag. (Perfekt eingeteilte Stunden allerdings, denn Luke hatte die morgendlichen Pflichten hinter sich gebracht, bevor Matt zur Schule aufbrach, und die nachmittäglichen Arbeiten schob er auf, bis Matt von der Schule zurück war.) Die früheren Hausmeister waren immer zugleich auch Farmer gewesen, sodass die Arbeit für sie nur ein Zubrot bedeutet hatte. Ich bin sicher, dass die Schulbehörde sich so großzügig wie nur möglich gezeigt hat, aber sie konnte Luke für zehn bis fünfzehn Stunden Arbeit in der Woche beim besten Willen kein volles Gehalt zahlen. Es war eine Hilfe, aber es reichte nicht.

Inzwischen war der Frühling fortgeschritten, und es gab eine Menge Arbeit auf den Farmen, aber Luke bemühte sich nicht darum, weil er sich nicht dazu entschließen konnte, Bo bei Nachbarn zu lassen. Mr. Tadworth bot ihm eine Arbeit gleich in unserer Nähe an. Ihm gehörte dort ein knapper Hektar Wald, der gerodet werden sollte. Die Bäume mussten gefällt, die Wurzeln ausgegraben, die Stämme mit dem Traktor zum Haus gezogen, in Stücke gesägt, gespalten und in der Stadt als Feuerholz verkauft werden. Das war etwas für Luke, aber die Arbeit musste bei Tageslicht gemacht werden, und Mr. Tadworth wollte, dass es möglichst bald geschah. Es war ausgeschlossen, dass Luke sie nach und nach an seinen freien Wochenenden erledigte.

Darüber gab es zu Hause eine kleine »Reiberei«, wie Dr. Christopherson es genannt hätte. Matt war der Auffassung, dass Bo mittlerweile sehr gut für ein paar Tage in der Woche bei jemandem anders bleiben könne. Luke weigerte sich, etwas derartiges überhaupt in Erwägung zu ziehen. Er hatte gesagt, dass er ein Jahr lang bei ihr bleiben wollte und damit basta.

Ich erinnere mich an dieses Streitgespräch. Ich weiß noch, dass Matt erwiderte: »*Genau* ein Jahr? Muss es *genau* ein Jahr sein? Wie wär's mit einem Jahr minus einen Monat? Würdest du es dann tun? Und wie wär's mit einem Jahr minus einer *Woche*?«

Luke schwieg.

»Wenn dir jemand einen passenden Job anbieten würde, und es würde nur noch ein Tag fehlen, um das Jahr voll zu machen, würdest du ihn dann auch noch ablehnen, Luke? Würdest du behaupten, es geschehe zum Besten von Bo, dass du ihn ablehnst?«

Luke sagte nur: »Matt, halt einfach die Klappe, okay?«

Ich sah, wie Matts Unterkiefer sich verkrampfte, aber er dachte wohl an Dr. Christopherson und sagte nichts mehr.

Und dann ergab sich noch etwas.

Einmal war ich Zeugin einer Diskussion über das Thema *Schicksal und Charakter*. Es war eine Sache unter Studenten, und es endete in allgemeiner Verwirrung, weil die Protagonisten es versäumt hatten, von Anfang an ihre Begriffe klar zu definieren. Bei »Schicksal« gerieten sie auf unsicheres Terrain. Angenommen, jemand wird durch Zufall von einem Meteoriten getroffen, dann hat seine Persönlichkeit letztlich wenig Einfluss auf sein Schicksal gehabt.

Dennoch ist es eine interessante Frage. Nehmen wir Luke, zum Beispiel. Dass er die Möglichkeit zu scheitern stets so entschlossen zurückgewiesen hat, hat mit Sicherheit dazu beigetragen, dass bestimmte Dinge ihren Lauf nahmen. Matt dachte viel rationaler, aber am Ende zahlte sich gerade Lukes Irrationalität aus, als ob er das Schicksal durch seinen Willen bezwungen hätte.

Oder nehmen wir Calvin Pye. Im Nachhinein hat es den Anschein, als ob man sein Schicksal fast vom Augenblick seiner Geburt an hätte voraussagen können. Ebenso bei Laurie. Aber hier scheint mir eine der Schwächen der These zu liegen – nämlich, dass das Schicksal jedes Menschen in mehr oder weniger starkem Maße mit demjenigen aller anderen verknüpft ist. Und außerdem lässt sich die Aussage auch einfach umkehren. In Lukes Fall könnte man sagen, dass er ohne den Verlust unserer Eltern vielleicht nie diese bemerkenswerte Entschlossenheit entwickelt hätte. Sie muss in ihm angelegt gewesen sein, aber ohne die Einwirkung des Schicksals wäre sie wohl niemals so stark hervorgetreten. Man könnte sagen: Das Ereignis gab ihm erst die Gelegenheit, sich zu bewähren.

Und Matt? Wie soll man Matt erklären? Ich für meinen Teil habe es nie gekonnt. Und ich habe nicht den geringsten Wunsch, ihn zu analysieren. Es macht mich zu traurig.

***

Sonntag 27. April
Liebe Tante Annie,
wie geht es dir? Ich hoffe es geht dir gut. Mrs. Stanovich sagt Jesus hat gesagt dass sie zwei Nachmittage in der Woche für uns Zeit hat. Sie sagt ihre Kinder sind jetzt schon groß und wir würden sie mehr brauchen als sie. Luke sagt wir brauchen sie überhaupt nicht aber Matt sagt doch und es wäre gut weil Bo und ich dann in unserm eigenen Haus wären.
Viele Grüße, Kate

»Am Vormittag hab ich keine Zeit«, sagte Mrs. Stanovich. »Vormittags muss ich Frühstück für die Männer machen und das Mittagessen kochen und das Abendessen vorbereiten. Montags und freitags bin ich den ganzen Tag beschäftigt. Am Montag ist Markt, und am Freitag ist Hühnertag. Aber am Dienstag, Mittwoch und Donnerstag kann ich mir die Zeit nehmen, also sucht euch die zwei Tage aus, die am besten passen.«

Trotzig blickte sie Matt und Luke an. Lily Stanovich war ja nicht gerade mit Schönheit gesegnet, mit ihren kleinen, wässrigen Augen in dem großen, fleischigen Gesicht, aber sie besaß unzweifelhaft Haltung. Und heute denke ich, dass etwas Edelmütiges in ihrer trotzigen Art lag. Etwas geradezu Heldenhaftes. Ich bin mir sicher, dass ihr bewusst war, wie wir über sie dachten – wie jeder über sie dachte. Ich erinnere mich, dass mein Vater – selbst mein Vater – einmal sagte, jedes Mal, wenn Lily Stanovich ihren Mund aufmache, müssten sich die Zehen unseres Herrn zusammenkrümmen vor Pein, und dass meine Mutter erwiderte, sie habe ein Herz aus purem Gold und das sei alles, worauf es ankäme. Und ich erinnere mich, dass mein Vater als Antwort vor sich hin murmelte, das sei vielleicht eines der Dinge, auf die es ankäme, aber nicht alles.

In anderen Gemeinden wäre sie vielleicht gar nicht groß aufgefallen, aber in der unsrigen ... nun ja, bei uns waren die meisten Presbyterianer, wie ich schon erwähnt habe. Den Namen des Vaters, des Sohnes und des Heiligen Geistes im Munde zu führen, so etwas tat man nicht. Das Gleiche galt für Gefühlsausbrüche, und Mrs. Stanovich war in Gefühlsausbrüchen eine wahre Meisterin. Selbst ihrem Ehemann war das peinlich. Sogar ihren Söhnen.

Jetzt aber hatte sie sich mit glühenden Wangen und rot geflecktem Hals fest vor Matt und Luke aufgebaut, als ob sie nur darauf wartete, dass sie es wagen würden, ihr Angebot auszuschlagen. Zwei Nachmittage in der Woche. Sie könnte sich um die Mädchen kümmern, ein bisschen kochen, vielleicht ein bisschen putzen (das Putzen ließ sie einfließen, als ob es ihr gar nicht so sehr am Herzen läge), und Luke wäre frei, um Arbeit auf den umliegenden Farmen anzunehmen. Der Herr hatte zu ihr gesprochen, und sie gehorchte Seinem Willen. Ich glaube, sogar Luke musste klar gewesen sein, dass sie keine andere Wahl hatten, als das Angebot anzunehmen.

»Sie wird die Mädchen infizieren«, sagte er später zu Matt mit einem Unterton, als ob er befürchte, dass unsere Eltern hoch droben auf ihrer Wolke ihn hören und zur Strafe in die Küche schicken könnten.

»Infizieren?«, sagte Matt mit Unbehagen, er hatte höchstwahrscheinlich dasselbe Bild vor Augen. »Das ist kein besonders freundlicher Ausdruck.«

»Du weißt schon, was ich meine. Die müssen bezeugen, oder so ähnlich. Wie heißt es gleich wieder? Zeugnis ablegen. Sie müssen Zeugnis ablegen.«

»Nicht bei uns, hier müssen sie das nicht«, antwortete Matt.

»Aber wie sollen wir sie davon abhalten? Wir können

doch nicht sagen: ›Hören Sie mal, Sie dürfen unser Haus putzen, aber Sie dürfen nicht Zeugnis ablegen.‹«
»Wir können es ganz freundlich sagen.«
»Wie soll man so was ganz freundlich sagen?«
»Sag einfach, es sei der Wunsch unserer Eltern gewesen, dass Kate und Bo in unserer eigenen Religion erzogen würden. Das könnten wir ihr sagen. Das würde sie akzeptieren. Sie hat Mum verehrt.«
»Das kann man wohl sagen«, erwiderte Luke.

Künftig kam Mrs. Stanovich jeden Dienstag- und Donnerstagnachmittag, und Luke fällte die Bäume von Mr. Tadworth und rodete sein Grundstück. Mrs. Stanovich und Bo waren nicht immer einer Meinung, aber es gelang ihnen, sich zu verständigen. Mrs. Stanovich ließ Bo in der Küche auf den Kochtöpfen herumhämmern, und Bo ließ Mrs. Stanovich so lange im restlichen Haus putzen; danach ließ Mrs. Stanovich Bo im Esszimmer auf den Töpfen herumhämmern, und Bo ließ Mrs. Stanovich so lange die Küche putzen. Danach durfte Bo sich irgendein Buch mit ins Bett nehmen unter der Bedingung, dass sie dort eine Stunde lang blieb, während Mrs. Stanovich die Töpfe scheuerte und das Abendessen zubereitete. Sobald ich aus der Schule kam, durfte Bo aufstehen, und dann konnten wir beide tun und lassen, was wir wollten, so lange wir sie nicht daran hinderten, »sich an die Fenster zu machen«, oder was immer an dem jeweiligen Tag anstand. Nie wieder ist mir jemand begegnet, der so viel in einen Nachmittag zu packen vermochte. Das Haus war wie verwandelt.

Es war einfacher mit ihr auszukommen als früher, hauptsächlich, weil sie nicht mehr so voller Sorge war. Am Anfang rannte sie jedes Mal zur Haustür und schloss mich in die Arme, wenn ich nach Hause kam, aber das legte sich nach einer Weile. Ich vermute, dass sie bemerkt hatte, wie sehr ich es hasste. Ich vermute, sie konnte nicht umhin, es zu bemerken. Es muss sich angefühlt haben, wie wenn man eine Eidechse umarmt.

Ich hoffe, sie hat gespürt, dass wir ihr dankbar waren. Nein – ich muss das anders formulieren. Ich hoffe, dass wir ihr dankbar waren. Ich habe das ungute Gefühl, dass wir es nicht waren, damals. Aber vielleicht spielte das keine Rolle. Sie hat es ja nicht nur für uns getan.

18

Laurie Pye lief an einem Samstagnachmittag im April von zu Hause weg. Das Datum weiß ich nicht genau, weil ich Tante Annie darüber nichts geschrieben habe, aber ich weiß, dass es im April war, weil das Wetter viel zu warm war und uns allen weismachte, dass der Winter schon vorüber sei, und es war ein Samstagnachmittag, weil Matt bei ihnen war und alles mitbekam.

Matt hat damals nicht viel über den Vorfall erzählt. Er beließ es bei der Mitteilung, der alte Pye und Laurie hätten Krach gehabt und Laurie sei getürmt. Sowohl er als auch Luke hatten schon unzählige Kräche zwischen Calvin und Laurie erlebt. Und Laurie war schon ein paar Mal weggelaufen, als er noch klein war, und jedes Mal von allein zurückgekommen.

In jener Nacht ging es mit dem trügerischen Wetter zu Ende, und die Temperaturen sanken auf minus zehn Grad. Matt hatte ein ungutes Gefühl. Er sagte, Laurie habe nur ein dünnes Hemd angehabt, als er weglief. Aber Luke meinte, das würde nur dazu führen, dass er etwas eher zurückkomme. Wahrscheinlich sei er zum jetzigen Zeitpunkt schon wieder zu Hause, und wahrscheinlich habe sich Mr. Pye inzwischen wieder abgeregt. Matt dachte noch eine Weile darüber nach und stimmte ihm dann zu.

Aber am Sonntag war keiner der Pyes in der Kirche, und

dafür konnte nicht der Schnee verantwortlich sein. Matt war auf dem Heimweg ziemlich schweigsam, und das ließ die Alarmglocken in meinem Kopf schrillen. Wenn Matt besorgt war, dann war ich es auch; für mich waren seine Sorgen immer unsere Sorgen. Daher verhielt ich mich besonders still und hörte besonders genau zu, und nach dem Mittagessen, als Matt und Luke das Geschirr spülten, bekam ich mit, was sich abgespielt hatte. Und obwohl die Geschichte sich schlimm anhörte, war ich erleichtert, weil es eben doch nicht unsere Sorgen waren.

Am Samstagnachmittag hatten Mr. Pye, Laurie und Matt einen Bullen geschlachtet. Schlachten war von allen Arbeiten auf der Farm diejenige, die Matt am meisten hasste. Er war Tieren gegenüber nicht sentimental, aber dennoch stieß es ihn ab, besonders wenn, wie in diesem Fall, der Bulle gemerkt hatte, was mit ihm geschehen würde, und in panischer Angst sterben musste. Alle drei Männer waren bei dieser Arbeit voll gefordert, und Mr. Pye bekam einen Tritt ab, was seine Laune nicht gerade besserte.

Matt erzählte, Mr. Pye habe angefangen, auf Laurie einzuschimpfen, weil er sich angeblich nicht genügend eingesetzt hätte. Er nannte ihn Schlappschwanz. Zu nichts zu gebrauchen, wie ein Mädchen. Er sagte, nach fünfzehn Jahren habe Laurie immer noch keinen blassen Schimmer von der Arbeit auf dem Hof. Habe es nicht einmal versucht. Höre nie zu. Dumm wie dieser gottverdammte Bulle.

Während sich all dies abspielte, rann das Blut ununterbrochen aus dem Bullen. Er lag auf der Seite, zuckte und bebte, während das Leben allmählich aus ihm heraus- und in den Boden sickerte.

Laurie sagte: »Das muss ich wohl von dir geerbt haben.«

Er habe auf dem Bullen gekniet, sagte Matt, aber bei diesem Satz sei er aufgestanden. Der Bulle hatte fast aufgehört zu zucken. Schauder liefen über seine Flanken wie kleine Wellen über einen See. Um ihn herum bildete das Blut eine dicke dunkle Lache. Matt kniete immer noch bei seinem Kopf und hielt ihn mit seinem vollen Gewicht bei den Hörnern. Eines der Hörner hatte ein tiefes Loch in den Boden gegraben.

Calvin Pye war gerade damit beschäftigt, das Messer an einem alten Strohballen abzuwischen. Er hob den Kopf und blickte über den großen zuckenden Körper hinweg auf Laurie.

»Was hast du gesagt?«

»Ich sagte, das muss ich von dir geerbt haben. Die Dummheit.«

Matt sagte, für einen Augenblick hätten alle den Atem angehalten. Er selbst sei völlig reglos geblieben, habe nur den Kopf des Bullen gehalten und auf ihn hinuntergestarrt. Er sagte, die Zunge habe auf dem Boden gelegen. Sie sei aus dem Maul des Bullen hervorgetreten wie ein großer Klumpen Blut.

Calvin Pye sagte: »Hab ich dich richtig verstanden?«

Und Laurie antwortete: »Falls du nicht taub bist.«

Matt sagte, dann sei ein leises Kratzgeräusch zu hören gewesen und er habe aufgeschaut, aber zum Glück sei es nur das Geräusch gewesen, das das Messer verursacht hatte, als Calvin es auf eine Betonmauer gelegt hatte. Wenn er es in der Hand gehalten hätte, sagte Matt, dann wüsste er nicht, wie er reagiert hätte. Das Ganze sei schon bedrohlich genug gewesen.

Calvin ging hinüber zur Scheune. Er verschwand im Innern und tauchte fast im nächsten Augenblick wieder auf. Etwas hing von seiner Hand herunter. Es sei ein Riemen gewesen, sagte Matt.

Er kam auf sie zu, seine Augen auf Laurie gerichtet. Matt beobachtete ihn. Er kniete immer noch neben dem

Kopf des Bullen und hielt immer noch die Hörner. Laurie ließ seinen Vater ebenfalls nicht aus den Augen. Er schien keine Angst zu haben, sagte Matt. Matt hatte panische Angst.

Calvin Pye sagte kein Wort. Er lief um die Blutlache unter dem Körper des Bullen herum, und im Gehen wickelte er das eine Ende des Riemens, dasjenige, an dem sich keine Schnalle befand, um seine Hand.

Matt kam auf die Beine. Er sagte: »Mr. Pye?« Seine Stimme habe wie ein heiserer Schrei geklungen, sagte Matt.

Keiner von beiden beachtete ihn. Sie ließen sich gegenseitig nicht aus den Augen. Die Schnalle schwang am Riemen hin und her, aber Laurie achtete nicht darauf. Seine Augen blieben auf seinen Vater gerichtet.

Matt sagte, es sei ihm vorgekommen, als ob die Zeit sich verlangsamen würde. Weniger als ein Dutzend Schritte trennten Calvin von seinem Sohn, aber jeder Schritt dauerte eine Ewigkeit. Laurie rührte sich nicht. Er stand nur da. Erst als sein Vater mehr oder weniger beim Schwanz des Bullen angekommen war, sodass nur noch etwa drei Schritte zwischen ihnen lagen, begann Laurie zu reden.

Er sagte: »Du wirst mich nie wieder schlagen, du Schwein. Ich gehe. Aber ich hoffe, dass du krepierst. Ich hoffe, dass du krepierst wie dieser Bulle. Ich hoffe, jemand schneidet dir die Kehle durch.«

Und dann drehte er sich um und rannte weg.

Matt sagte, Calvin sei ihm hinterhergestürzt, aber nach ein paar Metern habe er aufgegeben und sei zurückgekommen. Er schaute Matt nicht an. Er stand nur da und schaute auf den Bullen, in dem nun kein Leben mehr war, und wickelte den Riemen um seine Hand auf. Dann sagte er mit unbewegter Stimme, als ob nichts geschehen wäre: »Worauf wartest du noch? Fang schon an aufzuräumen.«

Hat nichts mit uns zu tun. Dachte ich. Ich wusste nicht, dass die Geschichte der Pyes schon begonnen hatte, sich mit der unsrigen zu verbinden. Keiner wusste das. Alle stolperten wir irgendwie weiter, die Morrisons und die Pyes und die Mitchells und die Janies und die Stanovichs und all die andern, Seite an Seite, tagein, tagaus. Unsere Wege waren in mancher Hinsicht dieselben und in anderer Hinsicht wieder verschieden, und alle verliefen dem Anschein nach parallel. Aber parallele Linien kreuzen sich nicht.

19

Was ich damals auch nicht wusste: Dieser Frühling sollte der letzte sein, den ich mit Matt zusammen verbringen durfte. Die Zeit unserer Teichbesuche, die eine so wichtige Rolle in meinem Leben eingenommen hatten, dass ich mir nicht vorstellen konnte, dass es einfach mit ihnen vorbei sein könnte, neigte sich ihrem Ende zu. Bis September sollten die Teiche durch zwei Vorkommnisse in meinen Augen entweiht werden, und danach besuchte ich sie einige Jahre lang überhaupt nicht mehr. Und als ich es wieder tat, war Matt nicht mehr dabei, und alles war anders.

Vielleicht sind mir aus diesem Grund die Ausflüge in jenem Frühjahr so lebhaft in Erinnerung geblieben. Wie die letzte gemeinsame Mahlzeit mit meinen Eltern, so haben auch sie eine besondere Bedeutung erhalten. Dazu kam, dass ich mittlerweile in einem Alter war, in dem ich anfing zu begreifen, was ich sah, und mir meine Gedanken darüber zu machen. Das Interesse, das Matt in mir geweckt hatte, war zu einer tieferen Neugier geworden, und ich begann in jenem Jahr selbst auf die Dinge aufmerksam zu werden, ohne dass mich jemand darauf hingewiesen hätte.

Der Frühling ist die beste Zeit für Teichbeobachtungen, und in jenem Frühling schien geradezu jedwede Form des Lebens darauf bedacht zu sein, uns seine Geheimnisse zu offenbaren. Ich erinnere mich, dass ich eines Abends den Pfad zu »unserem« Teich in großer Aufregung hinunterrutschte, weil die Wasseroberfläche zu kochen schien. Sie brodelte und schäumte wie die Suppe in einem Kochtopf. Wir konnten uns zunächst keinen Reim darauf machen. Dann stellte sich heraus, dass es Frösche waren, hunderte von Fröschen, die an der Oberfläche umeinander wuselten, aufeinander stiegen, abrutschten, sich wieder hochkämpften. Ich fragte Matt, was sie täten, und er antwortete: »Sie paaren sich, Kate. Sie erzeugen Froschlaich.« Doch auch er schien von der verzweifelten Triebhaftigkeit des Geschehens beeindruckt zu sein.

Er erklärte mir, dass für alle Lebewesen, von den einzelligen bis zu den hochentwickelten, der Hauptzweck des Daseins in der Fortpflanzung liege. Ich erinnere mich, dass ich verwirrt war. Es erschien mir sonderbar, dass etwas nur existieren sollte, um etwas anderes zum Existieren zu bringen. Irgendwie fand ich das unbefriedigend. Eher witzlos, wie wenn man nur um des Reisens willen eine Reise macht.

Es kam mir nicht in den Sinn, ihn zu fragen, ob das auch die Menschen einschließe – ob Fortpflanzung auch alles sei, wofür wir existierten. Ich weiß nicht, was er geantwortet hätte, damals im Frühjahr, wenn ich ihn gefragt hätte.

Natürlich hatte der Frühling auch noch eine andere Bedeutung. Damals wie heute fanden die Prüfungen im Juni statt. Matt war unter den ganz wenigen seiner Schule, die das Examen der Oberstufe ablegen sollten, und er war der Einzige, der sich für ein Studium an der Universität bewarb. Die meisten Kinder aus Crow Lake würden sich schon glücklich schätzen, wenn sie den Abschluss nach der zwölfte Klasse schafften. Und wenn es einem Kind aus einer Farmerfamilie vergönnt war, nach der dreizehnten Klasse den Abschluss zu machen, dann eher einem Mädchen, da Mädchen weniger kräftig und daher weniger nützlich waren.

Im Allgemeinen besaßen die Farmerfrauen, die ich kannte, mehr Bildung als ihre Ehemänner. Man hielt das für ein gutes Arrangement; die Ehefrauen kümmerten sich um die Buchhaltung der Farm und schrieben, wenn nötig, Briefe. Auf Bildung als solche wurde ansonsten nicht viel gegeben. Urgroßmutter Morrison war darin untypisch.

In meiner Erinnerung sind jene Monate, als Matt seine Schlacht mit dem Prüfungsstoff des letzten Schuljahres kämpfte (die er mühelos gewann), die friedlichsten seit dem Tod unserer Eltern gewesen. Endlich waren wir zur Ruhe gekommen. Unsere finanziellen Sorgen waren geringer geworden, und Matt hatte sich mit Lukes Opfer abgefunden, wenn auch nur, weil er sich einen Plan zurechtgelegt hatte, wie er es ihm zurückzahlen würde. Obwohl er zu dieser Zeit kein Wort darüber verlor.

Dass Luke mit der Schule verbunden war, wie bescheiden auch immer seine Stellung war, wirkte auf mich beruhigend und machte mich sogar ein bisschen stolz. Manchmal, an Mrs. Stanovichs Tagen, wenn die Arbeit es zuließ, kam er während der Nachmittagspause in die Schule, um zu sehen, ob irgendetwas zu tun war. Ich erinnere mich, dass er und Miss Carrington einmal auf allen vieren auf der Erde krochen und den Schaden besahen, den ein Stachelschwein an den hölzernen Fundamenten der Schule angerichtet hatte. Ich erinnere mich, dass Luke wieder auf die Füße kam, seine Hände an seinen Jeans abwischte und fröhlich meinte, es sei nicht allzu schlimm, er werde es über den Sommer reparieren und dann die ganze Geschichte mit Kreosot behandeln, und dass Miss Carrington beruhigt nickte. Ich erinnere mich, dass ich stolz auf ihn war und dass ich hoffte, dass es niemandem entgangen war, wie mein Bruder die Lehrerin beruhigt hatte.

Inzwischen ging auch Rosie Pye wieder zur Schule. Nach Lauries Verschwinden war sie ein paar Wochen lang überhaupt nicht aufgetaucht – im Grunde genommen war die gesamte Pye-Familie von der Bildfläche verschwunden. Aber nach und nach schien alles wieder seinen halbwegs normalen Gang zu gehen. Rosie war schon vorher so still und seltsam gewesen, dass sie nicht besonders verändert wirkte. Marie war den ganzen Tag über mit dem Traktor unterwegs, sie hatte die Arbeit ihres Bruders übernommen, und wenn sie noch zurückgezogener erschien, als sie gewöhnlich schon war, so war das nicht weiter erstaunlich.

Calvin war wie immer. An den Samstagen arbeitete Matt noch immer für ihn. Er war der einzige Mensch in der Gemeinde, der in dieser Zeit regelmäßigen Kontakt zu den Pyes hatte. Er meinte, dass es im Grunde genommen einfacher als früher sei, mit Calvin auszukommen, weil er nach Lauries Verschwinden nicht mehr ständig wütend sei.

Die Einzige, die sich auffällig verändert hatte, war Mrs. Pye. Die Frauen in der Kirche schüttelten über sie den Kopf und sagten, Lauries Verschwinden habe sie sehr mitgenommen. Sie ging nicht mehr aus dem Haus, und wenn jemand vorbeikam, öffnete sie nicht die Tür. Reverend Mitchell versuchte, mit Calvin darüber zu reden, bekam jedoch zur Antwort, er solle sich um seine eigenen Angelegenheiten kümmern.

Was Laurie anbelangt, so hatte man seit dem Tag, an dem er fortgelaufen war, kein Lebenszeichen mehr von ihm erhalten, obwohl der jüngste Sohn von Mr. Janie in New Liskeard gewesen war und behauptete, ihn dort auf dem Markt bei der Arbeit gesehen zu haben.

Im Rückblick kommt es mir merkwürdig vor, dass nicht mehr Aufhebens von seinem Verschwinden gemacht wurde. Er hatte weder Geld noch Proviant noch Kleider noch Erfahrung in der Welt. Man sollte meinen, dass jemand auf die Idee gekommen wäre, die Polizei zu verständigen. Es kam aber niemand auf die Idee.

Ich vermute, es lag daran, dass so etwas auch schon früher vorgekommen war. Auf dem Wandteppich der Familie, der bereits viele Löcher aufwies, war Laurie nur eine weitere verlorene Masche.

★★★

In jenem Frühling begann ich hinter der Abschottung hervorzutreten, hinter der ich mich den größten Teil des Jahres über verborgen gehalten hatte. Bis dahin hatte ich nicht viel am Leben teilgenommen. Es war mir gelungen, mein Blickfeld auf einen kleinen Ausschnitt zu begrenzen; Matt, Luke und Bo standen mir klar vor Augen, aber alles andere war verschwommen. Schließlich begann sich jedoch in jenem Frühjahr mein Blickwinkel wieder zu erweitern. Janie Mitchell, die mittlere Tochter von Reverend Mitchell, war schon in früheren Tagen meine beste Freundin gewesen; eines Tages im Mai fragte sie mich, ob ich nicht Lust hätte, nach der Schule zum Spielen mitzukommen, und ich willigte ein. Sie hatte mich schon vorher gefragt, aber bislang hatte ich nicht gewollt. Jetzt war ich bereit.

Es war ein Mittwoch, als ich zu ihr ging. Ich erinnere mich, dass wir Verkleiden spielten. Der Nachmittag war ein Erfolg, und Mrs. Mitchell bot mir an, regelmäßig am Mittwoch zu kommen. Dann schlug sie vor, dass ich Bo mitnehmen solle. Auch das war von Erfolg gekrönt, worauf sie schließlich Luke fragte, ob sie nicht Bo für den ganzen Nachmittag zu sich nehmen solle. Bo war damit einverstanden. Die Mitchells hatten ein Baby, das ihre Neugier geweckt hatte, und sie besaßen zudem noch einen Hund – nicht so lieb wie Molly, aber doch ziemlich lieb.

Auf diese Weise hatte Luke einen weiteren Nachmittag frei. Wieder ging es ein Stück voran. Ich erinnere mich an den besorgten Übereifer, mit dem er und Matt uns über die Ereignisse an diesen Nachmittagen ausfragten. Was hatten wir gespielt? Hatten wir Spaß gehabt? Hatte Bo mitgemacht? Gab es irgendwelchen Streit? Zwei überängstliche Mütter im Duett.

Ende Mai wurde ich acht Jahre alt, ein Ereignis, das die peinliche Erkenntnis zu Tage förderte, dass wir den Geburtstag von Bo um vier Monate versäumt hatten. Bo machte sich natürlich gar nichts daraus, aber uns drückten Schuldgefühle. Mrs. Stanovich war entsetzt. Sie hatte eine Torte mit rosa Guss für mich gebacken, jetzt stürmte sie in die Küche und buk eine zweite. Der obere Rand beider Torten war ringsum mit Zuckerwürfeln bestückt, jeder mit einer kleinen pastellfarbenen Zuckerblume verziert. Ich war ganz fasziniert davon. Noch nie hatte ich so eine Zartheit, so eine Kunstfertigkeit bei essbaren Dingen erlebt. Weiß der Himmel, wo sie die herhatte – sie mussten ein kleines Vermögen gekostet haben. Ich bin sicher, dass sie nicht im Traum darauf gekommen wäre, sie ihren eigenen Kindern zu schenken.

Ich erinnere mich an ihre Unterhaltung mit Bo. Zu dieser Zeit unterhielten sie sich bereits. Sie hatten eine Beziehung zueinander gefunden, mit der nach meinem Eindruck beide Seiten recht zufrieden waren.

Mrs. Stanovich stellte die Torte auf die Anrichte, neben meine, und sagte so etwas wie: »Bitte schön, mein Spatz. Eine Torte ganz für dich allein.«

»Ich nicht mein Spatz«, sagte Bo. Sie war damit beschäftigt, die Schüssel mit dem restlichen Guss auszulecken, sodass die Torte im Moment für sie nicht so interessant war.

»Du liebe Güte, du hast ja Recht«, sagte Mrs. Stanovich.

»Wie dumm von mir! Du bist natürlich die kleine Bo-Maus.«

Bo war zufrieden. »Bo-Maus!«, krähte sie. Sie verschwand in der Schüssel, dann tauchte sie kurz wieder auf, winkte mit dem Löffel und rief triumphierend: »F'itzt durchs Haus!«

Mrs. Stanovich strahlte, aber das Ergreifende des Augenblicks – süßes, rosa glasiertes Waisenkind mit tragisch verspäteter Geburtstagstorte – war zu viel für sie, und ich bemerkte, wie ihre Unterlippe anfing zu beben. Ich versuchte, mich aus dem Zimmer zu stehlen, aber sie rief mich zurück.

»Katherine, Süße?«

Widerstrebend kehrte ich um. »Ja?«

»Süße, da wir jetzt zwei Torten haben«, sie fingerte ein großes Taschentuch aus den Tiefen ihres umfangreichen Busens hervor, schnäuzte sich heftig, stopfte das Tuch wieder zurück und holte tief Luft. Sie kämpfte heroisch, das muss man ihr lassen. »Da wir jetzt zwei Torten haben, habe ich gedacht, ob wir nicht deine für die Schule morgen aufheben sollen, dann könntest du sie mit deinen Freunden teilen.«

Es war eine gute Idee. Ich war einverstanden. »Ja, gut. Danke.«

Vielleicht habe ich ihr zugelächelt, oder es war das »Danke« oder auch die Tatsache, dass Bo mittlerweile rosa Guss in den Haaren hatte, wie auch immer, es war endgültig zu viel für sie, sie gab den Kampf auf und zerfloss.

Immer saß im Hintergrund Matt mit seinen Büchern. Den ganzen April und Mai über, während um ihn herum das häusliche Leben sich in gewohnt chaotischer Weise abspielte, sehe ich Matt am Küchentisch sitzen und schreiben. Einen großen Teil der Zeit musste er Bo hüten, und sicherlich fühlte er sich verpflichtet, sie immer in seiner Nähe zu haben, aber selbst wenn Luke zu Hause war, schien er nicht die Ruhe seines Schlafzimmers zu suchen. Vielleicht waren wir für ihn nur Hintergrundgeräusch. Auf jeden Fall besaß er eine phänomenale Fähigkeit, sich zu konzentrieren.

Ich liebte es, ihm dabei zuzusehen. Manchmal setzte ich mich zu ihm, malte Bilder auf die Rückseiten seiner Notizblätter und sah den Bewegungen seines Füllers zu. Er schrieb so schnell, dass es mir vorkam, als flössen die Wörter seinen Arm hinunter geradewegs auf das Blatt. Wenn Mathe an der Reihe war, dann schlängelten sich lange Reihen von Zahlen auf dem Papier, und der Füller setzte Zeichen und Schnörkel zwischen die Zahlen, deren Bedeutung ich nicht kannte. Wenn er am Ende einer Rechnung angekommen war und das erwartete Ergebnis gefunden hatte, dann unterstrich er es mit Nachdruck. Wenn es dagegen nicht stimmte, wenn er irgendwo unterwegs einen Fehler gemacht hatte, dann sagte er ärgerlich: »Was? *Was?*«, was mich immer zum Kichern brachte, strich alles durch und begann von neuem.

Ich kann mich nicht erinnern, je irgendein Anzeichen von Aufregung bei ihm bemerkt zu haben, weder vor noch während der Prüfungen, obwohl unsere Ausflüge zu den Teichen eine Zeit lang kürzer ausfielen, als diese unmittelbar bevorstanden. Als die Prüfungen dann wirklich begannen, war an ihm nur noch Gelassenheit zu sehen. Wenn Luke ihn fragte, wie die eine oder andere gelaufen sei, sagte er in beiläufigem Ton »ganz gut« und beließ es bei dieser Antwort.

Und dann waren sie vorbei. Er hatte bestanden, ohne dass er größeres Aufhebens davon gemacht hätte. Er räumte seine Papiere vom Küchentisch, stapelte sie ordentlich in seinem Zimmer auf dem Fußboden und nahm über den Sommer die Arbeit bei Calvin Pye wieder auf.

All diese Arbeit. Diese Hingabe und Entschlossenheit. Diese unendlich vielen Stunden des Lernens. All diese Arbeit, um unseren Eltern Ehre zu machen, um den Verwüstungen jenes Jahres etwas Gutes abzuringen, um sich selbst und Luke etwas zu beweisen, um meinetwillen, um seinetwillen, um ihrer selbst willen, aus purer Freude an ihr – das vielleicht mehr als alles andere. Arbeit, damit er seinerseits für unseren Unterhalt sorgen könnte, Arbeit für die Zukunft der Familie. Arbeit, weil er wusste, dass er es schaffen würde, dass seine Mühe belohnt werden würde.
Als ob das Leben so einfach wäre.
»Alles ist machbar, wenn man nur eifrig genug danach strebt«, sagt eine Redensart. Das ist natürlich Unsinn, aber wahrscheinlich machen wir alle unsere Arbeit in dem Glauben, dass sie zutrifft – dass das Leben einfach ist, dass unsere Mühen belohnt werden. Es würde sich nicht lohnen, morgens aus dem Bett zu steigen, wenn man nicht daran glauben würde. Urgroßmutters Bemühungen um die Bildung ihrer Kinder nährten sich aus diesem Glauben, dessen bin ich sicher. Jackson Pye musste daran geglaubt haben – man denke nur an die schier unglaubliche Energie und Mühe, die es ihn gekostet hat, um diese Farm der Wildnis abzutrotzen. Das schöne Haus, die wohlgestaltete Scheune, die Ställe und Nebengebäude, die mühevoll gerodeten Äcker, die Tonnen von aufgelesenen Steinen, die entwurzelten Bäume, die eingezäunten Weiden. Arthur Pye musste ebenso daran geglaubt haben – geglaubt haben, dass er dort Erfolg haben würde, wo sein Vater gescheitert war, wenn er nur hart genug arbeitete. Und Calvin nach ihm.
Und alle Pye-Frauen – alle müssen sie beim ersten Anblick des Hauses von der gleichen Erregung und Ent-

schlossenheit erfüllt gewesen sein und sich im Geist schon die zukünftige große, glückliche Familie ausgemalt haben, wie sie durch die Haustür ein- und ausgeht und die weite Veranda mit Leben erfüllt. Sie müssen bereitwillig die Träume ihrer Ehemänner geteilt haben, daran geglaubt haben und sich an diesen Glauben all die Jahre über verzweifelt geklammert haben. Weil in einer idealen Welt die Mühe, ebenso wie die Tugend, belohnt wird und es ganz einfach unsinnig ist, sich nicht so zu verhalten, als ob wir in einer idealen Welt lebten.

★★★

Ein oder zwei Wochen nach Matts Prüfungen ging das Schuljahr zu Ende, und wir richteten uns in der sommerlichen Routine ein. Mrs. Stanovich kam nach wie vor an den Dienstag- und Donnerstagnachmittagen, und Bo und ich gingen weiterhin am Mittwoch zu den Mitchells, und Luke arbeitete an diesen Tagen. Mr. Tadworth, dessen Grundstück er im Frühjahr gerodet hatte, hatte ihn gebeten, beim Bau einer neuen Scheune mitzuhelfen. Er hatte ihm mehr Geld angeboten, als Calvin Pye bereit war zu zahlen, und es war weitaus angenehmer, für ihn zu arbeiten, deshalb nahm Luke den Job an, obwohl er wahrscheinlich Schuldgefühle Matt gegenüber hatte, der nun alleine zur Farm gehen musste. Nachdem Laurie weggefallen war, fehlte es Calvin an allen Ecken und Enden an Arbeitskräften, und Matt arbeitete zwölf Stunden am Tag. Er sagte, Maries Arbeitstag würde fast vierundzwanzig Stunden dauern; sie verbrachte die Tage auf dem Traktor und die Abende mit Kochen und Hausarbeit. Mrs. Pye ging es nicht gut. Eines Abends fand man sie, als sie in einem Zustand völliger Verzweiflung auf den Straßen in der Umgebung der Farm umherlief. Mr. McLean, der sich auf der Rückfahrt von seinem wöchentlichen Einkauf in der Stadt befand, kam ihr entgegen. Sie sagte, sie sei auf der Suche nach Laurie. Mr. McLean meinte, sie habe ausgesehen, als ob sie in einen Graben gefallen sei. Ihr Haar sei ganz zerzaust, ihr Gesicht und ihre Hände zerkratzt und schmutzig und ihr Rock zerrissen gewesen. Er wollte sie zu Reverend Mitchell bringen, sie habe aber abgelehnt, sodass er sie nach Hause gefahren habe.

Es wurde Juli. Ich erinnere mich, dass ich eines Abends mitbekam, wie Matt und Luke sich darüber unterhielten, dass sie es nicht fassen könnten, dass es nun schon ein Jahr her sei. Ich wusste nicht, worauf sich das bezog. Was war schon ein Jahr her? Ich lauschte, aber sie gingen nicht weiter darauf ein. Nach einer Weile sagte Luke: »Wann werden die Ergebnisse bekannt gegeben?«

»Demnächst«, antwortete Matt. Es folgte eine Pause, dann sagte er: »Du könntest immer noch hingehen.«

»Wohin?«

»Aufs Lehrerseminar. Ich bin sicher, dass sie dich noch nehmen würden.«

Eine Weile herrschte Schweigen. Selbst von meinem Posten hinter der Tür aus spürte ich, dass dies nichts Gutes verhieß.

Matt sagte: »Alles, was ich sagen will, ist: Falls du deine Meinung ändern möchtest, dann ist es wahrscheinlich noch nicht zu spät. Ich bin sicher, sie nehmen dich noch. Ich könnte bei den Mädchen bleiben.«

Das Schweigen wurde länger. Schließlich sagte Luke: »Jetzt hör mir mal gut zu, ja? Ich bleibe bei den Mädchen. Und ich möchte nicht mehr darüber reden, nie mehr. Auch wenn wir beide hundert Jahre alt werden, ich möchte nie wieder ein Wort über dieses Thema verlieren.«

Ich lauschte angespannt. Aber Matt antwortete nicht, und nach einer Weile sagte Luke, jetzt etwas ruhiger:

»Und überhaupt, was ist mit deinem Hirn los? Ich denke, du bist so wahnsinnig intelligent. Darf ich dich daran erinnern, dass kein Geld da ist, selbst wenn ich gehen wollte? Deswegen brauchst du ja auch ein Stipendium.«

Ich erinnere mich, wie erleichtert ich war; es würde keinen Streit geben. Das war alles, was mich beschäftigte. Der Inhalt ihres Gesprächs beunruhigte mich nicht, obwohl für mich die Frage, ob Matt weggehen würde oder nicht, von allerhöchster Bedeutung hätte sein müssen. Aber mir war, so merkwürdig das klingt, bisher noch gar nicht bewusst geworden, dass er tatsächlich weggehen würde. Ich weiß nicht, wie ich es fertig gebracht habe, nicht darüber nachzudenken, aber so war es. Ich hatte keine Ahnung.

Ich glaube nicht, dass irgendjemand bezweifelte, dass Matt ein Stipendium erhalten würde – aber dass er so glänzend abschneiden würde, hatten wohl nicht einmal seine Lehrer erwartet. Er ließ alle hinter sich. Er bestand alles, was es zu bestehen gab.

Ich erinnere mich an den Abend, nachdem die Ergebnisse bekannt gegeben worden waren. Das Abendessen verlief chaotisch, weil ständig Leute vorbeikamen, um ihm zu gratulieren, alle strahlend vor Stolz, dass Crow Lake einen so spektakulären Erfolg zu verzeichnen hatte.

Als Erste kam Miss Carrington. Die Highschool musste sie verständigt haben, sobald die Ergebnisse eingetroffen waren, sodass sie fast gleichzeitig mit Matt davon erfahren hatte. Ich hatte sie seit einigen Wochen nicht gesehen und hielt mich etwas schüchtern im Hintergrund. Ich weiß noch, dass sie lachte – alle drei lachten – und dass Matt glücklich aussah und verlegen war und dass Luke ihm ziemlich fest auf die Schulter klopfte. Ich erinnere mich, dass ich sie ansah und nicht genau wusste, was die ganze

Aufregung bedeutete, nur so viel, dass Matt der klügste Mensch auf der ganzen Welt war, was ich schon die ganze Zeit gewusst hatte, und dass ich zufrieden war, dass es nun auch alle andern einsahen. Und immer noch hatte ich nicht die leiseste Ahnung von den Folgen, die sich daraus ergeben würden.

Ich erinnere mich, dass Matt Tante Annie anrief. Wahrscheinlich wusste sie, dass die Ergebnisse in diesen Tagen bekannt gegeben würden, und hatte ihn gebeten, sie anzurufen. Ich weiß nicht, was sie zu Matt gesagt hat, aber ich weiß noch, dass er errötete und in den Hörer lächelte.

Ich erinnere mich, dass Marie vorbeikam. Matt stand abrupt auf, als er sah, wie sie den Weg heraufkam, und ging hinaus, um sie zu begrüßen. Ich sah, wie sie ihn nervös anlächelte und etwas zu ihm sagte, was ihn zurücklächeln ließ. Ich erinnere mich an andere Gratulanten, unter ihnen Reverend Mitchell, die es sich alle nicht nehmen ließen, ihm kräftig die Hand zu schütteln. Der Letzte in der Reihe war Dr. Christopherson, der von irgendwo die Nachricht erhalten hatte und extra den weiten Weg aus der Stadt hergekommen war.

Ich sehe ihn noch in der Küche stehen, während Bo und Molly um seine Füße tanzten, und höre ihn sagen: »Ein brillantes Ergebnis, Matt. Wirklich großartig.«

Und ich erinnere mich, wie er hinzufügte: »Wann wirst du weggehen? Anfang September?«

Und mein Entsetzen. Ich erinnere mich an mein grenzenloses Entsetzen.

***

Ich fragte: »Wie lange?«
 Zögern. Dann sagte er sanft: »Für ein paar Jahre.«
 »Gefällt es dir hier nicht mehr?«

»Doch, Kate, natürlich gefällt es mir hier. Hier bin ich zu Hause. Und ich werde ganz oft zurückkommen. Aber es geht nicht anders, ich muss weggehen.«

»Aber du kommst dann jedes Wochenende, oder?«

Er schaute gequält, aber ich fühlte kein Mitleid mit ihm.

»Nicht jedes Wochenende. Die Fahrt hin und zurück kostet eine Menge Geld.«

Es folgte ein langes Schweigen. Ich kämpfte mit dem Druck in meiner Kehle.

»Ist es sehr weit weg?«

»Ungefähr vierhundert Meilen.«

Eine unvorstellbare Entfernung.

Er streckte die Hand aus und berührte einen meiner Zöpfe. »Komm. Ich will dir etwas zeigen.« Inzwischen flossen die Tränen, aber er sagte nichts darüber. Er führte mich in das Schlafzimmer unserer Eltern und stellte mich vor die Fotografie von Urgroßmutter.

»Weißt du, wer das ist?«

Ich nickte. Natürlich wusste ich das.

»Das ist die Großmutter von Dad. Die Mutter seines Vaters. Sie verbrachte ihr ganzes Leben auf einer Farm. Sie ist nie auf eine Schule gegangen. Und dabei wollte sie so gerne lernen. *So gerne* wollte sie über Dinge Bescheid wissen und Dinge verstehen, Kate. Sie fand die Welt einfach faszinierend, und sie wollte alles darüber wissen. Sie war wirklich klug, aber es ist wahnsinnig schwer, sich zu bilden, wenn man keine Zeit hat zu lernen und niemanden, der es einem beibringt. Deshalb hatte sie den festen Entschluss gefasst, dass, sollte sie einmal Kinder bekommen, jedes von ihnen eine gebührende Chance erhalten würde, sich zu bilden.

Und so geschah es auch. Alle gingen sie auf die Schule. Aber danach mussten sie aufhören und arbeiten gehen, um sich ihr Brot zu verdienen, denn sie waren wirklich arm.

Ihr jüngster Sohn – unser Großvater – er war der intelligenteste – wurde erwachsen und hatte selbst sechs Kinder. Auch er war Farmer und immer noch arm, aber alle seine Kinder gingen zur Schule, und später übernahmen die älteren Söhne die Arbeit des jüngsten, damit er auf die Highschool gehen konnte. Und das war Dad.«

Er setzte sich auf das Fußende des Bettes. Ein oder zwei Minuten lang sah er mich nur an, und mir fiel auf, vielleicht weil ich Urgroßmutter angeschaut hatte, wie sehr seine Augen den ihren glichen. Seine Augen und sein Mund.

Er sagte: »Ich habe die Chance, sogar noch weiter zu kommen, Kate. Ich habe die Chance, Dinge zu lernen, von denen Urgroßmutter nicht einmal geträumt hat. Ich muss einfach gehen, begreifst du?«

Und tatsächlich – und das zeigt, was für ein guter Lehrer er während unserer gemeinsamen Jahre für mich gewesen war – tatsächlich begriff ich. Ich begriff, dass er gehen musste.

Er sagte: »Hör mal, ich möchte dir etwas sagen. Ich habe einen Plan. Ich habe das noch niemandem erzählt, und ich möchte, dass du es nicht weitererzählst. Es bleibt unser Geheimnis, okay? Versprochen?«

Ich nickte.

»Wenn ich mit dem Studium fertig bin und einen guten Abschluss gemacht habe, dann könnte ich einen guten Job bekommen und viel Geld verdienen. Und dann werde ich bezahlen, damit du auch auf die Universität gehen kannst. Und wenn *du* dann fertig bist, dann werden *wir beide* für Bo und Luke bezahlen, damit die gehen können. Das ist mein Plan. Was hältst du davon?«

Was ich davon hielt? Ich dachte, dass ich ohne Matt vermutlich sterben würde, dass es sich aber andererseits vielleicht doch lohnte, weiterzuleben und Teil eines so großartigen Plans zu sein.

FÜNFTER TEIL

20

»Ist dir eigentlich klar, dass ich mich zum ersten Mal in kartographisch nicht erfasste Wildnis wage? Ich bin schon mal drübergeflogen, aber richtig drin war ich noch nie«, sagte Daniel.

»Das hier ist schon seit mindestens hundert Jahren erfasst. Falls du es noch nicht gemerkt hast: Wir befinden uns auf einer Straße.«

»Eine Piste«, sagte Daniel vergnügt, »eine Piste, wenn's hochkommt.«

Es ist keine Piste, es ist eine geteerte Straße. Und selbst bevor sie geteert wurde, war es eine ganz anständige Straße, ein bisschen matschig im Frühjahr, ein bisschen staubig im Sommer, im Winter gelegentlich zugeschneit, aber ansonsten war überhaupt nichts daran auszusetzen. Daniel genoss es sichtlich. Für ihn war dies das große Naturerlebnis, war dies Natur im Urzustand. Daniel hat ungefähr so viel Ahnung von der freien Wildnis wie ein durchschnittlicher Taxifahrer in Toronto.

Ich hatte am Freitag keinen Unterricht, und er musste nur ein Tutorium abhalten, das um elf endete, daher waren wir zeitig losgefahren. Es sind vierhundert Meilen, keine unvorstellbare Entfernung mehr, aber immer noch eine lange Fahrt.

Das Wetter war gut, es war ein schöner, klarer Apriltag.

Die Stadtlandschaft von Toronto wurde schnell durch Äcker abgelöst, dann wurde der Boden karger, und statt der Äcker tauchten von Bäumen umsäumte Wiesen auf, mit hier und da einem abgerundeten grauen Granitfelsen, der wie der Rücken eines Wals daraus hervorragte. Und dann nahmen die Wale überhand, und die Wiesen waren nur noch raue Grasflecken zwischen den Felsen.

Gegen zwei erreichten wir Huntsville. Dahinter wurde der Verkehr spärlich, und nach North Bay hatten wir die Straße für uns. Mittlerweile ist die gesamte Strecke bis Struan geteert. Erst wenn man nach Crow Lake abbiegt, hört der Asphalt auf, der Wald rückt näher heran, und ein Gefühl stellt sich ein, als ob die Zeit rückwärts laufe.

Vor uns erblickte ich eine Gruppe von struppigen Weißtannen, die nahe an der Straße wuchsen. Ich nahm den Fuß vom Gas und fuhr rechts ran.

»Schon wieder?«, sagte Daniel.

»Leider.«

Ich stieg aus und stapfte durch das Gestrüpp auf die Tannen zu. Sie wuchsen in einer flachen Mulde zwischen nackten Granitfelsen. Um sie herum kämpften störrische Blaubeerbüsche mit den Gräsern, den Moosen und den Flechten; alle machten sich gegenseitig den knappen Platz streitig. An manchen Stellen ist der Humus so dünn, dass man geradezu bezweifeln muss, ob sich der Versuch, hier zu wachsen, überhaupt lohnt, aber sie schaffen es. Sie gedeihen sogar gut. Sie finden jede Ritze, jede Spalte, jeden Krümel Erde und schicken ihre kleinen zähen Wurzeln aus und graben sich ein und klammern sich fest, sie horten jedes heruntergefallene Blatt, jeden Zweig, jedes Sand- oder Staubkörnchen, das in ihre Nähe geweht wird, und allmählich, mit der Zeit, sammeln sie genug Boden an, um ihre Nachkommenschaft zu nähren. Und das setzt sich so fort, über die Jahrhunderte. Wenn ich in der Stadt bin, vergesse ich, wie sehr ich diese Landschaft liebe. Hinter dem mageren Schutz der Tannen hockte ich mich nieder, wedelte mit den Händen hinter meinem Rücken, um die Fliegen zu verscheuchen, ich pinkelte auf ein grellgrünes Mooskissen und geriet über seinen Anblick regelrecht in Verzückung.

»Geht's dir gut?«, fragte Daniel, als ich zum Auto zurückkam. »Soll ich weiterfahren?«

»Ja, danke, mir geht's gut.«

Ich war angespannt, das war alles.

Am Dienstag zuvor hatte ich meine kleine Krise im Hörsaal gehabt. Ich hatte mich ziemlich darüber aufgeregt und die folgenden Nächte schlecht geschlafen. Am Donnerstag musste ich eine weitere Vorlesung halten, und obwohl es recht gut gelaufen war – keine Erinnerungsfetzen, kein Stocken mitten im Satz –, war ich hinterher vollkommen erschöpft. Ich wollte im Labor weiterarbeiten, aber ich konnte mich nicht mehr konzentrieren. Immerzu kam mir Matt in den Sinn, ein Bild von ihm, wie er am Teich stand. Ich ging in mein Büro, setzte mich an den Schreibtisch und starrte aus dem Fenster auf die Skyline von Toronto. Es regnete. Eintöniger grauer Toronto-Regen. Etwas stimmte nicht mit mir, dachte ich. Vielleicht bin ich krank.

Doch ich wusste, dass ich nicht krank war. Der altmodische Ausdruck »krank im Herzen« kam mir in den Sinn und mit ihm die Erinnerung an Mrs. Stanovich, die über der Küchenspüle weinte und mit dem Herrn dort oben redete und sagte, der Herr müsse seine Gründe haben, aber es mache sie dennoch krank. »Einfach *krank*. Krank im Herzen«, sagte sie grimmig, fest entschlossen, dem Herrn den ganzen Sachverhalt zu unterbreiten. Ich glaube, dass es in diesem Fall nicht um uns ging, sondern um den Enkel von Mrs. Tadworth, der an einer Kinderkrankheit gestorben war, an der man normalerweise nicht stirbt.

Ich sah zu, wie der Regen an der Scheibe hinablief, dünne Schneckenspuren aus Licht. Meine Gedanken kreisten unablässig um Crow Lake. Ich hatte das Gefühl, alles sei festgefahren. Du musst dich zusammenreißen, dachte ich. Herausfinden, worin das Problem besteht, und dann eine Lösung suchen. Angeblich ist das Lösen von Problemen deine Stärke.

Obwohl ich nicht viel Erfahrung im Lösen von Problemen habe, die ich nicht einmal benennen kann.

In diesem Augenblick hörte ich ein zögerndes Klopfen, drehte mich um und sah im Türrahmen Fiona deJong stehen, eine meiner Studenten im zweiten Jahr. Normalerweise weckt der Anblick eines Studenten, der mich sprechen will, sofort eine geradezu unsinnige Ungeduld in mir, aber in diesem Moment war mir jede Ablenkung willkommen, und ich fragte sie, was ich für sie tun könne. Sie ist ein blasses Mädchen, nicht sehr attraktiv, mit glatten, unscheinbaren Haaren. Soweit ich sie vom Unterricht her kenne, ist sie eher kontaktscheu, aber sie ist eine der wenigen Studenten, die für die Wissenschaft nicht ganz verloren zu sein scheinen, und ihre Arbeiten sind weniger niederschmetternd als diejenigen ihrer meisten Kommilitonen.

Sie sagte: »Könnte ich ... Sie einen Moment sprechen, Dr. Morrison?«

»Natürlich. Kommen Sie rein, Fiona. Setzen Sie sich.« Ich deutete auf einen Stuhl an der Wand, und sie trat, immer noch zögernd, näher und setzte sich.

 · Einige meiner Kollegen – hauptsächlich die weiblichen – beschweren sich darüber, dass sie ohne Ende von Studenten – wieder hauptsächlich von weiblichen – bei der Arbeit unterbrochen würden. Sie kämen mit irgendwelchen Fragen zu ihnen, die überhaupt nichts mit dem Studium zu tun hätten. Persönliche Probleme und dergleichen. Ich selbst hatte bisher kaum darunter zu leiden. Vielleicht wirke ich nicht sehr mitfühlend auf andere. (Mitgefühl und Empathie hängen zusammen.) Ich erwartete also, dass Fionas Problem mit ihrer Arbeit zu tun haben würde, und war daher überrascht und beunruhigt, als ich bemerkte, dass ihre Lippen zitterten.

Ich räusperte mich. Nach einer Minute, als sich immer noch nichts tat, sagte ich betont ruhig: »Wo liegt das Problem, Fiona?«

Sie starrte auf ihren Schoß und versuchte krampfhaft, sich zu sammeln, und plötzlich schoss mir der Gedanke durch den Kopf: »O Gott, sie ist schwanger.«

Ich kann mit solchen Dingen nicht umgehen. Es gibt dafür eigens eine Beratungsstelle an der Universität, in der qualifizierte Psychologen arbeiten, die Erfahrungen mit solchen Fällen haben und wissen, was sie sagen müssen.

Ich sagte schnell: »Fiona, wenn es etwas Persönliches ist ... etwas, was nicht mit Ihrem Studium zu tun hat, dann bin ich vielleicht nicht so gut geeignet ...«

Sie schaute auf. »Es hat mit meinem Studium zu tun. Es ist ... na ja, ich wollte Ihnen nur sagen, dass ich aufhöre. Ich habe beschlossen, dass das die beste Lösung ist. Ich wollte es Ihnen nur mitteilen. Weil ich wirklich sehr gerne bei Ihnen im Kurs war und so, deshalb wollte ich es Ihnen persönlich sagen.«

Ich starrte sie an. So überrascht ich auch war, konnte ich mir doch einen Anflug von Genugtuung nicht verkneifen. Vor mir saß eine meiner Studentinnen und gab deutlich zu verstehen, dass sie meine Vorlesung gerne besucht hatte.

Ich sagte: »Aufhören? Meinen Sie: aufhören zu studieren? Oder wollen Sie die Fachrichtung wechseln?«

»Aufhören zu studieren. Es ist ... ich weiß nicht, wie ich es Ihnen erklären soll, aber im Grunde ist es einfach so, dass ich nicht mehr weitermachen möchte.«

Ich zwinkerte ihr zu. »Aber es läuft doch sehr gut bei Ihnen. Wo ... wo liegt denn das Problem?«

Und so erzählte sie mir, wo das Problem lag, und es hatte nichts mit Schwangerschaft zu tun. Sie erzählte mir, dass sie von einer kleinen Farm in Quebec stamme. Sie beschrieb sie mir, aber das wäre gar nicht nötig gewesen; ich sah sie ganz genau vor mir. Ich konnte praktisch das Muster des weißblauen Porzellans auf dem Küchentisch erkennen.

Sie war eines von fünf Kindern, das einzige, das sich für Lernen interessierte. Sie hatte es geschafft, ein Stipendium für die Uni zu bekommen. Ihr Vater habe zugleich erstaunt und verärgert reagiert, als sie ihm gesagt habe, dass sie studieren wolle. Er habe nicht begreifen können, wofür ein Diplom gut sein sollte. Reine Zeitverschwendung, habe er gesagt, und Geldverschwendung obendrein. Ihre Mutter sei zwar stolz auf sie gewesen, zugleich aber verständnislos. Warum wolle sie denn von zu Hause fort? Ihre Brüder und Schwestern hätten sie schon vorher für verrückt gehalten, und ihre Meinung habe sich um keinen Deut geändert. Ihr Freund habe versucht, sie zu verstehen. Sie sah mich flehentlich an, als sie mir das erzählte. Sie wollte, dass ich ihn sympathisch fände, dass ich ihn für diesen Versuch bewunderte.

Das Problem sei, dass sie sich zunehmend allen entfremdet fühle. Wenn sie jetzt nach Hause komme, wisse keiner mehr, was er ihr sagen solle. Ihr Vater mache sich darüber lustig, wie gelehrt sie sei. Er nenne sie Miss Fiona deJong, Diplombiologin. Ihre Mutter, der sie früher nahe gestanden hatte, zeige sich im Umgang mit ihr gehemmt. Sie fürchte sich, mit ihr zu reden, weil sie nichts Intelligentes zu sagen habe.

Wenn sie jetzt mit ihrem Freund zusammen sei, gebe es oft Krach, er gerate in Wut über sie. Er versuche zwar, sich zu beherrschen, aber seine Wut sei trotzdem zu spüren. Er spüre Herablassung bei ihr, was völlig absurd sei. Er wittere Verachtung, dabei bewunderte sie ihn. Er selbst habe die Schule mit sechzehn verlassen. Sein Vater habe einen Schlaganfall erlitten, als er achtzehn war, und seitdem habe er die Farm mehr oder weniger allein geführt. Er sei ein lieber Mensch, sagte sie, und so intelligent wie nur irgendeiner der Jungs aus ihrem Semester und mindestens hundertmal reifer, aber er nehme ihr nicht ab, dass sie so über ihn denke. Er habe zwar nie etwas in diese Richtung gesagt, aber sie sei sich sicher, dass er insgeheim der Auffassung sei, dass sie, wenn sie ihn wirklich liebe, das Studium aufgeben, nach Hause zurückkehren und ihn heiraten würde.

Fiona war verstummt, ihr appellierender Blick ruhte voller Erwartung auf mir. Ich überlegte fieberhaft, was ich ihr sagen sollte.

Schließlich fragte ich: »Fiona, wie alt sind Sie?«
»Einundzwanzig.«
Einundzwanzig. »Meinen Sie nicht, dass Sie ... ein bisschen zu jung sind für so eine Entscheidung?«
»Aber ... ich muss mich entscheiden. Ich meine, in jedem Fall ist es doch eine Entscheidung.«
»Aber Sie haben doch schon zwei Jahre hinter sich. Das ist die Hälfte Ihres Studiums. Wenn Sie jetzt aufgeben, dann sind diese Jahre verloren ... Ich glaube, es wäre bei ihrem jetzigen Stand vernünftig, zunächst das Studium abzuschließen, und dann ... dann wären Sie besser in der Lage, die ... übrigen Entscheidungen zu treffen.«
Sie senkte den Blick. »Ich glaube einfach, dass es das nicht wert ist.«
»Gerade haben Sie gesagt, dass Ihnen das Studium Spaß macht ...«
»Ja, aber ...«

»Und Sie haben gesagt, dass Ihre Mutter stolz auf Sie ist. Ich bin sicher, dass das für Ihren Vater auch gilt. Vielleicht versteht er nicht genau, was Sie tun, aber tief im Innern wird auch er stolz sein, dass Sie es so weit gebracht haben. Und genauso Ihre Geschwister, auch wenn sie es vielleicht nicht zeigen würden. Und was Ihren Freund betrifft... Glauben Sie nicht, wenn Sie ihm wirklich so viel bedeuten, dass er sich auf keinen Fall wünschen würde, dass Sie etwas so Wichtiges aufgeben? Etwas, das eine so große Bedeutung für Ihr ganzes weiteres Leben haben kann?«

Sie schwieg und starrte auf ihren Schoß.

Ich sagte: »Ich weiß, wie Sie sich fühlen, ich komme aus Verhältnissen, die den Ihrigen nicht ganz unähnlich sind, aber ich kann Ihnen versichern, dass es das wert war. Die tiefe Befriedigung...«

Etwas fiel in ihren Schoß. Eine Träne. Tränen liefen langsam über ihre Wangen. Ich wandte den Blick ab, durch die Tür, auf das geordnete Chaos in meinem Labor. Ein großer Haufen Lügen, dachte ich. Du weißt überhaupt nicht, wie sie sich fühlt. Du stammst nicht aus ähnlichen Verhältnissen. Die Tatsache, dass es dort Felder gibt, umgeben von Bäumen, das allein macht es noch nicht ähnlich. Was hast du überhaupt vor, willst du sie überreden, die Entscheidung zu treffen, die du an ihrer Stelle getroffen hättest? Sie wollte dir mitteilen, dass sie das Studium schmeißt, deshalb ist sie gekommen, nicht um dich um Rat zu fragen. Sie kam aus Höflichkeit.

Sie hatte ein Papiertaschentuch aus ihrer Jacke hervorgeholt und wischte sich das Gesicht ab.

Ich sagte: »Es tut mir Leid. Vergessen Sie einfach, was ich gesagt habe.«

Ihre Stimme kam halb erstickt hinter dem Taschentuch hervor: »Das macht nichts. Ich glaube, es ist richtig, was Sie sagen.«

»Ich glaube, es ist eher falsch.«

Sie brauchte dringend ein zweites Taschentuch. Ich stand auf, suchte in den Taschen meines Mantels und fand eines.

»Danke«, sagte sie und schnäuzte sich. »Ich habe so lange darüber nachgedacht, immer wieder und wieder, dass ich jetzt nur noch Kopfschmerzen davon bekomme und überhaupt nicht mehr nachdenken kann.«

Ich nickte. Zumindest das war ein Gefühl, das wir beide teilten. Nach einer Weile sagte ich: »Würden Sie mir einen Gefallen tun?«

Sie blickte unsicher drein.

»Würden Sie darüber mit jemandem von der Beratungsstelle reden? Ich glaube nicht, dass man dort versuchen wird, sie zu der einen oder zu der anderen Seite zu überreden, ich glaube eher, dass man Ihnen dort helfen kann, das Ganze gründlich zu überdenken, damit Sie sich selbst ganz sicher werden in Ihrer Entscheidung.«

Sie war einverstanden, und ein paar Minuten später verließ sie, mehr oder weniger gefasst, das Zimmer.

Als sie gegangen war, drehte ich meinen Stuhl wieder zum Fenster und setzte meine Betrachtung des Regens fort. Ich dachte an ihre Geschwister, die sie immer schon für »verrückt« gehalten hatten, und ich dachte daran, wie stolz Luke und Matt waren auf das, was ich erreicht hatte. Nein, wir kamen nicht aus ähnlichen Verhältnissen. Niemand hatte je versucht, mich davon abzubringen, meinen Weg zu verfolgen. Es wurde von mir erwartet, und zu jedem Schritt war ich ermutigt worden.

Und ich hatte es nie bereut. Zu keiner Zeit. Nicht einmal jetzt. Denn während ich die Dinge noch einmal Revue passieren ließ, wurde mir deutlich: was auch immer meine kleine »Krise« und meine aktuellen Probleme hervorgerufen hatte, es lag jedenfalls nicht an meiner Arbeit. Das war eine falsche Spur. Ich mochte vielleicht kein außergewöhnlich guter Lehrer sein, aber Daniel hatte Recht, ich war nicht schlechter als die meisten andern. Und als Forscherin war ich wirklich gut. Wir machten eine gute Figur, meine kleinen Wirbellosen und ich.

Ich dachte an Fiona. Ihre Angst, sich der Familie zu entfremden. War es das? Mein Verstand sagte mir, dass ich bereit war, diesen Preis zu zahlen, aber vielleicht hatte mein Unbewusstes etwas dagegen.

Aber ich hatte mich ihnen auch nicht entfremdet. Zumindest nicht Luke und Bo. Es hatte eine vorübergehende Trennung gegeben während der Jahre meines Studiums, aber heute fühlte ich mich ihnen so eng verbunden, als wenn ich niemals von Crow Lake fortgegangen wäre. Wir hatten nicht so viele Dinge gemeinsam, aber wir standen uns deshalb nicht weniger nahe.

Blieb also Matt.

Ich dachte an Matt, und da überkam mich ... ein Augenblick der Wahrheit, so kann man's wohl nennen. Fiona hatte Angst davor, ihre Familie und ihren Freund hinter sich zu lassen, und sie hatte wohl Recht damit. Ihr Freund mochte »auf seine Art« hochintelligent sein, aber eben nicht auf ihre Art.

Matt und ich, wir waren von derselben Art. Es schien mir unmöglich, Matt hinter mir zu lassen.

Die Krise, die ich gerade durchlebte, und überhaupt der Schmerz, den ich schon den größten Teil meines Lebens mit mir herumschleppte – sie hatten natürlich mit Matt zu tun. Wie könnte es anders sein? Alles, was ich heute war, verdankte ich ihm. All die Jahre, in denen ich ihm zuschaute, von ihm lernte, er mich an seine Leidenschaft heranführte – wie hätte mich die Art und Weise, in der die Dinge ihren Lauf genommen hatten, unberührt lassen können? Er hatte sich seine Chance so sehr herbeigesehnt, und er hatte sie so sehr verdient, und durch seine eigene Schuld – das war das Schlimmste – durch seine eigene Schuld hatte er sie weggeworfen.

Ich saß an meinem Schreibtisch, hörte auf das Stimmengewirr vom Gang, und der ganze Jammer krampfte sich in mir zusammen. Es hatte eine Zeit gegeben, in der ich mir ausgemalt hatte, dass wir immer zusammenbleiben würden. Zusammen, Seite an Seite, in die Tiefe unseres Teiches spähend. Sein Plan – dieser absurde, naive, glorreiche Plan. Kindisch. Die Dinge ändern sich. Wir alle müssen erwachsen werden.

Aber mussten wir deshalb auch auseinander wachsen?

Das war der eigentliche Kern. Ich hatte nie zuvor jemanden so geliebt wie Matt, und jetzt, wenn wir uns sahen, gab es etwas Unüberbrückbares zwischen uns, und wir hatten uns nichts zu sagen.

21

»Ziemlich ausgefallene Idee, hier oben Landwirtschaft zu betreiben«, sagte Daniel, der sich am Knöchel kratzte. Bei einer weiteren Pinkelpause hatten wir eine Ladung Fliegen an Bord genommen. Ich war völlig in Gedanken versunken und brauchte eine Weile, um zu kapieren, was er meinte. Die Landschaft natürlich. Ringsum waren eine ganze Menge Felsen zu sehen. Ich sagte: »Der Boden ist nicht so schlecht. Das Land um Crow Lake ist sogar recht gut. Allerdings ist die Vegetationszeit natürlich kurz.«

»Aber wenn ich an die Mühe denke – die Leute müssen verzweifelt gewesen sein, um so weit nach Norden zu wandern.«

»Ihnen blieb nicht viel anderes übrig. Die meisten hatten kein Geld, und das Land gehörte zur freien Krondomäne. Unter der Bedingung, dass man es rodete, konnte man es damals umsonst erhalten.«

»Langsam versteh ich auch, warum, falls du mir diese Bemerkung gestattest.« Er kratzte sich wild. Alles deutete darauf hin, dass seine Liebesaffäre mit der kartographisch nicht erfassten Wildnis recht kurz ausfallen würde. Rein theoretisch kennt sich Daniel natürlich mit Fliegen aus, aber es geht nun mal nichts über die Erfahrung am eigenen Leib.

»In der Nähe des Sees ist es nicht so schlimm«, sagte ich. »Und auf der Farm kann man es aushalten – wenn man nicht zu nahe an den Waldrand geht.«
»Du bist doch am See aufgewachsen, nicht?«, fragte Daniel.
»Ja, genau.«
»Du hast nie auf der Farm gelebt?«
»Nein.«
Ich hatte begonnen, ihm die Geschichte zu erzählen – die ganze Geschichte – kurz bevor wir New Liskeard erreichten. Ich hatte nicht die Absicht gehabt, es zu tun; im Wesentlichen war es Matts Geschichte, und über all die Jahre hatte ich sie für mich behalten. Aber im Verlauf der langen Fahrt war mir bewusst geworden, dass ich Daniel nicht im Unklaren lassen konnte. Zwei Minuten Gespräch mit Matt würden genügen, um ihm deutlich zu machen, dass Matt nicht dort war, wo er hingehörte. Dennoch schob ich die Erzählung so lange auf, bis wir Cobalt hinter uns gelassen hatten und Daniel die – auf mich bezogene – Bemerkung machte, man könne sich schwer vorstellen, dass aus dieser Umgebung ein Wissenschaftler hervorgehen könne. Das irritierte mich. Ist nicht viel eher die Stadt der unwahrscheinlichste Ort, einen Wissenschaftler hervorzubringen, mit all ihrem Lärm und Durcheinander und dem Mangel an Zeit zum Nachdenken und zur Kontemplation?

Also widersprach ich und erklärte, warum Crow Lake in Wahrheit der perfekte Ort für einen zukünftigen Wissenschaftler sei, falls gewisse andere Bedingungen wie Ermutigung und Zeit zum Lernen hinzukämen. Es war unvermeidlich, dass ich dabei Matt und seine Leidenschaft für die Teiche als Beispiel verwendete, und natürlich führte das wiederum zu Fragen, und am Ende war die ganze Geschichte heraus. Zu meinem größten Ärger geriet meine Stimme ins Wanken, als ich ihm erzählte, wie alles endete.

Natürlich bemerkte es Daniel, er ging aber nicht weiter darauf ein. Vermutlich wunderte er sich darüber, wie nahe mir die Geschichte nach all den Jahren immer noch ging. Ich wunderte mich genauso.

Vorsichtig begann er zu fragen: »Luke und deine Schwester – Bo. Leben sie immer noch dort? In demselben Haus, in dem du aufgewachsen bist?«

»Ja.«

»Was machen sie beruflich? Bo muss jetzt ... zwanzig sein?«

»Einundzwanzig. Sie arbeitet in Struan. Sie ist Köchin in einem Restaurant.«

Bis heute schwingt sie glücklich ihren Kochlöffel. Sie hat eine Lehre als Köchin im neuen College in Struan gemacht. Sie hätte einen Abschluss in Hauswirtschaft machen können – ich hatte angeboten, mich an den Kosten zu beteiligen –, aber sie hatte gemeint, dass sie sich nicht für die wissenschaftliche Seite interessiere.

»Hat sie einen Freund?«

»Von Zeit zu Zeit. Bis jetzt nichts Festes. Aber lange wird es nicht mehr dauern.«

In einer Welt voller Unwägbarkeiten ist dies so sicher wie das Amen in der Kirche. Matt pflegt zu sagen, irgendein armer Kerl laufe da draußen herum und habe nicht die leiseste Ahnung, was das Schicksal noch für ihn bereithalte.

»Und ist Luke immer noch Hausmeister an der Schule?«

»Nur nebenbei. Er baut Möbel.«

»Möbel? Hat er ein Geschäft aufgemacht?«

»So ungefähr. Er hat unsre Garage in eine Werkstatt umgewandelt und beschäftigt ein paar Jungs aus den umliegenden Farmen. Es läuft ganz gut.«

Das Geschäft läuft sogar ziemlich gut. Rustikale Möbel sind ein Dauerbrenner.

»Ist er verheiratet?«

»Nein.«

»Das eine Mädchen ... von dem du gesagt hast, sie sei ständig um ihn herumgestrichen ...«

»Sally McLean.«

»Ja. Daraus ist also nichts geworden?«

»Da sei Gott vor. Nein, sie hat sich von jemand anders schwängern lassen, ungefähr ein Jahr, nachdem Luke sie ... hat abblitzen lassen.«

»Jemand anders in Crow Lake?«

»Ja. Tomek Lucas. Ich glaube, er war nicht ganz überzeugt, der Vater zu sein, aber sie hat geschworen, dass er es ist, und darum haben sie geheiratet. Aber dann hat sie auf dem Viehmarkt in New Liskeard jemanden gesehen, der besser aussah, und mit dem hat sie sich abgesetzt. Hat das Baby bei Tomek zurückgelassen. Seine Mutter hat es großgezogen. Sally hat wahrscheinlich mittlerweile zehn weitere Kinder. Ach was, wahrscheinlich hat sie mittlerweile zehn *Enkel*.«

Plötzlich musste ich an Mr. und Mrs. McLean denken. Wie sehr hätten sie sich über zehn Enkel gefreut.

»Du tust so, als ob es eine Ewigkeit her wäre«, sagte Daniel. »Wenn deine Eltern gestorben sind, als du sieben warst, dann sind das ... neunzehn Jahre.«

»Es fühlt sich an wie eine Ewigkeit«, sagte ich.

Sally McLean mit den langen roten Haaren. Als ich dreizehn war und gerade auf die Highschool ging, sagte eine meiner neuen Klassenkameradinnen: »Du bist die ohne Eltern, oder? Und du hast einen Bruder, der schwul ist.«

Ich wusste nicht, was schwul bedeutet. Der Schock war unbeschreiblich, als ich es herausfand. Und da erinnerte ich mich an eine kleine Szene, deren Zeuge ich zufällig gewesen war: Sally, die an einem Baum lehnte, Lukes Hand nahm und sie sanft und äußerst kompetent zu ihrem Busen dirigierte. Luke, der regungslos dastand, mit gesenktem Kopf. Und dann die Anstrengung, als ob er sich gegen eine riesige unsichtbare Kraft anstemmen müsste, als er sich schließlich losriss.

Lange Zeit habe ich geglaubt, Sally hätte das Gerücht in die Welt gesetzt. Heute bin ich mir da nicht mehr so sicher. Ich habe den Verdacht, dass viele Leute sich schwer taten, Lukes Verzicht als solchen zu akzeptieren. Man sollte nicht vergessen, dass er erst neunzehn war, und eine solche Großherzigkeit in so jungen Jahren beschämt die Leute. Sie fühlen sich bemüßigt, das Ganze herunterzumachen. Es gehört kein besonderer Edelmut dazu, auf etwas zu verzichten, was man sowieso nicht begehrt. Es ist kein Verdienst, sexuellen Beziehungen mit Frauen zu widerstehen, wenn man schwul ist. Kein Verdienst, einen Studienplatz am Lehrerseminar auszuschlagen, wenn man gar nicht vorhatte, hinzugehen. Auch das hatte ich schon hier und da die Leute sagen hören.

Obwohl, in diesem zweiten Gerücht steckte wohl ein Körnchen Wahrheit. Ich habe den Verdacht, dass Luke nicht allzu sehr daran interessiert war, Lehrer zu werden. Das war etwas, was sich unsere Eltern gewünscht hatten, und ihm waren damals keine alternativen Vorschläge eingefallen, oder er getraute sich nicht, sie vorzubringen. Und wahrscheinlich ist auch richtig, dass er an jenem Tag, als er Tante Annie eröffnete, er werde für uns sorgen, noch nicht gänzlich überblickte, wie viel er unseretwegen würde aufgeben müssen.

In meinen Augen ändert das nichts an der Größe seines Verzichts. Als ihm klar wurde, auf was er verzichten musste – da verzichtete er eben. Wie Sally McLean zu ihrem Leidwesen erfahren musste.

Ich frage mich, ob er um die Gerüchte wusste. Ich frage

mich, ob das eine weitere Sache war, mit der er zu kämpfen hatte.

»Und es gibt immer noch keine Frau in seinem Leben?«, fragte Daniel. Es klang unzufrieden. Ich betrachtete ihn amüsiert. Daniel wäre bass erstaunt, wenn man ihm sagen würde, er sei ein Romantiker. »Wie alt ist er jetzt?«

»Achtunddreißig. Und soweit ich weiß, gibt es keine.«

Obwohl ich merkwürdigerweise bei meinem letzten Besuch begonnen hatte, daran zu zweifeln. Miss Carrington schaute vorbei, wie immer, wenn ich nach Hause komme, und es schien mir eine – wie soll ich sagen – gewisse *Lässigkeit* im Umgang zwischen ihr und Luke zu herrschen. Natürlich kann ich mir das auch eingebildet haben. Sie ist mindestens zehn Jahre älter als er. Obwohl sie inzwischen nicht mehr so viel älter wirkt.

»Vielleicht ist es ihm zur Gewohnheit geworden«, sagte Daniel.

»Was?«

»Sich selbst zu verleugnen. Der Versuchung zu widerstehen.«

»Kann sein«, sagte ich. Und dachte an Matt.

Ich schaltete das Fernlicht ein. Die heranbrechende Dämmerung hatte das Stadium erreicht, in dem der Himmel immer noch hell ist, aber die Straße und die Bäume und die Felsen beginnen, zu einer verschwommenen düsteren Masse zu verschmelzen. In der Ferne konnte man jedes Mal, wenn wir über eine Hügelkuppe fuhren, blinkende Lichter ausmachen. Struan. Nach Struan würde es noch eine halbe Stunde dauern.

★★★

Bei vielen Dingen bin ich auf Vermutungen angewiesen. So vermute ich zum Beispiel, dass Mrs. Pye in jenem Sommer in einem wirklich ernsten Zustand war und dass die Sorge um sie, die noch zu allem andern hinzukam, mehr war, als Marie allein verkraften konnte. Daher wandte sie sich in ihrer Not an Matt. Hätte sie mehr Freunde gehabt oder hätte ihre Mutter Verwandte in der Nähe gehabt oder hätte sich Calvin nicht so sehr von der gesamten Gemeinde abgeschottet, dass niemand mehr bei ihm anklopfte –, vielleicht hätte sich Marie nicht so entschlossen, so dringend Matt zugewendet.

Matt war verfügbar, so einfach war das. Obwohl die meiste Zeit draußen auf dem Feld, war er doch da, jeden Tag, sechs Tage in der Woche, den ganzen Sommer durch. Er kratzte jeden Penny zusammen, nicht für sich – er hatte so viele Stipendien bekommen, dass sogar die Kosten für die Bücher gedeckt waren – sondern um sein Gewissen zu entlasten, weil er uns verlassen würde.

Er war also verfügbar. Und sie waren in gewisser Weise schon seit langer Zeit befreundet. Und sein Schmerz über den Verlust unserer Eltern wird im vorausgegangenen Sommer viel von der Zurückhaltung zwischen ihnen weggenommen haben. Er wird ihr seinen Schmerz gezeigt haben. Ich denke, das könnte eine Verbundenheit geschaffen haben.

Sie hat ihm nicht alles erzählt, nicht einmal damals, aber ich möchte wetten, dass sie sich an seiner Schulter ausgeweint hat. Ich vermute, so hat alles begonnen.

Er wird seine Arme um sie gelegt haben. Natürlich hat er das; es ist eine natürliche Reaktion, wenn jemand sich an deiner Schulter ausweint, sogar für Presbyterianer. Er wird sie in den Armen gehalten haben. Er wird ihr unbeholfen auf den Rücken geklopft haben, als ob es sich um Bo handelte. Wahrscheinlich befanden sie sich auf der

Rückseite der Scheune oder hinter dem Traktorschuppen – irgendwo außer Sichtweite von Calvin.

Mit Sicherheit außer Sichtweite von Calvin. Ich bin überzeugt, dass sie nicht einmal miteinander sprachen, wenn Calvin in der Nähe war.

Er wird seine Arme um sie gelegt haben, aus Mitleid und Mitgefühl, weil er aus eigener Erfahrung wusste, was es heißt, sich elend zu fühlen und unfähig, ein Wort herauszubringen. Ich glaube im Leben nicht daran, dass er in sie verliebt war. Aber er war achtzehn, und als er sie in seine Arme schloss, wird er gespürt haben, wie weich sie war. In meinen Augen war sie nicht hübsch. Überhaupt nicht. Zu viel Fleisch auf den Knochen und zu wenig Schärfe in ihren Zügen. Aber sie besaß unleugbar weibliche Ausstrahlung, und als er sie in den Armen hielt, wird er die Berührung ihrer Brüste gespürt haben; sein Kinn wird ihr Haar gestreift haben; er wird ihren warmen Geruch eingesogen haben. Wie gesagt, er war achtzehn. Wahrscheinlich ist sie der erste Mensch außerhalb der Familie gewesen, den er umarmt hatte.

Es wird zufällig passiert sein, beim ersten Mal. Vielleicht trafen sie aufeinander, als sie gerade wegen irgendetwas in Tränen aufgelöst war. Er wird einen Augenblick lang verlegen stehen geblieben sein, und dann wird er das, was er gerade in den Händen trug, abgesetzt haben, und sie werden aufeinander zugegangen sein, vermutlich ohne sich überhaupt dessen bewusst zu sein. Sie wird sich an ihn gelehnt haben, weil es endlich jemanden gab, an den man sich lehnen konnte, und er wird sie in die Arme genommen haben. Nach ein paar Minuten wird sie sich von ihm gelöst, ihre Tränen abgewischt haben und »Entschuldigung« geflüstert haben, mit ihrer leisen, schüchternen Stimme.

Und er wird gesagt haben: »Schon gut, Marie. Schon gut.«

22

MATT UND ICH hatten nicht viel Zeit für einander in jenem Sommer. Er ging aus dem Haus zur Arbeit, bevor ich morgens aufstand, und wenn er abends nach Hause kam, war er so müde, dass er sich nur noch auf sein Bett warf und las. Ich verbrachte die Tage widerwillig mit Hausarbeiten für Luke oder Mrs. Stanovich oder indem ich halbherzig mit den Kindern von Nachbarn spielte, die Bo und mich freundlicherweise eingeladen hatten, um Luke zu entlasten. Ich lebte nur auf den Sonntag hin, an dem Matt freihatte. Und am Anfang hatte er auch Zeit für mich, und wir gingen wie früher zu den Teichen, und er erzählte mir, dass er sich an der Universität mit dem Leben in den Teichen beschäftigen wolle und dass es dort sehr starke Mikroskope gäbe, sodass man genau sehen könne, wie die Dinge funktionierten. Er sagte, er werde mir schreiben, mindestens zwei Briefe in der Woche, und er werde mir über das berichten, was er gelernt hätte, sodass ich später, wenn die Reihe an mich käme, einen Vorsprung vor den andern hätte. Er überzeugte mich, dass wir trotz der Trennung unsere Teichbeobachtungen fortsetzen würden, jeder für sich, und dass wir uns gegenseitig darüber berichten würden. Und außerdem würde es den Sommer geben. Er versprach es mir. Wie auch immer die Geldsituation sein würde, für die Sommermonate würde er nach Hause kommen.

Auf diese Weise verliefen die ersten Wochen nach dem Ende seiner Prüfungen – die übliche Routine, aber angefüllt mit Plänen und Verheißungen. Aber dann wurde alles anders. Matt begann, an den Sonntagen gleich nach dem Mittagessen zu verschwinden. Manchmal kam er erst kurz vor dem Abendessen zurück, und der ganze Nachmittag war dahin.

Natürlich nahm ich ihm das übel. Ich fragte ihn aus, wo er gewesen sei, und er antwortete, er sei spazieren gegangen. Ich fragte ihn, ob ich nicht mitkommen könne, und er antwortete, unbestimmt, aber freundlich, dass er manchmal allein sein wolle. Ich fragte, warum, und er antwortete, dass er über manche Dinge nachdenken müsse.

Ich beschwerte mich über ihn bei Luke.

»Matt ist überhaupt nicht mehr zu Hause.«

»Stimmt. Er arbeitet.«

»Nein, ich meine, wenn er *nicht* arbeitet. Am Sonntag.«

»Ach ja?«, sagte Luke. »Gib mir doch mal den Hammer.« Er reparierte gerade die Stufen zum Strand, die jeden Winter vom Eis in Mitleidenschaft gezogen wurden. Währenddessen marschierte Bo am Ufer auf und ab und sang Choräle. »Jesu, du mein liebstes Leben, la la la für mich gegeben.« Wir waren uns nicht sicher, ob wir Mrs. Stanovich die Schuld geben sollten oder ob sie die in der Sonntagsschule aufgeschnappt hatte.

»Aber wo geht er denn *hin*?«

»Keine Ahnung, Kate. Ich brauch das Brett, da. Nein, das kürzere. Gib es mir, bitte.«

»Aber irgendwohin muss er doch gehen. Und ich will zu den Teichen!«

Luke schaute zu mir auf, der Hammer schwang in seiner Hand. »Er hat dich zigtausendmal zu diesen dämlichen Teichen mitgenommen. Lass ihn in Ruhe, okay? Im Ernst, du kannst doch nicht einfach über ihn bestimmen!«

Er fing an zu hämmern. Falls er Matt seine Abwesenheit selber übel nahm und sich gewünscht hätte, er würde an dem einzigen Wochentag, an dem sie beide freihatten, in der Nähe sein, um auszuhelfen, so ließ er es sich nicht anmerken. Das konnte er auch schlecht, nehme ich an, nachdem er so viel Wert darauf gelegt hatte, mit dem Ganzen allein fertig zu werden. Aber er könnte sich auch gedacht haben, dass Matt sich Vorwürfe mache, weil er uns bald verlassen würde, und deshalb seine Ruhe brauche, um mit sich ins Reine zu kommen.

Ich hielt ihm nichts von alledem zugute. Ich hatte einzig und allein den Gedanken an die wenigen Stunden, die mir mit Matt blieben, im Kopf. Und wenn ich heute daran zurückdenke, könnte ich weinen, weil ich es in meiner Verärgerung fertig brachte, diese wenigen Stunden auch noch zu verderben. Tatsächlich sind wir hin und wieder noch zu den Teichen gegangen, aber ich war nicht mehr fähig, mich darüber zu freuen. Es kam mir vor, als ob er zerstreut und nicht ganz bei der Sache sei. Ich machte ihm Vorwürfe und fragte: »Findest du es nicht mehr schön, bei den Teichen zu sein?«

Und er antwortete müde: »Wie kommst du denn darauf, Kate? Hör mal, wenn du keine Lust mehr hast, dann lass uns nach Hause gehen.«

Man hatte mir verboten, alleine zu den Teichen zu gehen. Sie waren tief, und einmal war ein Kind dort ertrunken. Vielleicht bin ich gerade deshalb hingegangen – als ein Akt der Auflehnung.

Es war ein glühend heißer Tag, drückend, ohne den leisesten Windhauch. Ich balancierte auf den Schienen, die Hitze des Stahls fraß sich durch die Sohlen meiner Schuhe, und dann hastete ich den Weg zu »unserem« Teich hinunter. Es fühlte sich komisch an, allein dort zu sein. Eine

Weile lag ich auf dem Bauch und schaute ins Wasser, aber alles, was sich bewegen konnte, hatte sich vor der Sonne versteckt. Selbst wenn ich stocherte, gab es nur ein kurzes Gestöber, und danach regte sich nichts mehr. Ich erhob mich, etwas benommen von der Hitze. Wenn Matt da gewesen wäre, hätte er den Schatten auf der anderen Seite der Böschung gesucht, die sich zwischen unserem Teich und dem dahinter liegenden erstreckte. Am Fuß der Böschung zögerte ich, weil ich meinte, Stimmen gehört zu haben, obwohl das unmöglich schien. Außer uns kam niemand hierher. Ich kletterte den Hang hinauf, indem ich mich an den Grasbüscheln festhielt, und zog mich auf die flache, grasbewachsenen Kuppe hoch. Ich hörte Stimmen. Jetzt war ich mir sicher. Ich stand auf und spähte über den Rand.

Sie lagen im Schatten der steilen Böschung, ungefähr sechs Meter links unterhalb von dort, wo ich stand. Matt hatte sein Hemd ausgezogen und auf den Boden gebreitet. Marie lag darauf, und Matt kniete neben ihr.

Marie hatte die Knie hochgezogen und lag zusammengekrümmt auf der Seite. Sie weinte. Von meinem Posten aus konnte ich ihr Gesicht nicht sehen, aber ich hörte es. Matt sagte etwas zu ihr, er wiederholte immer wieder die gleichen Worte. Ich entsinne mich, wie eindringlich seine Stimme klang, beinahe angsterfüllt, gänzlich ungewohnt für mich. Er wiederholte immer wieder: »O Gott, es tut mir Leid. O Gott, Marie, es tut mir Leid. Es tut mir Leid.«

Ich konnte mir nicht vorstellen, was er getan haben könnte. Vielleicht hatte er sie geschlagen – sie so hart geschlagen, dass sie zu Boden gefallen war. Obwohl ich an so etwas kaum glauben konnte; um Matt so wütend zu machen, dass er jemanden schlagen würde, brauchte es viel. Luke war wohl der Einzige, der das je geschafft hatte. Dann fiel mir wieder das Hemd ins Auge, und mir wurde bewusst, dass er es nicht ausgebreitet haben konnte, um sie dann niederzuschlagen, also musste es etwas anderes sein.

Nach einer Weile half er ihr auf und versuchte, sie zu umarmen, aber sie entwand sich ihm. Sie trug ein dünnes bedrucktes Baumwollkleid. Es war verrutscht und zerknittert, und an der Vorderseite zur Gänze aufgeknöpft. Schniefend begann sie, es wieder zuzuknöpfen. Matt schaute ihr zu, die Hände in die Seiten gestemmt.

»Es tut mir wirklich Leid«, sagte er noch einmal. »Ich hab nicht gewollt, dass es so weit kommt, Marie. Ich konnte einfach nicht… Aber es wird schon nichts passieren. Hab keine Angst. Es wird schon nichts passieren.«

Sie schüttelte den Kopf, ohne ihn anzusehen. Ich erinnere mich, dass ich sie trotz meiner Verwirrung dafür hasste. Obwohl er sichtlich bestürzt war und sie zu trösten suchte, ließ sie es nicht zu. Sie knöpfte ihr Kleid fertig zu, dann glättete sie ihre Haare und strich sie zurück.

In diesem Moment entdeckte sie mich. Sie stieß einen gellenden Schrei aus, Matt wirbelte herum und erblickte mich ebenfalls. Einen Moment lang standen wir alle wie erstarrt. Dann begann Marie hysterisch zu heulen. Ihre Angst war so groß, dass sie sich auf mich übertrug. Ich drehte mich um und begann zu rennen, rutschte die Böschung hinab, umrundete unseren Teich, ich rannte, wie ich noch nie in meinem Leben gerannt war, während mein Herz wie wild vor Angst schlug. Auf der Hälfte des Wegs, der zu den Gleisen führte, holte mich Matt ein.

»Kate! Kate, bleib stehen!« Er umschlang meine Hüften und hielt mich fest. Ich wand mich verzweifelt und trat um mich, versuchte seine Beine zu treffen. »Kate, *hör auf!* Wovor hast du Angst? Es ist doch gar nichts passiert! Kate, *hör auf!*«

»Ich will nach Hause!«

»Gleich. Gleich werden wir zusammen nach Hause gehen. Aber zuerst müssen wir zurück zu Marie.«

»Ich geh nicht zurück zu ihr! Sie ist furchtbar! Wie sie geschrien hat – sie ist *ekelhaft*!«

»Sie ist einfach nur durcheinander. Du hast sie erschreckt. Komm jetzt.«

Sie hatte sich nicht von der Stelle gerührt, stand bibbernd in der glühenden Hitze, die Arme fest um sich geschlungen. Matt führte mich bis zu ihr, wusste aber nicht, was er sagen sollte. Sie war es, die das Schweigen brach.

»Sie wird alles verraten.« Ihr Gesicht war kreideweiß. Sie war blass wie ein Leichentuch, zitterte, heulte, schluchzte.

»Das wird sie nicht. Du wirst nichts verraten, Kate, oder?«

Ich hatte mich von meinem Schrecken erholt, und stattdessen begann die Wut in mir aufzusteigen. War er hier gewesen? War dies der Ort, wohin er immer gegangen war? An unseren Sonntagen?

»Was verraten?«, fragte ich.

»O Matt! Sie wird es tun! Sie wird es verraten!« Und wieder ging das Geflenne los.

Matt wandte sich zuerst ihr, dann mir zu. »Kate, du musst es mir versprechen. Versprich mir, dass du niemandem erzählst, dass du uns hier gesehen hast.«

Ich blickte ihn nicht an. Ich musterte Marie. Marie Pye, die Matt mir vorgezogen hatte, obwohl sie nicht das geringste Interesse für die Teiche hatte – man wusste schon Bescheid, wenn man sie nur ansah.

»Kate? Versprich es mir.«

»Ich verspreche, dass ich nichts von dir erzählen werde«, sagte ich schließlich und schaute ihm dabei in die Augen. Aber so leicht ließ er sich nicht abspeisen.

»Auch nicht von Marie. Du musst mir versprechen, dass

du niemandem erzählst, dass du sie mit jemandem gesehen hast. Ehrenwort.«

Das Schweigen dehnte sich aus.

Matt wiederholte ruhig: »Ehrenwort, Kate. Versprich es mir. Versprich es beim Leben der Tiere in diesen Teichen.«

Mir blieb keine Wahl. Missmutig murmelnd gab ich mein Wort. Marie sah etwas weniger verängstigt aus. Matt legte seinen Arm um sie und führte sie ein paar Schritte abseits. Ich beobachtete sie, und meine Unterlippe zitterte vor Eifersucht. Er redete eine lange Zeit ruhig auf sie ein. Schließlich nickte sie und ging fort, am Ufer entlang auf den Pfad zu, der zur Farm ihres Vaters hinaufführte.

Matt und ich liefen gemeinsam nach Hause. Ich entsinne mich, dass ich immer wieder zu ihm hochschaute und hoffte, er würde mich anlächeln und alles würde sein, wie es immer gewesen war, aber er schien meine Anwesenheit gar nicht zu bemerken. Als wir die Kühle des Waldes erreicht hatten, nahm ich meinen Mut zusammen und fragte ihn, ob er wütend auf mich sei.

»Nein. Nein, ich bin nicht wütend auf dich«, sagte er. Sein Lächeln hatte etwas so Verzweifeltes, dass ich mich für mein Selbstmitleid schämte.

»Ist es schlimm?«, fragte ich und hatte ihm fast schon alles verziehen. »Wird alles wieder gut?«

Danach war er verändert. Er arbeitete weiterhin auf der Farm, aber am Abend und an den Sonntagen ging er in sein Zimmer und schloss die Tür. Ich wusste nicht, was mit ihm los war. Genau genommen machte ich mir darüber gar keine Gedanken. Meine Fassungslosigkeit angesichts der geschlossenen Tür war so groß, dass sich meine Gedanken nur um mich selbst drehten. Aber heute kann ich mir vorstellen, was er durchgemacht haben muss, Woche für Woche, wartend und hoffend, und sicherlich auch betend, denn wir waren im Glauben an einen barmherzigen Gott erzogen worden.

Ich kann mir vorstellen, wie er in Gedanken immer wieder wünschte, er könne die Zeit bis zu jenem Augenblick zurückdrehen, an dem er hätte aufhören können, es aber nicht tat. In späteren Jahren fiel mir die Ähnlichkeit auf zwischen dem, was ihm passiert war, und dem, was Luke und Sally McLean hätte passieren können, und mir kam der Gedanke, dass das Leben meiner Brüder durch einen einzigen Moment geprägt wurde, und bei beiden war es derselbe Moment. Bei Luke war es der Moment, in dem er sich losriss. Bei Matt war es der Moment, in dem er das nicht konnte.

Gott war nicht barmherzig. An einem Abend im September, ein paar Wochen, bevor er nach Toronto fahren sollte, stand Marie Pye vor der Tür, mit zerrauften Haaren und weit aufgerissenen Augen, und fragte nach ihm.

Er war auf seinem Zimmer, aber er musste sie gehört oder ihre Anwesenheit gespürt haben, denn er war schon an der Tür, bevor Luke oder ich Zeit gehabt hätten, ihn zu holen, und er drängte sich an uns vorbei und nahm sie mit nach draußen, und wir hörten, wie er sagte: »Warte, warte. Lass uns zum Strand gehen.« Aber sie konnte nicht warten, ihre panische Angst war nicht mehr zu bändigen, sie wurde von ihr niedergekrümmt, buchstäblich fast zu Boden gedrückt. Sie sagte – und wir konnten sie deutlich verstehen, weil die Angst ihre Stimme viel zu laut machte und wir nicht einmal die Zeit hatten, die Tür zu schließen: »Matt, er bringt mich um! Er bringt mich um! Matt, er bringt mich um! Glaub mir doch, er tut es! Er hat Laurie umgebracht, und er wird auch mich umbringen!«

SECHSTER TEIL

23

AUF DEM LETZTEN Stück der Fahrt von Toronto nach Crow Lake gerate ich immer in eine merkwürdige Stimmung. Alles ist so vertraut; ich kenne jeden Baum, jeden Felsen, jeden Fleck Sumpfland so genau, dass ich, obwohl ich fast immer in der Dunkelheit ankomme, sie um mich herum spüre, als ob sie mein eigen Fleisch und Blut wären. Zum Teil ist es auch das Gefühl, dass die Zeit rückwärts läuft, vom »Jetzt« zum »Damals«, und zugleich ein Gefühl des Wiedererkennens, denn wo auch immer man sich befindet und in der Zukunft sich befinden wird, der Ausgangspunkt, von dem aus man aufgebrochen ist, wird sich nie verändern.

Normalerweise ist das Gefühl zugleich angenehm und schmerzvoll. Es erfüllt mich mit einer unstillbaren Sehnsucht, aber es hilft mir auch, mich neu zu erden und zu erkennen, wer ich bin. An diesem Freitagabend jedoch, mit Daniel auf dem Beifahrersitz, der immer noch aus dem Fenster schaute, als ob er das Dunkel durchdringen und so alles, was er über mich wissen wollte, in Erfahrung bringen könnte, waren die Erinnerungen zu nahe. Sie wogen zu schwer. Ich wusste nicht, wie ich die kommenden Feierlichkeiten überstehen sollte – das Scherzen, die Witze, die Unterhaltungen, ganz zu schweigen von Daniel, den ich in all das hineinzog. Sie mussten denken, dass ich mich mit ihm brüsten wollte. Dass ich ihn mit nach Hause brachte, um meinen Erfolg groß herauszustellen. Hier bin ich mit meiner großartigen Karriere, und hier ist mein Freund mit seiner großartigen Karriere, und schaut uns an. Ich hatte das Gefühl, lieber wollte ich sterben, als dass sie so etwas von mir dächten.

»Wie weit noch?«, fragte Daniel plötzlich.

»Fünf Minuten.«

»Ah, gut! Hätte nicht gedacht, dass wir schon so nahe sind.« Er änderte seine Sitzhaltung, um die steifen Glieder zu entspannen. Während der vergangenen halben Stunde hatte er fast nichts gesagt, wofür ich ihm dankbar war.

Ich durfte diesmal nicht versäumen, an der Northern Side Road rechts abzubiegen, anstatt weiter zum See zu fahren. Normalerweise wohne ich bei Luke und Bo, wenn ich nach Hause fahre, aber die Farm liegt ungefähr eine halbe Meile entfernt an der Seitenstraße, auf der linken Seite. Sobald wir von der Straße zum See abgebogen waren, konnte man sie sehen. Alle Lichter im Haus waren an, und sie hatten außerdem die Lampen an der Scheune und am Silo angemacht, als Willkommensgruß. Das Silo stammt schon aus der Zeit nach Calvin Pye. Und auch die Scheune ist nicht mehr die ursprüngliche. Matt hat Calvins Scheune niedergebrannt.

Matt und Marie erwarteten uns an der Auffahrt, als wir einbogen – sie mussten unsere Lichter im gleichen Augenblick wie wir die ihrigen gesehen haben. Marie blieb ein wenig zurück, während Matt und ich uns in die Arme schlossen und fest aneinander drückten. Als Kinder hatten wir uns nie umarmt – erst vor nicht allzu langer Zeit haben wir damit angefangen. Wie das Nach-Hause-Kommen fühlt es sich zugleich angenehm und schmerzvoll an. Ihn zu spüren ist wunderbar, aber die Umarmung wirkt in unserem Fall wie eine hochsymbolische Geste, ein körperlicher Versuch, die gefühlsmäßige Lücke zu schließen, eine Distanz zu überbrücken, die man nicht wahrhaben will.

»Gute Fahrt gehabt?«, fragte er.

»Ja, ging alles glatt.«

Wir ließen einander los, und er lächelte Daniel zu.

»Schön, dass ihr beide kommen konntet.«

»War schon immer mein Traum, mal hierher zu kommen«, sagte Daniel.

»Und er hat gar keine Angst vor Ungeziefer«, sagte ich, um einen leichten Ton bemüht. »Hi, Marie.«

Marie und ich umarmen uns nicht. Wir lächeln uns zu, wie sich gute Bekannte zulächeln.

»Hi«, sagte sie, immer noch ein paar Schritte zurück. »Ihr seid gut in der Zeit.«

»Ungeziefer?«, sagte Matt. »Seit wann gibt's hier Ungeziefer?«

»Darf ich vorstellen?«, sagte ich. »Daniel, das ist Matt, und das ist Marie.«

Es war heraus. Daniel, das ist Matt... Nach all den Wochen, in denen ich diesen Moment befürchtet hatte, ihn vor mir gesehen, ihn tausendmal im Voraus erlebt hatte, hatte ich die Worte gesagt. Und meine Stimme war ruhig geblieben. Niemand hätte das ungeheure, namenlose Gewicht hinter diesen Worten herausgehört. Es war heraus, und ich hatte es überlebt. Die Erde drehte sich immer noch um ihre Achse. Eigentlich hätte ich mich erleichtert fühlen müssen.

»Ihr müsst hungrig sein«, sagte Marie. »Wir haben mit dem Essen auf euch gewartet.«

Simon tauchte aus dem Dunkel auf, lang und schlaksig wie sein Vater.

»Hallo, Tantchen«, sagte er. »Krieg ich einen Kuss?«

Er nennt mich Tantchen, um mich zu ärgern. Wir sind weniger als neun Jahre auseinander. Ich gab ihm einen

Kuss, und er küsste mich zurück, und dann schüttelte er Daniel die Hand und sagte, es sei schön, dass er mitgekommen sei.

Daniel fragte: »Du bist derjenige, der gefeiert wird?«, und Simon sagte: »Richtig.« Dann fügte er hinzu: »Na ja, in Wirklichkeit ist es nur ein Vorwand, um Tante Kate nach Hause zu locken, weil sie sich fast nie blicken lässt. Aber ihr werdet es nicht bereuen. Berge von Essen werden aufgefahren. Mum und Bo und alle andern haben wie die Wilden gekocht.«

»Das war das Stichwort«, sagte Matt. »Lasst uns essen. Marie hat uns gezwungen, auf euch zu warten.« Er dirigierte uns zum Haus.

Daniel schlug schon wieder nach Fliegen. Matt, der neben ihm lief, musste grinsen. »Du müsstest in einem Monat wiederkommen. Dann könntest du auch mit den Mücken Bekanntschaft machen.«

»Aber warum piesacken die nur mich?«, sagte Daniel und klatschte sich an den Hals. »Was ist mit euch?«

»Uns können sie nicht mehr riechen. Wir haben was im Haus, womit du dich einreiben kannst.«

Matt wirkte viel älter als Daniel, als ich sie so zusammen sah. Natürlich ist er auch älter – er ist fast siebenunddreißig und Daniel vierunddreißig –, aber der Unterschied schien viel größer zu sein. Es liegt nicht so sehr am Äußeren – eigentlich sieht er ein ganzes Stück fitter aus als Daniel, und er hat bedeutend mehr Haare auf dem Kopf. Aber sein Gesicht spiegelt eine viel größere Lebenserfahrung wider. Dazu kommt eine gewisse Ruhe, die von Matt ausgeht. Das war schon so, als er noch ein Junge war, und schon damals ließ es ihn älter erscheinen.

»Hattet ihr eine gute Fahrt?«, sagte Marie, obwohl die Frage schon gestellt worden war.

»Ja, danke.«

»Alle sind schon ganz wild darauf, dich wiederzusehen.« Sie lächelte mir schüchtern zu. Sie hat sich über die Jahre hinweg wenig verändert. Wenn sich etwas verbessert hat, dann ist es ihr Blick. Sie wirkt immer noch etwas verhuscht, aber ihre Augen blicken nicht mehr so angsterfüllt. Mit Simon an der Spitze bewegten wir uns auf das Haus zu.

»Bo und Luke kommen später vorbei«, sagte Marie. »Wir haben gefragt, ob sie zum Abendessen kommen wollen, aber sie haben nein gesagt, sie wollten nur kurz vorbeischauen.«

»Sie sind bestimmt rechtzeitig zum Nachtisch da«, sagte Simon. »Jedenfalls Luke.«

»Es ist genug da«, sagte Marie nachsichtig.

»Luke ist schlecht drauf im Moment«, sagte Simon, der sich umgedreht hatte und uns angrinste. »Er hat wieder angefangen, Bo das Autofahren beizubringen.«

»Im Ernst?«, sagte ich. »Hat sie ihn wieder rumgekriegt?«

»Dies ist der dritte Versuch«, sagte Matt erklärend zu Daniel. »Vor rund fünf Jahren hat er damit angefangen, als Bo sechzehn war, und es ging ziemlich schief. Also legten sie eine Pause ein und versuchten es rund zwei Jahre später noch mal. Der zweite Versuch dauerte, glaube ich, nur zehn Minuten. Bo verhält sich gegenüber dem Autofahren irgendwie...« – er machte eine Handbewegung, suchte das richtige Wort – »gleichgültig. Eine Mischung aus gleichgültig und sorglos. Luke fand das eher stressig.«

»Das ist stark untertrieben«, sagte Simon. »Er war ein gebrochener Mann.«

Ich erinnerte mich, dass Simon seine Fahrprüfung an dem Tag, an dem er sechzehn wurde, bestanden hatte. Es war buchstäblich das einzige Gebiet, auf dem er Bo – die drei Jahre älter war und alles zuerst gemacht hatte – übertrumpfen konnte, daher legte er sich so ins Zeug.

»Ich finde, du solltest sie nicht damit ärgern«, sagte Marie. »Ich bin sicher, dass es diesmal gut gehen wird.« Sie wandte sich mir zu. »Mrs. Stanovich hat große Sehnsucht nach dir. Sie kommt morgen zum Fest. Und Miss Carrington. Die kommt auch.«

»Der ganze Verein«, sagte ich. Simon ließ sich ein paar Schritte zurückfallen, um bei den Männern zu sein. Matt war gerade dabei, Daniel etwas zu zeigen. Ich hörte ihn sagen: »Direkt über dem Haus.« Ich sah hin und erblickte ein halbes Dutzend kleine braune Fledermäuse, die lautlos hin- und herflatterten, als ob sie kleine Stücke blauschwarzen Himmels aneinander häkeln würden. Alle drei Männer blieben stehen und schauten ihnen mit zurückgebogenen Köpfen zu.

»Und natürlich die Tadworths«, fuhr Marie fort. »Und Simons Schulfreunde.«

Ich wandte meine Aufmerksamkeit wieder ihr zu. Marie ist nicht an Fledermäusen interessiert, genauso wenig wie an Teichen.

»Ab wann sollen die Leute kommen?«, fragte ich.

»Ab Mittag.«

»Klingt gut. Dann haben wir den ganzen Vormittag zum Vorbereiten. Gibt es viel zu tun?«

»Nicht viel. Ein paar Nachtische, das ist alles.«

»Sicher bist du schon wieder seit Tagen am Kochen.«

»Ach, weißt du, dafür hab ich die Kühltruhe, und es ist gut, manche Sachen schon im Voraus fertig zu haben.«

Das ist unsere Art, miteinander umzugehen. Wir halten uns strikt an die praktischen Dinge. Um wie viel Uhr machen wir dies? Wo soll ich das hinstellen? Was für eine schöne Vase – wo hast du die her? Soll ich die Kartoffeln schälen?

Luke und Bo kamen genau in dem Moment, als Marie das erste Stück Käsekuchen anschnitt.

»Da seid ihr ja!«, rief Simon. »Exzellentes Timing!«

»Haben uns gedacht, wir schauen mal rüber«, sagte Luke. »Den Fremdling begrüßen. Die Fremdlinge«, korrigierte er sich, als er Daniel erblickte, und streckte die Hand aus. Daniel erhob sich, und sie reichten sich die Hände über den Tisch hinweg. »Freut mich, dass du kommen konntest«, sagte Luke. »Ich bin Luke. Das ist Bo.«

»Daniel«, sagte Daniel.

»Hi«, sagte Bo. »Ich hab eine Bayerische Torte mitgebracht.« Sie stellte sie auf den Tisch.

Marie sagte: »Oh, das ist nett. Ist die für morgen?«

»Für morgen hab ich eine andere. Diese hier ist für heute Abend. Übrigens, wusstet ihr, dass Mrs. Stanovich eine Geburtstagstorte gebacken hat? Ein Riesending. Dreistöckig, mit einem kleinen Simon aus Zucker obendrauf.«

»Ja«, sagte Marie ängstlich. »Ich wusste zwar, dass du schon eine gebacken hast, aber sie wollte so gerne, und da dachte ich, nun ja, wir schaffen bestimmt auch zwei.«

»Na klar«, sagte Bo fröhlich. »Kein Problem. Ich wusste nur nicht, ob du's schon weißt. Simon wird sie beide alleine aufessen. Wie geht's dir, Kleiner? Wie fühlt man sich, wenn man fast erwachsen ist?« Sie tätschelte Simons Kopf. Er griff nach ihrer Hand, aber sie wich ihm gelassen aus. »Hi, Kate.« Sie beugte sich hinunter und küsste mich auf die Wange. »Du siehst elegant aus. Ein bisschen dünn vielleicht.«

Sie selbst sah wundervoll aus. Sie ist eine wahre Amazone, meine Schwester, groß und blond und schön wie eine Heldin. Simon hätte nicht den Hauch einer Chance gegen sie in einem fairen Kampf. Ich glaube, sie könnte es sogar mit Luke aufnehmen, obwohl der ziemlich fit wirkt. Wenn ich Luke heute sehe, bin ich immer wieder erstaunt, wie gut er aussieht. Als Kind war mir das nicht so aufgefallen. Er ist jetzt achtunddreißig Jahre alt, und es scheint immer noch aufwärts zu gehen. Sally McLean würde sich die Haare ausreißen.

Matt sagte: »Setzt euch, ihr zwei. Nehmt euch Käsekuchen und ein Stück Matschtorte von Bo. Marie, teil mal aus.«

Luke ließ sich in einen Stuhl fallen. Ich sah, wie Simon ihn angrinste, er setzte schon zur Frage nach den Fahrstunden an, aber Marie bemerkte es im gleichen Augenblick und neigte ihren Kopf warnend zu ihm, sodass er schwieg.

»Hattet ihr eine gute Fahrt?« fragte Luke. »Bevor ich's vergesse, Laura Carrington lässt dich grüßen – sie kommt dann morgen. Was macht das Leben in der Großstadt? Die Post streikt mal wieder, hab ich gehört.«

»Haben die je aufgehört zu streiken?«, sagte ich. »Danke, Marie, ich möchte bitte ein kleines Stück von beiden.«

Bo setzte sich neben mich. »Ich muss dich unbedingt in den neuesten Klatsch einweihen«, sagte sie. »Was weißt du noch nicht?«

»Ich bin mir nicht sicher.«

»Wusstest du schon, dass Janie Mitchell – na ja, eigentlich heißt sie immer noch Janie Laplant – sich scheiden lässt? Sie wird also bald nicht mehr Janie Laplant heißen, sondern wieder Janie Mitchell.«

»Ich glaube, ich hab nicht mal gewusst, dass sie zwischendurch Laplant hieß.«

»Doch, das wusstest du, ich hab's dir erzählt. Wusstest du schon, dass Mrs. Stanovich zum zweiten Mal Urgroßmutter geworden ist?«

»Ich glaube, das wusste ich.«

»Du denkst an das erste. Das zweite ist erst letzten Sonntag zur Welt gekommen. Wusstest du, dass Mr. Janies

Kühe einen Preis bekommen haben? Vielleicht war es auch nur Ophelia, die den Preis bekommen hat. Sie produziert mehr Milch als alle anderen Kühe in ganz Nordamerika. Oder jedenfalls im County Struan.«

Marie sagte: »Daniel? Käsekuchen oder Bayerische Torte?«

Daniel sah etwas benommen aus, was entweder auf Bo oder auf den Lärm zurückzuführen war. Er sagte: »Ähm, von beiden, bitte.«

Luke hatte angefangen zu erzählen: »... und dann hat er die ganze Insel gekauft. Er baut da jetzt eine riesige Jagdhütte. Rechnet wohl damit, dass die reichen Amerikaner in Scharen herbeiströmen.«

»Der glaubt doch wohl nicht, dass die bis ganz hier rauf fahren?«, sagte Simon.

»Er wird sie einfliegen. Mit dem Wasserflugzeug.«

Matt sagte feierlich: »Erleben Sie die atemberaubende Schönheit der kanadischen Wildnis. Werden Sie Zeuge der...« Er suchte nach Wörtern.

»Ungezähmten Wildheit?«, schlug Simon ebenso feierlich vor. »Urwüchsigen Pracht?«

»Beides. Werden Sie Zeuge der ungezähmten Wildheit der reißenden Flüsse. Betrachten Sie die urwüchsige Pracht der Wälder. Freuen Sie sich auf den ergreifenden Anblick der...«

»Wie wär's mit ›entgegenfiebern‹?«

»Fiebern sie dem ergreifenden Anblick der gewaltigen Elche entgegen...«

»Der Mammut-Elche...«

»Der mächtigen Mammut-Elche...«

»Jim Sumack meint, er lässt sich das Haar wachsen und steckt Federn rein, und will dann als Führer arbeiten«, sagte Luke. »Er meint, er könnte damit ein Vermögen machen. Ich hoffe nur, dass sie einen großen Bedarf an

Rustikalmöbeln haben. Danke, Marie. Ein Stück von beiden.«

»Glaubst du, dass die zu dir kommen?«

»Na ja, irgendwo müssen sie ihre Möbel ja kaufen. Und es ist für sie billiger, als wenn sie sie per Schiff liefern müssen.«

»Ertragen Sie die vornehme Schlichtheit von Lukes Rustikalmöbeln ...«

Marie sagte: »Bo? Käsekuchen oder Bayerische Torte?«

Ihre Wangen waren gerötet, aber jetzt, wo der Stress des Gastgeberin-Spielens fast ausgestanden war, wirkte sie weniger angespannt als vorher. Und so, wie sie mit dem Messer über die gerechte Verteilung der Kuchen wachte, sah es fast so aus, als ob sie zufrieden sei.

Ich dachte: Ist es möglich, dass du alles vergessen hast? Hier zu leben, in diesem Haus, in dem all die furchtbaren Dinge geschehen sind. Bringst du es wirklich fertig, einfach nicht mehr daran zu denken? Kannst du so weiterleben?

★★★

An jenem Abend – an jenem denkwürdigen Abend – war es Luke, so fassungslos und ungläubig er auch war, der die Dinge in die Hand nahm. Matt war nicht in der Lage, irgendetwas zu tun. Ich entsinne mich, wie er dastand mit Marie. Sie waren immer noch draußen, und sie schluchzte immer noch in Panik. Er hielt sie hilflos umschlungen, sein ganzer Körper drückte Hilflosigkeit aus. Ich erinnere mich, dass Luke zu ihnen hinausging und sie ins Haus brachte. Er versuchte, Marie zu beruhigen, aber sie war völlig außer sich vor Angst. Ich glaube, dass ihr nicht einmal bewusst war, dass Luke und ich anwesend waren. Sie redete immer wieder auf Matt ein: »Matt, seit zwei Monaten schon. Jeden Morgen ist mir schlecht, und seit zwei Monaten hab ich meine Tage nicht bekommen. Matt, er bringt mich um. O Gott, er bringt mich um.«

Luke sagte: »Marie, beruhige dich«, aber sie konnte nicht. Er selbst sah aus wie jemand, der gerade aufgewacht war und nicht genau wusste, wo er sich befand. Er sagte: »Kate, setz heißes Wasser auf. Mach ihr einen Tee oder irgendwas.« Ich lief also in die Küche und setzte den Wasserkessel auf, aber dann lief ich sofort zurück.

Marie klammerte sich immer noch an Matt, und Luke versuchte, mit ihr zu reden. Er sagte: »Marie? Ich muss dich was fragen. Du hast gesagt, er hat Laurie umgebracht. Was hast du damit gemeint? Marie, hör mir zu. Wer hat Laurie umgebracht?«

Matt sagte: »Lass sie, Luke.« Es war das erste Mal, dass er etwas sagte, seit Marie gekommen war. Seine Stimme klang heiser und zittrig.

»Nein, wir müssen es wissen. Marie? Wer hat Laurie umgebracht? War es dein Vater?«

»Ich hab gesagt, lass sie in Ruhe! Mensch, siehst du denn nicht, in was für einem Zustand sie ist?«

Luke sah ihn nicht an. Er konnte ihn nicht ansehen. Ohne seine Augen von Marie zu wenden, sagte er ruhig: »Doch, ich sehe, in was für einem Zustand sie ist. Möchtest du, dass wir sie beruhigen und dann wieder nach Hause zu ihrem Vater schicken?«

Matt starrte Luke an, aber Luke würdigte ihn keines Blickes. Er sagte: »Marie, du musst es uns sagen. Hat dein Vater Laurie umgebracht?«

Sie sah zu ihm auf. Man konnte sehen, wie ihr Blick sich auf ihn richtete und sie sich bewusst wurde, wen sie vor sich hatte. Sie flüsterte: »Ja.«

»Bist du ganz sicher? Warst du dabei?«

»Ja.«

»Aber Laurie ist doch weggelaufen, Marie. Matt hat gesehen, wie er weglief.«

Ihre Augen waren riesengroß in ihrem weißen Gesicht. Sie sagte: »Er ist zurückgekommen. Es war kalt. Er ist zurückgekommen, um seine Jacke zu holen, aber mein Vater hat ihn erwischt und ihn in die Scheune geschleppt. Wir haben versucht, ihn aufzuhalten, aber wir konnten es nicht, und er hat ihn geschlagen, aber Laurie hat zurückgeschlagen, und dann hat er immer wieder und immer wieder auf ihn eingeschlagen, und dann ist Laurie umgefallen, und sein Kopf schlug auf, und dann war überall Blut, nur noch Blut...«

Luke sagte: »Schon gut, Marie, schon gut.«

»... und überall war Blut...«

Luke sagte zu Matt, ohne ihn anzusehen: »Bring sie ins andere Zimmer.«

»Was willst du tun?«

»Ich rufe Dr. Christopherson an und dann die Polizei.«

Marie schluchzte noch einmal auf: »Er wollte ihn nicht umbringen! Er hat ihn geschlagen, und wir haben versucht, ihn aufzuhalten, er hat ihn geschlagen, und Laurie ist umgefallen! Er ist mit dem Kopf auf die Pflugschar gefallen! O Gott, bitte nicht, nicht die Polizei holen! Sonst bringt er mich um!«

Luke sagte noch einmal: »Bring sie ins andere Zimmer.«

»Nein! Nein! O bitte! O bitte nicht, er bringt uns alle um! Er bringt meine Mutter um! Er bringt uns alle um!«

Matt war unfähig, sich von der Stelle zu rühren. Schließlich schob ihn Luke beiseite, hob sie auf und trug sie, obwohl sie schrie und sich wehrte, in das benachbarte Zimmer, während Matt hilflos hinter ihnen her stolperte. »Bleib hier, und pass auf sie auf«, sagte er zu Matt, dann kam er zurück und rief Dr. Christopherson und die Polizei an.

Calvin Pye brachte sich drei Stunden später um. Die Polizei war von Struan zuerst zu uns gefahren, um mit Marie zu sprechen, in Anwesenheit von Dr. Christopherson. Dann fuhren sie zur Farm. Calvin selbst öffnete ihnen. Als sie sagten, dass sie ihm ein paar Fragen wegen des Verschwindens von Laurie stellen wollten, sagte er, gut, aber er wolle zuerst seiner Frau Bescheid sagen, weil sie sich sonst wundern würde, mit wem er an der Haustür rede. Sie stimmten zu und warteten mit einem gewissen Unbehagen vor der Tür. Unmittelbar danach hörten sie einen Schuss. Calvin bewahrte über dem offenen Kamin im Wohnzimmer ein geladenes Gewehr auf, und dort erschoss er sich vor den Augen von Mrs. Pye, bevor sie überhaupt Zeit hatte, von ihrem Sessel aufzustehen. Zum Glück war Rosie schon oben und schlief.

Calvin starb, ohne zu sagen, was er mit Lauries Leiche gemacht hatte, und weder Marie noch ihre Mutter wussten etwas. Die Polizei brauchte zwei Wochen, um sie zu finden, und sie entdeckten sie auch nur wegen des trockenen Sommers und per Zufall. Calvin hatte Lauries Leiche in einen alten Futtersack gesteckt, ihn mit Steinen beschwert und dann den Sack in einem der Teiche versenkt. Der Teich, den er ausgesucht hatte, – es war weder der am nächsten gelegene noch »unser« Teich, sondern einer der tieferen, die dazwischenlagen – hatte steile Ufer, und der Sack wäre gut sechs Meter tief gesunken, wenn er nicht an einem vorragenden Felsbrocken hängen geblieben wäre. Als nun im Oktober das Wasser seinen tiefsten Stand erreicht hatte, war die Oberseite des Sacks gerade noch unter der Oberfläche zu sehen gewesen.

Zwei Tage nachdem Lauries Leiche gefunden worden war, brachte Dr. Christopherson Mrs. Pye in die Nervenklinik von St. Thomas. Sie starb innerhalb eines Jahres an einer Krankheit, die niemand genau benennen konnte.

Rosie wurde zu Verwandten ihrer Mutter nach New Liskeard geschickt. Ich weiß, dass Marie versucht hat, mit ihr in Verbindung zu bleiben, aber Rosie hat die Kunst des Schreibens nie richtig beherrscht, daher war es schwierig. Sie hat dann sehr jung geheiratet und ist weggezogen. Ob Marie überhaupt weiß, wo sie jetzt wohnt, habe ich sie bis heute lieber nicht gefragt.

Matt und Marie heirateten im Oktober, und Matt übernahm die Farm. Ich bin sicher, dass es für beide das Letzte gewesen ist, was sie hätten tun wollen.

Eine Woche vor der Hochzeit, als die Polizei die Untersuchungen abgeschlossen hatte und die Scheune, in der Laurie gestorben war, nicht mehr betreten musste, brannte Matt sie nieder. Das war sein Hochzeitsgeschenk für Marie. Luke half ihm, eine neue zu bauen. Das wiederum war sein Hochzeitsgeschenk.

Simon wurde im darauf folgenden April geboren. Es war eine schwere Geburt, und als Folge davon konnte Marie keine weiteren Kinder mehr bekommen.

24

UM FÜNF UHR morgens wurde ich durch das Geräusch des Traktors wach. Daniel grunzte, öffnete die Augen und sagte: »Was war *das* denn?« Ich antwortete: »Der Traktor«, aber er war schon wieder eingeschlafen.

Eine Weile lag ich wach. Ich vermisste das Geräusch des Sees. Wie gesagt, normalerweise wohne ich bei Luke und Bo, wenn ich nach Hause komme, und das regelmäßige, leise Geräusch der Wellen ist das Erste und Letzte, was ich jeden Tag höre. Hier waren es stattdessen Bauernhofgeräusche. Und die Atemzüge von Daniel neben mir.

Am Abend zuvor hatte es, wie ich schon vorausgesehen hatte, einen Augenblick der Verlegenheit gegeben, als es um die Schlafgelegenheiten ging. Als der Tisch abgeräumt war, Luke und Bo sich verabschiedet hatten und Simon sich in sein Zimmer zurückgezogen hatte, hörte ich Marie in der Küche zu Matt sagen: »Frag *du* sie. Ich kann das nicht.« Und einen Augenblick später kam Matt mit einem unsicheren Ausdruck im Gesicht ins Wohnzimmer.

Aber ich hatte das vorausgeahnt und mir zurechtgelegt, was ich sagen würde. Ich hätte zwei getrennte Zimmer vorschlagen können, nur um uns die Verlegenheit zu ersparen. Daniel hätte das mitgemacht, obwohl er den Grund nicht eingesehen hätte. Aber auch wenn ich ihn ursprünglich gar nicht dabeihaben wollte, jetzt, wo er hier war, wollte ich ihn in meiner Nähe haben. Ich wollte ihn als Puffer zwischen mir und den andern haben. Er war ein Geschenk für mich. Wenn er in meiner Nähe bliebe, dann würde sich vielleicht in der Nacht die Vergangenheit nicht überall ausbreiten und mich überwältigen. Außerdem, dachte ich mit einem Anflug von Trotz, wer war Matt, dass ausgerechnet er über mein Tun und Lassen urteilen sollte? Ich weiß, es klingt verrückt. Es würde ihm nie in den Sinn kommen, über mich zu urteilen.

Als er nun das Wohnzimmer betrat und eine kleine Schramme an seiner Hand ungewöhnlich genau untersuchte, sagte ich beiläufig: »Ich glaube, es wird auch langsam Zeit für uns, Matt. Wo sollen wir schlafen? Im vorderen Zimmer?« Ich kannte mich im oberen Stockwerk einigermaßen aus und wusste, dass, abgesehen von Matt und Maries Zimmer, das vordere Zimmer das einzige war, in dem ein Doppelbett stand. Matt sah erleichtert aus und meinte, ja, natürlich, das wäre ihm sehr recht.

Wir brachten unsere Sachen nach oben, zogen uns aus und kletterten in das große, weich gefederte Bett. Ich hatte erwartet, dass Daniel mich die halbe Nacht mit der Analyse meiner Familie wach halten würde, aber die urwüchsige Pracht der Wildnis musste ihn völlig geschafft haben, denn er sagte nur noch, ich hätte sie alle *vollkommen* falsch beschrieben, und schlief danach sofort ein. Ich lag noch etwa eine halbe Stunde lang wach, horchte auf die Bewegungen im Haus und dachte an längst vergangene Dinge, doch schließlich sank auch ich in einen tiefen Schlaf, aus dem mich erst das Aufbrüllen des Traktors weckte.

Ich blieb noch eine Weile danach wach und versuchte, nicht zu sehr über das Zimmer nachzudenken, in dem wir schliefen. Es war das größte Schlafzimmer im Haus und am schönsten gelegen, mit Blick auf den Hof. Es musste

Mr. und Mrs. Pyes Zimmer gewesen sein, sonst würden es Matt und Marie benutzen. Miss Vernon hätte es als »hübsch« bezeichnet; mit gefälligen Proportionen und Fenstern nach zwei Seiten. Das Zimmer von Matt und Marie befand sich an der Längsseite des Hauses, und Simon hatte ein kleineres neben dem Badezimmer. Es gab noch drei weitere Schlafzimmer, wovon eines mit einem Stockbett ausgerüstet war, in dem anderen stand ein Schreibtisch für die Buchhaltung, und das dritte wurde als Abstellraum benutzt. Abgesehen von dem Stockbett, das eingebaut war, stammten die meisten Möbel, da war ich mir ziemlich sicher, aus der Zeit nach den Pyes. Ich könnte mir vorstellen, dass Matt und Marie sich von so vielem wie möglich getrennt und die Dinge nach und nach ersetzt hatten, wenn sie es sich leisten konnten. So wenig wie möglich sollte an die Vergangenheit erinnern.

Zwischen Wachen und Schlafen dachte ich vage, dass ich trotz alledem erwartet hatte, dass in dem Haus eine unterschwellige Atmosphäre der Verzweiflung zu spüren sein würde, aber dem war nicht so. Und dann muss ich wieder eingeschlafen sein, denn als Nächstes hörte ich das Geräusch des zurückkehrenden Traktors und Matt und Simon, die leise unten im Hof miteinander redeten. Es war sieben Uhr, daher stupste ich Daniel wach und stand auf.

Marie war gerade dabei, Toast und Speck, Würstchen, Maisbrot, Muffins und Rührei zuzubereiten. Ich fragte, ob ich etwas helfen könne, aber der bloße Gedanke schien sie zu erschrecken, und sie sagte: »O danke, aber ... es geht schon. Vielleicht könntest du den Männern Bescheid sagen, dass das Frühstück in zehn Minuten fertig ist? Ich glaube, sie sind draußen im Hof.«

Ich ging also hinaus. Die Sonne wärmte schon, und der Himmel strahlte in klarem hellen Blau. Daniel stand bei Matt und Simon, und alle drei bewunderten den Traktor.

»Was hat das Ding gekostet?«, fragte Daniel. »Falls ich so direkt fragen darf.«

Simon und Matt schauten sich verdutzt an.

»Wie viel war es eigentlich am Schluss?«, sagte Matt. »Wir haben ihn ein ganzes Stück runtergehandelt.«

»So kann man's auch nennen«, sagte Simon. »Du hast dich geziert, es war nicht zum Aushalten. Ah, da kommt Tantchen. Wie gefällt dir unser Baby?« Er tätschelte die Flanke des Traktors. An den Stellen, wo man zwischen dem Schlamm hindurchsehen konnte, war er knallrot. Er machte einen kraftvollen und zweckmäßigen Eindruck mit seinen riesigen Reifen mit den mächtigen Profilen, er war in gewisser Weise sogar schön, so weit man das von einem gut gestalteten Gebrauchsgegenstand sagen kann.

Ich sagte: »Herzlichen Glückwunsch, Simon. Euer Baby ist entzückend. Ist es neu?«

»Heute genau zwei Wochen alt.«

»Es hat aber heute früh schlimm gehustet«, sagte ich. »Bist du sicher, dass alles in Ordnung ist?«

»Typisch Großstadtpinkel«, sagte Matt. »Gerade wollten wir mit Dan eine Runde drehen. Wenn du artig bist, darfst du später auch mal.«

Ich sagte: »Eigentlich wollte ich nur von Marie ausrichten, dass das Frühstück in zehn Minuten fertig ist.«

»Ach so«, sagte Matt. Er sah zu Daniel. »Vielleicht später? Nach den Feierlichkeiten? Ich würde ja vorschlagen: nach dem Frühstück, aber ich fürchte, Marie hat uns schon für andere Dinge eingeteilt.«

»Dann verschieben wir's auf später«, sagte Daniel.

Wir gingen auf das Haus zu, Simon und Daniel voran, noch immer über Traktoren fachsimpelnd, Matt und ich ein paar Schritte dahinter.

»Und, wie läuft's?«, fragte ich. »Die Farm, meine ich. Macht einen guten Eindruck.«

Er lächelte. »Zum Überleben reicht's. Reich werden wir nicht, aber es geht ganz ordentlich.«

Ich nickte. Wenigstens was. Es war ihm nie wichtig gewesen, reich zu werden.

Es folgte ein Schweigen. Vor diesem Schweigen fürchte ich mich am meisten in meinen Gesprächen mit Matt. Die Gespräche selbst, höflich und vorsichtig wie zwischen zwei Fremden, sind schlimm genug, aber das Schweigen bleibt mir im Kopf und geht mir nach.

»Und du?«, fragte er. »Was machen deine Forschungen?«

»Es geht gut voran.«

»Womit ... womit beschäftigst du dich eigentlich, Kate? Ich glaube, das hast du noch nie erwähnt.«

Ich blickte auf unsere Füße, auf unsere Schuhe, die den feinen Staub vom Hof aufwirbelten. Nein, das hatte ich nie erwähnt. Warum sollte ich ihn mit der Nase auf die Tatsache stoßen, dass ich genau die Art von Arbeit machte, die er so gerne getan hätte? Aber nun hatte ich keine Wahl mehr.

»Nun ja, grob gesagt untersuche ich die Auswirkungen von oberflächenaktiven Substanzen auf die Bewohner der Wasseroberfläche.«

»So was wie Tenside?«

»Ja. Und Netzmittel aus Pestiziden und Herbiziden und so.«

Er nickte. »Interessant.«

»Ja. Ja, das ist es.«

Interessant.

Das hätte *irgend*jemand sagen können. Als ob Matt irgendjemand wäre. Als ob nicht er es gewesen sei, der mir das Meiste beigebracht hatte. Und das meine ich wortwörtlich. Das Wichtigste ist die Herangehensweise, die Offenheit, die Fähigkeit, wirklich genau hinzusehen, ohne sich von vorgeprägten Vorstellungen ablenken zu lassen, und all dies habe ich von Matt gelernt. Alles, was ich seither dazugelernt habe, sind bloß Details.

Er wartete darauf, dass ich fortfahren und ihm meine Arbeit näher erläutern würde, aber ich brachte es nicht übers Herz. Nicht etwa weil ich meinte, er würde es nicht verstehen – wenn ich meine Arbeit einem Studenten erklären konnte, dann sicherlich auch Matt. Es war die Tatsache überhaupt, dass ich ihm etwas erklären müsste. Es ist mir unmöglich, zu beschreiben, wie falsch mir das erschien und wie grausam.

Er hatte seine Schritte verlangsamt, und ich war gezwungen, es ihm gleich zu tun. Die andern gingen weiter voraus. Ich sah ihn an, und er lächelte mir flüchtig zu. Wenn er unter Anspannung steht, ist sein Lächeln etwas lang gezogen, anders als sonst. Den meisten Leuten würde das nicht auffallen, aber ich habe ihn so oft beobachtet, als ich jünger war. Ich kenne sein Gesicht in- und auswendig.

»Daniel scheint ein netter Typ zu sein«, sagte er schließlich.

»Ja«, sagte ich, unendlich erleichtert, dass er ein neues Thema angeschnitten hatte. »Ja, das ist er.«

»Ist es ... etwas Ernstes? Zwischen euch beiden?«

»Könnte sein. Ja, ich glaube eigentlich schon.«

»Gut. Das ist gut.«

Er bückte sich und hob einen flachen Stein auf. Wenn wir am Strand gewesen wären, hätte er ihn hüpfen lassen, so aber drehte er ihn ein paar Mal in den Händen und ließ ihn dann wieder fallen. Dann traf mich ein gerader, klarer Blick aus seinen grauen Augen.

»Du musst unbedingt später mit ihm zu den Teichen gehen, Kate. Zurzeit ist es dort wunderschön.«

Ich blickte schnell weg. Im Geist sah ich ihn, wie er sich für ein paar Augenblicke von der Farm mit ihren ständigen

Pflichten fortstahl, zu den Teichen ging und dort allein am Ufer stand und in die Tiefe starrte.

Ich ließ einen Moment verstreichen, um sicher zu gehen, dass meine Stimme nicht belegt klingen würde. Simon und Daniel waren am Haus angekommen. Marie stand in der Tür.

»Ja«, sagte ich schließlich. »Ja, mach ich.«

Marie schien uns zu beobachten. Ich konnte ihren Gesichtsausdruck nicht erkennen.

Ich sagte: »Das Frühstück ist fertig.«

Matt nickte und stieß den Stein weg. »Gut«, sagte er. »Gehen wir rein.«

★★★

Gleich nach dem Frühstück begannen Matt, Simon und Daniel damit, Möbel aus dem Haus zu tragen. Sie meinten, dass es warm genug werden würde, um das Fest im Freien stattfinden zu lassen, und trugen daher Tische und Stühle auf die eine Seite des Hauses, wo es eine Wiese und einen spärlichen Beetrand gab.

Marie und ich blieben in der Küche und erledigten die Frauenarbeit. Oder vielmehr, Marie erledigte die Frauenarbeit, und ich stand daneben und schaute zu. Sie wirkte zerstreut. Normalerweise war Marie in Küchendingen ziemlich souverän, aber jetzt lief sie ohne Sinn und Verstand hin und her, nahm Dinge aus dem Kühlschrank und stellte sie wieder hinein, öffnete Schubladen und schloss sie wieder. Rund zwei Dutzend Desserts in unterschiedlichen Stadien der Fertigstellung waren über die Arbeitsfläche verstreut, und sie schien sich nicht entscheiden zu können, womit sie anfangen sollte. Ich fragte mich, ob sie wegen des Fests so nervös sei oder ob es an mir läge. Ich weiß, dass meine Nähe sie immer etwas in Unruhe versetzt. Ich wäre auch hinausgegangen und hätte sie mit der Arbeit allein gelassen, nur schien mir das zu unhöflich zu sein.

Zum dritten Mal sagte ich: »Irgendetwas muss es doch geben, was ich tun kann, Marie. Lass mich die Sahne schlagen.«

»Ach«, sagte sie. »Ja ... gut. Wenn du willst. Danke.« Sie machte den Kühlschrank auf und nahm eine Kanne mit Sahne heraus. »Warte, ich hol dir den Schneebesen.«

»Ich hab ihn schon.«

»Ach so. Gut, dann hol ich dir eine Schüssel.«

Sie stellte die Sahne ab, öffnete den Schrank und nahm eine große Schüssel heraus. Aber statt sie mir zu reichen, blieb sie mit der Schüssel in den Händen stehen, den Rücken zu mir gekehrt. Auf einmal sagte sie, ohne sich umzudrehen: »Wie gefällt dir der Traktor?«

»Der Traktor?«, fragte ich verdattert.

»Ja.«

»Sehr gut. Ich verstehe nicht viel von Traktoren, aber er sieht wirklich gut aus.«

Sie nickte, immer noch mit dem Rücken zu mir. Dann sagte sie: »Matt und Simon haben ihn zusammen ausgesucht. Sie haben Wochen damit zugebracht, um rauszufinden, was sie wollten. Beide gemeinsam. Wochenlang lagen hier die Prospekte und Zeitschriften auf dem ganzen Küchentisch herum. Sie sind sehr stolz darauf.«

Ich lachte und sagte: »Ich weiß.«

Sie drehte sich um, behielt aber die Schüssel in den Händen. Ihr Lächeln wirkte etwas gezwungen. »Was hältst du von Simon?«

Ich blickte sie groß an. »Ich mag ihn sehr. Wirklich sehr gern. Er ist ein wunderbarer Junge. Ein wahnsinnig netter Junge.«

Ich fühlte, wie ich errötete – ihre Frage war so seltsam, und meine Antwort klang so altmodisch und bemutternd.

Dann schoss mir durch den Kopf, dass Simon jetzt achtzehn war, genau in demselben Alter, in dem Matt in jenem Katastrophensommer gewesen war. Ich fragte mich, ob sie sich vielleicht Sorgen um ihn machte. Zwar schien mir, dass er viel zu klug war, um die Fehler seines Vaters zu wiederholen, aber dennoch war es möglich, dass sie sich Sorgen machte.

Ich sagte: »Außerdem hat er wirklich jede Menge gesunden Menschenverstand, Marie. Er ist viel reifer als die meisten Studenten, die ich erlebe. Ich glaube, dass er sich sehr gut durchschlagen wird im nächsten Jahr.«

Sie nickte. Sie setzte die Schüssel ab und verschränkte die Arme vor der Brust – dieselbe alte Verteidigungshaltung, aber irgendwie auch anders. Ihr Gesicht war gerötet, aber sie schien eher grimmig als verlegen. Fast ein wenig stolz. Dieser Ausdruck bei ihr war so neu für mich, dass er mich ein wenig aus der Fassung brachte.

Sie sagte: »Wie wirkt Matt auf dich? Meinst du, dass es ihm gut geht?«

»Ich glaube, es geht ihm gut. Sehr gut.«

»Hast du den Eindruck, dass er glücklich ist?«

Ich war alarmiert. In unserer Familie stellt man solche Fragen nicht.

»Auf mich wirkt er glücklich, Marie. Warum? Was ist denn los?«

»Nichts.« Sie zuckte die Schultern. »Ich wollte nur wissen, ob du es sehen kannst, das ist alles. Sehen, dass es ihm gut geht, dass er glücklich ist und einen wunderbaren Sohn hat, den er liebt und mit dem er sich wunderbar versteht. Ich wollte nur, dass du es ein einziges Mal siehst, nach all der Zeit.«

In der nachfolgenden Stille hörte man, wie im Haus Möbel umhergetragen wurden. Irgendetwas war in einer Tür stecken geblieben. Matt fluchte, Simon lachte schallend.

Ich hörte Daniel sagen: »Vielleicht sollten wir es wieder zurück...«

Marie sagte: »Wenn du nur wüsstest, wie wichtig ihm deine Meinung ist, Kate. Wenn du ihn sehen könntest, wenn er erfährt, dass du nach Hause kommst... zuerst freut er sich wahnsinnig... aber dann, wenn es näher rückt, kann er nicht mehr schlafen. Luke hat ihm schon vor Jahren verziehen, und Bo hat nie gewusst, dass es etwas zu verzeihen gab. Aber deine Enttäuschung – dass du denkst, sein ganzes Leben sei gescheitert, und ihn bemitleidest für die Art, wie er sich in deinen Augen vor die Hunde geworfen hat – das war so unendlich schwer zu ertragen für ihn. Das war das Schlimmste. Alles andere, was ihm passiert ist, war damit verglichen einfach.«

Ich war wie vom Donner gerührt, traute meinen Ohren kaum. Sie war so erregt und emotional, und ihre Vorwürfe erschienen mir völlig unsinnig. Was war meine Enttäuschung verglichen mit dem Verlust von Matts Träumen?

»Ich glaube überhaupt nicht, dass sein Leben gescheitert ist, Marie. Ich glaube, dass ihr beide es gut gemeistert habt und dass Simon der beste Beweis...«

»Doch, du bist davon überzeugt, dass sein Leben gescheitert ist.« Ihre Arme waren fest verschlungen, die Hände um die Ellbogen geklammert. Ich war schockiert, nicht nur über das, was sie gesagt hatte, sondern auch über den Zeitpunkt, die Geburtstagsfeier, die Gäste, die bald eintreffen würden. »Du denkst, was damals geschehen ist, sei die große Tragödie seines Lebens. Du kannst ihm kaum in die Augen sehen. Dein Mitleid mit ihm und deine Wut auf ihn sind immer noch so groß, dass du ihm nach all den Jahren kaum in die Augen sehen kannst, Kate.«

Ich weiß nicht, was ich darauf geantwortet hätte, aber es blieb mir erspart, weil Simon in die Küche kam. Er warf einen prüfenden Blick auf die Desserts, dann steckte er einen Finger in den erstbesten und fragte: »Was ist denn das hier?«

Marie sagte scharf: »Lass das!« Er zuckte zusammen, sagte: »Schon gut, schon gut!«, und ging mit einem fragenden Blick hinaus. Wir hörten ihn draußen sagen: »Nicht reingehen. Mum ist ein bisschen gereizt.«

Marie übergab mir die Schüssel. Ich nahm sie wortlos entgegen, stellte sie auf der Arbeitsfläche ab, schüttete die Sahne hinein und begann, sie zu schlagen. Ich schlug sie zu lange, sodass sie gerann und zu Butter wurde.

»Sie ist nicht steif geworden«, sagte ich. »Entschuldige bitte.« Meine Stimme klang merkwürdig. Ich gab Marie die Schüssel zurück. Sie sagte: »Das macht nichts. Könntest du ein bisschen davon auf die Kuchen verteilen?« Dann fuhr sie fort, die Käsekuchen zu verzieren. Ihre Stimme war jetzt sanft, als ob sie alles gesagt hätte, was sie sagen wollte, und der Rest jetzt bei mir läge. Aber mir fiel nichts ein, was ich hätte antworten können. Wenn sie nach all den Jahren immer noch nicht begriffen hatte, was Matt verloren hatte, was gab es da noch zu sagen?

Als ich mit den Kuchen fertig war, fragte ich: »Kann ich noch was tun?«, und sie sagte: »Im Moment nicht. Du könntest den Männern eine Tasse Kaffee bringen.«

Ich goss Kaffee in drei Becher aus der Kanne, die bei Marie immer bereitsteht, und stellte sie auf ein Tablett. Ich fand ein kleines Kännchen im Küchenschrank, goss Sahne hinein, fand den Zuckertopf, nahm drei Löffel aus der Schublade. Alles wortlos. Ich nahm das Tablett und trug es nach draußen zu den Männern. Sie hatten inzwischen die Tische aufgestellt, unter den Bäumen, nach Maries Anweisung. Matt und Simon berieten gerade über die Stuhlfrage – wie viele und wohin.

»Was meinst du?«, fragte Matt, als ich hinzutrat. »Wie viele wollen sitzen? Und in der Sonne oder im Schatten?«

»Nur die Frauen«, sagte ich, das Tablett haltend, während sie beide drei Stück Zucker in ihrem Kaffee verrührten. »Die wollen im Schatten sitzen.«

»Gut«, sagte Matt. Er wandte sich an Simon: »Wie viele Frauen kommen?«

»Mrs. Stanovich«, sagte Simon, »Mrs. Lucas, Mrs. Tadworth, Mrs. Mitchell, Miss Carrington ...«

Ich sah mich nach Daniel um. Er stand an der Ecke des Hauses und schaute interessiert auf das Gewirr der vor der Scheune abgestellten Maschinen. Ich ging zu ihm. Ich fühlte mich benommen, als ob ich kurz vor einem Hitzschlag stünde. Daniel nahm seinen Becher und sagte: »Hast du je darüber nachgedacht, auf einem Bauernhof zu leben? Auf Dauer, meine ich. Als Farmer arbeiten. Eine richtige Arbeit, bei der man am Ende des Tages sieht, was man getan hat.«

»Nein«, sagte ich.

Er sah mich an und grinste, dann sah er noch einmal genauer hin. »Was ist los?«, fragte er.

»Nichts.«

»Doch, es ist was. Was hast du?«

Ich zuckte die Schultern: »Ach, Marie, sie macht mir Vorwürfe.« Ihre Worte hallten immer noch in meinem Kopf nach. Ihre Vorwürfe hatten mich ungeheuer aufgebracht. Immer wieder ging ich sie durch, suchte nach Erklärungen, versuchte zu verstehen, wie sie auf solche Gedanken gekommen war.

Vielleicht war es nur zu verständlich, wenn man an ihre Herkunft dachte. Sie hatte einfach keine Vorstellung von dem, was Matts Leben hätte sein können, wenn die Dinge anders gelaufen wären. Und selbst wenn sie eine gehabt hätte, musste es ihr schwer fallen, daraus die richtige Schlussfolgerung zu ziehen. Nämlich dass letzten Endes sie die Ursache seines Absturzes gewesen ist.

»Weshalb?«

»Bitte?«

»Du hast gesagt, Marie macht dir Vorwürfe. Weshalb?«

»Wegen ... mir. Mir und Matt.«

»Was hat sie denn gesagt?«

Ich hatte ihm schon alles erzählt, also konnte ich ihm auch das erzählen. »Ach, nur ... sie denkt, dass ich glaube, dass es eine Tragödie ist, was mit Matt geschehen ist.«

Er rührte in seinem Kaffee und sah mich dabei an.

»Und das stimmt. Sie hat auch gesagt, ich würde glauben, dass Matts ganzes Leben gescheitert ist, was nicht stimmt. Aber eine Tragödie ist es natürlich schon, was ihm passiert ist.«

Daniel legte seinen Löffel auf das Tablett zurück. Er sagte kein Wort.

»Die Sache ist die, dass sie einfach blind dafür ist. Sie kann nichts dafür, sie versteht es einfach nicht. Aber das ist auch eine Tragödie, weißt du – dass Matt mit jemandem verheiratet ist, der keine Ahnung hat, wirklich nicht die geringste Ahnung von dem, was in ihm steckt.«

Daniel nippte an seinem Kaffee, ohne mich aus den Augen zu lassen. Hinter den Feldern, entlang der Seitenstraße, wirbelte eine Staubwolke auf. Ein Auto – Luke und Bo, die zum Helfen kamen. Das Auto fuhr sehr schnell und schien die gesamte Straßenbreite in Anspruch zu nehmen; ein Teil meines Gehirns fing an, sich darüber Gedanken zu machen, bis mir einfiel: eine Fahrstunde. Daniel sagte: »In einem Punkt stimme ich dir zu, Kate. Ich bin auch der Meinung, dass wir es mit einer Tragödie zu tun haben. Aber ich glaube nicht, dass sie dort liegt, wo du sie vermutest.«

Eine Stechmücke – ein früher Vorbote der kommenden Horden – landete auf seinem Handgelenk. Er kniff die Augen zusammen, reichte mir seinen Kaffee und schlug sie tot. Er wischte sich die Hand am Hemd ab, nahm seinen Kaffee wieder entgegen und sagte: »Du wirst sagen, ich verstehe das nicht, so wie du meinst, Marie versteht es nicht, aber ich glaube schon, dass ich es verstehe. Zumindest zum Teil. Deine Familie hat wirklich gekämpft, über all die Generationen und so, alle haben danach gestrebt, dieses große Ziel zu erreichen. Und Matt ist offensichtlich sehr begabt, das liegt auf der Hand. Ich kann also schon verstehen, dass es eine Enttäuschung war. Er hatte die große Chance, und er hat sie vertan, was wirklich ein Jammer ist.«

Er lächelte kurz, wie um sich zu entschuldigen. »Aber es ist nur ein Jammer. Keine Tragödie. Es ändert nichts an dem, was Matt ist. Kannst du das nicht verstehen? Es ändert überhaupt nichts. Die Tragödie ist, dass du glaubst, es sei so ungeheuer wichtig. So wichtig, dass du sogar zulässt, dass es die Beziehung zwischen euch zerstört...«

Er musste mein ungläubiges Staunen bemerkt haben, denn er zögerte und sah mich besorgt an. »Ich will damit nicht sagen, dass es ihm nicht wichtig ist, Kate – dass er wie durch ein Wunder entdeckt hat, dass er zum Farmer berufen ist und daher alles sich zum Besten gefügt hat oder ähnlichen Blödsinn. Das meine ich nicht damit. Aber nach allem, was ich von dir über ihn gehört habe, und nach dem, was ich hier gesehen habe, habe ich das Gefühl, dass er sich schon seit langer Zeit damit abgefunden hat. Das Problem ist, dass *du* dich nicht damit abgefunden hast. Und als Folge davon ist die Beziehung zwischen euch den Bach runtergegangen. Das ist die eigentliche Tragödie.«

Merkwürdig, wie Teile des Gehirns normal weiterfunktionieren können, wenn andere Teile völlig lahm gelegt sind. Ich hörte die Stimmen von Matt und Simon; ich sah, wie das Auto näher kam; in der Ferne zankte sich eine Schar

Krähen um eine Beute; mein Gehirn registrierte all dies gewissenhaft. Aber in meinem Innern herrschte für einen langen Augenblick totale Leere. Ein Aussetzen des Bewusstseins. Dann geriet allmählich alles wieder in Bewegung, und mit der Wiederkehr des bewussten Denkens übermannte mich eine Flut von ungläubigem Erstaunen, Verwirrung und wütender Erregung. Ausgerechnet Daniel, ein Außenseiter, ein *Gast*, der mir die ganze Geschichte aus der Nase gezogen hatte, der Matt seit gerade mal zwölf Stunden kannte. Dass er auf unser Leben schaute und so nebenbei, achtlos, obwohl er *nicht das Geringste über uns wusste*, sein Urteil abgab. Fast zweifelte ich daran, ob ich ihn überhaupt richtig verstanden hatte – ob er das wirklich gesagt hatte.

Ich schaute auf Lukes Auto, verfolgte stur, wie es näher kam. Es verschwand kurz hinter dem Haus, kam dann wieder zum Vorschein, als Bo auf den Hof rumpelte und drei Meter vor uns in einer Staubwolke zum Stehen kam. Sie redete, während sie ausstieg. »Siehst du!?«, sagte sie herausfordernd. Sie winkte Daniel und mir zu, redete aber mit Luke, der auf dem Beifahrersitz saß. Sie bückte sich und blickte ins Wageninnere, damit er ihre Worte auch mitbekam. »Siehst du?!«

Ich nahm die Szene wie aus weiter Ferne wahr. Matt und Simon kamen angelaufen, um die beiden zu begrüßen. Sie grinsten uns an, als sie näher kamen. Mir war klar, dass sich das Grinsen auf Bo und Luke bezog, aber ich war unfähig, es zu erwidern. Ich blickte auf Matt, in meinem Kopf wirbelten die Worte von Daniel, die Worte von Marie. *»Wenn du ihn sehen könntest, wenn er erfährt, dass du nach Hause kommst, Kate ... zuerst freut er sich wahnsinnig ... aber dann, wenn es näher rückt, kann er nicht mehr schlafen.«*

Bo warf die Tür zu, ging um das Auto herum und öffnete die Tür auf Lukes Seite. Er balancierte eine Geburtstagstorte auf den Knien, und zwischen seinen Füßen hatte er eine gigantische Schüssel mit grünem Wackelpeter eingekeilt. Ich hörte, wie Simon zu Matt sagte: »Er sieht so ... abgebrüht aus«, und Matt nickte. »Das ist wohl zwangsläufig so, wenn man dem Tod tagtäglich ins Auge sieht. Nach einer Weile verliert er seinen Schrecken.«

Bo steckte mit dem Kopf im Wageninneren und hatte nichts mitbekommen. Sie nahm die Torte entgegen, Luke beugte sich hinunter, hievte den Wackelpeter auf seinen Schoß und kletterte dann aus dem Auto.

»Wie läuft's denn so, Luke?«, fragte Matt mit unschuldiger Miene.

Luke blitzte ihn an und übergab ihm den Wackelpeter. »Hier, stell das mal in den Schatten.«

»Du meinst, die ganze Schüssel?«, sagte Matt.

»Herzlichen Glückwunsch, Kleiner«, sagte Bo und übergab Simon die Torte, ein eigentümliches Ungetüm mit Schokoladenguss. »Du siehst immer noch aus wie zwölf. Hast du deine Geschenke schon ausgepackt? Morgen, ihr beiden« – dies zu Daniel und mir. Ich fühlte Daniels Hand in meinem Rücken, die mich sanft vorwärts schob.

»Morgen«, sagte Daniel. »Ganz schönes Kaliber, die Torte.«

»Na ja, es gibt ja auch was zu feiern«, sagte Bo. »Wir haben schon befürchtet, dass er nie erwachsen wird.«

Wir gingen auf das Haus zu. Daniels Hand ruhte immer noch auf meinem Rücken. Die Berührung ließ meine Haut vor Wut prickeln. Ich wünschte, er würde mich in Ruhe lassen. Ich wünschte, sie würden mich alle in Ruhe lassen. Weggehen und mich nachdenken lassen. Marie tauchte auf, ein Geschirrtuch in den Händen.

»Sag uns, was wir tun sollen, Marie«, sagte Luke, »schließlich sind wir zum Helfen gekommen.«

»Ach«, sagte Marie, »ja ... na gut. Ich glaube, ihr könnt jetzt langsam die Sachen nach draußen bringen. Die Teller und so.«

Alles ging weiter seinen Gang. Marie hatte die Oberaufsicht und teilte uns ein. Ich bekam die Aufgabe, die Gläser zu spülen. Soweit ich sehen konnte, waren sie zwar bereits makellos sauber, aber ich war froh darüber; es bedeutete, dass ich mit dem Gesicht zur Wand an der Küchenspüle stehen konnte. Ich spülte sie ausgiebig, eines nach dem andern, trocknete sie sorgfältig ab und stellte sie auf Tabletts, damit sie die Männer hinaustragen konnten. Daniel tauchte neben mir auf und fragte: »Brauchst du jemanden zum Abtrocknen?«, aber ich schüttelte den Kopf, und nach kurzem Zögern ging er wieder fort. Als ich mit den Gläsern fertig war, wusch ich noch die Schüsseln ab, die Marie benutzt hatte, danach das Besteck und die Kuchenformen und die Backbleche. Hinter mir legten Bo und Marie letzte Hand an die verschiedenen Speisen, und die Männer unterhielten sich, lachten und standen im Weg. Daniel stand ebenfalls irgendwo dort. Ich spürte, dass er mich beobachtete. Marie ebenso. Sie dankte mir wiederholte Male und meinte, ich hätte mehr als genug getan und ob ich nicht einen Kaffee wolle, aber ich lächelte rasch in ihre Richtung und sagte, im Moment nicht, danke. Ich war erleichtert, dass ich sprechen konnte und dass meine Stimme normal klang.

Ich überlegte, ob ich nicht die ganze Zeit in der Küche bleiben und abspülen könnte, bis das Fest vorüber wäre. Dann könnte ich sagen, ich hätte Kopfschmerzen und gleich ins Bett gehen. Aber ich wusste, dass das unmöglich war. Es gibt bestimmte Anlässe, vor denen man sich einfach nicht drücken kann, es sei denn, man fiele tot um; und dieser war ein solcher. Ich wusste nur nicht, wie ich das alles durchstehen sollte. In meinem Kopf war ein einziger

Aufruhr. Am Grunde köchelte immer noch meine Wut auf Daniel, aber gleichzeitig produzierte mein Gehirn stets neue Schnappschüsse aus der Vergangenheit: Matt, der neben mir im Wohnzimmer auf dem Sofa saß, nachdem Tante Annie bekannt gegeben hatte, dass die Familie geteilt werden würde, der mir auf der Karte New Richmond zeigte und mir einzureden versuchte, dass wir uns trotzdem noch sehen würden. Ich sah mich selbst als Kind, neben ihm sitzend, durchgerüttelt von einem Wirbelwind aus Verzweiflung.

Ein weiterer Schnappschuss: Matt, kurz nach seinem Abschluss, der mich mit auf das Schlafzimmer der Eltern nahm, mich vor die Fotografie von Urgroßmutter Morrison setzte und mir erklärte, warum er fortgehen müsse. Der mir von der Familiengeschichte erzählte und mir zeigte, dass wir eine Rolle übernehmen müssten. Ich begriff, wie wichtig das war, wie ungeheuer wichtig es sein musste, weil er mich sonst nicht verlassen würde. Und dann eröffnete er mir seinen Plan. Unseren glorreichen Plan.

Und noch ein Bild, diesmal zwölf Jahre später, am Abend vor meiner Abreise zur Universität. Matt war zum Abschiednehmen von der Farm herübergekommen. Jahrelang war es mir gelungen, diesen Abend aus meinem Gedächtnis zu tilgen, aber jetzt kam die Erinnerung an ihn zurück, so frisch, so klar, so deutlich in all seinen Einzelheiten, als ob es erst gestern gewesen sei. Wir waren zusammen zum Strand gegangen. Wir saßen im Sand und sahen zu, wie die Nacht langsam über den See kroch, und sprachen verkrampft über die unwichtigsten Dinge – die Zugfahrt am nächsten Morgen, das Studentenwohnheim, ob es dort auf jeder Etage ein Telefon gebe. Wir unterhielten uns wie zwei Fremde. Das Gewicht von zwölf Jahren, in denen die Dinge ungesagt, ungelöst liegen geblieben waren, hatte Fremde aus uns gemacht.

Als es für ihn Zeit wurde, zu gehen – zurück zur Farm, zu Marie und zu seinem Sohn –, liefen wir schweigend nebeneinander zum Haus zurück. Mittlerweile war es dunkel geworden. Die Bäume waren in der Finsternis näher an das Haus herangerückt. An der Haustür angelangt, wandte ich mich, um mich zu verabschieden. Er war stehen geblieben, die Hände in den Hosentaschen vergraben. Er lächelte und sagte: »Du musst mir über alle Einzelheiten berichten, ja? Ich möchte genau wissen, was du alles machst.«

Er stand in dem hellen Rechteck, das von der Türöffnung auf den Boden geworfen wurde. Ich konnte es fast nicht ertragen, ihn anzuschauen, wegen des angespannten Ausdrucks in seinem Gesicht. Ich versuchte mir vorzustellen, wie ich ihm schrieb und ihm alles erzählte, was ich machte – alles, was er hätte machen sollen. Ich stellte mir vor, wie er meine Briefe las und dann wieder zu den Kühen zum Melken ging. Es war undenkbar. Es würde nichts anderes bedeuten, als Salz in die Wunde zu streuen, ihn ständig daran erinnern, was er aufgegeben hatte. Ich konnte mir nicht vorstellen, dass er sich so etwas wünschte, und ebenso wenig würde ich es übers Herz bringen, es zu tun.

Also hatte ich ihm selten geschrieben und so gut wie nichts über meine Arbeit erzählt. Ich wollte ihn damit verschonen – uns beide verschonen. Und nun versuchte Daniel mir einzureden, dass Matt gar nicht verschont werden wollte. Dass der angespannte Ausdruck, den ich an ihm gesehen hatte und der immer noch da war, darauf zurückzuführen war, dass es ihm nicht gelang, so sehr er sich auch bemühte, die enge Bindung zwischen uns wieder herzustellen. Dass er lediglich den Wunsch gehabt hatte, ich möge ihm schreiben, über was auch immer, und zugleich gewusst hatte, dass ich es nicht tun würde.

Ich konnte nicht – *konnte nicht* – an diese Deutung glauben. Daniel meint, dass er immer in allem Recht hat, aber er hat nicht immer Recht. Nicht immer. Ich weiß, dass er schon manches Mal daneben lag.

Aber ich konnte noch so fest versuchen, mich vor seinen Worten zu verschließen, ich konnte noch so flehentlich nach mehr Geschirr Ausschau halten – ein Schneebesen, ein Messer, ein Teelöffel, was auch immer –, sie schlichen sich immer wieder in meine Gedanken ein, sickerten durch wie Wasser unter einer Tür.

Nach Mittag trafen die Gäste ein, und ich war inzwischen an einem Punkt angelangt, an dem ich fast gar nichts mehr fühlte. Ich fühlte mich leer. Wie nicht vorhanden. Es war beinahe angenehm. Mrs. Stanovich kam als Erste, und als Marie ihren Wagen auf der Seitenstraße erblickte und mich drängte, hinauszugehen und sie zu begrüßen, tat ich es mit einiger Gelassenheit. Die Männer waren zu irgendeiner Besorgung fortgeschickt worden, unter ihnen Daniel. Ich war erleichtert, ihn nicht vorstellen zu müssen. Ich wusste nicht, wie ich mich ihm gegenüber verhalten sollte. Mir war nicht verborgen geblieben, dass er sich im Lauf des Vormittags zunehmend Sorgen machte, und, um ehrlich zu sein, war ich darüber einigermaßen befriedigt. Ich hatte ihm in keiner Weise verziehen. Erst später, als ich wieder rationaler denken konnte, ging mir auf, dass ihm das Reden nicht leicht gefallen sein konnte. Das Wochenende bedeutete ihm viel, und er musste befürchten, es zu verderben und möglicherweise noch mehr aufs Spiel zu setzen. In dem Augenblick, in dem er es sagte, war er sicherlich überzeugt, das Richtige zu tun, aber möglicherweise hat er es schon bald danach bereut.

Er hatte nicht so Unrecht mit seinen Sorgen. Meine Gefühle für ihn... nun, wenn mich jemand zu diesem Zeitpunkt am Nachmittag gefragt hätte, ob unsere Beziehung eine feste wäre, hätte ich mit nein geantwortet. Es war ein bisschen wie die berühmte Erschießung des Boten – des Überbringers der schlechten Nachricht. Es war ungerecht, keine Frage.

Ich ging allein hinaus, um Mrs. Stanovich zu begrüßen. Als ich zu ihr trat, zwängte sie sich gerade aus ihrem Kleinlaster. Als sie mich erblickte, stieß sie einen kleinen Freudenschrei aus. Sie hatte sich kaum verändert, abgesehen von ein oder zwei zusätzlichen Wülsten, die ihr Kinn zierten.

»Katherine, Süße! Süße, du siehst so hübsch aus, du siehst deiner Mutter so ähnlich, du wirst ihr mit jedem Tag ähnlicher.« Und sie drückte mich an ihren Busen, wie sie es schon immer getan hatte und wie sie es immer tun wird. Zum ersten Mal in meinem Leben – und das zeigt den Zustand, in dem ich mich befand – war ich bereit, diesen Busen als das zu nehmen, was er in Wirklichkeit war: ein Kissen, an dem man sich ausweinen konnte. Ein großes, weiches, warmes Kissen, in das man all seinen Kummer, Schmerz und Reue abladen konnte, in der Gewissheit, dass Mrs. Stanovich sie direkt an den Herrn Jesus weiterleiten würde. Aber da ich nun mal so bin, wie ich bin, war es mir nicht möglich, obwohl ich ihre Umarmung länger als gewohnt erwiderte.

»Süße«, sagte sie, während sie nach ihrem ewigen Taschentuch suchte (Matt stellte einmal die Behauptung auf, es müssten hunderte da drinnen vergraben sein), »jetzt sieh dir doch mal diesen Tag an, den uns der Herr geschenkt hat! Keine einzige Wolke am Himmel! Und du bist diesen weiten Weg gekommen, um in den Jubel einzustimmen. Hast du jemals einen so wundervollen Jungen wie Simon gesehen? Die Torte hab ich hintendrin.« Sie keuchte um den Wagen herum und wischte sich dabei den Schweiß aus dem Gesicht, dann ließ sie die Ladeklappe herunterkrachen. »Vorne konnte ich sie nicht hineinstellen, weil Gabby ein Getriebe auf dem Sitz abgestellt hat. Ich hoffe, sie hat überlebt – nun guck dir das an, absolut einwandfrei. Man muss nur auf den Herrn vertrauen, Süße. Er kümmert sich um alles. Wer ist dieser junge Mann neben Matt?«

Es war Daniel. Matt hatte ihn mitgenommen, um ihn vorzustellen. Sie kamen langsam, mit gesenkten Köpfen auf uns zu. Matt erklärte gestenreich irgendetwas, und Daniel nickte dazu. Als sie näher gekommen waren, hörte ich Matt sagen: »... nur sechs Monate im Jahr ungefähr, wenn es mehr als fünf Grad warm ist, das ist das absolute Minimum. Man muss also nach der Schneeschmelze so früh wie möglich mit dem Säen beginnen – sobald der Boden trocken genug zum Drillen ist.« Und Daniel sagte: »Verwendest du spezielle Sorten? Ich meine, frostresistente?«

Ich weiß nicht, warum es mir in diesem Augenblick plötzlich wie Schuppen von den Augen fiel. Vielleicht weil sie beide so ernsthaft, so vertieft in das Thema wirkten. Zwei bemerkenswerte Männer, in tiefem Gespräch, die langsam über den staubigen Hof schritten. Es war kein tragischer Anblick. Beim besten Willen nicht.

Die eigentliche Frage ist wohl nicht, warum ich es gerade in diesem Augenblick einsah, sondern die, warum ich es nicht schon Jahre zuvor einsehen konnte. Urgroßmutter Morrison, ich gestehe ein, dass es hauptsächlich an mir lag, aber zum Teil bist auch du daran schuld. Du warst diejenige, mit deiner Liebe zum Lernen, die den Maßstab gesetzt hat, an dem ich jeden in meiner Umgebung mein Leben lang gemessen habe. Unbeirrbar habe ich deinen Traum weiterverfolgt; ich habe mich mit Büchern und Ideen vertraut gemacht, die du dir nicht einmal vorstellen konntest, und dennoch habe ich das Gefühl, im Laufe der Jahre, in denen ich all dieses Wissen erworben habe, überhaupt nichts gelernt zu haben.

★★★

Miss Carrington traf ein, als Daniel Mrs. Stanovich vorgestellt wurde, und gleich nach ihr kamen die Tadworths; und dann fuhren gleich mehrere Autos und verbeulte Kleinlaster auf den Hof, und das Fest kam in Gang. Es war ein schönes Fest. Wie Mrs. Stanovich schon gesagt hatte, war das Wetter auf unserer Seite, und schon bald bot die Feier den Anblick eines großen und eher chaotischen Picknicks. Ein Teil der Gäste hatte sich in kleinen Gruppen im Gras niedergelassen, die andern liefen zwischen den Tischen hin und her, redeten und lachten und versuchten, das alte Problem zu lösen, wie man eigentlich essen soll, wenn man in der einen Hand einen Teller und in der anderen ein Glas Bowle hält.

Gerne würde ich berichten können, dass ich mich am Ende von der allgemeinen Stimmung hätte anstecken lassen, aber die Wahrheit ist, dass ich mich immer noch etwas benommen fühlte. Etwas abwesend. Es wird wohl einige Zeit brauchen. Wenn man über Jahre hinweg in einer bestimmten Richtung gedacht hat, wenn man ein bestimmtes Bild über die Dinge im Kopf hatte und dies Bild stellt sich urplötzlich als schief heraus, nun, dann liegt es auf der Hand, dass es eine geraume Weile dauern wird, bis man es zurechtgerückt hat. Und in dieser Zeit fühlt man sich zwangsläufig... wie abgeschaltet. Jedenfalls fühlte ich mich so – und fühle mich teilweise immer noch so. Was ich wirklich am liebsten getan hätte, wäre: irgendwo ungestört unter einem Baum sitzen und das ganze Geschehen aus der Entfernung betrachten. Vor allem Matt. Diese neue Sicht auf ihn, auf unsere gemeinsame Geschichte, in Ruhe auf mich einwirken lassen.

Das hätte ich an diesem Nachmittag lieber getan, als meinen Gastgeberpflichten auf einem Geburtstagsfest nachzukommen. Aber es hat mir trotzdem gut getan, all die Leute wiederzusehen – sogar sehr gut. Alle waren gekommen, bis auf Miss Vernon, die eine Nachricht geschickt hatte, wonach sie ein bisschen zu alt für Feste sei, aber Simon alles Gute wünsche. Ich habe Daniel den meisten vorgestellt. Er wirkte etwas verhalten, zweifellos immer noch im Unklaren über meine Gemütslage. Aber er zeigte sich dem Anlass gewachsen – alle Professoren Crane sind gewandt, wenn es darauf ankommt. Eine ganze Weile haben wir mit Miss Carrington geplaudert. Sie leitet mittlerweile die Schule – diese umfasst jetzt drei Räume, und zwei Lehrer wurden zusätzlich eingestellt. Sie sah sehr gut aus. Eine heitere Gelassenheit geht von ihr aus. Vielleicht war das schon immer so, und ich habe es nur nicht bemerkt. Wie auch immer, man fühlt sich dadurch sehr wohl in ihrer Gesellschaft.

Simon hat sich, glaube ich, gut amüsiert, und das war schließlich der Sinn der Veranstaltung.

Am schönsten jedoch war der Abend. Er ist es, der in meiner Erinnerung haften bleiben wird. Nach dem Essen, als alles abgeräumt und Simon mit seinen Freunden losgezogen war, sprühten Matt und ich Daniel von Kopf bis Fuß mit Insektenschutz ein und zeigten ihm die Teiche. Matt hat den Teich, in dem Lauries Leiche gefunden wurde, zugeschüttet und eine kleine Gruppe Silberbirken darauf gepflanzt. Sie hatten gerade erst zu grünen begonnen und boten einen friedlichen Anblick.

Die übrigen Teiche sind noch genauso, wie sie immer schon waren.

NACHWORT

Rückkehr nach Crow Lake ist ein Roman. Im nördlichen Ontario gibt es so unendlich viele Seen, dass man dort wohl ein halbes Dutzend mit dem Namen Crow Lake finden könnte, aber keiner davon ist Schauplatz dieser Erzählung. Gleichfalls sind alle Figuren des Romans frei erfunden, bis auf zwei Ausnahmen. Die erste Ausnahme ist meine Urgroßmutter, die tatsächlich ein Lesepult an ihrem Spinnrad angebracht hatte. Sie hatte zwar nur vier Kinder, anstatt vierzehn, aber sie lebte auf einer Farm auf der Gaspé-Halbinsel, und es war sicher nicht leicht für sie, Zeit zum Lesen zu finden. Die zweite Ausnahme ist meine jüngere Schwester, Eleanor, die als Vorbild für Bo diente. Ich danke ihr für die Erlaubnis, aus ihrer Kindheit zu schöpfen, und auch für ihre unablässige Unterstützung, Beratung und Ermunterung beim Schreiben dieses Buches.

Danken möchte ich auch meinen Brüdern, George und Bill, nicht nur für ihren Humor und ihren zuversichtlichen Ansporn über all die Jahre, sondern auch für ihren kundigen Rat zur »Naturgeschichte« von Crow Lake. Sie beide kennen den Norden tausendmal besser, als es mir je möglich sein wird, und ihre Liebe zu jener Region trug maßgeblich zur Inspiration für dieses Buch bei.

Es gibt noch andere, denen ich Dank schulde:
– Amanda Milner-Brown, Norah Adams und Hilary

Clark für ihr Verständnis und ihren Zuspruch, und für ihre Ehrlichkeit, wenn es einfacher und höflicher gewesen wäre zu lügen.

– Stephen Smith, Dichter und Lehrer, für seine überaus wertvollen Anregungen.

– Penny Battes, die mir vor Jahren zum Start verhalf, und nie daran zu zweifeln schien, dass ich ans Ziel kommen würde.

– Professor Deborah McLennan und Professor Hélène Cyr von der Zoologischen Fakultät der Universität von Toronto, die mir einen Einblick in die Welt der akademischen Forschung gewährten. (Wahrscheinlich habe ich trotzdem alles falsch wiedergegeben, aber das ist allein meine Schuld und nicht ihre.)

– Felicity Rubinstein, Sarah Lutyens und Susannah Godman, alle von der Agentur Lutyens and Rubinstein, für ihr Knowhow, ihr Taktgefühl, ihre Energie und ihren Enthusiasmus.

– Alison Samuel von Chatto & Windus in London, Susan Kamil von der Dial Press in New York und Louise Dennys von Knopf Canada in Toronto, für die Scharfsicht, Sensibilität und Sachkenntnis, mit der sie die Aufgaben des Lektorats wahrgenommen haben.

Eine unschätzbare Informationsquelle war mir außerdem die wissenschaftliche Veröffentlichung *Animals of the Surface Film* von Marjorie Guthrie (Richmond Publishing Company Ltd, Slough).

Schließlich aber gilt mein Dank vor allem meinem Mann, Richard, und meinen Söhnen, Nick und Nathaniel, für die vielen Jahren unverbrüchlicher Treue und Unterstützung.